에세이로 읽는

명심보감

Radiant

마음을 밝히는 지혜의 징검다리

에세이로 읽는

명심보감

법립본 지음 | 추적 엮음 | 이규호 해제

Heart-Mind Priceless Mirror

문예춘추사

차 례

제1장 하늘의 그물은 빠져나갈 수 없다

제2장 깨달음은 사람을 사람답게 한다

제4장 완전한 소유란 어디에도 없다

제5장 옷은 젖지 않아도 배어드는 것이 있다

편저자의 말

마음이 밝은 날은 물이 보인다. 불빛이 보이고 숲이 보이고, 친구와 이웃들이 보인다. 마음이 밝지 못한 날은 물이 보이지 않는다. 다만 오염된 강과 혼탁한 바다의 넘실거림만이 보인다. 불빛은 보이지 않고 활활 타오르는 불길만 보인다. 숲은 보이지 않고 무성한 나뭇잎만 보인다. 친구도 이웃도 보이지 않고 희뿌연 사람의 형체만 보인다. 에머슨이 말했다. "사람은 누구나 마음속에 숨은 미치광이를 가지고 있다. 그 미치광이가 날뛰지 않게 늘 조심해야 한다." 숨은 미치광이는 바로 그대 자신이다. 그대의 마음속에 숨어 있기 때문이다. 그것은 눈에 보이지 않는 작은 벌레처럼 그대의 마음 구석구석을 기어 다닌다. 때로는 욕망의 즙을 훔쳐 마시고 욕망의 끝없는 계단을 기어오르는가 하면, 때로는 시기와 질투의 뾰족한 가시를 머금은 채 온갖 악의의 골목을 배회한다. 때로는 정욕의 불길을 내뿜으며 탐닉의 터널 속으로 빠져드는가 하면, 어느 때는 헤아릴 길 없는 위선의 탈을 쓰고 그대 마음속의 산천으로 줄달음친다. 어느 하루라도 그대 마음을 흐린 채로 버려두지 마라. 마음을 밝히기 위해 그대는 이 책을 한 해, 삼백예순닷새를 그대 몸을 아끼듯 사랑하며 간수해야 할 것이다. 이 책은 명심보감明心寶鑑이라는 제목이 말해 주듯 우리의 '마음을 밝게 해 주는 책'이다. 우리들의 부모가 이 책으로 마음을 밝게 가꾸었고 우리들의 할아버지와 할머니, 또 차례대로 거슬러 올라간 조상들이 이 책으로 마음을 닦았다. 그래서 이 책 속에는 한국인의 의식과 긍지와 품격이 고스란히 담겨 있다. 그대가 가장 확실한 한국인일 수 있을 때, 비로소 그대는 세계 속의 세계인이 될 수 있을 것이다. 『명심보감』은 바로 우리들의 책이다. 우리 한국인의 책이다. 공자孔子와 맹자孟子와 장자莊子는 이미 이 책 속에 크게 자리하고 있다. 그래서 소크라테스를 불러오고 아리스토텔레스를 불러왔다. 셰익스피어와 니체와 톨스토이를 불러들인 이유가 거기에 있다. 세계의 석학들로 하여금 우리의 책과 함께하게 하여 『명심보감』과 더불어 그들을 만날 수 있게 했다. 이제 나는 뒤편으로 물러날 시간이다. 『쉽게 읽는 동양고전 명심보감』을 쓰는 동안 나는 올해 꽃이 피는 것도 만나지 못했고, 어느새 저 버린 꽃의 그 아픈 자국마저 바라보지 못했다. 다가올 새로운 한 해가 오늘처럼 항상 밝은 마음일 수 있기를 하나님께 기도드릴 뿐, 이제 나는 조용히 뒤편으로 물러나려 한다. 『명심보감』 원전에 부디 흠이 되지 않았기를 바라며, 이 책이 독자들의 마음을 조금이라도 밝혀 줄 수 있다면 그 이상의 바람은 없다.

이규호

일러두기

1. 『명심보감(明心寶鑑)』은 인간의 자기 수양과 윤리, 도덕, 처세 등에 관한 예지(叡智)를 수록한 책으로, 중국의 경전(經典), 사서(史書), 제자(諸子), 문집류(文集類) 등에서 추려 내어 모두 24편으로 만들어졌다.

2. 이 책은 제목 그대로 '마음을 밝게 해 주는 책'이다. 선악(善惡)을 분별하게 하고, 하늘의 섭리를 깨닫게 하며 스스로를 반성케 하여 자기 자신을 되돌아보게 한다. 또 인생을 보다 값지고 사랑하게 하고, 삶의 자혜를 일깨워 주며, 일상생활을 풍요롭게 이끌어 준다.

3. 이 책은 추적(秋適)이 편찬한 것을 기본으로하고 범립본의 청주판도 아울러 참고했음을 밝혀 둔다. 또 원전에서 내용이 심하게 중복된 것들은 편의상 제외시켰다. 그리고 증보편(增補篇)은 원문만 수록하여, 독자가 나름대로 감상할 수 있도록 배려했다.

제1장

하늘의 그물은 빠져나갈 수 없다

계선편繼善篇

천명편天命篇

순명편順命篇

효행편孝行篇

정기편正己篇

위로는 하늘이 내려다보시고 아래로는 땅의 신령이 살핀다. 밝은 곳에는 삼법三法이 이어 있고 어두운 곳에는 귀신이 따른다. 오직 바른 것을 지키고 마음을 속이지 말 것이며, 경계하고 또 경계하라.

001

모든 선악에는 하늘의 응답이 있다

자왈 위선자 천보지이복 위불선자 천보지이화
子曰 爲善者는 天報之以福하고 爲不善者는 天報之以禍니라.

착한 일을 하는 사람에게는 하늘이 복을 내려 보답하고, 악한 일을 하는 사람에게는 하늘이 화로써 보답한다.

친구의 돈을 맡아 가지고 있던 사람이 돈이 탐이 났다. 그는 마침내 친구의 돈을 몽땅 챙기기로 마음을 굳혔다. 얼마 후 친구가 돈을 돌려 달라고 요구했을 때, 그는 정색을 하며 자신은 돈을 맡은 적이 없다고 우겼다. 참다못한 친구는 그렇다면 돈을 맡은 적이 없다고 하느님께 선서하라고 요구했다. 차마 선서만은 할 수 없었던 그는 그 길로 뺑소니를 쳤다. 성문 앞에 이르렀을 때, 그는 한 절름발이가 시내를 빠져나가는 것을 보았다. 그는 길동무나 하자며 절름발이에게 접근했다. 그리고 그에게 누구이며 어디로 가는 길이냐고 묻자 절름발이가 대답했다.

"선서의 신이 내 이름이오. 나는 지금 위증자를 처벌하러 가는 길이오."

가슴이 뜨끔해진 그는 숨 쉴 새도 없이 되물었다.

"얼마나 있다가 시내로 다시 돌아오게 됩니까?"

절름발이는 시원스럽게 대답했다.

"30년, 아니 40년은 족히 걸리지요."

그는 빽소니치던 발길을 돌려 자기에게 돈을 맡겼던 친구를 찾아갔다. 더 이상 주저할 것이 없다고 생각한 그는 그 돈을 맡은 바 없다고 엄숙히 선서했다. 그러나 그는 곧 절름발이와 맞부딪치게 되었고, 절름발이는 그를 높은 바위 밑에서 내동댕이치기 위해 끌고 갔다. 그는 울먹였다.

"30, 40년 후에나 돌아온다더니……. 말이 틀리지 않소?"

절름발이가 대답했다.

"그렇소. 하지만 누군가가 나에게 도발할 땐 그날로 당장 돌아오게 되어 있소."

이 이야기는 『이솝우화』의 한 토막이다. 선善과 악惡은 함께 존재한다. 이 우화처럼 그것은 맞물려 있지 않으면 구별이 되지 않는다. 선은 선이기 위하여 악을 필요로 하고, 악 또한 악이기 위하여 선을 필요로 한다. 그리하여 그들은 언제나 함께 어울려 산다. 몸과 그림자처럼 그렇게 동행한다. 이 둘은 결코 따로따로 양립시킬 수 없다. 그대가 걸어가면 그림자처럼 그대 뒤를 따르기 때문이다. 그러나 명심할 것이 있다. 아무리 함께 다닌다 해도 선이 결코 악이 될 수는 없고, 악 또한 선이 될 수 없다. 성경은 사람들에게 이렇게 충고한다.

"아, 너희가 비참하게 되리라. 나쁜 것을 좋다, 좋은 것을 나쁘다, 어둠을 빛이라, 빛을 어둠이라, 쓴 것을 달다, 단 것을 쓰다 하는 자들아!"

002

선善은 작을수록 아름답다

한소열 장종 칙후주왈 물이선소이불위
漢昭烈이 將終에 勅後主曰 勿以善小而不爲하고
물이악소이위지
勿以惡小而爲之하라.

한(漢)나라의 소열 황제가 죽으면서, 후주(後主)에게 조칙을 내려 말했다.
선(善)이 작다고 하여 하지 않아서는 안 되며, 악(惡)이 작다고 하여 쉽게 해서는 안 된다.

링컨이 뉴세일럼의 어느 작은 가게에서 점원으로 일했을 때의 일이다. 일을 끝내고 장부를 계산하던 그는 3센트의 돈이 남은 것을 발견했다. 몇 차례나 계속해서 확인해 보았지만 아무래도 3센트의 출처를 찾아낼 수 없었다. 그는 하루 동안 물건을 사 간 손님들의 얼굴을 머릿속에 떠올리며 다시 장부에 적힌 가격과 대조해 보았다. 그러다가 그는 마침내 한 부인에게 거스름돈을 덜 주었다는 사실을 알아냈다. 그는 가게 문을 닫고 부랴부랴 그 부인의 집으로 달려갔다. 늦은 밤이었지만 부인의 집에는 다행히 불이 켜져 있었다. 느닷없이 찾아온 링컨에게 의아한 표정을 지으며 부인이 말했다.

"이 밤중에 웬일이세요?"

그는 주머니에서 3센트의 돈을 꺼내 부인의 손에 쥐어 주며 말했다.

"아까 제 실수로 3센트를 덜 거슬러 드렸습니다. 죄송합니다."

부인은 새삼 놀라며 말했다.

"그럼 이 3센트 때문에 밤길을 달려온 거예요?"

선善이란 아주 작은 씨앗에서 비롯된다. 그리고 그 열매는 세월과 함께 자란다. 그대가 만약 작은 선의 씨앗을 뿌려 놓았다면 틀림없이 그 열매를 거두어들일 수 있다. 루소가 말했다.

"인간이여, 불행의 원인을 찾지 마라. 그 원인은 바로 자기 자신이다. 네가 행하는 악, 그렇지 않으면 네가 인내하고 있는 악 이외의 악은 없다. 그리고 그 어느 것이라도 시작은 오직 자신으로부터 나온다."

모두가 자기 자신에서부터 시작된다. 어느 누구도 그대에게 악을 선물하지 않을 것이며, 어느 누구도 그대에게 선을 무상으로 제공하지 않을 것이다. 그대로부터 시작하여 그대 안에서 만들어진다. 그러나 그것들은 결코 그대에게서 끝나지 않으며 타인에게까지 옮겨진다. 그것이 선일 때는 바람직하겠지만, 그것이 악일 경우는 심각한 상태를 초래하게 된다. 악이 아주 작은 씨앗이었을때, 그것을 선으로 바꿀 수 있는 지혜를 배우라. 당신은 그것을 얼마든지 바꿔 놓을 수 있다. 그리고 그것은 인생에 있어 가장 값진 지혜 중 하나가 될 것이다.

003
한결같이 선한 것을 사랑하라

장 자 왈 일 일 불 념 선 제 악 개 자 기
莊子曰 一日不念善이면 諸惡이 皆自起니라.

하루라도 선(善)한 것을 생각하지 않으면 모든 악(惡)한 것들이 스스로 일어난다.

앙드레 지드는 그의 저서『지상의 양식』에서 이런 말을 했다.

"어느 날에는 생각들의 형태가 둥근 원이 되어 구르는 대로 내버려 둘 수밖에 별 도리가 없던 것을 나는 기억한다. 어떤 날에는 생각들이 매우 신축성을 띠어, 모든 것의 형태를 띠게 되고 서로 형태가 바뀌고 하던 것을 기억한다. 또 어떤 때는 두 개의 생각이 평행하여 그렇게 영원무궁토록 커 가려는 것 같기도 했다."

고귀한 생각과 함께하는 사람은 결코 고독하지 않다는 말이 있다. 생각한다는 것은 곧 모든 것에 대한 방향의 제시이거나 지시가 될 수 있기 때문이다. 고귀한 생각은 마치 그림자처럼 고귀한 행동을 동반한다. 그것은 마음속 깊이 생각하던 것들이 얼굴에 나타나고 행동으로 이어지기 때문이다.

매우 가난한 사람이 있었다. 어느 날 집으로 돌아가는 길에 어떤 사람이 그에게 사탕수수 열 자루를 주었다. 그는 집으로 오는 동안 많은 거지들과 아이들을 만났고, 사탕수수를 그들에게 나누어 주는 것이 좋겠다고 생각했다. 그는 열 자루의 사탕수수 중에서 아홉 자루를 나누어 주고 한 자루만 자기 몫으로 남겼다. 그는 무엇인가를 남에게 줄 수 있는 것이 행복했다. 또 거지와 아이들이 행복해 하는 것에 행복했다. 톨스토이가 말했다.

"인간은 약하고 불행한 동물이다. 그들의 영혼에 신의 불길이 탈 때까지는."

그것은 인간의 내면 속에 도사리고 있는 악의 씨앗 때문이다. 그래서 인간은 동물적 자아의 노예가 되기 쉽다. 곧바로 죄악의 충동에 휩쓸리기가 쉽다. 하루라도 선한 것을 생각하지 않으면 모든 악한 것들이 스스로 일어난다는 말을 어떻게 생각하는가? 그대의 생각을 선하게 가다듬으라. 구르는 대로 내버려 둘 수밖에 없는 생각은 하지 마라. 또 어느 것이나 다른 모든 것의 형태를 띠고, 서로 형태가 바뀌는 생각에도 머물지 마라. 한결같이 선한 것을 사랑하라. 생각이란 우물을 파는 것과 닮았다. 처음에는 흐리지만 차차 맑아진다.

004

악한 일을 들으면 귀머거리가 되라

태 공 왈 견 선 여 갈 　 문 악 여 롱

太公曰 見善如渴하고 聞惡如聾하라.

우 왈 선 사 　 수 탐 　 악 사 　 막 락

又曰善事는 須貪하고 惡事는 莫樂하라.

선한 일을 보면 목마른 것 같이 하며 악한 일을 들으면 귀머거리처럼 하라.
아울러 선한 일이면 모름지기 탐내고 악한 일은 결코 즐겨 하지 마라.

세상에는 결코 완전한 선善이나 완전한 악惡은 존재하지 않는다. 세상을 선과 악의 극한적인 대상으로만 보아서는 안 된다는 말이다. 최고의 선을 만들어 내기 위해서는 최고의 악이 필요하기 때문이다. 그렇다면 무엇 때문에 최고의 선을 만드는가? 레니에는 이렇게 말했다.

"세상에는 착한 사람과 악한 사람이 따로 있는 것이 아니다. 다만 때에 따라 착한 사람이 되기도 하고 악한 사람이 되기도 할 따름이다."

세상이란 곧 인간들이 모여서 인간끼리, 가장 인간적으로 살아가는 곳이다. 그 세상 속에서 어떻게 더 이상의 완전한 선악을 찾아내려 애쓸 것인가? 쉘리의 시 한 편을 읽어 보자.

그대들이 씨를 뿌린다. 거두는 사람은 다른 사람이다.
그대들이 부富를 찾아낸다. 저장하는 사람은 다른 사람이다.
그대들이 옷을 짓는다. 입는 사람은 다른 사람이다.
그대들이 무기를 만든다. 쓰는 사람은 다른 사람이다.

씨를 뿌려라. 그러나 폭군이 거두게 하지 마라.
부를 찾으라. 사기꾼이 차지하지 않게 하라.
옷을 지으라. 게으름뱅이가 입지 않게 하라.
무기를 만들라. 모두 그대들 자신을 지키기 위하여.

이 한 편의 시에서 우리는 확실하게 선을 그을 수 있다. 씨를 뿌리며, 부를 찾으며, 옷을 지으며, 무기를 만들어 내는 선량한 사람들의 건너편에는 악인들이 모여 있다. 폭군과 사기꾼과 게으름뱅이들이 그들이다. 그대도 때에 따라 폭군과 사기꾼과 게으름뱅이의 무리 속에 서 있을 수 있다. 또 그 반대편에 서 있을 수도 있다. 그것을 흑백논리로 접근하지 말고 진실과 사랑으로 접근하라.

005

덕행은 가장 값진 유산이다

사 마 온 공 왈 적 금 이 유 자 손 미 필 자 손 능 진 수
司馬溫公曰 積金以遺子孫이라도 未必子孫이 能盡守요

적 서 이 유 자 손 미 필 자 손 능 진 독
積書以遺子孫이라도 未必子孫이 能盡讀이니

불 여 적 음 덕 어 명 명 지 중 이 위 자 손 지 계 야
不如積陰德於冥冥之中하여 以爲子孫之計他니라.

돈을 모아 자손에게 물려주더라도 그 자손이 반드시 그것을 지킨다고 할 수 없으며,
책을 모아 자손에게 물려주더라도 그 자손이 반드시 다 읽는다고 볼 수 없다.
남모르는 가운데 음덕(陰德)을 쌓아서 자손을 위한 계책을 삼는 것만 못하다.

사람의 피를 빨아먹는 거머리가 막대한 유산을 상속받은 이상한 이야기가 있다. 프랑스의 실업가 카페텐프라는 자신이 피땀 흘려 모은 재산을 둘러싸고 상속자들이 추잡하게 싸우는 꼴을 보자 크게 낙심했다. 그는 아주 극비리에 유언장을 작성했는데, 그 유언장에 의하면 그의 막대한 유산은 한 마리의 거머리에게 주도록 되어 있었다. 상속자들 중에는 이의신청을 내어 소송을 벌이는 사람도 있었지만 어쩔 수가 없었다. 인간이 인간에게 절망을 느낀 가장 극단적이 예가 아닐까. 모든 자연계 중에서 인간만큼 믿지 못할 존재도 없다는 논리는 그래서 성립될 수 있는 것인지도 모른다. 교활하고 잔학하고 배신하는 무리는 유독 인간 속에서만 그 숫자를 크게 헤아릴 수 있기 때문이다. 마키아벨리는 『군주론』에서 '인간이란 부모의 죽음은 곧 잊어버려도 유산을 잃은 것은 좀처럼 잊지 못하는 존

재'라고 말했다. 죽어가는 사람의 구두를 믿고 오랫동안 맨발로 다닌다는 영국의 속담도 있지 않는가. 자식에게 남겨진 최선의 유산은 부모의 덕행德行이다. 칸트는 그의 『서한집』에 이런 말을 남겼다.

"우리 가문에 대하여 자랑할 수 있는 것은 정직하고 도덕적으로 모범적이던 양친이 내게 재산을 물려 주지는 않았으나, 한 가지 가르침을 주신 점이다. 그 가르침이란 도덕적인 면에서 그 이상은 있을 수 없는 최상의 것이었으며 나는 이것을 기억할 때마다 깊은 감은感恩의 정을 금치 못한다."

006

악행은 지워지지 않는다

마 원 왈 종 신 행 선 　 선 유 부 족
馬援曰 終身行善이라도 善猶不足이요

일 일 행 악 　 악 자 유 여
一日行惡이라도 惡自有餘이니라.

선(善)은 평생을 행하여도 부족하지만, 악(惡)은 단 하루만 행하더라도 스스로 남음이 있다.

악惡을 행하고 남는 것은 죄뿐이다. 죄란 곧 도덕상으로 그릇된 짓을 지칭하는 말이기 때문이다. 또 죄가 될 만한 나쁜 짓을 일컬어 죄악이라고 부르기 때문이다. 어디 그뿐인가? 악은 단 하루만 행하더라도 스스로 남음이 있다고 하지 않는가. 그것이 죄가 되며 죄악이 되며, 마침내는 죄인이 되는 것이다. 그래서 죄는 지은 대로 가고 덕은 닦은 대로 간다고 한다. 한 번 지은 죄는 지울 수 없다. 감출 수도 없다. 게오르규는 이렇게 말한다.

"마치 큰 바위가 아주 높은 곳에서 떨어지듯이 죄는 요란스러운 속도로 전락한다. 죄를 지은 뒤에는 번개가 친 뒤처럼 모든 것이 침묵하고 황폐해지고 음산해져서 죽고 만다."

모래알처럼 가벼운 죄도 되풀이되면 커질 수밖에 없다. 대개의 악행들은 되풀이되는 습성을 가지고 있다. 악행에 익숙해져 어느새 하나의 습관처럼 그 자신을 잠식하기 때문이다. 조심하라. 악행은 결코 지워지지 않는다.

007

원수는 외나무다리에서 만난다

경 행 록　　왈 은 의　　광 시　　　　인 생 하 처 불 상 봉
景行錄에 曰 恩義를 廣施하라. 人生何處不相逢이랴.

수 원　　막 결　　　노 봉 협 처　　난 회 피
讐怨을 莫結하라. 路逢狹處면 難回避니라.

은혜와 의리를 널리 베풀어라. 사람이 살아가노라면 어디에서든 만나지 않으랴.
원수와 원한을 맺지 마라. 좁은 길에서 만나게 되면 피하기가 어렵다.

인생을 기쁨으로 살아가는 것은 지혜로운 삶이다. 그러나 사람들은 기쁨으로 살아갈 수 있는 길을 바라보면서도 그걸 깨닫지 못한다. 기쁨의 삶은 도처에 널려 있다. 손만 내밀면 금방이라도 닿을 수 있는 거리에 있다. 인생이란 정신의 생식 작용이지 결코 육체의 만족에 있는 것이 아니다. 은혜와 의리를 베푼다는 것은 남을 돕는다는 말이다. 남을 도울 수 있는 방법은 헤아릴 수 없이 많다. 많은 돈으로 가난한 사람을 도와주는 것만이 남을 돕는 것이 아니다. 아주 사소한 것에서 은혜와 의리는 빛을 더한다. 인생을 기쁨으로 살아가노라면 원수를 만날 수가 없다. 원한 따위의 일들도 생기지 않는다. 비트겐슈타인이 말했다.

"말을 잘 못 타는 기사가 말을 타고 있는 것처럼 나는 인생 위에 걸터앉아 있다. 이 순간에도 내가 떨어지지 않는 것은 오직 말의 친절 때문이다."

008

악행은 스스로를 닳게 한다

동 악 성 제 수 훈 왈 일 일 행 선 복 수 미 지 화 자 원 의
東岳聖帝垂訓曰 一日行善이면 福雖未至나 禍自遠矣요
일 일 행 악 화 수 미 지 복 자 원 의 행 선 지 인 여 춘 원 지 초
一日行惡이면 禍自遠衣나 福自遠矣니 行善之人은 如春園之草하여
불 견 기 장 일 유 소 증 행 악 지 인 여 마 도 지 석
不見基長이라도 日有所增하고 行惡之人은 如磨刀之石하여
불 견 기 손 일 유 소 휴
不見基損이라도 日有所虧이니라.

하루 동안 선을 행하면 복이 미처 이르지 않더라도 화는 스스로 멀어진다.
하루 동안 악을 행하면 화는 미처 이르지 않더라도 복은 스스로 멀어진다.
선을 행하는 사람은 마치 봄 동산의 수풀처럼 자라는 것이 보이지는 않아도 나날이 더해 가지만,
악을 행하는 사람은 마치 칼을 가는 숫돌처럼 마모되어 가는 것이 보이지는 않아도 나날이 닳게 한다.

"사람이 죽어서 하느님 앞에 나설 때 가지고 갈 수 없는 것이 있다. 첫째가 돈이고, 그다음이 친구와 친척과 가족이다. 그러나 착한 일만은 가지고 갈 수 있다."

유태인들이 즐겨 쓰는 격언 중 하나이다. 선행善行은 그만큼 하늘과 직결되어 있다는 의미일 것이다. 하워드 프리드먼이라는 교수가 이끄는 미국의 캘리포니아대학 심리학과 연구팀의 연구에 의하면, 양심적이고 선한 사람이 이기적이고 악한 사람보다 더 오래 산다는 결과가 나왔다. 신중하고 양심적이며 허영심 없는 성격의 사람이 사망할 확률이, 야비하고 이기적이며 남을 이용하는 성격의 사람보다 30퍼센트나 낮은 것으로 나

타났다는 것이다. 이런 연구 결과야 말로 '선을 행하는 사람은 마치 봄 동산의 수풀처럼 자라는 것이 보이지는 않아도 나날이 더해 가지만, 악을 행하는 사람은 칼을 가는 숫돌처럼 마모되어 가는 것이 눈에 보이지는 않아도 나날이 닳게 된다'는 사실을 확실하게 증언해 준 것이다. 에리히 프롬은 『인간의 마음』에서 다음과 같이 적었다.

"선은 삶에 이바지하는 모든 것이고 악은 죽음에 이바지하는 모든 것이다. 선은 삶을 존중하는 것이고 삶과 성장과 전개를 드높이는 모든 것이다. 악은 삶을 질식시키고, 옹색하게 만들고, 조각나게 하는 모든 것이다."

선을 행하여 얻을 수 있는 복이란 무엇인가? 그것이야말로 삶에 이바지하는 모든 것이다. 아울러 악을 행하여 얻을 수 있는 화는 죽음에 이바지하는 모든 것이다. 선을 행하기 위해서는 부단한 노력이 필요하다. 그 노력이야말로 선을 향한 그대의 의지이다.

009
선행은 모든 악행을 제압한다

장자왈 어아선자 아역선지 어아악자 아역선지
莊子曰 於我善者도 我亦善之하고 於我惡者도 我亦善之니라.

아기어인 무악 인능어아 무악재
我旣於人에 無惡이면 人能於我에 無惡哉인저.

나에게 선하게 행하는 사람에게 나 역시 선하게 대하고, 나에게 악하게 행하는 사람에게도 선하게 대하라.
내가 남에게 악한 일을 하지 않으면 남도 나에게 악한 일을 하지 않는다.

"종이나 경쇠를 고요히 치듯 착한 마음으로 부드럽게 말하면, 그의 몸에는 시비가 없어 이미 열반에 든 것이니라."

『법구경』의 가르침이다. 이 세상은 얼마나 사악하며 또 얼마나 추악한가. 그토록 사악하고 추악한 세상을 만든 것은 바로 사람들이다. 그런데도 사람들은 저마다 선악을 이야기하며 스스로 선악을 판단하고 마침내는 매도해 버린다. 알프레드 드 비니는 『시인의 일기』에 이렇게 적었다.

"선에는 항상 악이 섞여 있다. 극단적인 선은 악이 되지만 극단적인 악은 아무런 선도 되지 않는다."

용서하자는 말이다. 나에게 악하게 대한 사람이라도 선으로 감싸자는 이야기다. 선은 무한해야 한다. 톨스토이는 말한다.

"만일 선이 원인을 갖고 있다면 그것은 이미 선이 아니다. 또한 만일 그것이 결과를 갖는다면 그것 역시 선이라고 할 수 없다."

010
악행은 끓는 물과 같다

자왈 견선여불급 견불선여탐탕
子曰 見善如不及하고 見不善如探湯하라.

선한 일을 보면 미처 미치지 못하는 것처럼 하고, 선하지 못한 일을 보면 마치 끓는 물을 만지는 것처럼 하라.

한 방울 한 방울의 물이 물통을 가득 채우는 것처럼 악은 그렇게 아주 미세한 것에서부터 시작된다. 모래알처럼 아주 작은 형태의 악은 차라리 한 움큼의 어리석음일 수 있다. 그런 어리석음의 알알들이 쌓여 큰 덩어리로 변했을 때, 그때는 이미 어리석음은 간곳없고 악으로 형상화되고 만다. 그래서 악은 물들기가 쉽다고 한다. 악은 번개처럼 천 리를 달린다. 아주 작은 일일지라도 그것이 선하지 못한 일이라고 판단되면 가까이하지 마라. 끓는 물에 손을 집어넣으면 화상을 입듯이, 악을 가까이하면 그 악의 씨앗에 물들기 마련이다. 다시 한 번 말하지만 선하지 못한 일을 보면 마치 끓는 물을 만지는 것처럼 하라. 아예 손을 담그지 않는 것만이 악을 비켜 갈 수 있는 유일한 방법이다.

011
하늘의 뜻을 거역하지 마라

맹자왈 순천자 존 역천자 망
孟子曰 順天者는 存하고 逆天者는 亡하니라.

하늘의 뜻에 순종하는 사람은 살고 하늘의 뜻에 거역하는 사람은 망한다.

어느 날 석가모니가 숲 속을 거닐고 있는데 한 젊은 여자가 다급하게 옆을 스쳐 지나갔다. 잠시 후 어떤 젊은이가 나타나가 석가에게 물었다.

"저는 한 여인을 찾고 있습니다. 혹 그 여인을 보지 못했습니까?"

석가가 대답했다.

"젊은이, 여인을 찾는 일도 중요하겠만 그대 자신을 먼저 찾아보시오."

참으로 중요한 말이다. 나 자신을 어디서 찾을 것인가? 진정한 나는 어디서 와서 어디로 가는가? 나를 찾는 것은, 곧 삶의 의미를 찾는 것이다. 옳은 길을 가고 있는 것인지 아닌지 그 사실을 발견하는 것이다. 의로운 길은 하늘이 함께하지만 의롭지 못한 길은 하늘이 함께 하지 않는다. 그것이 대자연의 섭리다.

그대 자신을 찾으라. 확실한 자아를 갖고 있다면 하늘은 항상 그대 편이다.

012

하늘의 마음이 곧 그대의 마음이다

강절소선생왈 천청 적무음
康節邵先生曰 天聽이 寂無音하나니

창창하처심 비고역비원 도지재인심
蒼蒼何處尋고 非高亦非遠이라 都只在人心이니라.

하늘의 들으심은 너무나 고요하여 소리가 없다. 푸르디푸른 저 어디에서 찾을 것인가?
또한 높지도 멀지도 않으니 모두가 사람의 마음속에 있는 것을.

마음처럼 다스리기 어려운 것도 없다. 마음이 금방 숲 속에 있었는가 하면 어느 틈엔가 불길 속에서 활활 타오르고 있고, 또다시 꽃밭 속에서 산책을 즐기고 있는가 하면, 어느새 세찬 빗줄기 속에서 방황하는 것을 보게 된다. 경전『진심직설眞心直說』에 이런 글이 보인다.

"마음이란 뜨겁기는 타는 불이요 차기는 얼음이며, 빠르기는 구부리고 우러르는 동안에 사해 밖을 두 번 어루만진다. 가만히 있을 때는 깊고 고요하며, 움직일 때는 하늘까지 멀리 가는 것은 오직 사람의 마음이구나."

미움도 사랑도 슬픔도 모두가 사람의 마음속에 터를 잡고 있다. 마음 밖에서는 도저히 그것들을 읽을 수가 없다. 그래서 마음의 밑바닥은 이 세상 끝보다도 더 깊다고 한다. 그만큼 깊이 감춰져 있기 때문이다. 역시 모든 것은 그대 마음속에 있다. 저토록 비밀한 하늘도 결국은 그대 마음속에 있는 것이다.

013

비밀한 일은 설 자리가 없다

玄帝垂訓(현제수훈)에 曰(왈) 人間私語(인간사어)라도 天聽(천청)은 若雷(약뢰)하고

暗室欺心(암실기심)이라도 神目(신목)은 如電(여전)이니라.

사람들의 사사로운 말도 하늘의 들으심은 우레와 같다. 캄캄한 방에서 마음을 속이더라도 귀신의 눈은 번개와 같다.

비밀은 아름답다. 남들이 가질 수 없는 나만의 비밀을 갖는다는 것은 아름다운 일이다. 그런 아름다움을 잘 가꾼다면 장신구로 지니는 보석들보다도 더 귀한 것이 될 수 있다. 그러나 비밀한 일은 아름다운 것이 아니다. 비밀한 일 속에는 음모와 계략과 속임수와 배반이 따라붙게 마련이다. 그런 비밀은 그것을 지닌 사람에게는 피와 같은 것이 된다. 비밀이 탄로 났을 때는 목숨이 위태로워질 수도 있기 때문이다. 비밀을 감추고 있는 동안은 비밀이 그 사람의 노예와 다름없지만 탄로 났을 때는 주인 행세를 한다. 비밀한 일들은 결코 감춰지지 않는다. 하늘이 보고 있기 때문이다. 그래서 '낮말은 새가 듣고 밤말은 쥐가 듣는다'라거나 '숲에도 귀가 있고 들에도 귀가 있다'는 속담이 생겨난 것이다. 참된 인생의 비밀은 자기 자신을 속이는 감정을 절대로 갖지 않는 데에 있다. 그대의 비밀을 그런 아름다운 것으로 선택하라. 죽음이 삶의 비밀인 것처럼, 이별이 사랑의 비밀인 것처럼, 아름다운 것들만 소유하라.

014

악인은 살아남지 못한다

益智書(익지서)에 云(운)하였으되 惡鑵(악관)이 若滿(약만)이면 天必誅之(천필주지)니라.

악한 마음으로 가득 차게 되면 하늘이 반드시 베어 버린다.

악惡이란 글자는 곱사등이 아亞 자 밑에 마음 심心 자가 받쳐져 만들어진 글자이다. 아亞 자는 등이 굽은 모양으로 흉한 것을 나타낸다. 그러므로 악은 '흉한 모양의 마음', 즉 흉악함을 의미한다. 이 얼마나 섬뜩한 글자인가. 사전에는 악을 '착하지 않거나 올바르지 않은 것, 즉 양심을 좇지 않고 도덕을 어기는 일'이라고 풀이한다. 그래서 악惡 자가 붙은 어휘는 한결같이 무섭고 혐오스럽고 불안전한 것들이다. 마음속에 악한 것을 심지 말아야 한다. 행동이란 마음을 좇아 따르기 마련이다. 어떤 악한 행동보다도 그 행동의 근본이 되는 마음이 더 악한 것이다. 악한 행동은 그저 나쁜 방향으로 굴러갈 뿐이지만 악한 마음은 저항할 수 없는 힘으로 그 길 위로 이끌려 가는 것이다. 힐티는『행복론』에서 다음과 같이 경고했다.

"악인이 받는 주된 벌은, 그들이 착한 사람으로 되돌아가려고 아무리 노력해도 이미 선의 길로 돌아갈 수 없다는 데에 있다."

015
악명은 하늘이 그 기세를 덮는다

장자왈 약인 작불선 득현명자 인수불해 천필육지

莊子曰 若人이 作不善하여 得顯名者는 人雖不害나 天必戮之니라.

만약 선하지 못한 일을 하여 세상에 이름을 떨친 자가 있다면,
사람은 비록 그를 해치지 못하더라도 하늘이 그를 해친다.

많은 제자들이 부처님을 흠모하며 말했다.

"대덕이시여, 저기 아자타샤트루* 왕자는 아침저녁으로 오백 대의 수레를 내어 음식을 나르고 제파달다**를 공양하고 있습니다."

부처님께서 대답했다.

"비구들이여, 제파달다의 명성이나 이익을 부러워해서는 안 된다. 그가 얻은 명성과 이익은 이윽고 그를 해치고 파멸로 초래할 것이다."

이름을 떨친다든가 그로 하여 큰 이익을 얻을 수 있는 길은 극히 좁다. 그 좁은 길을 향하여 많은 사람들이 달려간다. 그대 또한 마찬가지다. 목적지에 다다르기 위하여 많은 사람들이 수단과 방법을 가리지 않는다. 그

* 아자타샤트루(Ajātaśatru): 고대 인도의 마가다국 왕. 왕자 때 제파달다의 말을 듣고 부왕을 살해하고 왕위에 올랐으나, 후에 석가에 귀의했다.

** 제파달다提婆達多: 데바닷타(Devadatta)의 한자 이름. 출가하여 석가의 제자가 되었지만 석가모니의 지혜를 시샘하여 후에 이반했다. 산 채로 지옥에 떨어졌다는 설이 있다.

대 또한 마찬가지다. 쉼 없이 치닫다가 쓰러지고, 다시 치닫다가 쓰러진다. 그대 또한 마찬가지다. 그러다가 운 좋게 목적지에 다다르고 이름을 떨친다. 이익도 얻는다. 그대 또한 마찬가지다.

악명이란 추악한 이름이나 나쁜 평판을 의미한다. 악명이 높다는 말처럼 무섭고 흉악한 것은 다시없다. 어떤 이익을 얻기 위하여, 또 어느 목적지에 다다르기 위하여 악명이라도 마다하지 않겠다면 그대는 이미 살아가는 의미를 잃어버린 사람이다. 무엇을 얻으려고 애쓰지 마라. 무엇을 하며 어떻게 살아갈 것인가에 마음을 두라. 나폴레옹이 말했다.

"부귀와 명예는 그것을 어떻게 얻느냐의 문제이다. 도덕에 근거를 두고 얻은 부귀와 명예라면 산골에 피는 꽃과 같아 충분한 햇볕과 바람을 받고 필 수 있다. 사치스러운 생활 속에서 행복을 구하는 것은 마치 태양을 그려 놓고 빛이 비추기를 기다리는 것과 다름없다."

참으로 명성과 거울은 입김만으로도 흐려진다.

016

하늘의 그물은 빠져나갈 수 없다

種瓜得瓜(종과득과)요 種豆得豆(종두득두)니 天網(천망)이 恢恢(회회)하여 疎而不漏(소이불루)니라.

오이를 심으면 오이를 얻고 콩을 심으면 콩을 얻는다.
하늘의 그물은 가없이 넓어 성긴 듯 보이지만 그 무엇도 새어 나갈 수 없다.

「죄, 고뇌, 희망, 진실의 길에 대한 고찰」이란 글에서 프란츠 카프카는 이렇게 쓰고 있다.

"진실의 길이란 한 가닥의 밧줄이다. 그 밧줄은 공중에 쳐 놓은 것이 아니라 바로 땅 위에 쳐 놓은 것이다. 타고 건너기 위한 줄이라기보다 아무래도 걸려서 넘어지라는 줄인 것 같다."

많은 사람들에게 왜 진실은 타고 건너기 위한 밧줄이 될 수 없을까? 왜 아무래도 걸려서 넘어지라는 밧줄일 수밖에 없을까?

기름이 물 위에 동동 뜨듯이 진실이야말로 거짓말 위에 확실하게 떠오르기 때문이다. 이 세상의 바탕이 진실하지 못하기 때문이다. 많은 진실한 사람들이 미움을 받는 이유도 바로 거기에 있다.

사람들은 진실하라 말하면서 정작 그 속에서 자기 자신을 제외시키고 있다는 것을 눈치채지 못한다. 오히려 진실한가 아닌가를 감시하는 자리에 자기만은 우뚝 서 있다고 착각하며 살아간다. 얼마나 엄청난 착각이며 오류인가.

콩 심은 데 콩 나고 팥 심은 데 팥 나는 건 당연한 이치이다. 하늘은 가없이 넓어 성긴 듯 보이지만 그 무엇도 새어 나갈 수 없다. 진실의 밧줄을 타고 건너가는 사람과 걸려 넘어지는 사람을 하늘은 하나도 놓치지 않는다. 여기 재미있는 이야기가 한 토막 있다.

미국 플로리다 주 오클랜드 파크에 사는 로버트 홈리고스라는 41세의 사내 이야기다. 그는 갓 태어난 강아지들이 귀찮아 아홉 마리나 되는 강아지들을 어미 개 몰래 땅 속에 묻어 버렸다. 그리고 홀가분한 기분이 되어 콧노래를 불렀지만 그 기분은 결코 오래가지 못했다. 어미 개가 강아지들이 묻힌 땅을 필사적으로 파내는 바람에 주민들의 신고로 동물 학대 혐의를 받아 3급 중죄를 선고받은 것이다. 강아지가 묻혔던 땅처럼 옳지 못한 일들은 냄새가 나기 마련이다. 결코 냄새나는 일에 휩쓸리지 마라. 어떻게 할까 하고 망설여질 때, 과감히 진실이 밧줄을 타라. 그것뿐이다. 다만 그것뿐이다.

017
하늘은 그대 마음의 고향이다

子曰(자왈) 獲罪於天(획죄어천)이면 無所禱也(무소도야)니라.

하늘에 죄를 얻으면 빌 곳일 없다.

하늘을 두려워하지 않는 사람은 없다. 하늘은 인간이 저지르는 모든 죄에 대하여 티끌 하나 남김없이 꿰뚫어 보며, 그 모든 죄에 대하여 분노하기 때문이다. 하늘은 높으면서도 낮은 것을 듣는다고 사마천도 말하지 않았는가. 히틀러도 그 사실에 대하여 다음과 같이 말했다.

"하늘은 인간보다 우월하다. 그 까닭은 다행스럽게도 인간은 인간을 속일 수 있지만 하늘은 결코 매수할 수 없기 때문이다."

역시 히틀러다운 말이다. 하늘을 매수할 수 없다는 말은 얼마나 엄청난 발상인가. 우리는 이쯤에서 간디의 말을 되새겨 볼 필요가 있다.

"나는 죽음 가운데서도 삶이 끈덕지게 이어지고 있고, 허위 가운데에 진리가 존재하며, 어둠 속에 광명이 있는 것으로 보아 하느님은 정말 자비심이 깊은 것으로 생각한다. 그러므로 하느님이란 삶이요, 진리요, 광명이라고 생각한다. 그는 최고의 선善이다."

하늘은 그대 마음속에 있다. 그대가 최고의 선善이게 하라. 그대 자신을 삶이자 진리이며 광명이게 하라. 하늘은 조금도 두려울 것이 없다.

018

순리의 삶이 가장 아름답다

자왈 사생 유명 부귀재천
子曰 死生이 有命이요 富貴在天이니라.

죽고 사는 것은 그 명(命)에 있고, 부자가 되고 귀하게 되는 것은 하늘에 있다.

몽테뉴의 『수상록』을 읽다 보면 다음과 같은 대목이 나온다.

"그대의 죽음은 우주 질서 중의 한 토막이다. 세계 생명의 한 부분이다. 죽음이 어디서 우리를 기다리고 있는지 알 수 없으니 어디서든지 그것을 맞이할 준비를 갖추자. 미리 죽음을 생각해 두는 것은 자유를 예상하는 것이다. 죽기를 배운 자는 노예의 마음씨를 씻어 없앤 자이다. 죽기를 알면 우리는 모든 굴종과 구속에서 해방된다."

순리대로 살아가는 삶 속에서는 삶과 죽음이 따로 있을 리 없다. 죽음은 항상 삶의 옆구리나 어깻죽지쯤에 붙어서 동행하기 때문이다. 그래서 순리의 삶은 참으로 아름답다. 부자가 되고 귀하게 되는 것 역시 마찬가지다. 에머슨은 부富는 마음을 자연에 적응시키는 일이라고 했다. 부자가 되는 길은 결코 근면에 있는 것도 아니고 절약에 있는 것도 아니라는 것이다. 그것은 보다 나은 자연의 순리에서 찾아야 한다. 적당한 시기에 옳은 장소에 있어야 한다. 그래서 순리의 삶은 아름답다.

019
삶은 움직임 속에 있다

만사분이정 부생 공자망
萬事分已定이어늘 浮生이 空自忙이니라.

모든 일은 이미 그 분수가 정해져 있는데도 세상 사람들은 부질없이 스스로 바쁘다.

항룡유회亢龍有悔라는 말이 있다. '지나치게 높이 올라간 용은 뉘우치게 된다'는 뜻으로, 자기 분수에 넘치게 존귀함을 구하게 되면 실패한다는 말이다. 또 묘시파리眇視跛履라는 말도 있다. '애꾸눈이 환히 보려고 하고 절름발이가 먼 길을 가려 한다'는 뜻으로, 분수에 넘치는 일을 하려고 하다가는 오히려 화를 부른다는 것을 비유하는 말이다.

세상을 사는 일에는 저마다 분수가 있다. 분수라는 말을 사전에서는 '타고난 운수'라고 풀이하며 '제 몸에 알맞은 분한分限'이라고 덧붙인다. 그러나 인생을 살면서 타고난 운수가 있다는 한계를 긋는 것은 옳지 않다. 분수를 지키라는 말은 스스로의 한계점을 설정하라는 말이 아니라 모든 일에 있어서 지나치지 않게 행동하여 후회하는 일이 없도록 하라는 뜻이다.

삶은 움직임 속에 있다. 그러나 어떤 경우에라도 과격하지 마라. 과로하지 말고 과묵하지도 마라. 과념하지 말 것이며 과욕하지 마라. 과민하지도 말고 과취하지 마라. 모든 일에 지나치지 않고 알맞게 행동하는 것이 분수를 지키는 일이다.

020

축복의 때를 놓치지 마라

경행록　　운 화불가행면　　　복불가재구
景行錄에 云 禍不可倖免이요 福不可再求니라.

화는 요행으로 면할 수 없고 복은 두 번 다시 구할 수 없다.

플라톤은 절호의 기회를 일컬어 '무엇을 받아들이거나 무엇을 행해야 할 유일한 일순간'이라고 했다. 그 일순간을 어떻게 포착하며 어떻게 획득하느냐에 따라서 운명의 갈림길이 달라지기 때문이다. 소포클레스 역시 '스스로 돕지 않는 자는 기회도 힘을 빌려 주지 않는다'고 역설했다. 축복의 때는 바로 스스로 돕는 가운데에 있다. 무위의 나날 속으로 절호의 기회는 결코 찾아들지 않을 것이며, 안일의 나날 속으로 축복의 때는 결코 찾아들지 않을 것이다. 오비디우스가 말했다.

"기회의 영토는 도처에 있다. 자신의 갈고리를 항상 늘어뜨려 둘 일이다. 그대가 예기치 않았던 소용돌이에 고기가 있다."

그대의 갈고리를 녹슬게 해서는 안 된다. 세찬 물결에 휩쓸리게 해서도 안 되고 갈고리에 힘이 없어도 안 된다. 고기를 잡으려면 갈고리는 항상 준비되어 있어야 한다. 때를 놓치면 아무 쓸모가 없다. 화를 요행으로 면할 수는 없다. 준비하고 피해야 다가올 화를 면할 수 있다. 기회가 사람을 버리는 것보다, 사람이 기회를 놓치는 편이 많다는 것을 명심하라.

021
운명은 용기 있는 자를 사랑한다

시 래 풍 송 등 왕 각 운 퇴 뇌 굉 천 복 비
市來風送騰王閣이요 運退雷轟薦福碑라.

때가 오면 바람이 등왕각(騰王閣)으로 보내 주고, 운이 나가면 벼락이 천복비(薦福碑)를 때린다.

당나라 때 도독都督 염백서閻伯嶼란 사람이 장강長江 유역의 남창南昌에 등왕각이라는 정자를 세웠다. 그는 낙성식 연회에서 그의 사위로 하여금 서문을 짓게 하여, 참석자들에게 사위의 뛰어남을 자랑하려 했다. 이 무렵 염백서의 사위인 왕발은 동정호洞庭湖 부근에 있었다. 남창까지는 7백 리나 떨어진 먼 거리였다. 등왕각 낙성식에 참석하여 서문을 지으라는 말에 왕발은 혀를 차며 중얼거렸다.

"하루에 7백 리를 가라니……. 말도 안 된다!"

그러나 왕발은 곰곰이 생각에 잠겼다. 간밤의 꿈이 너무나 생생하게 머릿속에 떠올랐기 때문이었다. 꿈속에서 그는 시험 삼아 배에 올랐다. 바람이 어찌나 순풍이었던지 그는 하루 만에 남창에 도착할 수 있었다. 그리고 마침내 낙성식에 참석하여 천하의 문장으로 알려진 등왕각서騰王閣序를 써서 사람들을 놀라게 했다. 당시 왕발의 나이가 열네 살이라는 데서 그 놀라움은 더욱 컸다.

운명은 용기 있는 자를 사랑한다. 미지의 세계에 도전하려는 의지 자체가 왕발에게는 하나의 기회이며 운명일 수 있었다. 그는 다가온 기회를 놓치지 않고 낚아챈 것이다.

천복비薦福碑 이야기는 이와 정반대의 경우를 보여 준다. 송나라 때 한 재상이 가난한 선비에게 천복薦福山에 있는 명필 구양순歐陽詢이 쓴 천복비의 비문碑文을 탁본해 주면 엄청난 사례를 하겠다고 제의했다. 이 가난한 선비는 희망에 부풀어 천복산으로 갔다. 그러나 그가 도착한 날 밤, 난데없는 벼락이 그 비석을 때려 산산조각이 났다. 동시에 그의 희망도 꿈도 모두 사라져 버렸다는 아주 단순한 이야기다. 그러나 이 이야기 속에는 큰 뜻이 있다. 선비라면 오로지 학업에 열중해야 함이 옳은 일인데, 턱없는 사례에 눈이 멀어 자신의 본분을 잊어버린 그 선비에게 하늘이 냉엄한 심판을 내린 격이기 때문이다.

모름지기 자기의 길을 향해 매진하라는 이야기다. 그대의 운명은 오로지 그대 자신이 만든다. 그 누구도 그대의 운명을 만들어 주지 않는다. 운명은 언제나 용기 있는 자를 사랑한다.

022
운명은 스스로 개척하라

열자왈 치롱고아 가호부 지혜총명 각수빈

列子曰 癡聾痼瘂도 家豪富요 智慧聰明도 却受貧이라.

연월일시 해재정 산래유명불유인

年月日時 該載定하니 算來由命不由人이니라.

어리석고 귀먹은 벙어리라도 크게 부유할 수 있고, 지혜롭고 총명한 사람이 오히려 가난할 수 있다.
모든 것은 그때에 이미 정해져 있으니 부귀와 가난은 운명에서 비롯된 것이지 사람에게서 비롯된 것이 아니다.

몽테뉴가 말했다.

"운명은 우리를 행복하게도 불행하게도 만들지 않는다. 다만 그 재료와 씨앗을 우리에게 제공해 줄 뿐이다."

나쁜 씨앗에서 좋은 곡식을 얻을 수는 없다. 사람이 살아가는 일에서 지녀야 할 씨앗들은 말의 씨앗, 마음의 씨앗, 행동의 씨앗 등 수없이 많다. 운명에서 비롯되는 운명의 씨앗을 자신의 것으로 선택하라. 씨앗은 하나의 의지이며 정신이다. 인간이 우주에게 말했다.

"저는 존재합니다."

그러자 우주가 대답했다.

"그러나 그 사실이 나에게 하등의 책임감을 지워 주지는 못했다."

하늘은 그대의 존재를 책임지지 않는다. 그대의 존재는 오로지 그대 몫일 뿐이다. 스스로 자신의 운명을 개척하라.

023

어버이를 어떻게 섬길 것인가

자왈 효자지사친야 거즉치기경 양즉치기락
子曰 孝子之事親也에 居則致基敬하고 養則致基樂하고

병즉치기우 상즉치기애 제즉치기엄
病則致基憂하고 喪則致基哀하고 祭則致基嚴이니라.

효자가 어버이를 섬기는 일에서 기거함에 있어서는 공경을 다해야 하고,
봉양함에 있어서는 즐거움을 다해야 하며, 병들었을 때에는 근심을 다해야 하고,
돌아가실 때에는 슬픔을 다해야 하며, 제사 지낼 때에는 엄숙함을 다해야 한다.

'효성이 지극하면 돌 위에 풀이 난다'는 속담이 있다. 어버이에 대한 효성이 지극하면 기적적으로 하늘의 도움을 입게 된다는 말이다. 옛날 초楚나라의 노래자老萊子는 늙은 어버이를 즐겁게 해드리기 위해서 일흔의 나이에도 색동옷 같은 어린아이 옷을 입고 어리광을 부렸다고 한다. 또 한漢나라의 왕상王祥은 두꺼운 얼음장을 체온으로 녹여 잉어를 잡아다가 계모에게 바쳤다고 한다.

어떤 사람이 공자에게 선생님은 왜 정사에 참여하지 않느냐고 묻자 공자가 대답했다.

"경서에 이르기를 오직 효도하며 형제와 우애하는 것이 곧 정사를 베푸는 것이라 하니 이 또한 위정이요, 어찌 정사에 참여하는 것만이 위정이라 하랴."

효도는 모든 선의 으뜸일 수밖에 없다. 어버이가 계시지 않으면 어찌

오늘의 내가 있을 수 있겠는가.

효도하는 길이 비록 힘들더라도 최선을 다하라. 자칫하면 때를 놓친다. 풍수지탄風樹之嘆이라는 말이 있다. 나무는 조용해지고자 하지만 바람이 그치지 않는다는 말로, 부모에게 효도를 하려 하지만 이미 돌아가시고 계시지 않음을 비유한 말이다. 부디 풍수지탄을 명심하라.

024

아버지 나를 낳으시고 어머니 나를 기르시니

시왈 부혜생아 모혜국아 애애부모 생아구로
詩曰 父兮生我하시고 母兮鞠我하시니 哀哀父母여 生我劬勞샷다.

욕보지덕 호천망극
欲報之德인데 昊天罔極이로다.

아버지 나를 낳으시고 어머니 나를 기르시니 애달프다 부모님이시여!
나를 낳아 기르시느라 애쓰시고 수고로우셨네. 그 은혜 갚고자 하니 드넓은 하늘처럼 끝이 없네.

장자莊子가 말했다.

"존경으로써 효도하기는 쉬워도 사랑으로써 효도하기는 어렵다. 사랑으로써 효도하기는 쉬워도 부모를 잊기는 어렵다. 부모를 잊기는 쉬워도 부모 때문에 나를 잊기는 어렵다."

효도란 부모를 섬기는 도리를 뜻한다. 효도는 모든 선의 으뜸이지만 그 길은 멀고도 어렵다. 장자의 말처럼 '부모 때문에 나를 잊기는 어렵기' 때문이다. 영국의 문호 새뮤얼 존슨의 일화가 있다. 그의 아버지가 사업에 실패하자 시장 길바닥에서 책을 팔아 겨우겨우 생활을 연명했던 때였다. 어려서부터 자존심이 유난히 강했던 존슨은 그런 아버지가 부끄러웠고 아버지가 병석에 누워 있어도 아버지를 찾아가지 않았다. 결국 그는 아버지가 죽은 다음에야 시장에 가서 아버지가 책을 팔았던 그 자리에 서서 후회의 눈물을 흘렸다. 50년의 세월이 흐른 후에도 그 시장은 변함없이 바쁘고 활기찼다. 달라진 것이 있다면 병약했던 아버지의 모습이 보이지 않는 것과, 존슨이 영국에서 가장 유명한 작가가 되었다는 사실뿐이었다.

카로사의 시 「어린이에게」를 소개한다.

네 어머니 집에는 눈이 와서 쌓이고 있었단다.
네 어머니는 아직 너를 알지 못하고 있었단다.
아직 네가 어떠한 눈망울로
어머니를 쳐다보리라는 것을 알지 못하고 있었단다.

네 어머니는 낮이면 가끔 근심스러이 다녔고
마치 너 때문에 고통을 받을 것 같아
연약한 두 손을, 그러나
너를 보호하며 너의 싹 위에 얹고 있었단다.

폭풍 치는 아침이 태양을 내놓듯이
어머니는 너를 어둠에서 내어 놓았단다.
너는 지상에 자취를 가지지 않았으나
이제는 벌써 어디서나 볼 수가 있구나.

025

부모를 존경함은 스스로를 사랑하는 길이다

子曰(자왈) 父命呼(부명호)어시든 唯而不諾(유이불낙)하며 手執業則投之(수집업즉투지)하고

食在口則吐之(식재구즉토지)하고 走而不趨(주이불추)니라.

아버지께서 부르시면 즉시 대답하여 머뭇거리지 마라. 손에 일감을 잡았다면 던져 버리고, 음식이 입에 들었다면 토해 내고 달려가라. 그러나 결코 내닫지는 말아야 한다.

소금의 고마움은 소금이 떨어졌을 때 알고, 부모는 돌아가신 뒤에야 그 고마움을 안다는 말이 있다. 부모가 자식에게 행하는 은혜는 눈에 보이지 않고, 손에 잡히지 않으며, 귀로 들을 수 없는 경우가 많기 때문이다. 그래서 프랑스 사람들은 부모를 '신이 주신 은행가'라고 비유한다. 부모에 대한 존경의 마음은 자식된 사람으로써 마땅히 가져야 하는 것이다. 그것은 최소한의 예의일수도 있지만 존경심이야말로 스스로를 사랑할 수 있는 지름길이 되기 때문이다. 공자의 제자였던 증석曾晳은 생전에 무척이나 대추를 좋아했다. 그래서 그의 아들인 증자曾子는 대추를 입에 대지 않았다고 한다. 공손추公孫丑가 맹자에게 물었다.

"회나 불고기와 대추 중 어느 것이 맛있습니까?"

맹자가 대답했다.

"회나 불고기 쪽이겠지."

"그렇기에 증자는 회나 불고기만 먹고 대추는 먹지 않은 것입니까?"

"회나 불고기는 일반적으로 많은 사람들이 좋아하는 음식이지만 대추는 특수한 사람만이 좋아한다. 마치 부모의 이름은 감히 부르지 않지만 성은 꺼리지 않는 것과 같다. 성은 공통적인 것이고, 이름은 개인적인 것이기 때문이다. 증자는 그의 아버지가 유별나게 좋아하신 음식이 대추였기 때문에 차마 먹지 못했을 것이다."

아버지에 대한 극진한 존경의 마음을 엿볼 수 있는 이야기이다. 부모를 존경하는 마음은 스스로를 사랑하는 길임을 되새겨 두라.

026
부모와 자식은 한몸과 같다

자 왈 부 모 재　불 원 유　유 필 유 방
子曰 父母在어시든 不遠遊하며 遊必有方이니라.

부모가 살아 계시면 멀리 가서 놀지 않을 것이며, 놀 때에는 반드시 일정한 곳에 있어야 한다.

영국의 체임벌린 내각 당시 외상이었고 제2차 세계대전 당시 주미 대사였던 하리패크 경은 바쁜 업무 속에서도 매일 아버지께 편지를 쓰는 효심을 지닌 사람이었다. 영국의 명문 태생인 그는 어머니와 삼 형제를 일찍 여의어 육친이라고는 아버지뿐이었다. 그가 인도 총독으로 임명되었을 때, 여든이 넘은 늙은 아버지를 혼자 남겨 두는 것이 걱정스러워 인도에 있는 동안 하루도 빠짐없이 아버지에게 편지를 보냈다고 한다.

어버이의 마음을 편안하게 해드리는 것이 효도이다. 부모에게 있어 자식은 아무리 나이가 들어도 어리게만 보인다. 자식을 향한 근심 걱정이 끊이지 않는다. 목본수원木本水源이라 했다. 나무의 밑둥과 물의 근원인 부모를 항상 생각해야 한다는 말이다. 그런 의미에서 '아버지의 품 안에는 아홉 자식이 있을 곳이 있지만, 아홉 자식의 어느 집에도 아버지가 있을 곳은 없다'는 에스토니아의 격언은 우리를 슬프게 한다.

027

효도하라 그러면 받으리라

태공왈 효어친 자역효지
太公曰 孝於親이면 子亦孝之하나니
신기불효 자하효언
身旣不孝면 子何孝焉이리오.

어버이에게 효도하면 자식 또한 나에게 효도한다.
어버이에게 효도하지 않는다면 자식 또한 나에게 어떻게 효도할 수 있겠는가?

애정이 없는 효도를 생각해 본 적 있는가? 또한 사랑이 없는 우정을 생각해 본 적이 있는가? 효도가 아무리 부모를 섬기는 자식된 사람의 도리라 하더라도 그 속에 애정이 결여되어 있다면 그것은 효도가 아니다. 그것은 가식이며 위장이며 계산된 것이기 때문이다. 러셀은 『행복의 정복』에서 이런 말을 남겼다.

"애정을 요구하는 사람은 애정을 받는 사람이 아니다. 애정을 받을 수 있는 사람은 남에게 애정을 주는 사람이다. 이자를 붙여서 돈을 빌려 주는 계산된 애정은 주어도 소용이 없다. 계산된 애정은 참된 애정이 아니며, 그 애정을 받는 사람도 진실된 것이라고 생각지 않는다."

속담에 '부모가 온 효자가 되어야 자식이 반 효자'라는 말이 있다. 자식은 부모가 하는 것을 보고 따라한다는 뜻이다. 사랑하고 효도하는 것 모두가 그대 자신을 위한 길이다. 효도하라, 그러면 받으리라.

028

저 처마 끝의 낙숫물을 보라

효순　　환생효순자　　오역　　환생오역자
孝順은 還生孝順子요 五逆은 還生五逆子라.

불신　　　단간첨두수　　　점점적적불차이
不信커든 但看簷頭水하라. 點點滴滴不差移니라.

효도하고 순종하는 사람은 효도하고 순종하는 자식을 낳을 것이며,
어버이의 뜻을 거스르는 사람은 또한 어버이의 뜻을 거스르는 자식을 낳을 것이다.
믿기지 않는다면 저 처마 끝의 낙숫물을 보라. 방울방울 떨어져 내림이 조금도 어긋남이 없다.

소크라테스가 말했다.

"아아, 나의 아들들이여, 그대가 만약 부모의 은혜를 느끼지 않는다면 그대의 친구가 될 사람은 아무도 없을 것이다. 부모의 은혜를 느끼지 않는 사람에게는 친절을 베풀어도 아무 의미가 없음을 알기 때문이다."

부모가 자식을 위하는 정성은 끝이 없다. 거의 맹목적이기까지 하다. 자식을 위해서라면 많은 부모들은 목숨을 담보하는 일에도 서슴지 않는다. 그러나 자식된 이들은 그렇지 못한 경우가 많다. '긴 병에 효자 없다'는 속담이 그것을 잘 대변해 준다.

미국의 지질학자인 매클레인이 자신이 고조할아버지가 텍사스 독립 영웅인 샘 휴스턴에게 빚진 1백 달러를 160년 만에 갚은 일이 있었다. 그는 샘 휴스턴의 후손인 샘 휴스턴 4세에게 1백 달러 수표를 건네면서 다음과 같이 말했다.

"나는 빚을 싫어합니다. 고조부께서도 같은 생각을 하셨을 겁니다."

콩 심은 데서 콩을 거두고 팥 심은 데서 팥을 거둔 결과로 '부모가 착해야 효자가 난다'는 옛말은 조금도 틀리지 않았다. 부모에게서 좋은 감화를 받은 자식은 선량한 사람이 될 수밖에 없다. 처마 끝의 낙숫물을 지켜보라. 방울방울 떨어져 내림이 조금도 어긋남이 없다.

029

남의 용서를 받는 사람이 되지 마라

경행록 운 대장부 당용인 무위인소용
景行錄에 云하였으되 大丈夫는 當容人이언정 無爲人所容이니라.

대장부는 남을 용서할지언정 남의 용서를 받는 사람이 되어서는 안 된다.

사람들이 모여서 살아가는 세상에는 저마다 저지르게 되는 과오와 죄악이 줄을 잇기 마련이다. 그러기에 사람이고, 죄악의 부스러기들을 용서할 수 있기 때문에 사람인 것이다. 남의 용서를 받는 사람이라면 그는 이미 죄인이다. 용서받았다고 해서 저지른 죄가 없던 것이 되지는 않는다. 죄를 저지른 사람을 용서한 것뿐이다. 그래서 남으로부터 용서를 받는 사람이 되지 말라는 것이다. 모든 죄는 벌을 함께 가지고 온다. 용서 자체가 벌이다. 용서받는다는 사실만으로도 얼마나 엄청난 괴로움인가.

전범으로 재판을 기다리던 독일의 라이 박사는 수건으로 목을 매어 자살하면서 다음과 같은 말을 남겼다.

"잘 있거라. 이 치욕을 더는 참아 낼 수가 없다. 몸에는 아무런 결함도 없다. 먹는 것도 좋고 감방은 따뜻하다. 나는 읽을 것이 있고 내가 원하는 대로 글을 쓸 수도 있다. 매일 산책도 할 수 있다. 이런 것으로 미루어 모든 것이 정상적이지만 내가 죄인이 된다는 사실, 이것만은 도저히 참아 낼 수가 없다."

030

남의 선악을 보면서 나의 선악을 찾으라

성리서 운 견인지선 이심기지선
性理書에 云 見人之善이어든 而尋己之善하고
견인지악 이심기지악 여차 방시유익
見人之惡이어든 而尋己之惡이니 如此라야 方是有益이니라.

남의 선한 일을 보면서 나의 선을 찾고, 남의 악한 일을 보면서 나의 악을 찾으라. 그것이 나를 돕는 길이다.

아우구스티누스는 자기보다 어리석은 사람을 만났을 때, 그들을 경멸해서는 안 된다고 말했다. 유전된 재능은 유산보다 더 자랑할 것도 없으며 그 두 가지를 모두 잘 사용해야만 영예스러울 수 있다는 것이다. 그러면서 그는 다음과 같이 강변했다.

"전심전력으로 자기 자신을 충실히 하기 위해 힘쓰라. 우리는 남의 마음과 성격을 바꿀 수는 없지만 자기 자신은 바꿀 수 있다. 자기 의사에 복종시킬 수 있는 것은 자기 자신뿐이다. 어찌 남이 내 비위를 맞춰 주지 않는 것은 탓하면서 자신의 몸과 마음을 자기 뜻대로 복종시키려고는 하지 않는가."

타인의 선행을 바라보지만 말고 타인의 선행 속으로 파고들라. 그리하여 나 자신의 선을 찾으라. 타인의 악행을 바라보지만 말고 그 타인의 악행 속으로 파고들라. 그리하여 그대 자신의 악을 놓치지 마라. 그것이 나 자신을 찾고 돕는 길이다. 선악개오사善惡皆吾師라는 말이 있다. '선한 사람과 악한 사람 모두가 나의 스승'이라는 뜻이다.

어느 친구의 개인전에서 그림을 구경하고 있는 미켈란젤로에게 한 친구가 물었다.

"이 화가 그림의 다른 부분은 몹시 유치한 편인데 소만은 훌륭하게 그려져 있는 것이 이상하지 않은가?"

미켈란젤로가 대답했다.

"대부분의 화가는 자기 자신을 제일 잘 그리는 법이지."

자만하지 마라. 자부하지 말고 자화자찬하지 마라. 그것이야말로 자기 자신을 너무나도 모르고 있다는 증거이다. 단테가 말했다.

"마음을 불사르는 세 가지 불꽃이 있다. 그것은 자만과 질투와 인색함이다."

031

항상 겸손하라

태 공 왈 물 이 귀 기 이 천 인
太公曰 勿以貴己而賤人하고

물 이 자 대 이 멸 소 물 이 시 용 이 경 적
勿以自大而蔑小하고 勿以恃勇而輕敵이니라.

나를 귀하게 여김으로써 남을 천하게 여기지 말 것이며,
나를 크다고 여겨 남의 작음을 멸시하지 말 것이며, 나의 용기를 믿고 적을 가볍게 보지 마라.

어느 경건한 사나이가 랍비에게 말했다.

"나는 신을 칭송하기 위해 내 능력의 범위 내에서 할 수 있는 노력을 다해 왔습니다. 그러나 되돌아보면 나는 아무런 진보도 이루지 못했습니다. 이전과 조금도 달라지지 않은 하찮은 사나이로 무지 덩어리일 뿐입니다."

랍비는 이 말을 듣고 대단히 기뻐하며 말했다.

"당신에게 천 번의 축복이 내리시옵기를. 당신은 전과 다름없는 하찮은 사람이고 아직도 무지의 덩어리라고 말씀하셨습니다. 당신은 커다란 예지를 배웠습니다. 그것은 겸손입니다."

겸손이란 남을 높이고 자기를 낮추는 것을 말한다. 그것은 예의일 수도 있고 인성일 수도 있다. 그러나 겸손은 예의이기 전에 인성에서 비롯되는 것이 보다 바람직하다. 예의일 때는 가식적인 겸손을 만들 수도 있지만, 그것이 인성일 때, 즉 사람의 타고난 성품에서 비롯될 때는 결코 가식적

인 것이 만들어질 수 없기 때문이다. 병에 가득 찬 물은 휘저어도 소리가 나지 않는다. 나를 귀하게 만들고 싶다면 남을 더 귀하게 대하라. 나의 그릇이 크다고 생각하고 싶다면 남의 작음을 오히려 포용으로 감싸 안으라.

톨스토이가 말했다.

"겸손하라! 진실로 겸손하라! 그대는 아직도 위대하지 못하다. 진실로 겸손함, 그것이 바로 자기 완성의 토대가 될 것이다."

032

타인의 과실은 듣기만 하고 말하지 마라

마원왈 문인지과실 여문부모지명
馬援曰 聞人之過失이어든 如聞父母之名하여

이가득문 구불가언야
耳可得聞이언정 口不可言也니라.

남의 과실을 들으면 마치 부모의 이름을 들은 것처럼 하여 귀로 듣기만 하고 입으로 말하지 마라.

톨스토이는 과실이야말로 사람들을 결합시키는 힘이라고 말했다. 그리고 진실은 진실의 행위에 의해서만 사람들에게 전해진다고 했다. 사람들마다 저지르는 크고 작은 과실들이 사람들을 결합시킨다는 것은, 그 과실 속에 가장 인간적이 체취가 들어 있기 때문이다. '제 흉 열 가지 가진 놈이 남의 흉 한 가지를 본다'라는 속담이 있다. '방귀 뀐 놈이 성낸다'거나 '치고 보니 삼촌이라', '박달나무도 좀이 슨다'는 속담도 모두 세상 사는 이야기를 압축해 놓은 것들이다. 세상 사는 이야기 속에 인간미가 있고, 진정한 삶이 있다. 그렇기 때문에 과실은 사람들을 결합시키는 힘을 갖는다. 그래서 인간을 과실의 아들이라고 하는지도 모른다. 타인의 과실 앞에서 숙연해질 줄 알아야 한다. 그것은 곧 나의 과실일 수도 있기 때문이다. 때로는 사람의 덕행보다 그 사람이 저지른 과실에서 더 많은 것을 배울 수 있다.

피터 드러커는『현대의 경영』에 이렇게 썼다.

"사람은 과실을 저지르면서 여러 가지 일을 터득해 나간다. 과실이 많으면 많을수록 그 사람은 이전보다 나아진다. 그만큼 경험을 통해 성숙해지기 때문이다. 나는 한 번도 실책이 없는 사람, 그것도 큰 잘못을 저질러 보지 않은 사람을 최상급의 직책으로 승진시키지 않는다."

033

모든 선행을 사랑하고 기뻐하라

강절소선생왈 문인지방 미상노
康節邵先生曰 聞人之謗이라도 未嘗怒하며

문인지예 미상희 문인지악 미상화
聞人之譽라도 未嘗喜하며, 聞人之惡이라도未嘗和하고

문인지선즉취이화지 우종이희지
聞人之善則就而和之하고 又從而喜之니라.

기시 왈낙견선인 낙문선사 낙도선언 낙행선의
其詩에 曰 樂見善人하며 樂聞善事하며 樂道善言하며 樂行善意하고

문인지악 여부망자 문인지선 여패난혜
聞人之惡이어든 如負芒刺하고 聞人之善이어든 如佩蘭蕙니라.

남에게 비난받더라도 화내지 말며 남에게 칭찬을 듣더라도 기뻐하지 마라.
남의 악을 듣더라도 맞장구치지 말며 남의 선을 들으면 화답하고 함께 기뻐하라. 그 시는 다음과 같다.
선한 사람 보기를 즐겨 하고 선한 일 듣기를 즐겨 하며 선한 뜻 행하기를 즐겨 하라.
남의 악을 들으면 가시덤불을 등에 진 것같이 하고 남의 선을 들으면 난초를 몸에 지닌 것같이 하라.

"대왕이시여, 이 세상에는 네 종류의 인간이 있습니다. 어둠에서 어둠으로 가는 인간들, 어둠에서 빛으로 가는 인간들, 빛에서 어둠으로 가는 인간들, 빛에서 빛으로 가는 인간들이 그것입니다."

석가모니 언행록 『잡아함경雜阿含經』에 나오는 이야기다. 그러면서 부처님은 네 종류의 인간들을 다음과 같이 정의했다.

천한 집안에서 태어나 가난한 생활을 하고, 나쁜 행동을 하고, 입으로는 더러운 말만 하며, 나쁜 마음을 품고 있는 사람 그리하여 나쁜 업業을 지니고 죽은 후에도 나쁜 곳에 가는 사람들이 어둠에서 어둠으로 가는 사

람이다. 천한 집안에서 태어나 가난한 생활을 하지만 좋은 일을 하고, 좋은 말을 하고, 좋은 마음을 품는 사람 그리하여 이 세상에서 좋은 업을 계속하고 죽은 후에는 좋은 곳에 태어나는 사람이 어둠에서 빛으로 가는 사람이라고 했다. 고귀한 집안에서 태어나 부유하고 행복한 생활을 하지만, 몸과 입과 마음의 세 가지 업에 있어서 그릇된 일을 하는 사람 그리하여 이 세상에서는 악업을 계속하고 죽어서는 나쁜 곳에 떨어지는 사람이 빛에서 어둠으로 가는 사람이라고 했다. 마지막으로 고귀한 집안에서 태어나 부유하고 행복한 생활을 하며, 몸과 입과 마음의 세 가지 업에 있어서 좋은 일을 하는 사람 그리하여 좋은 업을 쌓고 죽어서 선한 곳에 가는 사람을 빛에서 빛으로 가는 사람이라고 구분했다.

인간이 신을 원할 때 신을 만날 수 있다. 그러나 인간이 동물을 원할 때는 동물이 될 수밖에 없다. 선과 악은 동전의 양면에 지나지 않는다. 모든 선행을 사랑하고 기뻐할 줄 알라. 그러면 결코 어둠에서 어둠으로 가지 않고 빛에서 빛으로 가게 되리라.

034

바른 충고는 귀에 쓰다

자왈 도오선자 시오적 도오악자 시오사
子曰 道吾善者는 是吾賊이요 道吾惡子는 是吾師이니라.

나를 착하다고 말하는 사람은 내게 해로운 사람이며 나를 나쁘다고 말하는 사람은 나의 스승이다.

사람은 달걀보다도 깨지기 쉽지만 바위보다 더 탄탄할 수도 있다. 나를 칭찬해 주는 사람과 가까이하면 쉽게 깨지지만, 나에게 충고할 줄 아는 사람과 가까이하면 바위보다 탄탄할 수있다. 칭찬은 달디달지만 충고는 한없이 쓰기 때문이다. 칭찬은 달지만 독이 되기 쉽고 충고는 쓰지만 약이 되기 쉽다.

"염증이 생긴 눈이 어두운 것을 좋아하고 강한 빛을 싫어하듯이, 불행을 당한 사람은 그것이 가장 필요한 순간에도, 자칫하면 돌이킬 수 없는 과오를 범하기 쉬운 때에도 솔직한 충고를 듣는 고통을 참는 힘이 없다."

『플루타르코스 영웅전』에 나오는 대목이다. 충고는 반드시 필요한 말이지만 사람들은 충고 듣기를 꺼린다. 독이라도 묻은 듯 그 말을 기피한다. 충고는 어디에서도 환영받지 못한다. 충고가 필요한 사람일수록 더욱 경원시한다. 그래서 에라스뮈스는 충고를 구하기 전에는 결코 먼저 충고하지 말라고 경고한다. 영국 속담에 '바보를 칭찬해 보라, 그러면 훌륭하게 쓸 수 있다'는 말이 있다. 칭찬받은 모든 사람들은 한결같이 바보처럼 행동한다. 이미 그 칭찬의 노예가 되었기 때문이다.

랍비 슈멜케는 어느 도시로부터 지도자가 되어 달라는 부탁을 받고, 그 도시에 초대되었다. 그는 도시의 여관에 들어가 방 안에 틀어박혀 몇 시간이 지나도 나오지 않았다. 환영회가 다가오자, 도시의 대표가 걱정이 되어 방으로 찾아갔다. 그가 방문 앞에 도착했을 때, 현자가 방 안을 이리저리 왔다 갔다 하며 무언가 큰 소리로 외치는 소리가 들렸다.

"랍비 슈멜케, 당신은 훌륭하다!"

"랍비여, 당신은 천재다!"

"당신은 우리들의 평생의 지도자다!"

랍비는 자기 자신에게 외치고 있었던 것이다. 도시의 대표는 헛기침을 하며 방 안으로 들어섰다. 그리고 랍비가 왜 그런 이상한 행동을 하는지 물어보았다. 랍비가 대답했다.

"나는 내가 빈말이라든지 추켜세우는 말에 약하다는 걸 잘 알고 있소. 오늘 밤은 모두가 최고의 칭찬으로 나를 추켜세울 것이오. 그러므로 그것에 익숙해지려고 애쓰는 중이오. 게다가 누구나 자기가 자기를 칭찬하는 우스꽝스러움은 알고 있는 법이오. 그러므로 지금 내가 말하는 것과 같은 말을 오늘 밤 또 듣게 된다고 해도 그것을 그대로 받아들이지 않겠지요."

애디슨이 말했다.

"칭찬이야말로 생명이 짧은 정열이다. 길들여지는 순간 사라진다."

035
삶을 아름답게 이끌어라

경 행 록　운 보 생 자　과 욕　보 신 자　피 명
景行錄에 云 景行錄는 寡慾하고 景行錄는 避名이니

무 욕　이　무 명　난
無慾은 易나 無名은 難이니라.

삶을 보전하려는 사람은 욕심이 적어야 하고, 몸을 보전하려는 사람은 유명해지는 것을 피해야 한다.
욕심을 없게 하기는 쉽지만 이름을 숨기기는 어렵다.

1905년, 슈바이처 박사는 고통받는 사람들을 위해 평생을 바칠 결심을 하고 고향을 떠났다. 그가 도착한 곳은 아프리카 가봉의 랑바레네였다. 오고우에 강둑 위에 원주민의 도움을 받아 병원을 세웠다. 처음에는 자신의 수입만으로 병원을 운영했으나, 이내 다른 사람의 도움 없이는 병원의 운영이 어려워졌다. 그래서 그는 고향으로 돌아가 모금 운동을 벌여 얼마간의 돈을 구해 오기로 했다. 슈바이처가 고향에 도착하던 날, 기차역에는 많은 사람들이 그를 환영하기 위해 기다리고 있었다. 이윽고 기차가 역으로 들어오자 사람들은 떼를 지어 일등칸 입구로 모여들었다. 그러나 일등칸의 마지막 승객이 내릴 때까지 박사의 모습은 보이지 않았다. 박사가 이 기차를 타지 않았을지도 모른다고 생각한 사람들이 술렁거리기 시작했다. 그때 누군가가 어쩌면 이등칸에 탔을지도 모른다고 소리치자 사람들은 다시 이등칸으로 우루루 몰려갔다. 그러나 이등칸 입구에서

도 슈바이처 박사의 모습은 보이지 않았다. 박사를 환영하러 나왔던 많은 사람들이 실망한 표정으로 터덜터덜 기차역을 빠져나가고 있을 때 가방을 든 허름한 차림의 슈바이처 박사가 나타났다. 그가 슈바이처임을 알아차린 친구들이 그에게로 달려갔다.

"자네 기차를 타지 않았었나?"

박사는 삼등칸을 타고 온 것이었다. 당연히 일등칸에 앉아서 올 줄 알았던 친구들이 물었다.

"왜 삼등칸을 타고 왔지?"

슈바이처는 웃으며 대답했다.

"기차에 사등칸이 없어서 삼등칸을 탔을 뿐이라네."

아름다운 삶을 가꾸며 살아가는 데는 나름대로의 지혜가 필요하다. 향기로운 삶을 영위하려면 욕심 따위의 감정들을 송두리째 뽑아 버려야 한다. 비처는 이런 말을 남겼다.

"하느님은 누구에게도 삶을 받겠느냐고 묻지 않으신다. 그것은 선택이 허락되지 않는다. 그저 살아갈 수밖에 없다. 선택이 가능한 것은 오로지 그 삶을 우리가 어떻게 사느냐는 것뿐이다."

036

지혜로운 삶은 가꾸기에 달려 있다

자왈 군자유삼계 소지시 혈시미정 계지재색
子曰 君子有三戒하니 少之時에는 血氣未定이라 戒之在色이요

급기장야 혈기방강 계기재투
及其壯也하여는 血氣方剛이라 戒之在鬪요

급기로야 혈기기쇠 계지재득
及其老也하여는 血氣旣衰라 戒之在得이니라.

군자에게는 세 가지 경계해야 할 것이 있다.
연소할 때에는 혈기가 정해지지 않았기 때문에 여색을 경계해야 하고,
장성하여서는 혈기가 왕성하기 때문에 남과 싸우는 것을 경계해야 하며,
노년에 들어서는 혈기가 이미 쇠퇴하기 때문에 물욕을 경계해야 한다.

도스토예프스키의 『악령』에 다음과 같은 문장이 나온다.

“인생은 고통이며 공포다. 그러므로 인간은 불행하다. 그러나 인간은 인생을 사랑하고 있다. 그것은 고통과 공포를 사랑하기 때문이다.”

공자가 지적한 세 가지 경계할 점이 곧 고통과 공포의 대상들이다. 여색을 조심할 것과 싸우는 일을 조심할 것과 물욕을 경계할 것이 바로 그 대상들이다. 왜 여자를 밝히며 싸움질을 하며 물욕을 탐하는 것일까? 인간이란 본성적으로 그것들을 원하기 때문이다. 사랑의 대상이 곧 고통이며 공포인 것이다.

미국의 정치, 사상, 과학 분야에 많은 업적을 쌓은 벤자민 프랭클린이

젊었을 때의 일이다. 한번은 이웃 마을에 사는 친구 집을 찾아가게 되었다. 오랜만에 만난 친구와 한참 동안 이야기를 나누다가 자리에서 일어섰다. 해 지기 전에 집으로 돌아가기 위해서였다. 그때 친구가 벤자민의 손을 잡아끌며 지름길을 알려 주었다. 그는 친구의 말을 귀담아 듣고 평소에 다니던 길이 아닌 지름길로 발길을 돌렸다. 그 길은 꽤나 낯선 길이었다. '이런 길이 있었다니…….' 하면서 그는 발걸음을 재촉했다. 그러다 저만치에 한 채의 집이 나타났다. 지붕이 유난히 낮아 보였지만 벤자민은 아무 생각 없이 그 집 처마 밑을 지나가려 했다. 그때 앞에서 걸어오던 한 노인이 소리쳤다.

"이봐! 조심하게!"

그러나 벤자민은 그 소리를 듣자마자 어딘가에 부딪쳤고 곧 노인이 달려왔다. 그러고는 벤자민의 머리를 어루만지며 말했다.

"내가 조심하라고 소리치지 않았나? 젊은이, 앞으로 세상을 살아갈 때는 머리를 자주 숙이게나. 머리를 숙일수록 부딪치는 일도 그만큼 적어질 걸세."

머리를 숙인다는 것은 겸허해진다는 것이다. 겸허한 삶은 지혜로운 삶이며 아름다운 삶이다. 겸허함 속에서는 그 어떤 탐욕도, 투쟁도, 욕정도 정화될 수 밖에 없다. 참다운 인생은 기쁨이다.

037

슬픔과 기쁨을 크게 하지 마라

손 진 인 양 생 명 운 노 심 편 상 기 사 다 태 손 신
孫眞人 養生銘에 云 怒甚偏傷氣요 思多太損神이라.

신 피 심 이 역 기 약 병 상 인 물 사 비 환 극
神疲心易役이요 氣弱病相因이라. 勿使悲歡極하고

당 령 음 식 균 재 삼 방 야 취 제 일 계 신 진
當令飮食均하며 再三防夜醉하고 第一戒晨嗔하라.

분노가 심하면 기운을 상하게 되고 생각이 많으면 정신을 소모한다.
정신이 피로해지면 마음이 수고롭게 되고 기운이 약해지면 질병이 생기기 마련이다.
슬픔과 기쁨을 크게 하지 말고 음식은 마땅히 고르게 취할 것이며,
계속해서 밤에 취하는 일이 없게 할 것이며, 새벽에 화내는 일을 가장 경계해야 한다.

로마 황제 페르디난트가 부다시 주위에서 헝가리 왕 요한네스와 싸울 때의 일이다. 독일의 장군 라이샤트는 죽은 기사의 시체가 운반되는 것을 눈여겨보고 있었다. 그는 기사가 전투에서 용감하게 싸우는 모습을 보았기 때문에 상심하여 기사의 죽음을 슬퍼했다. 라이샤트는 죽은 기사의 신원을 확인하려고 갑옷과 투구를 벗기게 했다. 순간, 그의 눈앞에 그의 아들이 싸늘한 시체로 누워 있는 것이 아닌가? 주변에 있던 많은 사람들이 그 광경에 울부짖었다. 그러나 라이샤트는 아무 말이 없었다. 눈물도 흘리지 않았다. 눈 한번 깜빡하지 않고 아들의 시신을 응시하다가, 끝내는 빳빳하게 서서 그대로 죽고 말았다.

엄청난 슬픔은 사람의 기력을 통째로 삼켜 버린다. 큰 슬픔은 말이 없

다. '슬픔은 마음이 죽는 것보다는 크지 않고, 몸이 죽는 것과 버금간다'라고 장자도 말하지 않았던가.

분노가 심하면 기운을 상하게 된다. 생각이 많으면 정신이 소모된다. 정신이 피로해지면 마음이 수고롭다. 따라서 기운이 약해지면 질병이 생기기 마련이다. 기쁨 역시 마찬가지다. 너무나 큰 기쁨은 말이 없다. 어떠한 기쁨이라도 등에 고통을 업고 있다고 하지 않던가.

그대의 기쁨은, 그대의 슬픔은 부디 아름다움으로 치장하라. 과격하지만 않으면 그대의 마음에는 항상 아름다움으로 꽃핀 슬픔과 기쁨이 함께 어우러질 것이다.

038
근면하면 천하에 어려움이 없다

太公曰 勤爲無價之寶요 愼是護身之符니라.

태공왈 근위무가지보 신시호신지부

근면은 값으로 따질 수 없는 보배이며 근신은 몸을 보호하는 부적이다.

'근면한 사람에게는 일주일 동안 일곱 개의 하루가 있지만, 게으른 사람에게는 일곱 개의 아침이 있을 뿐이다'라는 독일의 속담이 있다. 또 프랑스의 격언에는 '근면은 세 가지의 악인 권태, 죄악, 결핍을 물리친다'고 했다. 부지런한 일상 속에서는 권태가 자리 잡을 수 없고 죄악 또한 넘나들 여지가 없다. 권태와 죄악이 없다면 결핍은 자연히 생기지 않는다.

두 팔을 잃은 한 노르웨이 사람이 장애자로는 처음으로 남의 도움 없이 100킬로그램의 썰매를 끌고 남극에 도달하는데 성공했다. 54일 동안 1,320킬로미터를 걷는 험난한 원정이었다. 그의 용기와 집념과 근면이 남극 원정을 성공케 한 것이다. 디즈레일리가 말했다.

"성공의 비결은 원하는 것이 일정하고 변하지 않는 데에 있다. 성공하지 못하는 이유는 처음부터 끝까지 한길로 가지 않았기 때문이지, 그 길이 험악해서가 아니다. 한마음 한뜻은 쇠를 뚫고 만물을 굴복시킨다."

신은 항상 부지런한 사람의 편이다. 그대가 스스로를 근면하다고 생각한다면 그대는 이미 행복과 휴식의 언덕을 절반쯤 오른 것이나 다름없다.

039

맑은 정신은 모든 것의 근본이다

경행록 왈 식담정신상 심청몽매안
景行錄에 曰 食痰精神爽이요 心淸夢寐安이니라.

담백하게 먹으면 정신이 맑아지고, 마음이 맑으면 잠자리가 편안하다.

스피노자가 말했다.

"사람들이 세상에서 가장 좋아하고 가장 얻고 싶어하는 것은 재물과 명예와 쾌락이라고 할 수 있다. 그러나 이 세 가지는 우리의 정신이 좋은 것을 발견하지 못하도록 늘 방해한다. 재물과 명예와 쾌락을 앞세우고 간다면 우리는 정신을 잃어버리고 말 것이다."

정신이란 물체적인 것을 초월한 실재實在를 뜻한다. 그것이 바로 마음이다. 마음이 모든 것의 지렛대가 될 수 있는 것은 모든 물체적인 것을 초월하기 때문이다. '담백하게 먹는다'는 말에서 우리는 식생활만을 생각해선 안 된다. '먹는다'는 말 속에는 재물과 명예와 쾌락이 복합적으로 내재되어 있다. 먹는 것은 큰 즐거움이다. 이 세상에 널려 있는 재물과 명예와 쾌락 또한 그렇다. 그런 즐거움들만 찾는 것이 물질적인 편식이다.

지나치게 욕심을 부리지 마라. 호라티우스의 말처럼 그릇이 맑지 않으면 무엇을 넣어도 시어진다. 항상 맑은 정신을 유지하라. 마음을 빼앗기면 눈은 아무것도 볼 수 없다.

040

안정된 마음으로 사물을 대하라

경행록 왈 정심응물 수불독서 가이위유덕군자

景行錄에 曰 定心應物이면 雖不讀書라도 可以爲有德君子니라.

안정된 마음으로 사물에 응하면 비록 책을 읽지 않더라도 덕 있는 군자가 될 수 있다.

사물이란 무엇인가? 간단하게 말하자면 어떤 일과 물건이 바로 사물이다. 주변을 둘러싸고 있는 자연의 모든 것, 그리고 주변을 비롯해서 일어나고 있는 모든 일이 바로 사물이다. 사람에게는 지능이 있다. 지식과 재능, 다시 말하면 경험을 이용하여 새로운 상황에 대처할 수 있는 지적 능력을 말한다. 사람은 사물과 떨어져서 살 수 없다. 이 거대한 자연 속에서 사람도 하나의 사물일 수 있기 때문이다. 셰익스피어가 말했다.

"사물에는 좋고 나쁜 것이 없다. 우리가 생각하기에 따라 좋고 나쁜 것으로 갈라지는 것이다."

안정된 마음으로 사물을 대하면 모든 것을 질서 정연하게 파악할 수 있다. 흐트러진 사고나 행동이 만들어질 수가 없다. 즉 정도正道를 벗어나지 않는다는 말이다. 누구에게나 판별력이 있다. 다만 안정된 마음으로 바라보았는가, 그렇지 못했는가의 차이가 있을 뿐이다. 모든 사물은 빛나고 아름답다. 모든 피조물은 크거나 작고, 모든 사물들은 현명하고 놀라운 것이다.

041
분노의 감정은 빨리 삭일수록 좋다

近思錄(근사록)에 云(운) 懲忿(징분)을 如救火(여구화)하고 窒慾(질욕)을 如防水(여방수)하라.

분노를 삭이기를 불 끄듯이 하고 욕심 막기를 물 막듯이 하라.

분노야말로 어리석음의 표본과 같다. 노여움을 달랠 줄 알아야 한다. 노여워하는 자신을 억누르고 이겨 내야 한다. 그렇지 못하면 노여움이 자신을 먹어 치울 것이다. 처칠에 관한 에피소드를 소개한다.

언젠가 키가 아주 작은 웨지우드 벤이라는 하원 의원이 자리에서 일어나 처칠의 발언에 대해 신랄하게 비판했다. 그러나 그는 너무 흥분해 있었기 때문에 무슨 말인지 도무지 알아들을 수가 없었다. 그의 발언이 끝나자 처칠은 기다렸다는 듯이 대꾸했다.

"존경하는 웨지우드 벤 의원은 자신의 몸에 간직할 수 있는 이상의 화는 자제하길 바랍니다."

처칠의 품위 있는 위트가 돋보인다. 그는 벤 의원의 분노를 한마디의 말로 여유 있게 무시해 버린 것이다. 미국 대통령을 역임한 제퍼슨은 이렇게 말했다.

"화가 나거든 말하거나 행동으로 옮기기 전에 마음속으로 열을 세어라. 그래도 화가 안 풀리면 백까지 세어라. 그래도 안 되거든 천까지 세어라."

042

자중자애自重自愛하라

이 견 지 운 피 색 여 피 수 피 풍 여 피 전
夷堅志에 云 避色如避讐하고 避風如避前하라.

막 끽 공 심 다 소 식 중 야 반
莫喫空心茶하고 少食中夜飯하라.

여색 피하기를 원수 피하듯이 하고 바람 피하기를 화살 피하듯이 하라.
빈 속에 차를 마시지 말고 한밤에는 밥을 적게 먹어야 한다.

사람들은 대체로 자주 듣던 얘기일수록 귀담아 듣지 않는다. 옛 선인들의 이야기나, 가까이는 할아버지와 할머니, 부모에게서 귀가 아프도록 들어 오던 얘기는 대충 귓등으로 넘기고 만다. 그러나 참으로 진리는 그 속에 있다. 진리란 화려한 문장으로 채색된 말도 아니며, 거창한 무게와 헤아릴 수 없을 만큼의 깊이로 만들어진 것도 아니다. 배가 아플 때 만져 주는 어머니나 할머니의 약손에서부터 자장가 속에도 그 안에 진리가 있다. 그와 똑같은 말이다. 여색을 조심하고 찬바람을 조심하며, 빈 속에 차나 술을 마시지 말고 밤중에는 밥을 많이 먹어선 안 된다는 말은, 철이 들면서 누구나 들어 온 말이기 때문이다. 옛날부터 전해져 내려오는 격언이나 속담들 중에는 특히 여자와 관련된 것이 많다. 몇 가지만 들어 보자.

여자는 개가 접시를 핥는 것과 같은 속도로 거짓말을 한다. – 영국

악마조차 여자와 맞서면 승부에서 지고 만다. - 폴란드

여자와 포도주는 남자의 판단력을 망친다. - 스페인

여자의 무릎 위에 앉는 것보다 화약통 위에 앉는 것이 낫다. - 러시아

여자는 남자를 죽이는 차가운 물이며, 남자를 빠지게 하는 깊은 물이다.

- 니그리치아

여자의 입은 악담의 소굴이다. - 몽골

대개의 경우 여자를 조심하라는 경고 투의 내용이다. 여자를 도덕적으로 표현하거나 칭찬하는 내용은 드물고 부정적이거나 비판적이 것이 많다. 너무도 아름답고 매혹적인 여성의 존재 앞에서 속수무책이 되고 마는 남성들을 염려한 것이리라. 하지만 그대의 지혜가 중용中庸을 떠올릴 수만 있다면 위의 격언이나 속담은 의미가 없어진다. 절제와 자중자애自重自愛라는 방법이 있다. 가장 투명한 마음 위에 그대 자신을 싣는 방법이 그것이다.

043

말은 아낄수록 값지다

순자왈 무용지변 불급지찰 기이불치

荀子曰 無用之辯과 不急之察을 棄而不治하라.

쓸데없는 말과 급하지 않은 일은 버려두고 간섭하지 마라.

어떤 집안에 사내아이가 태어나 온 집안이 말할 수 없이 기뻐하였다. 부모는 아이가 만 한 달이 되자 아이를 안고 나와 손님들에게 보여 주었다. 손님들로부터 길조吉兆의 말을 한 가지씩 들으려는 생각에서였다. 한 사람이 아이를 보며 말했다.

"이 아이는 장차 돈을 많이 벌겠군요."

그 사람은 이에 감사하다는 말을 한바탕 들었다. 또 한 사람이 말했다.

"이 아이는 장차 큰 벼슬을 하게 되겠군요."

그 사람은 이에 몇 마디 겸손해 하는 말을 되받았다. 또 다른 한 사람이 말했다.

"이 아이는 장차 죽게 되겠군요."

말을 마치자 그 사람은 여러 사람들로부터 매를 흠씬 얻어맞았다. 죽게 될 것이라고 말한 것은 필연적인 말을 한 것이었고 부귀하게 될 것이라고 말한 것은 거짓일 가능성이 많지만 거짓말을 한 사람은 좋은 보답을 받고, 필연적인 것을 말한 사람은 얻어맞기만 한 것이다. 아이의 부모는 아직까지 아무 말도 하지 않은 사람을 지명했다.

"그렇다면 당신은?"

아직 아무 말도 하지 않은 사람이 되물었다.

"저는 남에게 거짓말을 하지도 않지만 얻어맞고 싶지도 않습니다. 그렇다면 도대체 무슨 말을 해야 합니까?"

이는 노신魯迅의 작품 『입론』에 나오는 대목이다. 필요 없는 말은 하지 말아야 한다. 말은 참새와 같다. 날아가면 두 번 다시 잡을 수 없다. 모든 말은 상대가 있다. 상대의 분위기가 있고 상대의 장소가 있고, 상대의 시간이 있다. 말은 때와 장소에 따라 검은빛이 흰빛으로 바뀔 수도 있고, 흰빛이 검은빛으로 바뀔 수도 있다. 칼릴 지브란이 말했다.

"길가나 장터에서 친구를 만나거든 그대의 입술과 혀를 마음속에 있는 영靈으로 움직이도록 하라. 그리고 그대 목소리 속의 목소리로 그의 귓속의 귀에 대고 말하라."

044

냉철한 판단으로 모든 일을 다스리라

자왈중오지 필찰언 중 호지 필찰언
子曰 衆惡之라도 必察焉하며 衆이 好之라도 必察焉하라.

많은 사람이 미워하더라도 반드시 살펴볼 것이며, 많은 사람이 좋아하더라도 반드시 살펴보아야 한다.

수미산須彌山을 서너 바퀴 감돌아 올라가
오뉴월 가장 더운철 한낮쯤에
살얼음 잡힌 위에 된서리 섞어 치고
자취눈이 내린다는 전설이 있거니와
그대는 그것을 참으로 눈이라 보는가
님아 님아 별 사람이 별의별 소리를 다 해도
곧이 듣지 말고 짐작하여 들으소서.

정철鄭澈의 『송강가사松江歌辭』에 나오는 구절이다. 어떤 경우에도 판단을 신중히 하라는 당부의 내용이 들어 있다. 판단한다는 것은 하나의 의식 작용에 불과하다. 그렇기 때문에 항상 함정이 도사리고 있다. 먼 산은 푸르다. 사람이나 자연이나 멀리서 바라보면 모두 다 아름답게 보이지만 가까이서 들여다보면 여러 가지 결점이 눈에 띄는 법이다. 군맹무상群盲撫

象이라는 말이 있다. 장님 여럿이 코끼리를 만져 보는데, 배를 만진 장님은 코끼리가 바람벽 같다고 하고, 다리를 만진 장님은 기둥 같다고 한 것에서 나온 말이다.

많은 사람이 미워하더라도 단 한 사람은 미워하지 않을 수도 있다. 미워하는 사람의 수가 많더라도, 단 한 사람을 무시할 수는 없는 것이다. '한쪽 말만 끝난 것은 사건이 절반만 끝난 것에 불과하다'는 아이슬란드의 격언이 있다. 양쪽 말을 다 들어 보아야 일의 옳고 그른 것을 감지할 수 있을 것이다.

045
취했어도 말이 없어야 참다운 군자이다

주중불언 진군자 재상분명 대장부
酒中不言은 眞君子요 財上分明은 大丈夫니라.

술에 취했어도 말이 없어야 참다운 군자이며 재물 앞에서 분명하게 하는 것이 대장부이다.

헤로도토스는 술을 마시면 말에 날개가 돋쳐서 방약무인하게 뛰놀게 된다고 경고했고, 루크레티우스는 술이 우리들 몸에 배어들면 사지는 무거워지고 다리는 쇠사슬에 매인 듯 흔들거리며, 혀는 굳고 지성은 함몰된다고 말했다. 또한 시각은 흐릿해지고 그러다가 고함과 체머리와 난투가 벌어진다는 것이다. 술은 몸 속으로 들어가서 술을 마신 사람의 주인 행세를 한다. 술을 마신 사람은 어느덧 술의 꼭두각시가 되어 제 몸을 던져 버리게 되는 것이다.

제齊나라의 순우곤淳于髡은 재치와 해학이 뛰어난 사람이었다. 당시 위왕威王은 잔치와 사치로 나날을 보내고 있었다. 하루는 위왕이 순우곤에게 주량에 대해 묻자, 그는 이렇게 대답했다.

"한 되에 취할 수도 있고, 한 섬에 취할 수도 있습니다."

이상하게 생각한 위왕이 다시 묻자, 그는 다음과 같이 대답했다.

"어전에서는 한 되만 마셔도 취하지만 남녀노소가 어우러지면 여덟 말을 마셔도 취기를 거의 느끼지 못합니다. 게다가 해가 저물어 젊은 남녀만 남아 한데 어울려 놀다 보면 술판도 어지럽게 되고, 흥은 극에 달하게 되지요. 이때면 신의 주량은 한 섬이 족히 됩니다. 문제는 술을 얼마나 마실 수 있느냐의 정도에 있는 것이 아니라, 일에 있습니다. 술이 극에 달하면 혼란은 당연히 뒤따르는 법입니다."

순우곤의 말에서 위왕은 크게 깨닫고 술을 끊었을 뿐만 아니라 정치에 전념하여 다시금 제나라의 국위를 크게 떨쳤다고 한다.

술에 취했어도 말이 없어야 참다운 군자라고 했다. 하지만 그것은 쉬운 일이 아니다. 되도록 술을 멀리하라. 그것이 안 되면 적게 마시라. 글래드스턴의 말을 기억하라.

"전쟁과 흉년과 전염병, 이 세 가지를 합쳐도 술이 끼치는 손해와 비교할 수 없다."

046

관용함으로써 포용하라

萬事從寬(만사종관)이면 其福(기복)이 自厚(자후)니라.

모든 일을 너그럽게 대하면 그 복은 저절로 두터워진다.

관용寬容은 너그럽게 용서하거나 받아들이는 마음을 일컫는다. 그 마음은 넓고 아름답다. 그것이 자연의 마음이다. 자연은 언제나 인간을 너그럽게 용서하거나 받아들여 주었다. 자연의 질서를 파괴하고 환경을 오염시켜도, 자연은 항상 인간을 관용으로 대했다. 우리도 그러한 자연적인 심성을 지닌다면 그 복은 참으로 두터워질 것이다.

복이란 곧 행복을 의미한다. 참 좋은 운수일 수도 있다. 기독교적으로 표현하면 하나님의 축복을 받은 상태를 말한다. 그토록 넓고 아름다운 심성이라면 하늘도 어쩔 수 없을 것이다. 아일랜드의 속담 중에 '밤꾀꼬리의 울음소리와 시의 재능과 관대한 마음은 사람의 손아귀에 들어오지 않는다'는 말이 있다. 밤꾀꼬리의 그 아름다운 울음소리나 시를 쓸 수 있는 재능, 그리고 사람의 관대한 마음이야말로 인간의 힘으로는 어쩔 수 없는 하늘이 준 것이기 때문일까?

조선 중종中宗 때 정광필鄭光弼이라는 사람이 있었다. 임금에게 직언을 서슴지 않았으나 아랫사람들에게는 언제나 관대하여 명재상으로 불렸다. 그가 젊었을 때, 암행어사 직분을 받고 전라도 지방으로 나가게 되었다. 한 고을의 원님이 관의 재산을 부정 축재했다는 소문을 듣고 은밀히 그곳으로 갔다. 그러나 그는 곧장 관아로 들어가지 않고 주막에서 하룻밤을 지내고 이튿날 관아로 가자고 했다. 이를 이상하게 생각한 역졸이 까닭을 묻자 정광필은 이렇게 대답했다.

"무식한 무인武人 수령이 법 무서운 것을 모르고 나라의 재산을 부정으로 축재했을 것이다. 지금 곧장 들어가 조사하게 되면 그는 죽음을 면할 수 없다. 그러나 우리가 이곳에서 하룻밤 지내게 되면 그의 귀에 우리가 와 있다는 소문이 들어갈 것이고, 그는 축재한 것을 토해 놓을 것이다."

이튿날 정광필은 모든 조사를 마친 후, 그 원님을 파직하는 것으로 일을 매듭지었다.

관용은 미덕美德중의 미덕이다. 그 마음은 끝없이 넓고 아름답다. 그 마음 밭에서라면 언제라도 밤꾀꼬리가 우짖을 것이고 한 편의 시인들 어찌 스스로 태어나지 않겠는가. 『예기禮記』에 이런 말이 적혀 있다.

"사랑하여 그 악惡을 알고, 미워하여 그 선善을 안다."

047
성공의 지름길은 부지런함에 있다

범희 무익 유근 유공
凡戱는 無益이요 惟勤이 有功이니라.

놀면 이익이 없지만 부지런하면 공(功)이 있다.

"어린아이는 넘어지고 또 넘어지고 계속해서 넘어지면서도 걸을 수 있는 그날까지 멈추지 않는다. 만일 성장한 인간이 자신에게 있어 중요한 것을 추구하려 할 때, 어린아이의 이러한 인내와 집중을 자기 것으로 삼는다면 무슨 일이든지 성공할 수 있을 것이다."

에리히 프롬의 『사랑의 기술』에 나오는 글이다. 일어서서 걷기 위하여 끊임없이 노력하는 어린아이의 모습에서 우리는 인간의 원초적인 본능을 읽을 수 있다. 인간의 위대한 본능은 자생력이다. 생존의 험한 길을 살아 나가기 위하여 인간은 어린아이 때부터 본능적으로 움직인다. 그 움직임이 어린아이였을 때는 본능이지만, 성장한 후에는 노력이나 근면, 인내라는 어휘로 탈바꿈한다. 성장한 인간의 본능 중에서 가장 혐오스러운 것 중의 하나가 태만이다. 일하기 싫어하고 게으르고 느리며, 힘쓰지 않고 노는 일이면 어떤 일이라도 마다하지 않는다. 그런 사람들은 게으름이 얼마나 쉽게 육체를 녹슬게 하는지 아직까지도 알아차리지 못하고 있다. 카네기가 말했다.

"게으름뱅이일수록 일하는 모습을 보이기 위하여 갖은 수단과 꾀를 다 부린다. 선전으로 속이고 자기의 게으름을 감추려고 한다. 그러면서 자신은 결코 게으름뱅이라고 생각하지 않으며 세상이 자기를 인정하지 않는다고 불평한다. 그러나 세상에는 눈먼 사람만 있는 것이 아니다."

땅콩이 먹고 싶은가? 그렇다면 그 껍질부터 까라.

048

지나친 의심은 과오를 범한다

태공왈 과전 불납리 이하 부정관

太公曰 瓜田에 不納履요 李下에 不正冠이니라.

참외밭에서 신발 끈을 고쳐 매지 말고 오얏나무 아래에서 갓을 고쳐 쓰지 말라.

하남河南의 장관인 악광樂廣은 아주 친한 친구가 오랫동안 자신을 찾아오지 않자 그 이유를 물었다. 그러자 친구가 대답했다.

"실은 자네 집에 들러 술상을 받았을 때, 술잔 속에 뱀의 형상이 보였다네. 기분이 언짢은 대로 마시긴 했지만 그러고 나서부터 도무지 기운을 차릴 수가 없고 이렇게 몸져누웠다네."

악광은 그 말에 짐작가는 바가 있었다. 그때 벽에는 활이 걸려 있었는데 활에는 옻칠한 뱀의 문양이 그려져 있었다. 그것이 술잔의 술에 비쳤을 것이라고 악광이 설명하자, 친구의 증세는 순식간에 사라져 버렸다. 의심은 마음 깊숙한 곳에서 만들어진다. 그리고 한 번 생겨난 의심은 좀체 그 마음 구석에서 벗어나지 못한다. 상궁지조傷弓之鳥라는 말이 있다. '한 번 화살에 맞은 새가 의심이 많은 것처럼 사람도 한 번 혼난 일 때문에 항상 의심과 두려움을 갖는다'는 뜻이다. 의심하기 시작하면 아무것도 아닌 일조차 신경을 어지럽히는 원인이 된다. 지나친 의심은 과오를 범하기 마련이다.

049

몸을 수고롭게 하지 않으면 게을러진다

경행록 왈 심가일 형불가불로 도가락 심불가불우
景行錄에 曰 心可逸이언정 形不可不勞요 道可樂이언정 心不可不憂니라.

형불로즉태타이폐 신불우즉황음부정
形不勞則怠惰易弊하고 身不憂則荒淫不定이라.

고 일생어로이상휴 낙생어우이무염
故로 逸生於勞而常休하고 樂生於憂而無厭하나니

일락자 우로 기가망호
逸樂者는 憂勞를 豈可忘乎아.

마음은 편안하게 하더라도 몸은 수고롭게 하지 않을 수 없고, 도(道)를 좋아하더라도 마음은 근심하지 않을 수 없다.
몸은 수고롭게 하지 않으면 게을러져서 허물어지기 쉽고, 마음이 조심하지 않으면 주색에 빠져서 행동이 고르지 못하다.
그러므로 편안함은 수고로움에서 생겨 언제나 기쁘고, 즐거움은 근심하는 데서 생겨 싫음이 없다.
편안하고 즐거운 자가 근심과 수고로움을 어찌 잊을 수 있겠는가.

라 로슈푸코는 『잠언집』에서 우리가 꼭 읽어야 할 글을 남겼다.

"'레모라'라는 고래는 머리 위에 연골로 이루어진 흡판이 있는데 하도 단단하여 한번 배에 붙으면 4백 명이 저어도 움직이지 못했다고 한다. 바다에 배를 띄우는 사람들은 폭풍보다도 이 고래를 더 무서워했다. 레모라와 같은 훼방꾼이 우리의 마음속에도 가끔 나타나는데, 돌이나 쇠도 뚫을 듯한 의지와 정열도 그 훼방꾼에게 부딪치면 중단되고 만다. 사람의 마음속에 있는 레모나는 바로 태만이다. 사람의 정신 속에서 가장 강한 것은 게으름이다. 우리의 감정과 이익과 쾌락, 그리고 모든 장래가 그 게으른 마음의 손아귀에서 좌우되기 쉽다."

게으름은 마음에서 출발하여 서서히 육체로 퍼져 나간다. 그것은 마치 마약처럼 전신을 휘감고 정신을 혼미하게 만든다. 게으름은 게으름만으로 끝내지 않고 방종과 쾌락, 질시와 기만, 사치와 타락 같은 혐오스런 것들 속으로 그대를 끌어들인다. 마침내는 커다란 한 마리 레모라 고래로 변신하여 자신을 잠식하고 이웃고 이웃까지 잠식해 버린다. 『맹자』를 읽다 보면 일폭십한一幅十寒이라는 말을 만나게 된다. '너무나 게을러서 기르는 나무를 하루만 볕에 내어다가 쪼이고 열흘은 응달에 둔다'는 말이다. 단 하루만 공부하고 열흘을 놀아나는 게으르뱅이를 비유한 것이다.

가장 편한 마음으로 일에 전념하라. 진리를 깨우치더라도 고뇌하지 않으면 안 된다. 그대의 육체를 마냥 쉬게 버려 두면 허물어지고 만다. 고뇌하지 않으면 방탕하게 된다. 태만이야말로 참으로 살아 있는 사람의 무덤이란 것을 잊지 마라.

050
말은 입 밖으로 나간다

蔡伯喈曰 喜怒는 在心하고 言出於口하니 不可不愼이니라.

채백개왈 희노 재심 언출어구 불가불신

기뻐하고 노여워함은 마음속에 있고 말은 입 밖으로 나간다.

"말할 때는 늘 자신을 조심하라. 경쟁자들과 함께 있을 때는 경계하기 위해, 다른 사람들과 있을 때는 자신의 위신을 지키기 위해, 한마디 말을 내뱉기 전에 시간은 언제나 있다. 그러나 이미 쏟아 버린 말은 돌이킬 수 없다. 말할 때는 유언을 하듯 하라. 말수가 적을수록 다툴 일도 적다. 비밀스러운 것은 항상 신의 체취 같은 신비로움을 지닌다. 말할 때 경솔한 자는 결국 승복당하고 만다."

발타자르 그라시안의 말이다. 삶의 지혜에 대한 그의 교훈은 대부분이 일상생활과 밀접해 있기 때문에 그의 교훈은 언제나 실리적이다. 『후한서後漢書』를 읽다 보면 경박자輕薄子라는 말이 나온다. 언어와 행동이 경솔하고 천박한 사람을 일컫는 말이다. 우리는 그들의 행위를 일컬어 경거망동輕擧妄動이라고 꼬집는다. 경솔한 말은 그 사람의 모든 것을 경솔한 것으로 만들어 버린다. 그것은 한 인간의 신뢰와도 깊이 연관되어 있다. 그래서 한마디의 경솔한 말은 그 사람의 신뢰도를 천길만길 낭떠러지로 떨어뜨리고 만다. 그뿐만이 아니다. 그 사람의 품격마저 떨어뜨린다. 신뢰도와

품격이 떨어지면 그 사람의 진실마저 의심받게 된다. 신중하지 못한 한마디의 말이 한 사람을 완전히 딴사람으로 바꾸어 놓게 된다.

한마디 말을 하기 전에 시간은 언제나 있다. 생각하고 한 번 더 생각하고, 다시 또 생각한 다음 말하라. 생각은 그대 마음속에 있다. 아무리 생각해도 밖으로 노출되지 않는다. 유태인이 즐겨 쓰는 말 중에 다음과 같은 것이 있다.

"세상에는 구두와 비슷한 인간도 있다. 값이 싸면 쌀수록 크게 삐걱거린다."

051

남의 잘못은 듣지도 보지고 말하지도 마라

이불문인지비 목불시인지단 구불언인지과 서기군자

耳不聞人之非하고 木不視人之短하고 口不言人之過라야 庶幾君子니라.

귀로는 남의 잘못을 듣지 않고, 눈으로는 남의 단점을 보지 않으며,
입으로는 남의 허물을 말하지 않아야 군자라 할 수 있다.

남의 잘못을 듣지도, 보지도, 말하지도 않고서 이 세상을 살아갈 수는 없다. 귀만 열면 세상의 온갖 잘못된 이야기들이 밀려들고, 눈만 뜨면 한 편의 영화 같은 일들이 펼쳐지기 때문이다. 그런 세상살이의 잘못된 일들을 보고 들으면서 입을 닫고 살아가기는 쉽지 않다.

여기서 하고자 하는 말은 사람들의 과오를 오로지 과오로만 보지 말자는 것이다. 그런 것들은 세월의 비늘처럼 세상살이를 하다 보면 자신도 모르는 사이에 빚어질 수 있다. 아무런 과오도 보여 주지 않는 사람이라면 아마 그는 바보이거나 위선자일 가능성이 크다. 우리가 참으로 조심해야 할 사람은 바로 그런 사람들이다.

라 브뤼예르의 말을 기억해 두자.

"사람들은 남의 잘못을 말하며 그것이 자기 자신의 그림자라고는 생각하지 않는다. 우리들이 남을 통하여 자기 자신을 돌아볼 용기를 가졌다면, 자신의 단점을 고치는 일은 얼마나 간단한 일이겠는가."

052

썩은 나무로는 조각을 할 수 없다

재여주침 자왈후목 불가조야 분토지장 불가오야
宰予晝寢이어늘 子曰朽木은 不可雕也요 糞土之墻은 不可圬也니라.

재여(宰予)가 낮잠을 자고 있을 때, 공자가 말했다.
"썩은 나무로는 조각을 할 수 없고, 썩은 흙으로 만든 담장은 흙손질을 할 수 없다."

폴 발레리는 인간의 육체나 욕구가 어느 정도 진정되기가 무섭게 내부의 심층에서는 무엇인가가 동요하여 인간을 뒤흔들고, 눈을 뜨게 하고, 지휘하고, 자극을 주고, 은밀히 조종하는 것, 그것을 정신精神이라고 말했다. 정신이야말로 무궁무진한 의문들로 가득 차 있다는 것이다. 또한 정신은 우리의 내면에 끊임없는 질문을 제기하며 과거를 현재에, 미래를 과거에, 가능성을 확실성에, 이미지를 사실에 대립시킨다는 것이다. 뿐만 아니라 정신은 진보인 동시에 낙후된 것이며, 건설하는 것이면서 파괴하는 것이고, 우연한 것이면서 계산된 것이라고 했다. 참으로 인간은 정신이다. 확고한 정신이 결여된 인간은 이미 인간이기를 거부한 것인지도 모른다. 꽉 들어찬 정신 속에서 끊임없이 충돌하고 의문을 가지고 지휘하는 것이 없다면 죽은 것과 다름없다.

그대의 정신은 그대만의 것이다. 그대 스스로가 눈을 뜨게 하고 지휘하고 자극을 주라. 그리고 은밀히 조종하라. 무지야말로 정신의 밤이다.

053

오직 바른 것을 지키고 마음을 속이지 마라

자허원군 성유심문 왈 복생어청검 덕생어비퇴
紫虛元君 誠諭心文에 曰 福生於淸儉하고 德生於卑退하고

도생어안정 명생어화창 환생어다욕
道生於安靜하고 命生於和暢하고 患生於多慾하고

화생어다탐 과생어경만 죄생어불인
禍生於多貪하고 過生於輕慢하고 罪生於不仁이니라.

계안 막간타비 계구 막담타단 계심 막자탐전
戒眼하여 莫看他非하고 戒口하여 莫談他短하고 戒心하여 莫自貪嗔하고

계신 막수악반 무익지언 막망설 불간기사 막망위
戒身하여 莫隨惡伴하고 無益之言을 莫妄說하고 不干己事를 莫妄爲하라.

존군왕효부모 경존장봉유덕 별현우서무식
尊君王孝父母하고 敬尊長奉有德하며 別賢愚恕無識하라.

물순래이물거 물기거이물추 신미우이물망
物順來而勿拒하고 物旣去而勿追하고 身未遇而勿望하고

사이과이물사 총명 다암매 산계 실편의
事已過而勿思하라. 聰明도 多暗昧요 算計도 失便宜니라.

손인종자실 의세화상수 계지재심 수지재기
損人終自失이요 倚勢禍相隨라. 戒之在心하고 守之在氣라.

위불절이망가 인불렴이실위
爲不節而亡家하고 因不廉而失位니라.

권군자경어평생 가탄가경이가외
勸君自警於平生하노니 可歎可警而可畏라.

상임지이천감 하찰지이지지 명유왕법상계 암유귀신상수
上臨之以天鑑하고 下察之以地祇라 明有王法相繼하고 暗有鬼神相隨라.

유정가수 심불가기 계지계지
惟正可守요 心不加欺니 戒之戒之하라.

복은 맑고 검소한 데서 생기고, 덕은 겸손한 데서 만들어지며, 도는 편안하고 고요한 가운데 이룩된다. 근심은 욕심이 많은 데서 비롯되고, 재앙은 탐하는 마음 가운데서 만들어지며, 과실은 경솔과 교만함에서 생겨난다. 또 죄악은 어질지 못함에서 비롯된다. 눈을 조심하여 다른 사람의 잘못을 보지 말고, 입을 조심하여 다른 사람의 단점을 말하지 말고, 마음을 조심하여 탐내거나 성내지 말며, 몸을 조심하여 악한 친구가 따르지 못하게 하라. 무익한 말을 삼갈 것이며, 나와 관계없는 일에 참견하지 마라.

임금을 존경하고, 부모에게 효도하며, 어른을 공경하고, 덕 있는 사람을 받들며,
어진 사람과 어리석은 사람을 분별하고, 무식한 사람을 용서하라. 사물(事物)이 순리로 오면 물리치지 말고
이미 지나갔으면 뒤쫓지 마라. 몸이 불우한 지경에 있더라도 바라지 말고, 일이 이미 지나갔으면 생각하지 마라.
총명한 사람도 어두운 때가 있고 계획을 잘 세워도 마음대로 되지 않을 때가 있다.
남에게 손해를 끼치면 결국 자기가 손해를 볼 것이며, 세력에 의지하면 재앙이 따른다.
경계하는 것은 마음이 있고, 지키는 것은 기운에 있다. 절약하지 않으면 집을 망치고, 청렴하지 않으면 지위를 잃는다.
평생토록 스스로 경계하기를 권고한다. 탄식하고 두렵게 여겨 잘 생각토록 하라.
위로는 하늘이 내려다보시고, 아래로는 땅의 신령이 살핀다. 밝은 곳에는 삼법(三法)이 이어 있고
어두운 곳에는 귀신이 따른다. 오직 바른 것을 지키고 마음을 속이지 말 것이며, 늘 경계하라.

맹자가 양梁나라의 혜왕惠王을 만났을 때, 혜왕이 말했다.

"노인장께서 천 리를 마다 않고 찾아오셨으니 역시 큰 이익을 주시려는 것이겠지요?"

맹자가 대답했다.

"왕께서는 어찌 이익을 말씀하십니까? 오직 인仁과 의義가 있을 뿐입니다. 왕께서 만약 '어떻게 하면 내 나라에만 이로울까?'하고 생각하신다면 대부들도 반드시 '어떻게 하면 내 한몸에만 이로울까?' 하여 윗사람 아랫사람 할 것 없이 서로의 이익만을 취하게 되니, 그렇게 된다면 나라가 위태로워 질 것입니다. 전차 만 대를 가지고 있는 큰 나라에서 반역하여 천자天子를 죽일 자는 필경 전차 천 대를 가지고 있는 제후의 작은 나라일 것이며, 전차 천 대가 있는 제후의 나라에서 반역하여 그를 죽일 자는 반드시 전차 백 대를 가진 대부의 가문일 것입니다. 천자가 가지고 있는 만萬에서 제후가 천千을 녹으로 받고 있는 것이나, 또는 제후가 가지고 있는 천千 중에서 대부가 백百을 받고 있는 것은 결코 작은 것이 아닙니다. 그러나 만약에 이들이 인의를 제쳐 놓고 오직 이익만을 내세운다면 1/10만이

아니라 전부를 빼앗지 않고는 만족하지 않을 것입니다. 어진 사람으로서 어버이를 버리는 이는 아직 없고, 의로운 사람으로서 자기의 임금을 가볍게 여기는 이는 아직 없습니다. 왕께서는 오직 인과 의를 말씀하실 뿐이지 이익을 말씀하십니까?"

일수사견一水四見이라는 말이 있다. 흘러가는 물을 보면서도 사람은 마시는 물로 보고, 물고기는 그들의 서식지로 본다. 귀신은 피가 흐르는 것으로 보고, 천인은 보물로 장식된 땅으로 본다는 것이다.

사람들은 모두 자신의 입장에서 생각하고 행동한다. 모든 것을 자신만의 잣대로 자기의 이익과 연관 지으려 한다. 모든 면에서 이익만큼 인간을 움직이게 하는 지렛대는 없다. 모든 것이 이익이라는 사물에서 비롯된다. 축복이나 도덕도 이익과 손해라는 저울대에서 가늠된다. 그것이 오늘의 현실이다. 나라가 그렇고 이웃이 그렇고 친구가 그렇다. 그것을 가늠질 하며 살아가는 삶이 터전은 시시비비가 많기 마련이다.

사람들은 흔히 자기보다 약한 자를 좋아하면서, 강한 자를 필요로 한다. 자기보다 적게 가진 자를 좋아하면서 많이 가진 자를 필요로 한다. 이익이라는 거품과 같은 실상 때문에 스스로를 내던진다. 모든 것을 자기의 입장에서 선택하고, 버리고, 죽이고, 살리고 한다.

자허원군紫虛元君의 말처럼, 오직 바른 것을 지키고 마음을 속이지 말도록 그대 자신을 다독거리는 길밖에 없다. 어떻게 사는가를 배우는 데는 전 생애를 필요로 한다고 하지 않던가.

제2장

깨달음은 사람을 사람답게 한다

안분편安分篇

존심편存心篇

계성편戒性篇

근학편勤學篇

훈자편訓子篇

옥은 다듬지 않으면 그릇을 만들지 못하고 사람은 배우지 않으면 도를 알지 못한다.

054

탐욕하면 근심이 쌓인다

경행록 운 지족가락 무탐즉우
景行錄에 云 知足可樂이요 務貪則憂니라.

만족할 줄 알면 즐겁고, 탐욕하면 근심이 따른다.

라 로슈푸코가 말했다.

"탐욕은 이따금 반대의 결과를 일으킨다. 불확실한 희망 때문에 전 재산을 내던지는 무수한 사람이 있는가 하면, 눈앞에 보이는 작은 이익을 위하여 장래에 찾아올 커다란 이익을 소홀히 하는 사람도 있다."

탐욕은 마치 신기루와 같다. 무언가 엄청난 것이 내 손 안에 들어올 것 같다가도 흔적도 없이 사라지기 때문이다. 뜨거운 열이나 찬 기운 때문에 대기 속에서 빛이 꺾여, 공중이나 땅 위에 무언가가 있는 것처럼 보이는 현상을 신기루라 한다. 그와 마찬가지로 사람의 마음속에서 양심이 꺾여, 다가올 미래에 엄청난 무엇인가 있는 것처럼 욕심을 품는 것이 탐욕이다. 이런 믿을 수 없고 접근할 수도 없는 희망 때문에 자신을 송두리째 던져 버릴 수 있겠는가? 그게 아니면 눈앞에 보이는 하찮은 이익을 위하여 장래에 찾아올 커다란 이익을 소홀히 할 수 있겠는가? 만족할 줄 알아야 한다. 지금 그대가 서 있는 위치에서, 지금 그대가 살아 있음에서, 지금 그대가 사랑할 수 있음에서 만족할 줄 알아야 한다.

055

만족할 줄 알면 즐겁다

지족자 빈천 역락 부지족자 부귀 역우
知足者는 貧賤도 亦樂이요 不知足者는 富貴도 亦憂니라.

만족할 줄 아는 사람은 빈천해도 즐겁지만, 만족할 줄 모르는 사람은 부귀해도 근심한다.

신라 때 낭산狼山 밑에 백결百結 선생이란 분이 살았다. 백결은 집이 너무나 가난하여 옷가지를 누더기로 백 군데나 기워 입은 데서 얻은 이름이다. 그는 모든 음악을 사랑했으며 특히 거문고를 잘 탔다.

어느 해 섣달그믐이 되자, 이웃집의 떡방아 찧는 소리를 듣고 그의 아내가 한숨을 쉬면서 말했다.

"남들은 모두 저렇게 방아를 찧는데 우린 어쩌면 좋지요?"

그러자 백결 선생이 달래듯 말했다.

"부귀는 하늘에 달려 있으니 괜한 불평을 하면 무엇하겠소? 오늘은 거문고로 방아 찧는 소리를 내보일 테니, 위안을 삼도록 하구료."

이것이야말로 괴로움 속에서 찾아낸 즐거움이다. 즐거움은 사람마다 그 모양을 달리하지만 만족할 줄 안다는 것에서는 모두가 똑같다. 석가모니가 말했다.

"만족함을 모르는 사람은 부유해도 가난하며, 만족함을 아는 사람은 가난하더라도 부유하다."

056
생각을 가다듬고 행동하라

濫想(남상)은 徒傷神(도상신)이요 妄動(망동)은 反致禍(반치화)니라.

쓸데없는 생각은 정신을 상하게 하고, 허망된 행동은 화근을 불러온다.

어느 날 칭기즈칸이 사냥을 하기 위해 숲 속으로 말을 몰았다. 많은 신하들이 줄을 지어 그를 따랐다. 팔목에는 칭기즈칸이 유난히도 아끼는 매가 앉아 있었는데 그 매는 사냥을 할 때마다 동행하곤 했다. 칭기즈칸 일행은 하루 종일 숲 속을 헤맸지만 사냥의 결과는 신통치 못했다. 해가 질 무렵이 되자 그들은 하는 수 없이 궁전으로 돌아가기로 했다. 왕은 숲의 지형을 누구보다도 잘 알고 있었던 터라 지름길을 선택했다. 한참을 달리다가 심한 갈증을 참을 수 없어 샘물을 찾았지만, 웬일인지 언제나 넘쳐흐르던 샘이 말라 있었다. 너무 빨리 달려왔기 때문에 주변에는 아무도 보이지 않았다. 매 역시 어디론가 날아가고 없었다. 문득 바위틈에서 맑은 물이 한 방울 두 방울씩 떨어지는 게 아닌가. 왕은 잔을 꺼내 물방울을 받았다. 한참 후 잔에 물이 거의 다 차자 왕은 잔을 입으로 가져갔다. 그 순간 어디선가 매가 날아와 물 잔을 주둥이로 치고는 날아가 버렸다. 왕은 하는 수 없이 잔을 주워 다시 물을 받기 시작했다. 물이 반쯤 채워졌을 때 그는 다시 물을 마시려 했다. 하지만 또다시 매가 날아와 물 잔을 엎질러 버렸다. 화가 머리끝까지 뻗쳐올랐지만 하는 수 없이 다시 또 물방울을 받기 시작했다. 그러나 매는 기다렸다는 듯 왕이 물을 마시려는 순간에 어김없이 물 잔을 엎질러 버렸다.

그쯤이면 훈련이 잘된 매가 왜 그랬는지 의아하게 생각해 볼 수도 있을 터였지만 화가 치민 왕은 분별력을 잃은 상태였다. 다시 또 매가 물 잔을 채뜨리자 왕은 단칼에 매를 죽여 버렸다. 그러는 사이 물 잔까지 잃어버린 왕은 하는 수 없이 물줄기를 따라 바위 위로 기어 올라갔다. 바위 위에는 과연 고인 물이 있었다. 그는 엎드려 물을 마시려 했다. 그러다 고인 물 속에 굉장히 큰 독사 한 마리가 죽어 있는 것을 보았다. 그제서야 칭기즈 칸은 매가 독이 든 물을 못 마시도록 했다는 사실을 깨달았다. 그는 바위 밑으로 내려가 죽은 매를 어루만지며 맹세했다.

"오늘 나는 매우 쓰라린 교훈을 얻었다. 앞으로 어떤 경우에도 절대로 홧김에 결정을 내리지는 않으리라."

제임스 볼드윈의 우화에 나오는 이야기다. 삼사이행三思而行이라는 말이 있다. 세 번 생각한 다음 이행하라는 말이다. 언제, 어디서라도 항상 생각을 가다듬고 행동하라.

057

가득 차면 넘치고 겸손하면 얻는다

서 왈 만 초 손 겸 수 익
書曰 滿招損하고 謙受益이니라.

가득 차면 손실이 있고, 겸손하면 이익을 얻는다.

'달도 차면 기운다'는 말을 모르는 사람은 없을 것이다. 가득 찬다는 것은 융성함의 절정, 풍요함의 극치를 이르는 말이다. 물도 그릇에 가득 차면 넘친다. 불길도 활활 가득 타면 마침내 꺼진다. 뜨거웠던 사랑도 언젠가는 식기 마련이고, 돈도 명예도 권력도 가득 차면 이윽고 기울어진다. 그래서 '십 년 세도勢道 없고 열흘 붉은 꽃 없다'고 했다.

당唐나라 현종玄宗 때 여옹呂翁이라는 도사가 한단邯鄲의 한 여관에 머물고 있었다. 그때 노생盧生이라는 젊은이가 오더니 여옹에게 자기의 가난한 신세타령을 한바탕 늘어놓았다. 그러다가 그는 졸음에 겨워 여옹의 베개를 베고 깜빡 잠이 들었다. 그 베개는 도자기로 만든 것이었는데 양쪽으로 구멍이 뚫려 있었다. 그런데 그가 잠든 사이 신기하게도 그 구멍이 자꾸만 커지는 게 아닌가. 노생은 호기심이 가득해서 그 안으로 들어가 보았다. 그곳은 한마디로 별천지였다. 고래등 같은 집이 있었는데 노생은 그 집주인의 딸과 결혼하고 장관직까지 얻었다. 그러나 물성즉쇠物盛則衰

라고 했던가. 그는 간신의 모함을 받아 집장으로 좌천되었다가 3년 후에 다시 올라왔다. 그리고 이번에는 재상에 올라 10년이 넘도록 천자를 보필하며 이름을 날렸다. 하지만 이번에도 물성즉쇠의 섭리는 어김없이 찾아왔다. 역적으로 몰려 죽을 처지에 놓인 것이다. 그는 아내에게 말했다.

"차라리 고향에서 농사나 짓고 있었더라면…… 누더기를 걸치고 길거리를 거닐 때가 좋았소. 하지만 이젠 다 틀렸소."

자신이 죽은 순간 깜짝 놀라 깨어 보니 꿈이었다. 이를 지켜보던 여옹이 말했다.

"인생이란 본디 그런 것이라네."

지혜로운 선인들은 명예나 지위가 극도로 귀하게 되는 것을 꺼렸다. 그럴수록 근신하고 겸손하려 애썼다. 겸손하게 되면 자연히 가득 차는 일이 없고, 가득 차는 일이 없으면 자연히 넘칠 것이 없기 때문이다. 남을 높이고 나를 낮출 수만 있다면 누구나 그럴 수 있다. 그것이 겸손이다. 바타가 말했다.

"김을 매어 잡초의 생명을 빼앗듯, 노여움은 사람의 힘을 소모시킬 뿐이다. 다만 상냥하고 어진 마음만이 커다란 보답을 받는다. 김을 매듯, 허영심도 사람을 파먹는다. 다만 겸손한 마음만이 커다란 보답을 받는다."

상냥하고 어진 마음으로 자신의 피를 돌게 하라. 어진 마음의 피는 먼저 그대의 전신을 흐르고, 친구를 흐르고, 이웃을 흐르고, 마침내는 한 세상을 흐르게 한다. 겸손이 모든 덕의 근본임을 잊지 마라.

058

그칠 줄 알면 부끄러움이 없다

知足常足(지족상족)이면 終身不辱(종신불욕)하고, 知止常止(지지상지)면 終身無恥(종신무치)니라.

만족할 줄 알아서 언제나 만족하면 평생 욕되지 않는다. 그칠 줄을 알아서 그치게 되면 평생토록 부끄러움이 없다.

사람은 자기가 행복해지기보다 남에게 행복하게 보이기를 원한다. 남에게 행복하게 보이려고 애쓰지만 않는다면 스스로 만족하기란 그다지 힘든 일은 아니다.

만족이 바로 행복이기 때문이다. 만족하지 않으면서 행복을 느끼는 사람은 찾기 어렵다. 그 만족의 욕구가 어디까지라고 단정해서 말할 수 있는 사람 역시 만나기 어렵다. 돈을 좋아하는 사람은 바라던 만큼 돈을 가지게 되어도 만족하지 못한다. 여자를 좋아하는 사람은 바라던 미인을 얻어도 역시 만족하지 못한다. 명예나 권력도 마찬가지다. 욕심과 탐욕이라는 어휘가 그 자리를 차지하기 때문이다.

만족할 줄 아는 것과 마찬가지로 그칠 줄도 알아야 한다. 때가 되면 앉았던 자리에서도 일어나야 하며, 누리던 권력도 미련 없이 다른 사람에게 내줄 수 있어야 한다. 에리히 프롬은 『자유로부터의 도피』에서 말했다.

"탐욕은 결코 만족에 이를 수 없는 욕구를 만족시키기 위해 끝없이 노력하는 가운데, 그를 지쳐 버리게 하는 바닥 없는 함정과 같다."

059
분수에 맞으면 세상이 여유롭다

격양시　운　안분신무욕　　지기심자한
擊壤詩에 云 安分身無辱이요 知機心自閑이라.

수거인세상　　각시출인간
雖居人世上이나 却是出人間이니라.

분수에 맞으면 몸에 욕됨이 없고 기틀을 알면 마음 또한 스스로 한가롭다.
그렇게 세상을 살고 있다면 그것은 이 세상을 벗어난 것과 같다.

발타자르 그라시안은 분수에 맞는 삶을 살기 위해서는 먼저 자기 자신을 파악하라고 했다. 누구도 자신을 먼저 알지 않고서 자신의 주인이 될 수 없다는 말이다. 어떤 일을 하기 위해서는 자신의 능력과 분별력, 자신의 섬세함을 파악해야 하고 거래에 들어가기 전에 자신의 용기를 시험하라고 했다. 자신의 깊이가 어떤지 알아보고 모든 일을 감당할 자신의 능력이 어느 정도인지 탐지하라는 것이다. 말하자면 자신의 품격을 점검하라는 뜻이다. 자기 자신이 지닌 지知, 정情, 의意를 구석구석 확실하게 파악해야 한다. 그것이 인격이다. 인격은 사람마다 지닌 나름대로의 품격을 말한다. 자신의 품격을 모르고서 어떻게 분수에 맞는 삶을 살 수 있겠는가. 그래서 나 자신이 중요하다. 나를 아는 것이 곧 분수에 맞는 삶을 사는 것이다.

060
자신의 한계를 넘어서지 마라

자왈 부재기위 불모기정
子曰 不在其位하여는 不謀其政이니라.

그 지위에 있지 않으면 그 정사(政事)에 간섭하지 마라.

공자가 책임 있는 지위에 있었던 것은 몇 해 되지 않는다. 그는 대부분의 생애를 야인野人으로 보냈다. 그러면서도 항상 정치를 논했고 위정자를 비판하는 일에도 과감했다. 그렇다면 '그 지위에 있지 않으면 그 정사에 간섭하지 마라'는 말은 모순이 된다. 그러나 그 말이 삶의 한가운데로 던져지면 참으로 빛이 난다. 세상의 많은 사람들이 서로에게 간섭하기만을 일삼는다면 세상은 얼마나 시끄러워질 것인가? 맹자가 말했다.

"집안에서 싸움이 나면 머리칼을 풀어헤치고 갓끈을 잡아매 가면서 말려도 괜찮지만, 이웃이 싸우고 있다면 문을 닫고 있어도 괜찮다."

비슷한 옛 속담들이 많이 있다. '남이야 지게 지고 제사를 지내건 말건'은 그중 하나다. 남의 일에 쓸데없이 간섭하는 사람들에게는 '치마가 열두 폭인가' 하고 수식어를 붙인다. 또 남의 일을 걱정하는 것이 주제넘다 하여 '더부살이가 주인마누라 속곳 베 걱정한다'고 윽박지른다.

자신의 한계를 넘어서지 마라. '산신 제물에 메뚜기 뛰어들듯' 당치도 않는 일에 참견할 필요는 없다. 다만 제 발등의 불만 끄면 될 일이다.

061
떳떳하고 섬세한 마음일수록 아름답다

景行錄(경행록)에 云(운) 佐密室(좌밀실)을 如通衢(여통구)하고 馭寸心(어촌심)을 如六馬(여륙마)하면 可免過(가면과)니라.

밀실에 앉아 있더라도 네거리에 앉아 있는 것처럼 하고,
마음 쓰기를 여섯 마리의 말을 부리듯 하면 모든 허물을 피할 수 있다.

소설 『모비딕』의 작가 허먼 멜빌은 '양심은 안면 신경통 같은 것이며 치통보다도 더 아픈 것'이라고 했다. 양심이 찔러 대는 통증에 아파 보지 않은 사람은 없을 것이다.

한국에서 주임 신부를 지낸 윌리엄 부스의 이야기 중에서 다음과 같은 대목은 크게 눈길을 끈다.

"바다에 소리 나는 방울이 장치되어, 가깝게 오는 배들에게 부근에 있는 암초를 경고하고 있었다. 그런데 어느 선원이 장난 삼아 그 방울의 끈을 끊어 버렸는데, 나중에 암초에 부딪쳐 침몰한 배가 바로 그 선원이 타고 있던 배였다고 한다. 이처럼 세상에는 자기 양심의 방울 소리가 시끄럽다고 귀를 가려, 그로 인하여 몸을 망치는 사람이 얼마나 많은가."

떳떳하고 섬세한 마음일수록 아름다운 법이다. 영국에 이런 말이 있다.

"눈에는 보이지 않지만, 우리들의 일거일동을 아는 자가 둘 있다. 그것은 신神과 양심이다."

062

운명은 스스로 만들어야 한다

격양시 운부귀 여장지력구 중니연소합봉후
擊壤詩에 云 富貴를 女將智力求이면 仲尼年少合封侯라.

세인 불해청천의 공사신심반야수
世人은 不解青天意하고 空使身心半夜愁라.

만일 부귀를 지혜와 힘으로 구할 수 있다면 중니(仲尼)는 젊은 나이에 제후(諸侯)가 되고도 남았을 것이다.
세상 사람들은 푸른 하늘의 뜻을 모르고 부질없이 몸과 마음을 한밤중까지 근심하게 한다.

운명運命이란 무엇일까? 운명이 존재한다면 그것의 참다운 의미는 무엇일까? 사전은 운명이란 사람에게 닥쳐오는 모든 길흉화복, 또는 사람의 행동을 지배하는 큰 힘이라고 풀이한다. 『격양시』는 만일 부귀를 인간의 지혜와 힘으로 구할 수 있는 것이라면 공자는 젊은 나이에 제후가 되고도 남을 것이라고 했다. 코란에는 '사람은 자기 운명을 목에 달고 있다'고 적혀 있다. 괴테는 사람의 운명을 바람과 비슷하다고 말했으며, 마키아벨리는 인간은 운명에 몸을 맡길 수는 있어도 그것에 관여할 수는 없다고 말했다. 또한 인간은 운명이라는 실을 꿸 수는 있어도 그것을 자를 수는 없다고 말했다. 그러나 운명보다 더 강한 것이 있다. 운명이라는 거대한 존재를 그대가 소유하면 된다. 운명을 조종하고 지배하라. 그 용기와 힘을 그대 것으로 하라. 사람이야말로 스스로 자신의 운명을 만들어 낼 수 있는 유일한 존재이다.

063

남을 꾸짖는 마음으로 나를 꾸짖으라

범충선공 계자제왈 인수지우 책인즉명 수유총명
范忠宣公이 戒子弟曰 人雖至愚나 責人則明하고 雖有聰明이라도
서기즉혼 이조 단당이책인지심 책기
恕己則昏이니 爾曹는 但當以責人之心으로 責己하고
서기지심 서인 불환부도성현지위야
恕己之心으로 恕人이면 不患不到聖賢地位也니라.

범충선공(范忠宣公)이 자제를 경계하여 말했다.
"누구나 자신은 어리석을지라도 남의 허물을 꾸짖기는 잘하고, 비록 재주가 있다 해도 자기를 용서하는 것에는 어둡다.
남을 꾸짖는 마음으로 자기를 꾸짖고, 자기를 용서하는 마음으로 남을 용서하라.
그러면 성현(聖賢)의 경지에까지 이르지 못할까 근심할 필요가 없다."

흑사병이 유행하여 많은 동물들이 잇따라 쓰러져 나갔다. 마침내 동물들의 왕인 사자는 동물들을 소집한 다음 꾸짖듯이 말했다.

"이 불행은 하늘이 우리에게 내리신 벌이다. 그렇다면 우리들 중에서 가장 죄가 많은 자가 마땅히 하늘의 노여움을 풀어야 할 것이다. 구차한 변명은 말고 솔직하게 이 자리에서 죄를 참회해야 한다."

사자는 왕답게 제일 먼저 양뿐만 아니라 양몰이꾼까지 잡아먹었다고 참회했다. 그러자 아첨꾼인 여우가 말했다.

"임금님께서는 너무나 양심적입니다. 그 천한 양이야 임금님의 밥이 되었다는 사실이 오히려 영광스러운 일이었을 것입니다. 또 양몰이꾼도 평

소에 짐승들을 깔보았던 만큼 고통받아 마땅합니다."

그러자 뒤를 이어 호랑이, 곰, 표범 등 실력자들도 적당히 자기 죄를 얼버무리며 참회했다. 이윽고 나귀의 차례가 왔다.

"언젠가 저는 스님의 땅을 지나치다 너무나도 배가 고파 그럴 권리가 없는 줄 잘 알면서도 풀을 뜯어 먹었습니다."

말이 채 끝나기가 무섭게 동물들은 입을 모아 '유죄'를 외쳤다. 서기인 늑대는 불행의 원인인 나귀를 희생양으로 만들어야 한다고 선언했다. 이것은 라 퐁텐의 우화 한 토막이다. 사람들도 마찬가지다. 이 우화는 짐승보다 못한 우리들의 이야기일 수도 있다.

064
예지를 지킬 수 있는 것은 어리석음이다

자왈 총명사예 수지이우 공피천하 수지이양
子曰 聰明思睿라도 守之以愚하고 功被天下라도 守之以讓하고.

용력진세 수지이겁 부유사해 수지이겸
勇力振世라도 守之以怯하고 富有四海라도 守之以謙이니라.

총명과 예지가 뛰어나더라도 어리석음으로 지켜야 하고, 공로가 천하를 뒤덮더라도 겸양하는 마음으로 지켜야 한다. 용기와 힘이 있더라도 두려운 마음으로 지켜야 하며, 부유함이 사해(四海)를 차지했더라도 겸손함으로 지켜야 한다.

그대의 지혜가 반짝이며 빛을 내더라도, 그것을 지키기 위해서는 어리석음의 옷을 입혀 두는게 좋다. 그대가 이루어 낸 공로도 마찬가지다. 겸손함으로 감싸면 그 공로는 언제나 그대와 함께 있다. 용기와 힘이라는 무한한 가능성을 항상 두려워하라. 그것만이 그대의 용기와 힘을 보존하는 길이다. 부유함이 엄청나다면, 그 역시 겸손함으로 감싸라. 그대의 부유함을 지킬 수 있는 길이다. 그것들은 넘쳐나기 시작하면 눈 깜짝할 사이에 사라져 버린다. 『탈무드』에 이런 말이 있다.

"어떤 사람을 현명한 사람이라고 하는가? 모든 것에서 배우기 위해 애쓰는 사람을 말한다. 어떤 사람을 굳센 사람이라고 하는가? 자기 자신을 억제할 줄 아는 사람을 말한다. 어떤 사람을 풍부한 사람이라고 하는가? 자기의 소득에 만족을 느낄 줄 아는 사람을 말한다."

065

개구리는 올챙이 적을 기억하지 못한다

소서　운 박시후망자　불보　　귀이망천자　불구

素書에 云 博施厚望者는 不報하고 貴而忘賤者는 不久니라.

적게 베풀고 많이 바라는 자는 보답이 없고, 귀하게 된 다음에 미천했던 때를 잊은 자는 오래가지 못한다.

고맙게 베풀어 주는 신세나 혜택을 은혜恩惠라고 표현한다. 대개의 사람들은 물질적인 은혜를 항상 우위에 둔다. 정신적인 것은 눈에 보이지 않지만 물질적인 것은 눈에 보이기 때문이다. 은혜를 베푸는 사람과 그 혜택을 받는 사람의 감정에도 엄청난 차이가 있다. 은혜를 베푸는 사람일수록 그 사실을 의식하지 말아야 함에도 불구하고 사람들은 그렇게 하지 못한다. 또 혜택을 받는 사람도 마찬가지다. 괴테가 말했다.

"자기가 은혜를 베푼 사람을 만나면 곧 그 일을 생각하게 된다. 그런데 자기에게 은혜를 베풀어 준 사람을 만나면 그것을 생각해 내지 못하는 일이 얼마나 많은가?"

은혜는 다만 베푸는 것으로 끝나는 것이지 보답을 바란다면 이미 은혜가 아니다. 신분이 귀하게 된 다음에 어려웠던 때를 잊어버리는 것도 같은 맥락이다. 은혜를 베풀었거든 그 즉시 잊어라. 그러나 그대가 그 혜택을 입은 사람이라면 보물처럼 가슴속에 간직하라. 지난 길을 되돌아본다는 점에서 인간은 강江과 다르다고 하지 않던가.

066

은혜는 베푸는 것에 그 뜻이 있다.

시은 물구보 여인 물추회
施恩이어든 勿求報하고 與人이어든 勿追悔하라.

은혜를 베풀었다면 그 보답을 바라지 말고, 남에게 주었다면 후회하지 마라.

어느 날 눈먼 거지가 길거리에 앉아 있는데 두 명이 사내가 다가왔다. 한 사람은 동전을 꺼내 거지에게 주었고 다른 한 사람은 아무것도 주지 않았다. 순간 어디선가 사신死神이 그들 앞에 불쑥 나타나서 말했다.

"이 가엾은 거지에게 은혜를 베푼 자는 나를 두려워할 일이 앞으로 50년 동안은 없을 것이다. 그러나 다른 한 사람은 곧 죽게 될 것이다."

그러자 아무것도 주지 않았던 사내가 다급하게 말했다.

"지금 다시 되돌아가 그 거지에게 은혜를 베풀고 오겠습니다."

"배를 타고 바다에 나설 때, 배 밑창에 구멍이 있는지 없는지를 바다에 나선 후에야 살피겠는가?"

유태인들이 즐겨 말하는 이야기다. 그들은 아무도 보지 않는 곳에서 베푸는 자는 모세보다도 위대하다고 말한다. 요한 바오르 2세가 말했다.

"베푸는 것의 내적인 가치가 소중한 것이며, 그것은 모든 것을 나누어 갖는 마음의 준비, 주저하지 않고 자기를 주는 데 있습니다."

그대는 다만 건네주었을 뿐이다. 무엇을 바랄 수 있겠는가.

067

섬세한 마음이 단정한 행위를 만든다

손사막왈 담욕대이심욕소 지욕원이행욕방
孫思邈曰 膽欲大而心欲小하고 知欲圓而行欲方이니라.

담력은 크게 가지더라도 마음가짐은 섬세해야 한다. 지혜는 원만하게 하더라도 행위는 방정해야 한다.

"너희는 행위를 보고 그들을 알게 될 것이다. 가시나무에서 어떻게 포도를 딸 수 있으며, 엉겅퀴에서 어떻게 무화과를 딸 수 있겠느냐? 좋은 나무는 좋은 열매를 맺고, 나쁜 나무는 나쁜 열매를 맺기 마련이다. 좋은 나무가 나쁜 열매를 맺을 수 없고, 나쁜 나무가 좋은 열매를 맺을 수 없다. 그러므로 너희는 그 행위를 보아 그들이 어떤 사람인지 알게 된다."

성경의 마태복음에 나오는 말이다. 사람의 행위 하나하나가 그 사람에게 미치는 영향이 어느 정도인지 새삼 깨달을 수 있을 것이다. 행위란 '사람의 도의적 성질을 띤 의식적인 동작'을 일컫는 말이다. 작은 행위라도 그것은 사람의 마음가짐에서부터 비롯된다. 태어나면서부터 천한 사람이 없고, 태어나면서부터 성현이 따로 없다. 사람의 행위에 따라서 천한 사람도 되고 성자도 될 수 있다.

모든 행위는 입보다 더 크게 말한다는 사실을 잊지 마라.

068

법을 두려워하면 아침마다 즐겁다

구 법 조 조 락 기 공 일 일 우
懼法朝朝樂이요 欺公日日憂니라.

법을 두려워하면 아침마다 즐겁고, 나랏일을 속이면 매일 근심하게 된다.

공자가 말했다.

"인생의 법칙은 지혜 깊은 자에게도 이해되지 않는다. 그러나 그 사람이 법칙을 지켜감에 따라서 차츰 알게 될 것이다. 인생의 법칙은 보통 사람에게도 이해된다. 그러나 사람이 그 법칙을 지키지 않음에 따라서 차츰 알 수 없게 될 것이다."

법을 만드는 사람이 오히려 법을 어기는 데 능통하다는 말이 있다. 법은 만인에게 동등하다. 아니 만인에게 동등하기 위해 노력하고 있는 것인지도 모른다. 그러나 칸트의 말처럼, 자연에 존재하는 만물은 법과 함께 행동하고 있는 것만은 틀림없다.

시력이 몹시 나쁜 노부인이 안과 의사와 계약을 맺었다. 눈을 완전히 고쳐 주면 치료비를 내겠다는 것이었다. 의사는 부인에게 연고 치료를 해 주었다. 연고를 바르고 나서, 부인이 눈을 감고 있는 사이에 의사는 그녀가 가진 것을 하나씩 훔쳤다. 모든 것을 다 훔치고 나서 그는 치료가 끝났다며 계약된 치료비를 요구했다. 그러나 부인은 치료비를 낼 수 없다고 우겼고 하는 수 없이 의사는 노부인을 고발했다. 법관 앞에 선 부인은 의사가 눈을 고쳐 주면 돈을 치르겠다고 약속했으나, 치료받은 후 처음보다 눈이 더 나빠졌다고 주장하면서 다음과 같이 말했다.

"치료를 시작하기 전에는 집안의 모든 것을 볼 수 있었지만, 이제는 아무것도 보이지 않아요."

누가 죄인이고 누가 죄인이 아닌가? 법은 어디쯤에 서서 정의를 외쳐야 할 것인가? 존 로크가 말했다.

"법은 의복과 같아야 한다. 그들이 봉사해야 할 사람의 몸에 꼭 맞게 만들어져야 한다."

법을 두려워하라. 새로운 태양이 떠오르는 아침마다 그대는 다만 즐거움으로 가득 차도록 하고 그대 자신을 근심하는 일이 없도록 하라.

069

입을 지키는 것을 병瓶과 같이 하라

주 문 공 왈 수 구 여 병 방 의 여 성
朱文公曰 守口如甁하고 防意如城하라.

입을 지키는 것은 병(甁)과 같이 하고, 뜻을 막는 것은 성(城)을 지키듯 하라.

성경에서는 사람들에게 입조심을 경계하여 이렇게 가르친다.

입으로 들어가는 것이 사람을 더럽게 하는 것이 아니라 입에서 나오는 그것이 사람을 더럽게 하는 것이니라. - 마태복음 15:11

미련한 자의 입은 그의 멸망이 되고 그의 입술은 그의 영혼의 그물이 되느니라. - 잠언 18:7

그들의 목구멍은 열린 무덤이요 그 혀로는 속임을 일삼으며 그 입술에는 독사의 독이 있고 그 입에는 저주와 독설로 가득하고 - 로마서 3:13~14

그래서 입 다물기를 병마개를 닫듯이 하라는 것이다. 말은 한번 뱉으면 다시 거두어들일 수 없다. 주인의 입을 떠난 말은 무서운 들소가 되는가 하면, 앙칼진 고양이가 되었다가, 날카로운 칼날로 변모하기 때문이다. 참으로 말처럼 무서운 무기도 없다. 그뿐만이 아니다. 한마디의 말로 그 사람의 됨됨이를 파악할 수도 있다. 말이란 사람의 의상이며 양심이자 지식이다.

데모스테네스는 '접시는 소리로 있나 없나를 알고, 사람은 말로써 지식을 판단할 수 있다'고 했다. 그래서 한마디 말은 그 사람의 인격을 가늠하는 열쇠가 되기도 한다. 말은 귀한 것이다. 귀한 만큼 아끼고 가꿀 필요가 있다. 우리들은 말 속에서 말과 함께 살아간다. 말은 살아 있는 자만이 향유할 수 있는 기쁨이며 재산이다. 말을 함부로 내뱉지 마라. 그것은 자기 자신을 내뱉는 행위일 뿐이다. 석가모니가 말했다.

"모든 화禍는 입에서 나온다. 중생의 불행한 운명은 그 입에서 생긴다. 입은 몸을 치는 도끼이며, 몸을 찌르는 칼날이다."

070

마음이 깨끗하면 표정이 맑다

심불부인 면무참색
心不負人이면 面無懺色이니라.

마음으로 남을 저버리지 않으면 얼굴에 부끄러움의 빛이 없다.

사람의 얼굴에는 많은 그림이 그려진다. 슬픔과 기쁨의 그림이 진한 색깔로 그려지는가 하면, 그리움이나 아쉬움의 그림들이 선연한 물빛으로 그려지기도 한다. 그 그림을 바라보는 다른 사람의 얼굴에도 시시각각 새로운 그림들이 그려진다. 감정의 전이 현상이다. 그래서 얼굴을 마음의 거울이라고 했다. 방정환의 『어린이 예찬』을 보면 이런 글이 있다.

"고요하다는 고요한 것을 모두 모아서 그중 고요한 것만을 골라 가진 것이 어린이의 자는 얼굴이다. 평화라는 평화 중에서도 훌륭한 평화만을 골라 가진 것이 어린이의 자는 얼굴이다. 아니, 그래도 나는 이 고요하게 자는 얼굴을 잘 말하지 못하였다. 이 세상의 고요하다는 고요한 것은 모두 이 얼굴에서 우러나는 것 같고, 이 세상의 평화라는 평화는 모두 이 얼굴에서 우러나는 듯싶게 어린이의 잠자는 얼굴은 고요하고 평화스럽다." 마음의 깨끗하면 표정도 맑다. 그대의 얼굴에 가장 아름다운 그림만이 그려지기를, 참으로 그대 얼굴에 사랑만이 그려질 수 있기를 바라는 것은 얼마나 아름다운 축복인가.

071
지나친 욕심은 다만 부질없을 뿐이다

인 무 백 세 인 왕 작 천 년 계
人無百歲人이나 枉作天年計니라.

백 년도 살지 못하면서 부질없이 천 년의 계획을 세운다.

관자管子는 일 년의 계획은 오곡을 기르는 것보다 더한 것이 없고, 십 년의 계획은 나무를 기르는 것보다 더한 것이 없다고 했다. 그리고 종신의 계획은 사람을 기르는 것보다 더한 것이 없다. 그러나 천년의 계획이라니 그 부질없음이여, 그 지나친 욕심만큼이나 부질없음이여.

진시황은 처음으로 중국을 통일한 황제로 그는 자신을 삼황三皇의 덕을 겸비하고, 오제五帝보다 공로가 뛰어나다며 스스로를 황제라 부르기 시작했다. 그러나 다시 그는 앞으로도 수만 년을 이어갈 나라이므로 황제의 이름을 붙이기가 번거롭다면서 자신을 황제의 시작이라는 뜻에서 시황제始皇帝라 부르라 하고 다음부터는 2세, 3세, 4세 황제로 부르라고 명령했다. 그러나 그도 나이가 많아지면서 죽음에 대해 생각하지 않을 수 없었다. 그 무렵 서시徐市라는 사람이 나타나 아주 반가운 말을 했다.

"제가 동남동녀를 이끌고 바다를 가로질러 삼신산에 있다는 불사약을 구해 오겠습니다."

서시를 보낸 진시황은 그때부터 죽음에 대한 걱정은 까마득히 잊고 정치에만 전념했다. 만리장성을 쌓기 시작했으며, 지금까지 살던 궁궐이 작다며 아방궁이라는 큰 궁궐을 짓기도 했다.

끝내 서시는 돌아오지 않았다. 어느덧 오십이 된 진시황은 순시의 길을 떠났다가 평원진平原津이란 곳에서 병을 얻어, 나라를 세운 지 37년이 되던 해에 사구평대沙丘平臺라는 곳에서 죽었다. 신하들은 똑똑한 큰아들 부소扶蘇를 제쳐 놓고 둘째 아들인 호해胡亥를 황제로 즉위시키기 위해 진시황의 죽음을 비밀에 부쳤다. 시신을 수레에 싣고 돌아올 때는 한여름이어서 썩는 냄새가 코를 찔렀다. 신하들은 생선을 시신과 함께 실어 냄새를 구별할 수 없게 만들었고, 결국 진시황은 한 줌의 흙으로 되돌아갔다.

'나이 10세에는 과자에, 20세에는 연인에, 30세에는 쾌락에, 40세에는 야심에, 그리고 50세에는 오직 탐욕에 움직인다'는 루소의 말처럼, 천 년의 계획이란 부질없는 탐욕일 뿐이다. 그러나 그대의 계획은 영원토록 하라. 그것이 오늘을 살아가는 지혜가 된다.

072

후회는 마음을 병들게 한다

구 래 공 육 회 명 운 관 행 사 곡 실 시 회
寇萊公 六悔銘에 云 官行私曲失時悔요

부 불 검 용 빈 시 회 예 불 소 학 과 시 회
富不儉用貧時悔요 藝不少學過時悔요

견 사 불 학 용 시 회 취 후 광 언 성 시 회 안 불 장 식 병 시 회
見事不學用時悔요 醉後狂言醒時悔요 安不將息病時悔니라.

관리가 부정을 저지르면 관직을 잃은 후에 후회하게 되고, 부유할 때 절약하지 않으면 가난해진 뒤에 후회한다.
젊을 때 기예를 배워 두지 않으면 때가 지난 후에 후회하게 되고,
일을 보면서도 배우지 않으면 일할 때 후회하게 된다. 술에 취했을 때 함부로 말하면 깨어난 뒤에 후회하게 되고,
건강했을 때 휴식을 취하지 않으면 병이 들어서야 후회하게 된다.

어떤 군인에게 말 한 필이 있었다. 전쟁터에 나가 있을 동안은 모든 위험과 모험을 주인과 함께하며 맛있는 보리를 배불리 먹을 수 있었다. 그러나 전쟁이 끝나기 무섭게 이 말은 노예처럼 일만 해야 했다. 쉴 새 없이 무거운 짐을 날랐지만 얻어먹을 수 있는 것은 왕겨뿐이었다. 다시 전쟁이 터지고 나팔소리가 울렸을 때, 주인은 말에다 굴레를 씌우고 무장을 한 뒤 말 위에 올라탔다. 그러나 말은 기운이 없어 발걸음을 떼어 놓을 때마다 비틀거리기만 했다. 말은 어쩔 수 없다는 듯 주인을 바라보며 말했다.

"저는 이제 말이라는 이름을 들을 자격이 없어졌습니다. 나으리께서는 저를 보잘것없는 나귀로 만들어 버렸습니다."

'목이 말라서야 우물을 판다'는 말이 있다. 후회해도 이미 때는 늦었다.

후회는 스스로의 가슴을 병들게 한다. 후회할 일을 만들지 않으면 마음은 항상 맑은 거울처럼 그대 모습을 비출 수 있다. 그러므로 미리 준비하라. 남들이 미처 준비하지 못하고 있을 때, 그대는 한 걸음이라도 앞서 준비하라. 지금도 늦지 않았다. 준비할 시간은 얼마든지 있다. 빈손으로 새를 잡기는 어려운 일이 아니겠는가. 헉슬리가 말했다.

"만성적인 후회는 정신적으로 가장 해롭다. 잘못한 일이 있으면 바로 회개하라. 그러고 나서 고칠 수 있는 일이라면 고치고, 다음부터는 그런 일이 없도록 노력하라. 잘못한 일에 언제까지고 후회만 하고 있지 마라. 쓰레기 속에 뒹굴어서 깨끗해질 수는 없다."

후회의 늪에서 벗어나는 것은 새로운 시작이다. 그대가 아끼는 한 필의 말에게 넉넉한 먹이를 주라.

073

외나무다리는 조심해서 건너라

염념요여임전일 심심상사과교시

念念要如臨戰日하고 心心常似過橋時니라.

생각은 항상 전장에 나가는 날처럼 하고, 마음은 항상 다리를 건널 때처럼 하라.

너무 노쇠하여 사냥이나 싸움을 할 기력이 없어진 사자가 먹이를 구할 수 있는 방법을 생각했다. 병든 척하고 동굴 안에 가만히 누워 있다가 가까이 다가오는 짐승이 있으면 순식간에 먹어치우는 것이다. 많은 짐승이 문병을 갔다가 돌아오지 않자 눈치 빠른 여우가 그 꿤수를 눈치챘다. 여우는 멀찌감치 떨어진 자리에 서서 사자에게 안부를 물었다.

"왜 계속 누워만 계십니까?"

"건강이 썩 좋지 않구나."

사자가 힘없는 목소리로 왜 들어오지 않느냐고 묻자 여우가 대답했다.

"들어가고 싶지요. 하지만 들어간 발자국은 있는데, 나온 발자국은 전혀 보이지 않습니다."

속담에 '복철을 밟지 말라'는 말이 있다. 앞서 한 사람의 잘못을 보고 그것을 거울삼아 같은 실패를 하지 않도록 조심하라는 뜻이다.

생트 뵈브가 말했다.

"재간 있는 사람의 호의를 조심하라. 발을 헛디디는 수가 있다."

074
쓸데없는 일을 만들지 마라

生事事生이요 省事事省이니라.

일을 만들면 일이 생기고, 일을 줄이면 일은 줄어든다.

쓸모없는 일로 허둥대는 사람을 꼬집는 재미있는 속담이 있다. '소나기는 오려 하고, 똥은 마렵고, 괴타리는 옹치고, 꼴짐은 넘어지고, 소는 뛰쳐나갔다'가 그것이다. 속담의 내용을 그림 그리듯 머릿속으로 그려 보면 마치 한 폭의 풍속화를 보는 듯 저절로 웃음이 난다. 비슷한 말로 '똥 마려운 계집 국거리 썰듯'이라는 말이 있다. 제 일이 급하면 다른 일은 아무렇게나 해치운다는 말이다. 항상 바쁘다고 입버릇처럼 말하는 사람들이 많다. 그러나 그런 사람들의 대부분은 본연의 일 때문에 바쁜 것이 아니라, 극히 지엽적인 것들에 쫓긴다. 일을 줄이려 하지 않고 끊임없이 만들어낸다. 하지 않아도 좋은 일에 나서서 분주하게 자기 자신을 괴롭히는 것은 스스로의 삶을 망가뜨리는 지름길이 될 수밖에 없다. 찰스 킹즐리가 말했다.

"매일 해야 할 일이 있다는 것에 감사하라. 그대는 절제와 극기, 근면과 의지력, 유쾌함과 만족 그리고 게으름뱅이가 알지 못하는 백 가지의 미덕을 얻으리라."

075

평범한 삶이 가장 아름답다

익 지 서   운 영 무 사 이 가 빈   막 유 사 이 가 부
益智書에 云 寧無事而家貧이언정 莫有事而家富요

영 무 사 이 주 모 옥   불 유 사 이 주 금 옥
寧無事而住茅屋이언정 不有事而住金屋이요

영 무 병 이 식 추 반   불 유 병 이 복 양 약
寧無病而食麤飯이언정 不有病而服良藥이니라.

아무 탈 없이 가난하게 살지언정 탈이 있으면서 부유하게 살지 마라.
차라리 아무 사고 없이 초가집에 살지언정 사고가 있으면서 고급 주택에 살지 마라.
차라리 아무 병 없이 거친 밥을 먹을지언정 병 있으면서 좋은 약을 먹지 마라.

어쩌면 약간의 고통과 근심은 누구에게나 필요한 것인지도 모른다. 바닥에 아무런 짐도 싣지 않은 배는 안전한 항해를 할 수 없는 것과 같은 이치다. 카뮈는 그의 『비망록』에서 이렇게 말했다.

“나무가 허다한 고통을 겪은 후에는 열매 맺을 철이 오게 마련입니다. 겨울은 늘 봄 속에서 끝이 납니다.”

돌이켜 생각해 보자. 가난하게 산다는 것은 고통이다. 릴케의 말처럼 가난이 설령 우리의 내부로부터 솟아나는 위대한 빛이라 할지라도 가난하게 산다는 것은 고통이며 공포이다. 하지만 나무가 고통 후에 열매를 맺듯이, 가난하게 살지언정 아무 탈 없이 사는 것이 가장 현명한 삶의 태도일 것이다.

076

마음이 편안하면 세상이 아름답다

심안모옥온 성정채갱향
心安茅屋穩이요 性定菜羹香이니라.

마음이 편안하면 초가집도 아늑하고, 성품이 안정되면 나물국도 향기롭다.

러스킨은 이 우주가 즐겁고 화락한 곳인가, 혹은 슬프고 소란한 곳인가를 논의하지 말라고 했다. 내 마음에 따라 우주는 즐거운 보금자리가 될 수도 있고, 슬픔과 괴로움에 가득 찬 구렁텅이도 될 수 있다. 우리는 마음에 따라 두 가지 중의 하나를 선택할 자유가 있을 뿐이라는 것이다. 마음은 쓰면 쓸수록 골짜기로 파고드는 버릇이 있다. 아주 작은 일에도 마음을 쓰기 시작하면 그것은 끝 간 데 없이 치닫기 일쑤다. 마음은 눈에 보이지 않는 것도 느끼기 때문이다. 손으로 만져지지 않아도 느끼며, 귀에 들리지 않아도 느낀다. 막힌 데가 없는가 하면, 숨 돌릴 틈도 없이 꽉 막혀 있기도 한다. 그래서 마음이 앞서면 발도 가볍지만 마음이 뒤뚱거리기 시작하면 모든 것이 혼란스럽다.

복경호우福輕乎羽라는 말이 있다. 복福이란 새털보다도 가볍다는 뜻으로 자신의 마음가짐에 따라 행복하게 된다는 말이다.

참으로 마음이 편안하면 흐르는 물속도 아늑할 것이며, 구르는 돌에서도 향기가 날 수 있다. 그러나 다시 생각해 보면 마냥 편안하기만 한 마음이란 어쩌면 정지된 마음일 수 있다. 그것은 호수처럼 잔잔히 고여 있는 물이나, 바람 한 점 없는 망망대해일 수도 있다. 그것은 마음의 평화가 아니다. 그저 아늑하기만 한 것은 죽은 것과 다름없다. 마음이란 편안한 가운데서 항상 흐르고 있어야 한다. 쉴 새 없이 흐르고 나아가야 한다. 그 흐르는 마음 한가운데에 그대를 실으라. 그리고 끊임없이 항해하라. 라즈니쉬가 말했다.

"이성은 바깥쪽으로 움직이고 타인에게로 열린다. 마음은 안쪽으로 움직이고 자신에게로 열린다."

077

남을 나무라기 전에 나를 채찍질하라

景行錄(경행록)에 云(운) 責人者(책인자)는 不全交(부전교)요 自恕者(자서자)는 不改過(불개과)

남을 나무라는 사람은 그 사귐이 바르지 못하고, 자신을 용서하는 사람은 잘못을 고치지 못한다.

톨스토이는 '무엇을 할 것인가?'라는 문제에 대해서 이렇게 대답했다.

첫째, 스스로에게 거짓말하지 말 것. 만약 지금의 생활이 이성이 이끄는 참다운 길에서 멀리 떨어져 있다 하더라도 진리를 두려워하지 말 것.

둘째, 타인에 대한 자신의 정의와 우월과 특권을 거부하고 자신의 유죄를 인정할 것.

셋째, 자신의 전 존재를 움직임으로써 의심할 수 없는 영원불멸의 인간 계율을 실행할 것. 어떠한 노동도 부끄러워하지 않고 자신과 타인의 생명을 유지하기 위하여 자연계와 싸울 것.

모든 사람들은 자기 자신을 가장 사랑한다. 그래서 스스로를 아끼고 스스로를 용서하는 데는 결코 인색하지 않다. 인도의 어느 임금이 아름다운 왕비와 행복한 나날을 보내고 있었다. 하루는 왕이 왕비에게 물었다.

"이토록 넓은 세상에서 당신은 누구를 제일 사랑하고 있소?"

왕비가 대답했다.

“이승에서 나 자신보다 더 사랑스러운 사람은 따로 없습니다.”

자신을 제일 사랑한다는 대답을 기다리던 왕에게는 엄청난 충격이었다. 왕은 끝내 그 충격에서 헤어나지 못해 석가모니를 찾아갔다. 석가는 왕에게 타이르듯 말했다.

“어디를 가더라도 사람은 자신보다 사랑스러운 존재를 찾아낼 수 없다. 모든 사람들은 제각기 자기가 가장 소중하고 사랑스럽다고 여긴다. 그러니 자기를 아낄 줄 아는 사람은 결코 남을 해쳐서는 안 된다.”

어떠한 경우에도 진리를 두려워하지 마라. 자신의 유죄를 인정하고 그대와 이웃들을 위하여 모든 사물과 대처하여 싸우라. 그대는 누구보다 그릇이 크다.

078

사람은 결코 혼자 살 수 없다

경 행 록 운 숙 흥 야 매 소 사 충 효 자 인 부 지 천 필 지 지
景行錄에 云 夙興夜寐하여 所思忠孝者는 人不知나 天必知之요

포 식 난 의 이 연 자 위 자 신 수 안 기 여 자 손 하
飽食暖衣하여 怡然自衛者는 身雖安이나 其如子孫에 何오.

아침 일찍부터 밤 늦게까지 충(忠)과 효(孝)를 생각하는 사람은 다른 사람들이 비록 알지 못하더라도 하늘이 알게 된다. 배부른 음식과 따뜻한 옷으로 자기만을 위해 안락하게 사는 사람은 몸은 편하겠지만 그 자손의 일을 어찌하랴.

조선 성종成宗 때 큰 가뭄이 들었다. 나라에서는 전국적으로 기우제를 지내게 하는 한편, 금주령을 내려 모든 백성들이 근신토록 했다. 하루는 성종이 백성들과 고통을 함께한다는 뜻에서 뜨거운 뙤약볕 아래에서 고생하는 농부들을 격려하고 있을 때였다. 어디선가 풍악 소리가 들려왔다. 신하를 시켜 알아보게 했더니, 감찰 자리에 있는 김세우의 집에서 잔치를 벌이고 있다는 전갈이 왔다. 성종은 벽력같이 고함을 질렀다.

"하늘이 비를 주시지 않아 짐도 수라상의 반찬을 줄이고 가무를 삼가고 있는데, 나라의 녹봉을 받는 자가 어찌 그럴 수가 있단 말인가?"

김세우를 비롯해서 그 잔치에 모습을 보인 사람까지 모두 감옥에 갇혔다. 가족들은 궁리 끝에 그들의 아들들 이름으로 용서를 간청하는 상소문을 올렸다. 그러자 성종은 더욱 화가 치밀었다.

"국법을 어긴 주제에 어린 자식들을 내세워 용서를 빌다니……."

결국은 상소문에 참여한 아들들까지 모조리 잡아들이라는 명령이 떨어졌다. 그러자 아들들은 모두 도망쳐 버렸고 김세우의 아들 김규金虯만 붙잡혀 왔다. 임금이 물었다.

"너는 왜 도망치지 않았느냐?"

김규가 또렷한 목소리로 대답했다.

"아버지를 구하기 위해 상소문을 올렸는데, 그것이 무슨 죄가 되어 도망을 치겠습니까?"

그는 상소문을 지은 것도 자신이며, 글씨를 쓴 것도 자신이라고 떳떳하게 밝혔다.

"네 나이 몇 살이냐?"

"열세 살입니다."

성종은 화가 가라앉으며 기특한 생각이 들었다. 그래서 가뭄에 대해서 글을 짓는다면 김세우를 석방하겠노라 약속했다.

"아버지를 위하는 일이라면 어찌 사양하겠습니까?"

그는 단숨에 글을 지어 임금께 바쳤다. 성종은 글을 다 읽고 나서 김규에게 말했다.

"네 글을 보고 네 아비를 석방하고, 네 글씨를 보고 네 아비의 이웃을 석방한다. 너는 아버지에 대한 그 효심으로 나라에 충성토록 하라."

효도한다는 것은 이와 같다. 다른 사람들은 미처 모르더라도 하늘은 다 알고 있다. 『퇴계집』은 다음과 같은 가르침을 준다.

"효孝와 자子의 도리는 모든 선善의 으뜸으로, 하늘의 본성에서 나온 것입니다. 그 은혜가 지극히 깊고, 그 윤리가 지극히 무겁고, 그 정이 가장 간절한 것입니다."

079

사랑하는 마음을 한결같이 하라

경행록 운 이애처자지심 사친즉곡진기효
景行錄에 云 以愛妻子之心으로 事親則曲盡其孝요.

이보부귀지심 봉군즉무왕불충
以保富貴之心으로 奉君則無往不忠이요

이책인지심 책기즉과과 이서기지심 서인즉전교
以責人之心으로 責己則寡過요 以恕己之心으로 恕人則全交니라.

아내와 자식을 사랑하는 마음으로 어버이를 섬기면 극진한 효도를 할 수 있고,
부귀를 지키려는 마음으로 임금을 섬기면 어느 곳에서도 충성되지 않음이 없다.
남을 꾸짖는 마음으로 스스로를 꾸짖으면 그 잘못이 극히 적을 것이며,
자기를 용서하는 마음으로 남을 용서하면 그 사귐은 온전할 수 있다.

"부모의 사랑은 내려갈 뿐 올라가는 법이 없다. 자식에 대한 부모의 사랑은 자식의 부모에 대한 사랑을 능가한다."

엘비시우스의 『잠언과 고찰』에 나오는 말이다. 우리의 속담도 내리사랑을 주제로 한 것들이 많다. 『부모은중경父母恩重經』에도 '내 목숨 있는 동안은 자식의 몸을 대신할 것을 원하고, 내 죽은 뒤에는 자식의 몸을 지킬 것을 원한다'고 하지 않는가.

후한後漢의 곽거郭巨라는 사람은 몹시 가난했다. 가족으로는 노모와 아내, 그리고 세 살짜리 아이까지 넷이었다. 곽거의 노모는 자신의 밥을 손자에게 주는 것을 아끼지 않았다. 곽거는 그것이 항상 마음이 아팠다.

"차라리 아이를 구덩이에 묻어 버리자. 자식은 다시 낳을 수 있지만 부

모는 다시 얻을 수 없으니……."

그는 생각을 굳히고 뒤뜰에 구덩이를 파기 시작했다. 마음이 아팠지만 어쩔 수 없는 일이라고 체념했다. 한참을 땅을 파고 있는데, 문득 땅속에서 이상한 소리가 들렸다. 조심스럽게 파 보았더니 놀랍게도 커다란 금솥이 들어 있었다.

『후한서後漢書』에 나오는 일화의 한 토막이다. 이 이야기는 내리사랑 만큼이나 위대한 사랑을 묘사하고 있다. 이토록 극단적인 이야기를 통해 하고자 하는 말은 다만 사랑하는 마음을 한결같이 하자는 것이다. 자식을 사랑하듯이, 또는 아내를 사랑하듯이 부모에게도 같은 사랑을 드리자는 말이다. 소포클레스가 말했다.

"설사 자식에게 업신여김을 받아도 부모는 자식을 미워하지 못한다."

080
현명한 계획은 후회가 없다

경행록 운 이모부장 회지하급
景行錄에 云 爾謨不臧이면 悔之何及이며,

이견부장 교지하익
爾見不長이면 敎之何益이리오.

이심전즉배도 사의확즉멸공
利心專則背道요 私意確則滅公이니라.

계획이 현명하지 못하면 후회한들 무엇하며, 소견이 짧으면 가르친들 무슨 보탬이 있겠는가.
오로지 이익만을 바라고 생각한다면 도에 어긋나게 되고,
오로지 사적인 것만 마음에 두면 공적인 것은 없어지고 만다.

밀레가 말했다.

"지금 어떤 지점에 놓여 있다는 것은 문제가 아니다. 모든 지점은 숭고한 목표에 통할 수 있는 출발점이다. 당신이 서 있는 환경이 당신의 출발점인 것을 알라. 마음이 견주는 것이 높으면 누구나 높은 것을 표현할 수 있다. 누구나 자신이 진실로 열렬히 사랑할 수 있는 것은 자신에게 있어서 독자적인 아름다움일 뿐 아니라, 동시에 다른 사람에게도 그 아름다움을 비춰 주게 된다."

현명한 계획은 후회하는 법이 없다. 현명한 계획은 어떤 사물에 대하여 얼마나 열렬히 사랑할 수 있는가에 뿌리를 둔다. 그것은 자신에게는 물론 다른 사람에게도 희망을 준다. 현명하게 계획할 줄 아는 사람은 사물을 보고 헤아리는 생각이 넓고 길다. 어떠한 일에서 오직 이익만을 바라지도

않는다. 모든 일에서 정도正道를 내다볼 수 있기 때문이다. 참으로 그럴 수 있는 사람이라면 결코 사적인 일에 마음을 두지 않는다. 모든 사적인 것은 현명한 계획에서 이미 제외되기 때문이다.

현명하게 계획할 줄 아는 사람에게는 현재 처해 있는 상황이 어떤 경우라도 문제되지 않는다. 참으로 어려운 지점이거나 보다 더 난처한 경우가 생기더라도 그 지점이 바로 자신의 계획을 실천에 옮길 수 있는 출발점이 될 수 있다는 것을 명심하라.

"인간에게 있어서 가장 놀랄 만한 특성 중 하나는 마이너스를 플러스로 바꾸는 힘이다."

아들러의 이 달콤한 속삭임을 자신의 것으로 만들라. 지금 그대가 서 있는 마이너스의 지점을 어떻게 활용할 지는 오로지 그대의 지혜에 달려 있다.

081

분노는 참을수록 좋다

忍一時之忿(인일시지분)이면 免百日之憂(면백일지우)니라.

한때의 분노를 참으면 백 일 동안의 근심을 면한다.

에픽테토스가 말했다.

"화낸 날들을 헤아려 보라. 나는 매일같이 화를 냈었다. 그러던 것이 이틀 만에, 그다음에는 사흘 만에 화를 내게 되었다. 만일 화내는 일을 한 달 동안 잊게 되거든, 그때는 신에게 감사의 제물을 올려라."

분노는 어리석음으로 시작하여 후회로 끝나기 일쑤다. 그것은 억제할 것을 억제하지 못한 어리석음과, 지배해야 할 것을 지배하지 못한 어리석음이 함께하기 때문이다. 그것은 스스로가 주인이기를 거부하고 오히려 감정의 노예로 스스로를 전락시킨 데서 비롯된다. 인간이 자신의 감정을 지배하고 억제하지 못할 때, 그것은 곧 허수아비와 다를 바가 없음을 깨달아야 한다. 분노는 참을수록 좋다. 분노는 혼자 오지 않는다. 동시에 많은 감정들을 동반한다. 미움과 슬픔, 갈등과 애증, 좌절과 실패, 고통과 죽음, 후회와 미련이 그것들이다. 분노라는 감정은 그만큼 많은 그림자를 드리우고 다닌다. 한 번 참아 낸 분노가 그대에게 얼마나 엄청난 희열을 안겨 주는지는 스스로 겪어야만 알 수 있다.

데카르트는 남을 증오하는 감정은 얼굴의 주름살이 되고, 남을 원망하는 마음은 고운 얼굴을 추악하게 변모시킨다고 했다. 그에 반해서 사랑의 감정은 신체에 조화된 따스한 빛을 흐르게 하고, 맥박을 보통 때보다 고르고 기운차게 움직이게 한다는 것이다.

"화를 낼 줄 모르는 사람은 바보이고 화를 내지 않는 사람은 현명한 사람이다."

영국의 격언이다. 그대는 바보가 될 것인가, 아니면 현명한 사람이 될 것인가?

082

참고 또 참으며 조심하고 또 조심하라

득인차인 득계차계 불인불계 소사성대

得忍且忍이요 得戒且戒하라. 不忍不戒면 小事成大니라.

참고 또 참으며, 조심하고 또 조심하라. 참지 못하고 조심하지 않으면 작은 일이 크게 된다.

참는다는 것은 나를 지키는 것이다. 조심한다는 것 또한 나를 지키기 위함이다. 참고 견디는 과정 속에서 사람도 익어 간다. 나무에 열린 과일들을 보라. 어느 것 하나 찬 서리와 비바람을 견뎌 내고 스스로를 지켜 오지 않은 것이 없다.

'송곳니가 방석니 된다'는 말이 있다. 분함을 이기지 못해 너무 심하게 이를 갈아 송곳니가 닳아서 방석 같은 어금니가 된다는 뜻이다. '불뚝성이 살인낸다'는 말도 그렇다. 갑자기 불끈하고 성을 내면 결국 좋지 않은 사고를 일으키게 된다는 뜻이다. 참는다는 것은 그만큼 나를 지키는 지름길인 셈이다. 타면자건唾面自乾이라는 말이 있다. 남이 내 얼굴에 침을 뱉으면 그대로 마르기를 기다린다는 뜻이다. 보브나르그는 인내는 희망을 갖기 위한 기술이라고 말했다. 인내를 하나의 기술로 생각할 수 있는 사람이 있다면 그는 과감하며 용기 있는 사람이다. 잘 견뎌 내는 사람은 항상 이기기 마련이다.

083
시시비비是是非非는 실상이 없다

우탁생진노 개인리불통 휴첨심상화 지작이변풍
愚濁生嗔怒는 皆因理不通이라 休添心上火하고 只作耳邊風하라.

장단 가가유 염량 처처동
長短은 家家有요. 炎凉은 處處同이라

시비무실상 구경총성공
是非無實相하여 究竟總成空이니라.

어리석고 못난 사람이 성내는 것은 모두가 이치에 통하지 못했기 때문이다.
마음의 불길을 더하지 말고 다만 귓가를 스치는 바람결로 여기라.
장점과 단점은 사람마다 있기 마련이고 세상의 인심은 어느 곳이나 한결같다.
옳고 그른 것은 원래 실상이 없어 마침내는 모두가 다 부질없는 것이 된다.

왕이 현자賢者에게 물었다.

"가장 성질이 나쁜 동물은 무엇인가?"

현자가 대답했다.

"거친 녀석으로는 폭군이고, 점잖은 녀석으로는 아첨꾼입니다."

우둔한 인간일수록 철면피한 폭력을 휘두르기 마련이고, 못난 사람일수록 간에 붙고 쓸개에 붙기를 즐겨 한다. 그들이 화를 내고 성내는 것은 정도正道로 살아가는 방법을 모르는 탓이다. 생각하고 행동하는 것들이 그들의 방식으로는 이치에 통하지 못하기 때문이다. 그들의 그런 행위 앞에서 그대는 차라리 못 본 척, 못 들은 척, 귓가를 스치는 바람처럼 여기면 그만이다. 그들을 상대로 마음의 불길을 더하다간 그대 자신마저 태워 버리게 된다. 시시비비是是非非는 실상이 없다. 장점과 단점은 사람마다 있기 마련이고, 세상의 인심은 어느 곳이나 한결같다. 『채근담菜根譚』에 나오는 말을 음미할 필요가 있다.

"꾀꼬리 우는 소리는 아름답다 하고, 개구리 우는 소리는 시끄럽다고 하는 것이 보통 인정이다. 아름답게 핀 꽃은 귀여워하고, 잡초가 우거진 것은 보기 싫다고 뽑아 버리는 것이 인정이다. 그러나 이는 모두 사람의 감정이 정한 것이지 대자연의 눈으로 본다면 꾀꼬리 울음소리나 개구리 울음소리나 모두 생명의 노래일 뿐, 아름다운 꽃이나 꽃 없는 잡초나 다 같이 생명 있는 자의 모습일 뿐이다."

아직도 시시비비에 끌려다닐 필요가 있다고 생각하는가? 어리석고 못난 사람을 만나거든 비켜 가면 그만이다. 다만 귓가를 스치는 바람결로 여기면 그만이다.

084

참는 것은 모든 행실의 근본이다

자 장 욕 행 사 어 부 자 원 사 일 언 위 수 신 지 미
子張이 欲行에 辭於夫子할새 願賜一言爲修身之美한대

자 왈 백 행 지 본 인 지 위 상
子曰, 百行之本이 忍之爲上이니라.

자 장 왈 하 위 인 지
子張이 曰 何爲忍之니까.

자 왈 천 자 인 지 국 무 해 제 후 인 지 성 기 대
子曰 天子忍之면 國無害하고 諸侯忍之면 成其大하고

관 리 인 지 진 기 위 형 제 인 지 가 부 귀
官吏忍之면 進其位하고 兄弟忍之면 家富貴하고

부 처 인 지 종 기 세 붕 우 인 지 명 불 폐
夫妻忍之면 終其世하고 朋友忍之면 名不廢하고

자 신 인 지 무 화 해
自身이 忍之면 無禍害니라.

자장(子張)이 부자(夫子)에게 하직하면서 몸을 닦는 아름다운 한마디 말씀을 내려 주기를 원하자,
공자가 말했다. “모든 행실의 근본은 참는 것이 으뜸이다.”
자장이 말했다. “무엇 때문에 참아야 합니까?”
공자가 대답했다. “천자(天子)가 참으면 나라에 해로움이 없고, 제후가 참으면 크게 이룰 수가 있고,
관리가 참으면 직위가 오르게 된다. 형제가 참으면 집안이 부귀하게 되고,
부부가 참으면 일생을 함께하고 되고, 친구끼리 참으면 이름이 깎이지 않게 되며, 자신이 참으면 재앙이 없다.”

세상을 살아가는 사람들은 그 수 만큼이나 성격에서부터 외모에 이르기까지 각양각색이다. 그 많고 다양한 사람들 속에 섞여 세상을 살아가려면 참는 수밖에 다른 방법이 없을 성싶다. 방자하면서 강직하지 않고, 무식하면서 성실하지 않고, 무능하면서 신의 마저 없는 사람은 나도 어찌해야 좋을지 모르겠다고 공자는 말했다. 그런 사람들이 세상에는 너무 많

다. 자기만 알고 남은 생각지 않는가 하면, 오로지 저 잘난 맛으로 세상을 휘젓고 다니는 사람들 말이다. 우리의 옛 속담은 그런 각양각색의 사람들을 재미있게 그리고 있다. 성질이 온순하고 마음이 어진 사람을 일컬어 '부처님 가운데 토막'이라고 말하는가 하면, 희멀쑥하고 싱겁기만 한 사람을 '싱겁기는 황새 똥구멍'이라고 쏘아붙인다. 또한 보리 이삭보다 까다롭고 고양이의 잔털보다 까다로운 성미를 가졌다 하여 '보리 가시랭이가 까다로우냐, 괭이 가시랭이가 까다로우냐'며 비아냥댄다. 매우 괄괄한 성격의 사람은 '괄기는 인왕산 솔가지'라며 추켜세우기도 한다. 이처럼 저마다 그 성격이 다르고, 그 모습이 다르고, 그 마음이 다른 사람들 속에서 바르게 살아갈 수 있는 방법이 달리 또 무엇이 있겠는가. 그렇다. 무조건 참는 것이다. 임금이 참으면 나라에 해로움이 없다. 관리가 참으면 그 직위는 올라가기 마련이다. 형제가 서로 다투지 않으면 집안이 화목한 건 당연한 이치다. 친구끼리 다투지 않으면 서로의 이름에 결코 누를 입히지 않는다. 부부가 다투지 않으면 또한 헤어질래야 헤어질 수가 없지 않겠는가. 그와 마찬가지로 스스로 참으면 아무런 재난도 없기 마련이다. 성경 구절을 소개한다.

"우리가 환난 중에도 즐거워하나니 이는 환난은 인내를, 인내는 연단을, 연단은 소망을 이루는 줄 앎이로다."

085

참지 못하면 환난이 없어지지 않는다

자장 왈 불인즉여하
子張이 曰, 不忍則如何니까.

자왈 천자불인 국공허 제후불인 상기구
子曰, 天子不忍이면 國空虛하고 諸侯不忍이면 喪其軀하고,

관리불인 형법주 형제불인 각분거
官吏不忍이면 刑法誅하고, 兄弟不忍이면 各分居하고,

부처불인 영자고 붕우불인 정의소
夫妻不忍이면 令子孤하고, 朋友不忍이면 情意疎하고,

자신 불인 환불제
自身이 不忍이면 患不除니라.

자장 왈 선재선재 난인난인
子張이 曰, 善哉善哉라. 難忍難忍이여.

비인 불인 불인 비인
非人이면 不忍이요, 不忍이면 非人이로다.

자장이 말했다. "참지 않으면 어떻게 됩니까?"
공자가 말했다. "천자가 참지 못하면 나라가 텅 비게 되고, 제후가 참지 못하면 그 몸을 망치게 되고,
관리가 참지 못하면 형벌을 받아 죽게 된다. 형제가 참지 못하면 각각 따로 살게 되고,
부부가 참지 못하면 자식을 고아로 만들고, 친구끼리 참지 못하면 그 정이 어려워지며,
자신이 참지 못하면 환난이 없어지지 않는다."
다시 자장이 말했다. "훌륭하고 훌륭합니다. 참기란 참으로 어려운 것입니다.
사람이 아니면 참지 못하고, 참지 못하면 사람이 아닌 것입니다."

지은이 미상의 시조를 소개한다.

보고 말만 할 것을 말만 하고 참을 것을

저근덧 참더면 전혀 일이 없을 것을

원수의 이 눈의 탓으로 살뜬 가슴 썩이노라.

이 한 편의 시 속에는 아픈 후회의 마음이 간절하게 드러나 있다. 말만 하고 참아도 될 것을 그러지 못하고 큰일을 저지른 후에야 살뜬 가슴을 썩인다는 대목을 눈물겹기까지 하다. 미련은 먼저 나고 슬기는 나중 난다고 했던가. 일이 잘못된 후에야 후회한들 아무런 소용이 없다. '서제噬臍'라는 말이 있다. 배꼽을 물어뜯으려고 해도 입이 닿지 않는 다는 뜻으로 『좌씨전左氏傳』에 나오는 말이다. 이와 비슷한 것으로 증이파의甑已坡矣가 있다. 시루는 이미 깨졌다는 뜻으로, 잘못된 일을 뉘우쳐도 소용이 없음을 뜻한다. 몽테뉴가 말했다.

"분노는 기묘한 용법을 가진 무기다. 모든 무기는 인간이 그것을 사용하지만, 분노라는 무기만이 반대로 인간을 사용한다."

그대가 만약 참지 못하고 분노해 있다면 그대가 자신의 감정을 다스리는 것이 아니라 그대의 감정이 그대를 다스리는 것이다. 분노한 감정은 일종의 광기다. 섭섭한 일이 있어도 참아야 한다. 억울함이 있어도 일단은 참고 볼 일이다. 외로운 일이 있어도 마찬가지다. 참는다는 것은 나를 지키는 길이기 때문이다. 참기란 참으로 어려운 일이지만 사람이 아니면 참지 못하고, 참지 못하면 사람이 아님을 명심하라.

086

이기기를 좋아하면 반드시 적을 만난다

경행록 운 굴기자 능처중 호승자 필우적
景行錄에 云 屈己者는 能處重하고 好勝者는 必愚敵이니라.

자기를 굽히는 사람은 중요한 지위에 오를 수 있고, 남에게 이기기를 좋아하는 사람은 반드시 적을 만나게 된다.

어느 날 모기가 사자에게 말했다.

"나는 당신이 조금도 무섭지 않아요. 나보다 나을 게 없어요. 나은 게 있다면 말해 보세요. 발톱으로 할퀴고 이빨로 물어뜯는 것은 남편과 다투는 아내라면 누구나 할 수 있답니다. 내가 당신보다 훨씬 세다고 나는 감히 말할 수 있습니다. 마음 내킨다면 한번 겨뤄 보는게 어떻겠어요?"

말을 마치기가 무섭게 모기는 사자에게 찰싹 달라붙어 콧구멍 둘레의 털이 나 있지 않은 부분을 물었다. 사자는 발톱으로 자신의 얼굴에 많은 상처를 낸 다음에야 싸움에서 물러섰다. 모기는 의기양양해졌다. 그러나 모기는 눈 깜짝할 사이에 거미줄에 걸리고 말았다. 거미에게 잡아먹히면서 모기는, 세상에서 가장 무거운 동물과 싸워서 이긴 자신이 거미처럼 하찮은 벌레에게 먹히고 마는 운명의 장난을 슬퍼했다.

『이솝우화』 속의 이야기다. '갈치가 갈치 꼬리를 문다'는 속담은 비슷한 사람끼리 서로를 못살게 군다는 뜻이다. 또 친족이나 친척끼리 서로 다투는 것을 빗대어 '쇠가 쇠를 먹고 살이 살을 먹는다'라고 한다. 싸움이란 비슷한 또래 사이에서 잘 벌어진다. 세상을 살아가는 이치가 그렇다. 조금만 자기를 굽히면 비껴갈 수도 있는 일을 도리어 복잡하게 만들곤 한다. 『채근담』의 가르침을 보자.

"권세 있는 사람이 서로 겨루고, 영웅호걸이 으르렁거리는 것도 냉정한 눈으로 바라보면 마치 개미가 비린내 나는 것에 모여드는 것과 같고, 모기가 다투어 피를 빠는 것과 같다. 시비가 벌 떼처럼 일어나고 득실得失이 고슴도치 바늘 서듯 해도 냉정한 마음으로 바라보면, 풀무로 금을 녹이고 끓는 물로 눈을 녹이는 것처럼 해소되기 마련이다."

자기를 굽힐 줄 아는 사람이 결국 이긴다. 그러나 이기기를 좋아하는 사람은 반드시 강적을 만난다.

087

악인의 험구에 대꾸하지 마라

악인 매선인 선인 총불대
惡人이 罵善人커든 善人은 總不對하라.

불대 심청한 매자 구열비
不對에 心淸閑이요 罵者는 口熱沸라

정여인타천 환종기신추
正如人唾天이면 還從己身墜니라.

악한 사람이 선한 사람을 나무란다면 모름지기 선한 사람은 이에 대꾸하지 마라.
대꾸하지 않는 사람은 마음이 맑고 한가롭지만, 나무라는 사람은 입이 뜨겁게 끓어
마치 사람이 하늘을 향해 침을 뱉으면 다시 자기 몸에 떨어지는 것과 같다.

대악인大惡人을 가리켜 탄주지어呑舟之魚라고 말한 것은 장자다. 배를 통째로 삼킬 만큼 큰 고기란 뜻이다. 악인이란 그만큼 일반적으로 상식을 넘어선 경우가 많다. 그래서 괴테는 인간이 참으로 악해지면 남에게 상처를 주고 기뻐하는 일 이외에는 흥미를 느끼지 않는다고 했다. 악한 사람을 어떻게 대할 것인가? 카네기는 이렇게 충고한다.

"악인과 접촉하지 않으면 안 될 경우에는 그를 존경할 만한 신사로 간주하고 그렇게 대접하라. 그 외에 그와 대적할 방법은 없다. 신사 대우를 받으면 그는 신사로서 부끄럽지 않게 행동하려고 노력할 것이다. 그리고 남으로부터 신뢰를 받는다는 점에 비상한 자랑을 느끼게 된다."

여기 우스운 이야기이지만 짐승 같은 사람이 존재하는 까닭이 있다.

제우스의 명령을 받은 프로메테우스는 세상에 인간과 짐승을 만들어

냈다. 그러다 보니 짐승들의 수가 훨씬 많아졌다. 그것을 본 제우스는 짐승의 일부를 다시 인간으로 만들라고 명령했다. 그래서 짐승이었다가 다시 인간으로 만들어진 부류는, 비록 인간의 형상이지만 여전히 짐승의 심성을 지니게 되었다고 한다. 어떤 경우라도 악인이 만들어 놓은 다리는 건너지 마라. 차라리 급류에 휩쓸리는 편이 낫다.

088

욕설은 허공에 난 불길과 같다

아 약 피 인 매 양 롱 불 분 설
我若被人罵라도 佯聾不分設하라.

비 여 화 소 공 불 구 자 연 멸
譬如火燒空하여 不救自然滅이라.

아 심 등 허 공 총 이 번 순 설
我心은 等虛空어늘 總爾翻脣舌이니라.

남에게 욕을 먹더라도 귀먹은 척하고 시비를 가리지 마라.
그것은 마치 허공에 난 불길과 같아서 끄지 않아도 저절로 꺼진다.
내 마음은 허공과 같고 너의 입술과 혀만이 까불거릴 뿐이다.

에라스무스는 어떤 욕을 먹어도 전혀 개의치 않았다. 옆에 함께 있던 친구가 참을 수 없을 만큼 흥분하는 경우에도 그는 조금도 동요하지 않았다. 친구가 에라스무스에게 물었다.

"도대체 그런 지독한 욕설을 듣고도 어떻게 가만히 있을 수 있단 말인가? 이해가 안 되는군."

에라스무스가 대답했다.

"바보가 현명함을 알 턱이 없지. 그러니 바보에게 욕설을 듣는 것은 그만큼 현명하다는 증거라네. 오히려 명예롭게 생각해야 하지 않겠나."

'귀먹은 욕'이라는 말이 있다. 당사자가 듣지 못하는 데서 하는 욕을 말한다. 비슷한 것으로 '건넛산 보고 꾸짖기'라는 말도 있다. 남을 욕하거나 꾸짖을 때 본인에게 직접 하지 않고 간접적으로 다른 사람을 통해서 한다는 말이다. 또 입이 험하여 너무 심한 욕설을 하는 사람을 가리켜 '고개를 영남으로 두어라'라고 힐난조로 말한다. 참으로 욕설은 허공에 일어난 불길과도 같다. 손수 끄려고 애쓰지 않아도 제풀에 꺼지는 불이다. 내 마음은 허공이며, 너의 입술과 혀만 까불거리기 때문이다. 그 불길이 어떻게 스스로 꺼지지 않을 수 있겠는가.

089

모든 일에 인정을 남겨 두라

범사 유인정 후래 호상견
凡事에 留人情이면 後來에 好相見이니라.

모든 일에 인정을 남겨 두라. 후일에 서로 좋은 낯으로 만나게 된다.

남을 동정하는 마음이나 사람이 본디부터 가지고 있는 애정을 인정이라고 한다. 세상 사람의 마음을 통틀어서 그렇게 부르기도 한다. 야박한 사람을 일컬어 인정머리가 없다고 하는가 하면, 따뜻한 마음을 지닌 사람을 두고 인정미가 넘친다고도 한다. 인정은 곧 한 사람의 인격을 가늠하는 덕목 중의 하나가 된다. 아리스토텔레스가 말했다.

"행복한 사람을 고독하게 한다는 것은 부조리다. 어떠한 사람이든 자기 혼자서만 모든 선을 소유하려고는 하지 않을 것이다. 사람은 사회적인 존재로서 타인과 더불어 사는 것을 본성으로 하기 때문이다."

세상 속에서 사람들은 서로가 서로에게 기대고 나누며 살아간다. 우리 속담 중에 '사람 살 곳은 골골이 있다'는 말이 있다. 착한 사람을 도와주는 인정은 어디에나 있다는 말이다. 또 '네 떡이 한 개면 내 떡이 한 개다'라는 말도 나누면서 사는 삶의 면모를 보여 준다. 그런가 하면 또 버림받은 사람이거나 아무 짝에도 쓰지 못하게 된 물건을 가리켜 '똥 친 막대기'라고 윽박지른다. 그러다가 마침내 '귀신보다 사람이 더 무섭다'라는 말이 나온다. 무엇보다도 사람의 증오와 음모가 가장 무섭다는 말이다.

『채근담菜根譚』은 이렇게 일러 준다.

“천지의 기운이 따뜻하면 만물은 자라나고 추우면 시들어 죽는다. 그러므로 성질이 차가운 사람은 받아서 누릴 복도 참으로 박하다. 오직 화기 있고 마음이 따뜻한 사람이라야 받아서 누릴 수 있는 복 또한 두텁고 오래간다.”

090
사람의 성품은 물과 같다

경행록 운 인성 여수 수일경즉불가복
景行錄에 云 人性이 如水하여 水一傾則不可復이요
성일종즉불가반 제수자 필이제방 제성자 필이예법
性一縱則不可反이니 制水者는 必以堤防하고 制性者는 必以禮法이니라.

사람의 성품은 물과 같아서 한번 엎질러지면 다시 담을 수 없고, 한번 방종해지면 돌이킬 수 없다.
물을 제어하려는 자는 반드시 둑으로써 해야 하고, 성품을 제어하려는 자는 반드시 예법으로 해야 한다.

성품은 사람이 본래부터 가지고 있는 성질을 말한다. 한번 엎질러진 물을 다시 담을 수 없는 것처럼 사람의 성품 역시 한번 방종해지면 되돌리기 어렵다. 그래서 물의 흐름을 둑으로 막듯이 사람의 성품은 예법으로 다스려야 한다. 셰익스피어의『리어 왕』에 나오는 켄트의 대사를 보자.

"인간의 성질을 지배하는 것은 하늘의 별이다. 그렇지 않으면 같은 부부 사이에서 저렇게 다른 아이가 태어날 리 없다."

리어 부부 사이에서 리건, 거너릴 같은 독부毒婦가 있는가 하면 코딜리어와 같은 효녀가 있음을 지적한 말이다. 케이가 말했다.

"운명은 그 사람의 성격에서 만들어지고 성격은 그 사람의 일상생활의 습관에서 만들어진다. 그렇기 때문에 오늘 하루도 좋은 행동의 씨앗을 거두어들이도록 노력하지 않으면 안 된다. 좋은 습관으로 성격을 다스린다면 운명은 그때부터 새로운 문을 열 것이다."

091

널리 배우고 뜻을 굳게 세우라

자하왈 박학이독지 절문이근사 인재기중의
子夏曰 博學而篤志하고 切問而近思면 仁在其中矣니라.

널리 배우고 뜻을 독실히 하며, 간절히 묻고 잘 생각하면 인(仁)은 그 안에 있다.

『맹자』를 읽다 보면 '영과이후진盈科而後進'이란 말을 만나게 된다. 물이 흐를 때는 조금이라도 오목한 데가 있으면 그곳을 가득 채우고 나서 아래로 흘러가는 것과 같이, 배움의 길도 처음부터 닦아야 한다는 말이다. 배움에 있어 그 뜻을 독실하게 하지 않으면 배움은 하찮은 모래성을 쌓는데 불과할 뿐이다. 또 간절하게 물어야 한다. 질문이야말로 배움의 시초이기 때문이다. 또한 깊이 생각할 줄 알아야 한다. 깊이 생각하는 중에 깨달음을 만날 수 있다. 샹포르가 말했다.

"교육은 도덕과 지혜의 기반 위에 서지 않으면 안 된다. 전자는 미덕을 받들기 위해서, 후자는 악덕에서 자기를 지키기 위해서이다. 전자에 중점을 두면 순교자가 나올 뿐이고, 후자에 중점을 두면 타산적인 이기주의자가 나온다."

나무는 어릴 때 구부리지 않으면 안 된다. 때가 지나서 구부리려 들면 십중팔구 부러지고 만다. 배움도 마찬가지다. 어릴 때일수록 오목한 데가 많다. 우선 그곳부터 채우라. 그리고 또 다른 곳으로 흐르라.

092

배우지 않으면 깨달을 수 없다

장자왈 인지불학 여등천이무술
莊子曰 人之不學은 如登天而無術하고

학이지원 여피상운이도청천 등고산이망사해
學而智遠이면 如披祥雲而覩青天하고 登高山而望死海니라.

사람이 배우지 않음은 재주 없이 하늘을 오르려는 것과 같고, 배워서 지혜가 깊어지면
마치 상서로운 구름을 헤치고 푸른 하늘을 보며 높은 산에 올라 사해(四海)를 바라보는 것과 같다.

페스탈로치가 말했다.

“모든 사람을 잘살든 못살든, 어른이든 어린이든 본질로써 본다면 어떠한 차이도 있을 수 없다. 그대의 힘이든, 마음의 모양이든 모두 그대 자신의 것이다. 인간의 순진한 행복을 바라는 힘은 밖에서 우연한 기회에 얻을 수 있는 것이 아니다. 오직 그 심정에 파묻힌 힘에서 얻을 수 있다.”

배운다는 것은 가르침을 받는다는 것이다. 그대의 마음이 배우기를 거절하면 그대는 아무것도 배울 수 없다. 결국 그대는 삶이라는 현장에 있는 것이 아니라, 작은 어둠의 세계에서 목숨만 이어갈 뿐이다. 그대 시야에 보이는 모든 것들이 삶의 현장이다. 키케로가 말했다.

“먹거리가 육체에 있어 없어서는 안 될 요소이듯이 배움은 정신에 있어서 없어서는 안 되는 요소이다.”

093

배우지 않은 사람은 어둠 속을 헤매인다

태공왈 인생불학 명명여야행
太公曰 人生不學이면 冥冥如夜行이니라.

사람이 배우지 않으면 마치 캄캄한 밤길을 가는 것과 같다.

행시주육行尸走肉이라는 말이 있다. 살아 있는 송장이요, 걸어 다니는 고깃덩어리라는 뜻으로 배운 것이 없어 무능하기 짝이 없는 사람을 비방하여 이르는 말이다. 마우금거馬牛襟裾라는 말도 있다. 말이나 소에 의복을 입혔다는 뜻으로, 학식이 없거나 예의를 모르는 사람을 조롱하는 말이다. 그래서 메난드로스는 무식하면 기막힌 일도 눈에 띄지 않는다고 개탄했다. 배우지 않는 것은 사람이기를 거부하는 것과 같다. 사람이 지닌 이성은 배우지 않으면 그 능력을 제대로 발휘하지 못한다. 전설에 따르면 인간보다 동물이 먼저 창조되었다고 한다. 제우스는 동물들에게 강한 힘, 빨리 달리는 능력, 그리고 하늘을 날 수 있는 갖가지 힘을 부여했다. 그러자 인간은 제우스를 찾아갔다. 인간은 신 앞에 서서 재능을 부여받지 못한 것에 대해 불평을 늘어놓았다. 그러자 제우스가 말했다.

"그대는 인간이 부여받은 것을 제대로 알지 못하고 있다. 이성이라는 재주 말이다. 이성은 하늘에서도 땅 위에서도 전능하며, 강자보다도 더욱 힘이 세며, 빠른 자보다도 더욱 재빠르다."

인간은 그제서야 깨닫고 제우스에게 감사하며 그곳을 떠났다. 부여받은 재능마저도 깨닫지 못하는 인간의 모습은 캄캄한 밤길을 걷는 것과 조금도 다름이 없다. 잘 만들어진 그대의 두뇌를 쉬게 하지 마라. 그렇지 않으면 그대 역시 캄캄한 밤길을 헤맬 수밖에 없다. 무지는 유죄라고 말한 브라우닝의 말을 결코 잊지 마라.

094

옥은 다듬어야 그릇이 된다

예기 왈 옥불탁 불성기 인불학 부지도
禮記에 曰 玉不琢이면 不成器하고 人不學이면 不知道니라.

옥은 다듬지 않으면 그릇을 만들지 못하고, 사람은 배우지 않으면 도를 알지 못한다.

"교육의 참된 목적은 사람들에게 착한 일을 하도록 강청할 뿐만 아니라, 사람들에게 착한 일을 하는 것 자체에서 기쁨을 발견하도록 하는 것이다. 그리고 사람들을 결백하게 만들 뿐 아니라, 그 결백함을 사랑하도록 하는 것에 있으며, 정의를 지키게 할 뿐만 아니라 정의에 대해서 목마르게 희구하게 만드는 데 있다."

러스킨의 말이다. 그것은 도리道理이다. 하늘만 알고 하늘의 이치를 몰라서는 안 된다. 그것을 깨닫기까지 끊임없이 배우는 길밖에 없다.

"배워서 알기를 사랑해야 한다. 억지로 배우는 것이 아니라 배움에 애착을 가져야 한다. 그보다 더 높은 단계는 배우고 깨닫는 것에 무한한 즐거움을 느끼는 데에 있다. 깨닫는 진리에서 즐거움을 발견할 수 있다면, 그것은 참으로 인생을 통달한 사람이다."

『논어』에 나오는 말이다. 옥돌이 다듬어져 그릇이 되기까지는 각고의 아픔이 뒤따른다. 자기 자신을 하나의 옥돌로 여겨라. 그대는 깨지고 닦으면서 새로운 모습으로 만들어지고 있다.

095

깨달음은 사람을 사람답게 한다

한문공　왈 인불통고금　마우이금거
韓文公이 曰 人不通古今이면 馬牛而襟裾니라.

사람이 고금을 통하지 못한다면 말과 소에게 옷을 입혀 놓은 것과 같다.

고금古今을 통한다는 말은 옛것을 알고서 오늘에 이른다는 뜻이다. 그래야만이 사리를 알고 분별할 수 있다는 말이다. 배우지 않고서는 고금을 통할 수 없다. 옛 성현의 말씀에서부터 오늘의 스승에 이르기까지 모든 것을 배우지 않고서는 깨달을 수가 없기 때문이다. 칸트는 '사람은 오직 사람에 의해서만 사람이 될 수 있다'고 말했다. 모든 가르침의 결과를 배제한다면 아무것도 남지 않을 것이기 때문이다. 옛 성현들의 말씀은 지혜와 지식의 창고다. 그것은 지속적으로 이어지는 삶의 현장이며, 모든 사물의 축소판이다. 그렇기 때문에 사람이 고금을 통하지 못한다면 말과 소에게 옷을 입혀 놓은 것과 다름없다고 했다. 공작새는 깃털로, 사람은 교육으로 치장한다는 러시아의 속담은 그래서 정겹기까지 하다.

왜자간희矮者看戱라는 말을 기억하라. 키 작은 사람이 큰 사람 틈에 끼어, 구경은 못하고 앞사람의 이야기만 듣고 아는 체한다는 뜻이다. 셰익스피어는 무식을 신의 저주라고까지 개탄했다. 무지는 자기 자신의 죽음과도 다를 바 없다. 그것은 슬픔이자 통곡이며 마르지 않는 눈물이다.

096

배운 사람은 이루지 못할 것이 없다

주 문 공 왈 가 약 빈 불 가 인 빈 이 폐 학
朱文公이 曰 家若貧이라도 不可因貧而廢學이요

가 약 부 불 가 시 부 이 태 학
家若富라도 不可恃富而廢學이니라.

빈 약 근 학 가 이 입 신 부 약 근 학 명 내 광 영
貧若勤學이면 可以立身이요 富若勤學이면 名乃光榮하리니

유 견 학 자 현 달 불 견 학 자 무 성
愉見學者顯達이요 不見學者無成이니라.

학 자 내 신 지 보 학 자 내 세 지 진
學者는 乃身之寶요 學者는 乃世之珍이니라.

시 고 학 즉 내 위 군 자 불 학 즉 위 소 인 후 지 학 자 의 각 면 지
是故로 學則乃爲君子요 不學則爲小人이니 後之學者는 宜各勉之니라.

집이 가난하더라도 가난 때문에 배움을 없이해선 안 되고,
집이 부유하더라도 부유함을 믿고 배움을 게을리해서는 안 된다.
가난하지만 부지런히 배우면 뜻을 펼 수 있고, 부유하지만 부지런히 배운다면 명성을 떨칠 수 있다.
오직 배운 자만 이 세상에 드러나는 것을 보았고, 배운 사람이 이루지 못하는 것을 보지 못했다.
배움이란 곧 사람의 보배이며 배운 사람이란 곧 세상의 보배이다.
그러므로 배우면 군자가 되고, 배우지 않으면 소인이 된다. 후에 배울 사람은 마땅히 힘써야 할 것이다.

한 청년이 소크라테스를 찾아와 말했다.

"저는 지식을 탐구하러 왔습니다."

그러자 소크라테스가 되물었다.

"지식에 대한 자네의 욕구는 얼마나 간절한가?"

"꼭 이루고야 말겠습니다."

소크라테스는 그를 바닷가로 데리고 갔다. 그리고 물이 턱에 닿을 때까지 걸어 들어갔다. 그러고는 갑자기 무지막지하게 그를 물속으로 떠밀어 넣었다. 청년이 물 위로 고개를 내밀었을 때 소크라테스가 물었다.

"자네가 가장 필요한 것이 무엇이었나?"

"공기입니다. 숨을 쉬어야 했기 때문입니다."

소크라테스는 청년의 머리를 쓰다듬으며 말했다.

"물속에서 공기를 갈망했던 것처럼 그렇게 지식을 갈구한다면 지식은 네 것이 될 것이다."

인체가 공기를 필요로 하는 것처럼 정신은 지식을 필요로 한다. 가난하다고 해서 배우는 일을 포기해서는 안 된다. 배워서 얻은 지혜만이 가난을 꿰뚫을 수 있다. 부유하다고 해서 배움을 게을리해서는 안 된다. 배워서 얻은 지혜만이 그 부유함을 지킬 수 있기 때문이다.

'형설螢雪의 공功'이라는 말이 있다. 동진東晋에 차윤車胤이라는 소년이 있었다. 가난했지만 공부를 게을리하지 않았던 그는 등불을 켜는 데 쓰는 기름을 살 수가 없어서 여름이면 얇은 비단 주머니 속에 반딧불을 넣고 그 빛으로 공부를 했다. 훗날 그가 높은 벼슬에 오른 것은 당연한 일이다. 같은 무렵, 손강孫康이라는 가난한 소년은 겨울이 되면 하얀 눈빛으로 공부하여 역시 어사대부御史大夫라는 고급 관리로 출세를 했다. 이 두 가지 이야기를 합쳐서 고생하며 열심히 공부하여 보람을 얻는 것을 '형설의 공'이라고 불렀다. 즉 반딧불과 눈의 공이란 뜻이다. 맹자는 배움을 일컬어 우물을 파는 것과 같다고 했다. 또 끝까지 노력하여 샘에 이르지 못하면 우물을 버리는 것과 같다고 말했다. 배우는 사람은 이루지 못할 것이 없다. 쉼 없이 파고들어라. 샘물은 바로 그대의 몫이다.

097

배움은 스스로를 값지게 한다

휘종황제 왈 학자 여화여도 불학자 여호여초
徽宗皇帝가 曰 學者는 如禾如稻하고 不學者는 如蒿如草로다.

여화여도혜 국지정량 세지대보
如禾如稻兮여 國之精糧이요 世之大寶로다.

여호여초혜 경자증혐 서자번뇌 타일면장 회지이로
如蒿如草兮 耕者憎嫌 鋤者煩惱 他日面墻 悔之已老

배운 사람은 벼와 같고 배우지 않은 사람은 쑥과 같다. 벼는 나라의 좋은 양식이고 세상의 큰 보배다.
쑥은 밭 가는 이가 싫어하고 김매는 이가 귀찮아 한다.
후일벽을 마주한 듯 답답할 때 뉘우치지만 그때는 이미 늙었다.

배 안에 한 학자가 타고 있었는데 배 안의 누구도 그가 학자라는 사실을 몰랐다. 같은 배 안에 있던 상인들이 그에게 물었다.

"도대체 당신은 무엇을 파는 거요?"

학자가 대답했다.

"내 상품은 이 세상에서 가장 뛰어난 것이오."

그날 밤 상인들은 학자가 잠들어 있는 사이에 그의 짐을 낱낱이 조사했지만 아무것도 발견하지 못했다. 상인들은 마침내 그를 약간 돈 사람이라고 여기며 그를 비웃기까지 했다. 그러다 오랜 항해 도중 배가 난파됐다. 승선했던 사람들은 모두 지니고 있던 짐들을 버리고 가까스로 목숨만 건져 육지에 닿았다. 며칠이 지난 후 학자는 그 마을의 회당에 가서 연설을 했다. 마을 사람들은 그가 매우 지혜롭다는 것을 알게 되었고 극진히 대접했다. 학자는 후한 대접을 받으며 현자로서 많은 부를 이룩했다. 이것을 보고 같은 배에 탔던 상인들이 감탄하여 말했다.

"당신이 옳았소. 우리들은 모든 상품을 잃어버렸지만 당신의 상품은 당신이 살아 있는 한 잃어버릴 염려가 없다는 것을 알게 되었소."

이 이야기는 유태인들이 즐겨 이야기하는 우화 중의 하나이다. 지식은 죽지 않는다. 배움은 항상 새로운 지식을 저장하는 것과 같다. 그것은 살아 있는 것이다. 플라톤은 돈을 가장 밑바닥에, 힘을 중간에, 그리고 지식을 맨 윗자리로 삼으라고 했다. 배운 사람은 벼와 같고, 배우지 않은 사람은 쑥이 되고 만다. 쑥은 밭 가는 사람도 싫어하지만 김매는 사람도 귀찮아 한다. 키케로가 말했다.

"세상의 길을 인도하는 학문이여, 덕을 구하기를 잘하고 모든 악덕을 쫓는 학문이여, 너희 가르침에 따라 유익하게 지내는 하루는 죄에 싸인 장생長生보다 낫다."

098

배운 것은 항상 부족한 것처럼 생각하라

자왈 학여불급 유공실지
子曰 學如不及이요 愉恐失之니라.

배우기를 아직 미치지 못한 것같이 하고, 오직 배운 것을 잃을까 두려워하라.

배움에는 끝이 없다. 오늘 배워서 오늘을 가득 채웠다 할지라도 내일이면 그대는 또 배울 것이 있다.

스스로를 대단한 존재라고 생각한 헤르메스는 인간들이 자기를 어떻게 평가하는지 궁금했다. 그래서 사람의 모습을 하고 한 조각가의 작업장을 찾았다. 그는 제우스의 형상을 보고 값이 얼마냐고 물었다. 조각가는 1드라크마라고 대답했다. 헤르메스는 이번에는 헤라의 형상을 물었다. 조각가는 제우스 상보다 조금 더 비싸다고 대답했다. 마침내 헤르메스는 자신의 조상을 발견하고 저것은 얼마냐고 다그쳐 물었다. 자신은 제우스의 사자使者이며 소득의 신이니만큼 가장 비쌀 것이라고 생각했다.

"이것은 다른 두 개를 사신다면 덤으로 드리겠습니다."

자기를 스스로 판단해서는 안 된다. 소경의 나라에서는 소경이 왕이지만 그대는 소경이 아니라는 걸 명심하라. 배우는 것은 항상 부족한 것으로 생각하라. 배운 것을 잃지 않기 위해 노력하라. 자칫하면 헤르메스처럼 덤으로 팔릴지도 모른다.

099

귀한 손님은 자극제가 된다

경행록　　운 빈객불래　　문호속　　　시서무교　　자손우
景行錄에 云 賓客不來면 門戶俗하고 詩書無敎면 子孫愚니라.

손님이 찾아오지 않으면 집안이 속되고, 시서(詩書)를 가르치지 않으면 자손이 어리석게 된다.

뜰에서의 가르침으로 유명한 공자의 '정훈庭訓'은 가정교육의 대명사로 불릴 정도로 잘 알려진 이야기다. 자식에 대한 어버이의 가르침이란 어떤 것인가를 알려 준다. 가정교육에 특별한 형식은 없다. 그렇기 때문에 뜰에서의 가르침은 더욱 가슴에 와 닿는 이야기다. 성인으로 일컬어지는 공자가 자기 아들은 어떻게 교육을 했을까 하고 궁금해 하던 제자 진항陣亢이 어느 날 공자의 아들 백어伯魚에게 물었다.

"당신은 우리들과는 다른 가르침을 받으셨을 텐데 그것을 일러 줄 수 있겠습니까?"

백어가 대답했다.

"아닙니다. 그런 일은 없습니다. 다만 이전에 아버님께서 혼자 계실 때, 제가 종종걸음으로 뜰 앞을 지나치려니까 아버님께서 문득 『시경詩經』을 읽었느냐고 물으셨습니다. 그래서 저는 '아직 읽지 못했습니다'라고 대답했더니 아버님께서는 시경을 읽지 않으면 인정과 도리에 통하지 않아 바르게 말할 수 없다고 말씀하셨습니다. 그제서야 저는 시경을 공부했습니다. 또 어느 날은 역시 뜰 앞에 서 계시는 아버님 앞을 달리듯 지나쳤더니, 이번에는 『예禮』를 배웠느냐고 물으셨습니다. '아직 안 배웠습니다'라고 대답했더니 예를 배우지 않으면 자립할 거점을 마련하지 못한다고 이르셨습니다. 그래서 저는 그제서야 예를 배웠습니다. 저는 그 두 마디를 아버님으로부터 들었을 뿐입니다."

이 이야기에는 가르치는 아버지와 배우는 아들 사이의 신뢰가 눈에 띈다. 스승과 제자 사이에 신뢰처럼 중요한 것이 없기 때문이다. 또 이야기 속에는 가르치는 아버지와 배우는 아들 사이의 정성이 돋보인다. 가르치려는 아버지와 배우고자 하는 자식의 모습이 한눈에 들어오기 때문이다. 또 이 이야기 속에는 가르치는 아버지와 배우는 자식 사이에 무언의 실행이 두드러진다. 다른 군더더기가 없어도 가르침과 배움이 실행되고 있기 때문이다.

공자의 집에는 많은 손님이 드나들었다. 그것은 집안의 분위기를 늘 새롭게 할 수 있는 좋은 계기가 되었다. 많은 손님이 드나드는 것은 그만큼 그 집안이 사회적으로 존경받는 집안임을 증명한다. 귀한 손님은 자극제가 된다. 가르침 또한 삶의 뛰어난 자극제가 아닐 수 없다.

100
가르치지 않으면 현명할 수 없다

장자왈 사수소 부작 불성
莊子曰 事雖小나 不作이면 不成이요

자수현 불교 불명
子雖賢이나 不教면 不明이니라.

아무리 작은 일일지라도 하지 않으면 이루어지지 않고,
자식이 아무리 어질더라도 가르치지 않으면 현명할 수 없다.

어떤 사람이 두 마리의 개를 키웠는데 한 마리는 사냥개로 훈련시켰고 다른 한 마리는 집개로 키웠다. 집주인이 사냥을 나갔다가 사냥감을 잡아 올 때면 집개도 항상 한몫의 먹이를 차지했다. 사냥개는 언제나 그것이 불만이었다. 사냥개가 집개에게 말했다.

"너는 아무 일도 하지 않으면서 내가 잡아 오는 먹이를 편히 앉아서 먹고 있구나. 이것은 너무도 공평하지 못하다."

그러자 집개가 대답했다.

"그것은 나를 탓할 게 아니라 어디까지나 주인의 잘못이다. 주인은 내게 일은 가르쳐 주지 않고 남이 일해서 벌어들인 것을 먹는 것만 가르쳐 주었기 때문이다."

사람도 마찬가지다. 게으름을 가르치면 게으름을 배울 것이고, 거짓말만 가르치면 거짓말에만 힘을 쏟을 것이다. 배움을 받지 못한 사람이 어떻게 현명할 수 있겠는가. 스펜서는 그의 『교육론』에 이렇게 썼다.

"조직적인 지식의 도움이 없으면 타고난 재능은 무력하다. 직관은 많은 것을 하지만, 모든 것을 할 수는 없다. 천재가 과학과 결합했을 때 비로소 최고의 성과를 낳을 수 있다."

타고난 재능만으로는 부족하다. 직관이란 추리나 경험에 따르지 않고 대상을 직접적으로 파악하는 것이다. 그렇기 때문에 직관만으로는 부족한 것이 있다. 하물며 배우지 않은 사람은 아무 일도 할 수가 없다. '무식한 도깨비가 부작을 모른다'는 속담도 자기에게 가장 중요한 것도 모르고, 그것 때문에 큰 실수를 하게 되는 것을 빗댄 말이다. 사물의 흐름을 모르고서 무슨 일인들 해낼 수 있겠는가. 모르는 것은 배워서 알아야 한다. 그리고 무슨 일이든 용기 있게 덤비는 데서 삶의 방향은 바뀌기 마련이다. 베이컨의 말에 귀를 기울이자.

"재치 있는 사람은 배우는 것을 중요하게 생각하지 않으며, 단순한 사람은 배워서 아는 사람을 숭배한다. 배운 것을 실제로 사용하는 사람이 가장 현명한 사람이다. 학문은 그 사용법까지 가르쳐 주지는 않는다. 학문을 이용한다는 것은 학문을 떠나서 한 걸음 높은 지혜이다."

101
가르침보다 더한 유산은 없다

한서 운 황금만영 불여교자일경
漢書에 云 黃金滿籯이 不如教子一經이요
사자천금 불여교자일예
賜子千金이 不如教子一藝니라.

황금이 상자에 가득 차 있다 하더라도 자식에게 경서 하나를 가르침만 못하고,
자식에게 천금을 물려준다 해도 기술 한 가지를 가르침만 못하다.

자공이 물었다.

"여기에 아름다운 구슬이 있습니다. 궤에 넣어 고이 간직해야겠습니까? 아니면 좋은 상인을 찾아 팔아야 하겠습니까?"

공자가 대답했다.

"팔아야지. 나는 귀한 값으로 사 갈 사람을 기다리는 중이다."

이 대화에서의 구슬은 공자의 지식과 지혜와 능력을 의미한다. 비록 야인으로 있지만 자신의 진가를 알아주는 사람이 걸맞는 지위를 주기만 하면, 자신의 포부를 펼쳐 보이겠다는 뜻이다. 지식과 지혜와 능력은 상자에 가득 찬 황금으로도 결코 살 수 없다. 모파상은 이렇게 말한다.

"재산이란 인간의 도덕적 가치나 지능적 가치를 만드는 것이 아니다. 평범한 인간에게는 그것은 다만 타락의 매개가 될 뿐이지만, 확고한 인간의 수중에 있으면 유력한 연장이 된다."

세네카는 많은 재산이야말로 오히려 속박이라고 했다. 그런 재산이야말로 오히려 자기 자신을 꼼짝 못하게 옭아맬 것이라는 걸 잘 알고 있기 때문이다. 또 소로는 그의 일기에 이런 글을 적어 놓았다.

"재산을 유산으로 물려받는 것은 이 세상에 태어나지 않은 것과 마찬가지다. 아니, 오히려 사산된 것과 같다."

이 얼마나 명쾌한 의식인가. 이토록 자기 자신을 확고하게 발견하려는 사람은 우리들 주위에 그다지 흔치 않다. 가르침보다 더한 유산은 없다. 그것은 항상 살아 있으며 영원히 지속된다. 한 트럭분의 재물은 순식간에 사라져 버릴 수 있지만, 가르침은 마르지 않는 샘물처럼 고인다.

102
독서는 가장 완전한 즐거움이다

지락 막여독서 지요 막여교자
至樂은 莫如讀書요 至要는 莫如敎子니라.

지극한 즐거움은 책 읽는 것 이상이 없고, 지극히 필요한 것은 자식을 가르치는 것 이상이 없다.

로마의 백과전서가 마르쿠스 바로는 '책 읽는 사람은 참된 벗과 친절한 충고자, 유쾌한 반려자와 충실한 위안자의 결핍을 느끼지 않을 것이다'라고 말했다. 책은 읽는 사람에게 우정을 나누어 줄 뿐만 아니라 결코 배신하는 법이 없다. 책은 충고와 기쁨을 주는 데도 인색하지 않다. 위안을 주며 사랑을 주고 지혜를 준다.

수隋나라 양양에 이밀李密이라는 사람이 있었다. 그는 가능하다면 모든 시간을 책을 읽는 데 쓰려고 애썼다. 어느 날 그는 집안의 일로 먼 길을 떠나게 되었다. 어떻게 하면 책을 읽으며 갈 수 있을까 하고 궁리하던 그는 갯버들을 뜯어서 안장을 엮고 소등 위에 얹은 다음, 읽고 있던 책을 소의 뿔 위에 걸었다. 덕택에 그는 아주 편안하게 한 손으로는 책을 잡고 다른 한 손으로는 고삐를 잡으며 책을 읽을 수 있었다. 방 안에서 책을 읽는 것과 별 다름이 없을 정도였다.

책을 읽는 즐거움이 없다면 그처럼 열중할 수는 없는 일이다. 그 즐거움 속에는 노력과 집념과 목표가 함께 있다.

103
배우지 않으면 미련하고 어리석게 된다

태공왈 남자실교 장필완우 여자실교 장필추소
公太曰 男子失敎면 長必頑愚하고 女子失敎면 長必麤疎니라.

남자가 가르침을 받지 못하면 자라서 반드시 미련하고 어리석으며,
여자가 가르침을 받지 못하면 자라서 반드시 거칠고 솜씨가 없다.

첫 번째 남자가 말했다.

"사람은 모두 똑같다. 눈, 코, 귀, 입이 달린 것이 똑같고, 말을 할 줄 아는 것이 똑같고 잠을 잘 줄 아는 것이 똑같다. 밥을 먹을 줄 아는 것이 똑같고 배설할 줄 아는 것이 똑같다."

이번에는 두 번째 남자가 말했다.

"사람은 모두 다르다. 눈, 코, 귀, 입이 달린 것이 저마다 모양이 다르고, 말을 하는 것이 다 다르고 잠을 가려 자는 것이 다 다르다. 생각하는 것이 다 다르고, 죽고 사는 것이 다 다르다."

이는 생각의 차이다. 생각의 차이는 배운 것과 배우지 않은 것의 차이다. 그 차이는 날이 갈수록 간격을 넓혀 마침내는 현명함과 어리석음의 차이로 갈라지고 만다. 어리석은 사람은 결코 자신의 어리석음을 인정하지 않는다. 그래서 가르침이 필요하고 배움이 필요하다. 배운다는 것은

알기 위해 힘쓰는 것이다. 배움의 길이 아무리 멀다 하더라도, 어리석음으로 가는 길보다 멀지 않다. 또한 배움의 길이 아무리 고통스럽다 하더라도 어리석음으로 가는 길보다는 아름답다. 아리스토텔레스는 '배움은 번영의 장식이며, 가난의 도피처이며, 노년의 양식'이라고 했다. 배움의 길이 멀고 고통스럽더라도 그 길은 그토록 아름다운 곳이기 때문이다.

초楚나라의 어떤 사람이 배를 타고 강을 건너다가, 잘못하여 허리에 차고 있던 칼을 강물에 빠뜨렸다. 그러나 그는 조금도 당황하지 않고 칼을 빠뜨린 뱃전에 칼자국을 내어 표시를 해 두었다. 이윽고 배가 언덕에 와 닿자 그는 잃어버린 칼을 찾기 위해 칼자국이 표시되어 있는 뱃전 밑으로 뛰어들었다. 그러나 그곳에 칼이 있을 리 없었다. 이 일화로 변화에 적응하지 못하는 미련한 바보를 각주刻舟라고 부르게 되었다.

세 번째 남자가 말했다.

"사람은 모두 똑같으며 모두 다르다. 때로는 지옥에 물동이를 들고 달려드는 것도 있을 수 있다. 그러나 어리석은 자에 대해서는 하느님의 모든 노력도 허사로 돌아간다."

104
세상의 놀이에 빠져들지 마라

男年長大(남년장대)어든 莫習樂酒(막습악주)하고 女年長大(여년장대)어든 莫令遊走(막령유주)하라.

남자가 자라면 풍류나 술을 익히지 말도록 하고, 여자가 자라면 놀러 다니지 못하게 하라.

호기심이란 신기한 것을 좋아하는 마음을 뜻한다. 신기하다는 것은 새롭고 기이한 것을 말한다. 지금까지 모르고 있던 세계에 대한 막연한 생각들이 한곳으로 모이면서 호기심이라는 새로운 마음으로 자리를 마련하게 된다. 사람이 태어나서 자라며 성장하는 과정에서 호기심은 아주 필수적인 것에 가깝다. 괴테의 말처럼 인간이야말로 인간에게 있어서 가장 흥미 있는 것이며, 또 인간만이 인간에게 흥미를 느끼는 것인지도 모른다. 사람은 성장해 가면서 세상의 온갖 것에 관심을 기울이기 마련이다. 술이나 오락처럼 매혹적이고 중독적인 것에는 더욱 친밀감을 갖게 된다. 그런 감정들을 가르침이란 맥락에서 가장 과감하게 다루었던 사람이 맹자의 어머니다. 누구나 다 아는 이야기지만 맹자 어머니의 아들에 대한 교육은 아주 남달랐다. 맹모삼천孟母三遷은 그래서 더욱 유명한 교훈으로 남아 있다.

맹자의 집은 공동묘지 근처였다. 어느 날 맹자가 노는 모습을 보니, 어린 맹자가 묘지 파는 사람의 흉내만 일삼는 것이 아닌가. 그래서 어머니는 시장 근처로 집을 옮겼다. 그러자 이번에 맹자는 장사꾼 흉내만 냈다. 여기도 안 되겠다고 생각하여 이번에는 학교 옆으로 이사를 하자 이번에는 제사 지내는 그릇을 늘어놓고 정중하게 예를 지키는 흉내를 내는 것이었다. 유교의 학교에서 가장 소중하게 여기던 예절을 가르쳤기 때문이다. 맹자의 어머니는 비로소 이곳이 아들을 기르기에 적합한 곳이라고 마음을 놓았다는 이야기다.

배움을 얻는다는 것은 굉장한 기쁨이 아닐 수 없다. 마찬가지로 가르치는 기쁨 또한 그에 못지않다. 가르침이 물레방아라면 배움은 물이다. 쉼없이 새로운 곳으로 흘러가는 물처럼 배움은 끊임없이 이어져야 한다.

105

엄한 스승과 친구는 성공의 지렛대다

여형공 왈 내무현부형 외무엄사우 이능유성자 선의
呂滎公 曰 內無賢父兄하고 外無嚴師友 而能有成者는 鮮矣니라.

안으로 어진 아버지와 형이 없고, 밖으로 엄한 스승과 친구가 없이 성공한 자는 드물다.

배우는 자에게는 모두가 스승이다. 부모 형제와 친구는 물론이고, 땅바닥에 나뒹구는 작은 돌멩이 하나까지 스승 아닌 것이 없다. 모든 사물은 한결같이 배움을 주기 때문이다.

'삼중고三重苦의 성녀聖女'라고 불리우는 헬렌 켈러는 선천적인 불구가 아니었다. 태어난 지 1년 남짓해서 열병 때문에 청각과 시각을 잃고 벙어리까지 된 것이다. 그러나 그녀의 부모는 헬렌을 보통 사람과 똑같은 교육을 시키기 위해 동분서주했다. 맹인 교육법으로 유명한 하우만 박사는 이미 세상에 없었지만, 박사의 교육법을 이어받은 맹아 학교의 교장으로부터 한 젊은 교사를 소개받을 수 있었다. 그 교사가 바로 요한나 맨스필드 설리번이다. 헬렌 켈러는 설리번 선생의 도움으로 인문학 박사, 법학박사의 학위를 땄고 맹인 구제 사업에도 헌신할 수 있었다. 설리번은 한시도 헬렌 켈러 곁을 떠나지 않았으며, 자신의 일생을 마치는 날까지 50년이란 긴 세월을 헬렌 켈러에게 바쳤다. 안으로 어진 아버지와 형이 없고, 밖으로 엄한 스승과 친구가 없이 성공한 사람은 참으로 드물다.

106

부모는 자식의 거울이다

엄부 출효자 엄모 출효녀
嚴父는 出孝子하고 嚴母는 出孝女니라.

엄한 아버지는 효자를 낳고, 엄한 어머니는 효녀를 낳는다.

자식의 입장에서 보면 부모는 무한 능력의 소유자로 비춰진다. 사랑과 지혜와 엄격함이 부모에게서 흘러넘친다. 자신들이 필요로 할 때면 언제라도 그것을 제공받을 수 있는 것이 부모다.

아버지의 심부름으로 강 건너 친척 집에 말을 타고 갔던 한 소년이 하룻밤을 지내고 강변에 나오니, 간밤에 온 비로 강물이 엄청나게 불어 있었다. 말을 탄 채 강의 한가운데까지 온 소년은 기슭을 바라보았다. 마침 아버지가 아들을 걱정하여 강기슭에 나와 있었다. 소년은 큰 소리로 아버지에게 도움을 청했지만 이내 아버지의 성난 목소리가 들려왔다.

"말에 몸을 꼭 붙여라. 눈물을 보이면 사정 없이 매질을 하겠다."

소년은 아버지의 성난 목소리가 강물의 세찬 흐름보다도 더 무서웠기에 용기를 내어 달렸다. 결국 소년은 무사히 강을 건널 수 있었다.

만약 아버지가 도와주려고 나섰다면 소년은 용기를 포기했을지도 모른다. 허버트는 '한 부모가 백 명의 선생보다 낫다'고 했다. 위엄과 사랑과 믿음, 그리고 절대적인 힘이 부모에게는 있다.

107

사랑의 매는 아름다운 교육이다

연아 다여봉 증아 다여식
憐兒어든 多與棒하고 憎兒어든 多與食이니라.

아이를 사랑하거든 매를 많이 주고, 아이를 미워하거든 먹을 것을 많이 주라.

벤저민 프랭클린이 말했다.

"나무에 가위질을 하는 것은 나무를 사랑하기 때문이다. 부모에게 야단을 맞지 않고 자란 아이는 똑똑한 사람이 될 수 없다. 겨울의 추위가 심할수록 오는 봄의 나뭇잎은 한층 푸르다. 사람도 역경에 단련되지 않고서는 큰 인물이 될 수 없다."

어머니의 매질 속에는 아픔으로 포장된 사랑이 있다. 그렇기 때문에 매를 맞은 후에는 자신도 모르게 어머니의 품속에서 흐느낀다. 또 어머니의 매질 속에는 눈물로 포장된 가르침이 있다. 그렇기 때문에 매를 맞은 후에는 어머니의 말씀이라면 하나도 빠짐없이 귀를 기울인다. 스위스의 교육학자 페스탈로치는 자식을 키우는 모든 부모에게 이렇게 말한다.

"부모 자신의 마음이 맑지 않고서는 올바르게 자녀를 인도할 수 없다. 부모가 총명하고 어질고 굳센 의지를 지니며, 용감히 활동하는 힘을 보인다면 입으로 말하지 않아도 자연적으로 좋은 감화를 줄 수 있다."

108
현명한 자식은 가장 소중한 보석이다

인 개 애 주 옥　　아 애 자 손 현
人皆愛珠玉이나 我愛子孫賢이니라.

사람들은 대개 주옥을 사랑하지만, 나는 자손이 어진 것을 사랑한다.

로마의 명사 티베리우스 크라크스의 아내 코르네리아는 현부로 소문나 있었다. 어느 날 로마의 명사 부인들이 코르네리아의 집에 모였는데 모두 자기들이 가진 보석을 내보이며 자랑하기 바빴다. 그러나 코르네리아는 그저 구경하기만 할 뿐이었다. 그러자 다른 여인들이 그녀의 보석을 구경시켜 달라고 떼를 썼다. 코르네리아는 몇 차례나 사양했으나 부인들의 집요한 요구를 거절할 수 없어 조용히 자리에서 일어나 건넛방으로 갔다. 잠시 후 그녀는 두 아들의 손목을 잡고 나타나서 말했다.

"여러분, 이 아이들이 바로 저의 보석입니다."

그녀의 두 아들은 로마 공화정 시대의 호민관이 된 크라크스 형제들이다. 참으로 현명한 사람에게는 자식 이상의 보석이 없다. 그것은 살아 있는 보석이다. 그런 보석을 자식이 아니고서야 어디에서 찾을 것인가? 페르시아의 속담 중에 자녀가 없는 사람의 눈에는 빛이 없다고 했다. 아끼고 가꾸어야 할 보물을 멀리서 찾으려 애쓰지 마라. 그것은 항상 그대 가까이에 있다. 다만 아끼고 가꾸어야 할 일만 남아 있다.

제3장

작은 배는 무거운 짐을 견디지 못한다

성심편省心篇 · 상

높은 낭떠러지를 보지 않으면 무엇으로 추락하는 환난을 알 것이며, 깊은 못에 들어가지 않으면 무엇으로 익사하는 환난을 알 것이며, 큰 바다를 보지 않으면 무엇으로 풍파의 환난을 알 수 있을 것인가.

109
충효忠孝는 누릴수록 무궁하다

景行錄에 云 寶貨는 用之有盡이요 忠孝는 享之無窮이니라.

보화는 쓰면 없어지지만 충효는 무궁하게 누릴 수 있다.

공자가 말했다.

"아버지를 섬기는 것을 근본으로 하여 어머니를 섬기되, 사랑하는 마음이 같아야 한다. 아버지를 섬기는 것을 근본으로 하여 임금을 섬기되, 공경하는 마음이 같아야 한다. 그러므로 어머니에게서는 그 사랑하는 마음을 취하고 임금에게서는 그 공경하는 마음을 취하니, 이 두 가지를 겸한 것이 아버지다. 그러므로 효로써 임금을 섬기면 곧 충忠이요, 공경하는 마음으로써 윗사람을 섬기면 곧 순順이 된다."

크게 보아서 충忠과 효孝는 같은 맥락이다. 지난날에는 충忠이라 하면 임금에게 충성하는 것이었지만, 지금은 나라를 아끼고 사랑하는 마음이 곧 충忠이다. 근본적으로 달라진 것은 없다. 자식이 부모를 사랑하고 공경하는 것에 무슨 시대적 구분이 있을 수 있겠는가. 국민된 자가 나라를 사랑하고 아끼고 공경하는 것에 무슨 마음이 따로 있을 수 있을 것인가? 김상용金尙容의 시조 한 편을 읽어 보자.

어버이 자식 사이 하늘 삼긴 지친至親이라

부모 곧 아니면 이 몸이 있을소냐

오조烏鳥도 반포反哺를 하니 부모 효도하여라.

오조반포烏鳥反哺라는 말은 '까마귀는 자라서 어버이에게 먹이를 물어다 먹인다'는 뜻이다. 까마귀도 그러한데 사람이야 오죽하겠느냐는 것이다. 하늘과 땅이 영원할 수 있는 것처럼 충효忠孝 역시 영원하다.

110

어진 아내는 남편을 번뇌하게 하지 않는다

부불우심 인자효 부무번뇌 시처현
父不憂心은 因子孝요 父無煩惱는 是妻賢이라.

언다어실 개인주 의단친소 지위전
言多語失은 皆因酒요 義斷親疎는 只爲錢이라.

아버지가 근심하지 않는 것은 자식이 효도하기 때문이며, 남편이 번뇌하지 않는 것은 아내가 어질기 때문이다.
말로 실수하는 것은 모두가 술 탓이며, 의가 끊어지고 친한 사이가 성기게 되는 것은 오로지 돈 때문이다.

파블로프는 러시아의 뛰어난 생리학자로 소화샘을 연구하던 중 조건반사 현상을 발견했는데, 연구를 계속하는 데 개가 필요했다. 그래서 그의 집에는 많은 개를 기를 수밖에 없었고, 사육은 그의 아내 몫이었다. 개를 실험 도구로 사용하기 위해서 언제나 개의 상태를 부족함이 없도록 만들어야 했기 때문에 개 사육은 참으로 까다로운 일이었다. 개에 관한 한 아주 자잘한 구석까지 신경을 써야 했다. 파블로프의 아내는 살림을 꾸려나가면서도 한 치의 착오도 없이 일을 해냈다. 파블로프의 실험은 순조롭게 진행되어 파블로프가 55세 되던 해에는 노벨상을 품에 안는 영예를 차지했다.

아내가 남편을 내조하는 이야기는 숱하게 많다. 참으로 어진 아내가 아니면 어려운 일이다. 그래서 어진 아내의 남편은 번뇌하지 않는다는 것이다. 참으로 어진 아내는 남편의 손과 발이 될 수 있고, 남편의 정신적 지주 역할까지도 충분히 해낼 수 있다. 니체는 이렇게 말한다.

"상대를 통해서 자기의 목표를 달성하고자 하는 부부는 오래간다. 가령 아내가 남편으로 말미암아 유명해지려 하거나, 남편이 아내를 통해서 사랑받고자 하는 경우가 그렇다."

111
예사롭지 않은 즐거움을 경계하라

경 행 록 　 운 기 취 비 상 락 　 수 방 불 측 우

景行錄에 云 旣取非常樂이어든 順防不測憂니라.

예사롭지 않은 즐거움을 얻었다면 모름지기 예측할 수 없는 근심을 방비해야 한다.

예사롭지 않은 즐거움이라면 그건 보통의 즐거움이 아니다. 미처 예측할 수 없었던 것이기 때문에 더더욱 예사롭지 않은 즐거움일 수 있다. 또한 예사롭지 않은 즐거움이라면 그건 엄청난 즐거움이다. 남들은 겪어 보기도 힘든, 참으로 굉장한 즐거움일 것이다. 그러나 어떠한 기쁨이라도 등에는 고통을 업고 있다고 했다. 기쁨 없이는 슬픔이 있을 수 없고 슬픔이나 고통에 뒤따르지 않는 기쁨이나 즐거움은 없기 때문이다.

청각을 잃어버린 베토벤에게 가장 큰 즐거움이 있다면, 아마 두 귀로 들을 수 있는 모든 소리였을 것이다. 자연의 모든 소리가 그의 소망이며 큰 기쁨일 수 있는 것은 그가 청각 장애인이었기 때문이다.

"신이시여! 단 하루를, 진정한 환희의 단 하루만을 나에게 보여 주십시오. 참다운 즐거움의 저 깊은 음향이 나로부터 멀어진 지 이미 오래됩니다. 그날은 영원히 오지 않는 것입니까? 그것은 너무나 잔인합니다."

베토벤의 절규는 차라리 절망에 가깝다. 그는 엄청난 불행에 시달리면

서도 굴하지 않고 자신의 음악을 창조해 나갔다. 그러나 그토록 갈망하던 즐거움에의 희망은 영원히 그의 것이 되지 못했다.

행복과 불행은 언제나 앞서거니 뒤서거니 한다. 그들은 언제나 함께한다. 예사롭지 않은 즐거움을 얻었다면 예측할 수 없는 근심을 방비해야 하는 이유이다.

112
사랑받을 때가 있으면 버림받을 때도 있다

득총사욕 거안여위
得寵思辱하고 居安慮危니라.

사랑을 받게 되면 버림받을 때를 생각하고, 편안하게 있을 때는 위태로움을 생각하라.

마키아벨리는『군주론』에 이런 말을 남겼다.

"쾌청한 날에 소나기를 예상하지 못하는 것은 누구나 범할 수 있는 잘못이다."

대부분의 사람들이 그렇다. 항상 건강하던 사람이 갑작스런 질병을 예상하지 못하는 것도 마찬가지다. 그러나 곰곰이 생각해 보면 쾌청한 날씨라 해도 이미 하늘은 그전부터 서서히 소나기를 만들고 있었다. 항상 건강했던 사람이지만 그의 몸 속에서는 이미 질병의 뿌리가 서서히 만들어지고 있었던 것이다. 인간이 예측할 수 없는 것은 무수히 많다. 인간이기 때문이다. 한 치 앞도 내다볼 수 없는 것이 사람이라고 하지 않던가.

미자하彌子瑕는 위衛나라 임금으로부터 깊은 총애를 받았다. 어느 날 어머니가 갑작스럽게 병석에 드러누웠다는 전갈을 받은 미자하는 임금의 명령이라 속이고 임금의 수레를 타고 어머니께 달려갔다. 위나라 법에는 임금의 수레를 몰래 타는 자는 다리가 잘리는 형벌을 받게 되어 있었다.

신하들이 이 사실을 듣고 미자하를 탄핵하자 임금이 말했다.

"미자하는 참으로 효자로다. 어머니를 생각해서 다리가 잘리는 형벌마저 잊어버렸구나."

또 어느 날은 임금과 더불어 과수원을 거닐다가 복숭아의 맛이 너무 좋아 먹다 만 절반을 임금에게 드렸다. 이 사실을 알게 된 신하들이 또 들고 일어나자 임금이 말했다.

"그는 나를 참으로 사랑하는 도다. 자기의 입맛을 버려두고 나를 생각해 남겨 주다니 고맙기가 이를데 없도다."

몇 년 후, 마자하에 대한 임금의 총애가 조금씩 사라지기 시작했다. 임금이 말했다.

"이자는 일찍이 짐의 명령이라 속이고 짐의 수레를 탄 적이 있다. 또 한 번은 자기가 먹다 남긴 복숭아를 짐에게 먹이는 불충을 저질렀다."

『한비자韓非子』에 나오는 이야기다. 사랑과 미움의 차이는 손바닥을 뒤집는 일과 같으니 사랑을 받게 되면 버림받을 때를 미리 생각해야 한다. 편안한 때일수록 위태로움을 미리 생각해야 한다.

113

큰 이익 뒤에는 손해가 있다

경행록 운 영경욕천 이중해심
景行錄에 云 榮輕辱淺이요 利重害深이니라.

영화로움이 가벼우면 욕을 적게 먹고, 이익이 많으면 손해도 깊다.

영화롭다는 말은 몸이 귀하게 되어 이름이 났다는 말이다. 그러나 그 영화로움이 크면 클수록 다른 사람들의 표적이 될 수 있다. 그와 마찬가지로 모든 일에 이익이 많으면 손해 또한 깊다. 올리버 홈스는 이렇게 말했다.

"명성의 사다리는 올라가기는 힘들지 몰라도 많은 사람의 웃음거리가 되기는 쉽다. 세상은 입을 다물 줄 모르는 바보와 간교를 부리고 가만히 있지 못하는 건달들로 가득 차 있기 때문이다."

공자가 노魯나라의 사구司寇가 되어 재상의 일을 맡아 볼 때의 일이다. 공자의 얼굴에 기뻐하는 빛이 역력하자 중유仲由가 물었다.

"유由가 듣자옵기로는, 군자는 화를 당해도 두려워하지 않으며 복을 얻어도 기뻐하지 않는다 하였습니다. 이제 부자께서 벼슬을 얻으셨다고 기뻐하시니 이것은 무슨 까닭이십니까?"

그러자 공자가 대답했다.

"이렇게 말할 수도 있을 것이다. 아무리 자기가 귀하게 되었더라도 제 몸을 남에게 낮추어 보이니 어찌 즐겁지 않다고 말할 수 있겠느냐?"

설령 영화로움이 극에 달했다 하더라도 자기 자신을 남에게 낮추어 보일 수만 있다면 어떠한 뒷말도 들려오지 않는다. 겸손은 방해꾼을 쫓아버리는 최대의 무기다. 영화로움이 극에 달해서 그 명성이 끝없이 펼쳐진다 해도 그것은 결코 당사자의 소유가 아니다. 명성이란 대중의 입술 위에 올라가서 살기 때문이다.

114
아끼는 것이 심하면 또한 낭비가 많다

경행록　　운 심애필심비 심예필심훼
景行錄에 云 甚愛必甚費 甚譽必甚毁니라.

심희필심우　　심장필심망
甚喜必甚憂요 甚贓必甚亡이니라.

아끼는 것이 심하면 낭비함이 많고, 많은 칭찬을 받으면 헐뜯음을 당한다.
너무 기뻐하면 근심하게 되고, 뇌물을 탐하면 크게 망한다.

우리는 어디에서나 함정을 만날 수 있다. 대개 함정들은 예상치 못하던 곳에서 생기는데 일찍부터 만들어진 것도 있고, 때로는 어떤 일을 위해 일부러 만들어 둔 것도 있다. 미리 만들어져 있던 함정은 오히려 자연스러울 수 있다. 그것은 다만 조심하지 않았기 때문에 만나게 되지만 일부러 만들어 둔 함정은 그 속에 음모가 도사리기 마련이다. 많은 것을 아끼는 사람은, 그 욕심 때문에 낭비하는 것을 모른다. 많은 칭찬을 받는 사람들은 반드시 헐뜯음을 당하게 되어 있다.

등루거제登樓去梯라는 말이 있다. 다락에 오르게 하고 사다리를 치운다는 뜻으로, 사람을 꾀어서 어려운 곳에 빠지게 함을 일컫는 말이다. 사람들은 서로를 사랑하기도 하지만 음해하는 일도 너무나 많다. 다만 정도正道의 삶을 살면 될 것이다. 지나침도 없고 모자람도 없는 삶을 그대 것으로 하라.

115

낭떠러지에 서 봐야 추락하는 위험을 안다

자 왈 불 관 고 애 하 이 지 전 추 지 환
子曰 不觀高崖면 何以知顚墜之患이며

불 임 심 천 하 이 지 몰 익 지 환
不臨深淵이면 何以知沒溺之患 이며

불 관 거 해 하 이 지 풍 파 지 환
不觀巨海면 何以知風波之患이리오.

높은 낭떠러지를 보지 않으면 무엇으로 추락하는 환난을 알 것이며,
깊은 못에 들어가지 않으면 무엇으로 익사하는 환난을 알 것이며,
큰 바다를 보지 않으면 무엇으로 풍파의 환난을 알 수 있을 것인가.

브라키가 말했다.

"좋은 경험은 잘 갈아 놓은 토지와 같다. 경험이라는 토지는 필요에 응하여 무한의 힘을 낳고, 그로 인하여 소유자에게 많은 수확을 얻게 한다."

경험한다는 것은 직접 겪고 치른다는 말이다. 실제로 보고 다뤄서 얻은 지식을 경험이라고 한다. 또 어떤 일에 부딪쳤을 때, 그것은 어떤 의미에서 우리들의 생활을 향상시킨다는 뜻을 포함시킨 말이기도 하다. 그래서 높은 낭떠러지에 서 보아야 아래로 굴러떨어지는 일이 얼마나 무섭다는 걸 알게 된다는 것이다. 깊은 못에 가 보아야 물에 빠지는 위험을 알 수 있고, 출렁이는 바다의 엄청난 파도를 두 눈으로 직접 보아야 그것이 공포의 대상이란 걸 깨닫게 된다는 말이다.

소설가 킹즐리가 어느 화랑에서 전시된 그림을 둘러보다가 '해상의 폭풍우'라는 그림 앞에 섰다. 굉장한 감동을 받은 킹즐리는 빠른 걸음으로 화가에게 다가가 물었다.

"어떻게 이런 훌륭한 그림을 그릴 수 있었습니까?"

화가가 대답했다.

"어느 날 어부 한 사람에게 폭풍우가 일거든 배를 좀 태워 달라고 부탁을 했었죠. 거센 폭풍우가 휘몰아치던 날 마침내 배에 올랐고 어부에게 돛대에 나를 결박해 달라고 말했습니다. 굉장한 폭풍우였죠. 배에서 도로 내리고 싶을 정도였지만 결박당해 있었기 때문에 그럴 수도 없었습니다. 결국 폭풍우와 마주 서서 그것을 피부로 느꼈을 뿐만 아니라, 폭풍우가 제 몸을 감싸 안고 제 자신이 폭풍우의 일부가 되었던 것입니다."

훌륭한 경험은 훌륭한 지혜를 낳는다. 경험한다는 것은 그 일 속에서 함께한다는 것이다. 눈으로 보고 귀로 들으며 몸으로 느끼는 경험이 아니고서는 의미 있는 일을 해낼 수 없다. '과일 씨앗에 이가 부러진 경험이 있는 사람은 아몬드를 먹지 않는다'는 독일의 속담도 마찬가지이다. 경험을 가진 사람을 믿고 그와 함께하라. 그보다 더 좋은 것은 경험 속으로 그대를 통째로 밀어넣는 것이다.

116
과거는 미래의 거울이다

욕지미래 선찰이연
欲知未來인댄 先察已然이니라.

미래를 알고 싶다면 먼저 지난 일을 살펴보라.

미래는 항상 과거 속에 있다. 암울했거나 화려했던 과거 속에서 미래는 언제나 새로운 둥지를 틀고 기다린다. 아우렐리우스는 그의 『명상록』에 이렇게 적고 있다.

"미래를 생각하며 괴로워하지 마라. 필요하다면 현재의 쓸모 있는 지성의 칼로써 미래를 향해 서라."

미래를 생각하며 괴로워할 필요가 없듯이 지난 과거에 붙잡혀 아까운 시간을 소진할 필요도 없다. 문제는 오늘이다. 헤르만 헤세의 시 한 편을 소개한다.

밤마다 그대 하루를 검토하라.
그것이 하느님 뜻에 맞는 것이었는지 어떤지를
행위와 성실이란 점에서
기뻐했을 만할 일이었는지 어떤지를
불안과 회한에 의한 기력 없는 짓이었는지 아닌지를

그대 사랑하는 자의 이름을 입으로 부르라.
증오와 부정을 고요히 고백하라.
모든 악한 것을 중심에서 부끄러워하고
어떤 그림자도 침상에 가져가는 일 없이
모든 근심을 마음에서 제거해 버리고
영혼이 오래 평화롭도록 하라.

과거와 미래 그 어느 것도 오늘에 뿌리를 두지 않은 것이 없다. 오늘의 삶을 새김질하며 살아가노라면 후회스러울 과거는 물론, 반갑지 않은 미래 역시 만날 일이 없다. 과거를 되돌아본다는 것은 자기 자신의 내면을 들여다보는 것이다. 다가올 미래 역시 마찬가지다. 보다 확실한 자기 자신은 오늘에 있다.

117
다가올 일은 칠흑의 어둠 속에 싸여 있다

過去事(과거사)는 明如鏡(명여경)이요 未來事(미래사)는 暗似漆(암사칠)이니라.

지나간 일은 그 밝기가 거울과 같고, 미래의 일은 어둡기가 칠흑과 같다.

미래의 일들이 아무리 칠흑과 같은 어둠 속에 가려져 있더라도 두려워할 것은 없다. 지나간 과거가 밝은 거울처럼 환하게 들여다보이지 않는가. 지난 과거의 행적을 살펴볼 수만 있다면 다가올 미래란 그대 나름대로 예견할 수 있을 것이다. 예견한다는 것은 자기 자신을 믿는 것에서부터 비롯한다. 확고부동한 자기만의 세계를 가진 사람은 얼마든지 그럴 수 있다. 자신 있는 행동은 일종의 자력을 지니고 있기 때문이다. 세상을 살아가는 모든 일에서 자기 자신을 믿는 것보다 더 큰 지혜는 없다.

포드는 미래를 두려워하고 실패를 두려워하는 사람은 활동을 제한받아 손도 발도 움직일 수 없게 된다고 했다. 그러나 실패는 그다지 두려워할 것이 못 된다. 오히려 이전보다 더 풍부한 지식으로 다시 일을 시작할 좋은 기회일 수 있다. 파스칼이 말했다.

"과거와 현재는 수단이며 오로지 미래만이 목적이다."

칠흑 같은 어둠 속에 있는 미래를 그냥 버려두지 마라. 보다 밝은 미래로 바꾸어 나가라. 과거와 현재는 그대에게 있어 하나의 수단일 뿐이다. 그 수단을 활용하라. 목적은 어디까지나 미래일 수밖에 없다. 미래란 가능성의 보고寶庫이다. 미래는 무한한 가능성을 잉태하고 있다. 그대가 어제에 이어 오늘을 사는 이유가 거기에 있다. 그토록 가득 찬 가능성의 문을 활짝 열 수 있는 것도 그대 몫이다. 확신에 찬 그대만의 미래를 밝게 가꾸어라.

118

사람의 일은 한 치 앞을 모른다

경 행 록　운 명 조 지 사　박 모　불 가 필
景行錄에 云 明朝之事를 薄暮에 不可必이요
박 모 지 사　포 시　불 가 필
薄暮之事를 哺時에 不可必이니라.

내일 아침의 일은 오늘 저녁에도 알 수 없고, 오늘 저녁의 일은 석양 무렵에도 알 수 없다.

"사람의 평생은 그 어느 것과도 바꿀 수 없는 선물이며 뜻 있는 도전이다. 따라서 그것은 다른 무엇으로도 측정될 수 없는 고유한 것이다. 인생이 살 만한 가치가 있는 것이냐는 질문은 무의미하다. 손익계산서를 가지고 인생을 셈하다 보면, 인생이란 결국 살 만한 값어치가 없게 될 것이다."

에리히 프롬의 『건전한 사회』에 나오는 대목이다. 인생이란 살 만한 가치가 있느냐고 따지지 마라. 삶이란 무엇으로도 측정될 수 없는 고유한 가치를 지니고 있기 때문이다. 그대의 삶을 신의 선물이라고 생각해 보라. 다른 어떤 말과 생각으로도 신의 선물을 물리칠 명분은 없다. 오직 당당한 도전의 길만이 남는다. 이솝우화에 나오는 이야기가 있다.

애꾸눈의 사슴이 바닷가에 풀을 뜯어 먹으러 갔다. 사냥꾼의 접근을 감시하기 위해 사슴은 성한 눈은 육지로 돌리고, 상한 눈은 바다로 돌렸다. 바다 쪽에는 위험할 것이 없다고 생각했기 때문이다. 그러나 해안 쪽으로 항해하던 사람들이 사슴을 발견하고는 활을 쏘아 쓰러뜨렸고 사슴은 즉

사하고 말았다.

예상이란 항상 빗나가기 마련이다. 그래서 내일 아침의 일은 오늘 저녁에 알 수 없고, 오늘 저녁의 일은 석양 무렵에도 알 수 없다는 것이다. 그럼에도 불구하고 도전해야 하는 것이 인생이다. 도전하는 삶 속에 그 뜻이 있다. 손익계산서 따위는 넝마주이에게나 던져 주라. 그대의 삶을 보다 더 유용하게 하고 더 뜻있게 하기 위하여, 내일 아침의 일을 알 수 없더라도 도전하라. 끊임없이 도전하라. 피터 드러커가 말했다.

"내일을 이룩하는 목적은 내일부터 무엇을 시작할 것인가를 결정하는 것이 아니라, 내일이 있게 하기 위해서 오늘 무엇을 할 것인가를 결정하는 데에 있다."

119
사람은 아침저녁을 헤아릴 수 없다

천 유 불 측 풍 우　　인 유 조 석 화 복
天有不測風雨하고 人有朝夕禍福이니라.

하늘에는 헤아릴 수 없는 비바람이 있고, 사람에게는 아침저녁으로 화(禍)와 복(福)이 있다.

장 파울이 말했다.

"소심한 사람은 위험이 일어나기도 전에 무서워한다. 바보스러운 사람은 위험이 일어나고 있는 동안에 무서워한다. 대담한 사람은 위험이 지나간 다음부터 무서워한다."

하늘에 아무리 헤아릴 수 없는 비바람이 있더라도 그대는 그저 하늘과 함께할 따름이다. 무엇을 두려워할 것인가? 스스로 화禍를 부르지 않으면 그것은 찾아오지 않는다. 그대의 삶에 화를 부를 수 있는 씨앗을 자신도 모르는 사이에 심었다면 그것은 피할 수 없다. 어디까지나 자신의 삶을 되돌아볼 일이지, 아침저녁으로 드나드는 불행과 행복을 나무랄 일은 못 된다. 참된 삶을 살고 있는 동안에는 불행이 그대의 문지방을 넘지 못한다. 다만 서성거릴 뿐이다. 혹시라도 그대가 삶의 정도正道를 벗어날까 하여 그 기회를 엿보고 있을 뿐이다. 생텍쥐페리의 『인간의 대지』를 읽다 보면 다음과 같은 글을 만날 수 있다.

"사람들은 자기 침묵에 파묻혀 오랫동안 서로 옆구리를 스치며 길을 간다. 그렇지 않으면 아무 뜻도 없는 말들을 교환한다. 그러나 위험한 시간을 당해 보라. 그러면 그들은 서로를 돕는다. 그들은 같은 몸임을 발견하는 것이다. 사람들은 다른 양심들을 발견함으로써 마음이 넓어진다. 사람들은 함빡 웃으며 자기를 돌아본다. 바다가 한없이 넓은 것을 놀란 눈으로 보는 석방된 죄수같이 되는 것이다."

얼마나 신선한 의식인가. 그대도, 그대의 이웃도 위험한 한때를 지난 후, '바다가 한없이 넓은 것을 놀란 눈으로 보는 석방된 죄수같이' 되어 있음을 발견할 수 있다. 여전히 하늘에는 헤아릴 수 없는 비바람이 있고 사람에게는 아침저녁으로 화禍와 복福이 드나들고 있는데도 말이다.

120

살아 있음에 언제나 감사하라

미귀삼척토　난보백년신　이귀삼척토　난보백년분
未歸三尺土면 難保百年身이요 已歸三尺土면 難保百年墳이니라.

무덤에 가기 전까지는 몸이 백 년을 보전하기 어렵고, 이미 무덤에 묻힌 후에는 그 무덤을 백 년 보전하기 어렵다.

톨스토이는 '죽음은 육체에 있어서 가장 큰 최후의 변화'라고 했다. 우리들은 지금까지 육체의 변화를 경험해 왔으며, 또 지금도 경험하고 있는 중이라고 했다. 그러면서 다음과 같이 말했다.

"맨 처음 우리들은 하나의 살덩어리였다. 다음에는 젖먹이 어린아이가 되었다. 그리고 머리털과 이가 났다. 다시 새로운 이가 갈려 나왔다. 이번에는 백발이 되고 대머리가 된다. 그것은 확실한 변화이지만 우리는 이런 변화들을 겁내지 않는다. 그런데 어째서 최후의 변화인 죽음을 겁내는 것일까?"

죽음이란 최후의 잠이 될 수도 있고 안식이 될 수도 있지만 사람들은 죽음을 두려워하고 공포의 대상으로 여긴다.

91세를 맞이한 어느 부인이 95세의 퐁트넬에게 말했다.

"저세상의 사자가 우리들은 그만 잊어버린 모양이죠?"

그러자 퐁트넬은 얼른 손가락을 입에 갖다 대며 말했다.

"쉿! 들리겠소."

한 토막의 우스갯말이지만 사람들은 이토록 죽음을 두려워하며 붙잡히지 않기 위해 애쓴다. 태어나는 순간부터 죽음은 이미 시작되는 것인데도 말이다. 성경의 구절을 소개한다.

인생은 그 날이 풀과 같으며 그 영화가 들의 꽃과 같도다 그것은 바람이 지나가면 없어지나니 그 있던 자리도 다시 알지 못하거니와 여호와의 인자하심은 자기를 경외하는 자에게 영원부터 영원까지 이르며 그의 의는 자손의 자손에게 이르리니 – 시편 103장 15~17절

인생은 풀과 같다. 무엇 때문에 무덤에 가기 전까지 백 년이나 그대의 몸을 보전하려 애쓰는가? 무엇 때문에 이미 무덤에 묻힌 후에도 그 무덤을 보전하려 애쓰는가? 그대의 인생을 승리자의 것으로 하고 싶다면 자연 속으로 들어가라. 대자연 속의 작은 하나의 몫으로 그대 자신을 실으면 그만이다. 인생이란 아름다운 것이다. 살아 있음을 언제나 감사하라.

121
뿌리가 튼튼해야 잎이 무성하다

경 행 록　운 목 유 소 양 즉 근 본 고 이 지 엽 무　동 량 지 재 성
景行錄에 云 木有素養則根本固而枝葉茂하여 棟樑之材成하고

수 유 소 양 즉 천 원 장 이 유 파 장　관 개 지 리 박
木有素養則泉源壯而流派長하여 灌漑之利博하고

인 유 소 양 즉 지 기 대 이 식 견 명　충 의 지 사 출　가 불 양 재
人有素養則志氣大而識見明하여 忠義之士出이니 可不養栽아.

나무를 잘 기르면 뿌리가 튼튼하고 가지와 잎이 무성해져 동량의 재목을 이룰 수 있고,
물을 잘 다스리면 샘의 근원이 풍부하고 흐름이 길어서 관개의 이로움을 널리 베풀 수 있다.
사람을 잘 기르면 기운이 늠름하고 견식이 밝아져 충의의 선비를 배출할 수 있다.
어찌 가꾸어 기르지 않을 수 있겠는가?

이양하의 수필 『나무』를 읽으면 마치 세상에서 가장 때 묻지 않은 사람을 만나는 느낌이다. 아마도 나무를 통하여 인간의 심성을 이야기해 주고 인간의 삶을 보여 주기 때문일 것이다.

"나무는 덕을 지녔다. 나무는 주어진 분수에 만족할 줄 안다. 나무로 태어난 것을 탓하지 않고, 왜 여기 놓이고 저기 놓이지 않았는가를 말하지 아니한다. 등성이에 서면 햇살이 따사로울까, 골짝에 내리면 물이 좋을까 하여 새로운 자리를 엿보는 일도 없다. 물과 흙과 태양의 아들로 물과 흙과 태양을 주는 대로 받고 득박得薄과 불만족을 말하지 아니한다. 이웃 친구의 처지에 눈떠 보는 일도 없다. 소나무는 소나무대로 스스로 족하고 진달래는 진달래대로 스스로 족하다."

사람도 나무와 같아야 한다. 그렇다면 '기운이 늠름하고 견식이 밝은 충의의 선비'를 달리 구해낼 필요가 없다. 사람은 누구나 한결같이 자기 몫의 삶을 산다. 누구나 자기 몫의 '그릇'을 가지고 태어나는데 그것을 어떻게 갈고닦아서 쓰임새 좋은 것으로 만드느냐 하는 것이 문제이다. 게오르규가 말했다.

"모든 인간은 우주의 주인으로서 창조된 것입니다. 하느님은 개개의 인간을 한 존재, 불멸의 존재로 만드셨습니다. 개개의 인간은 모두 하나의 소우주입니다. '개인'은 다른 무엇으로도 대체할 수 없는 절대적인 존재입니다. 우리는 기계제품처럼 대량으로 생산된 물품이 아닙니다. 하나하나가 특별한 배려에 의하여 창조된, 영혼을 가진 존재입니다."

완전한 한 사람의 '개인'으로서 그대 역시 '충의忠義의 선비'가 될 수 있다. 그대야말로 얼마나 단단한 뿌리를 가졌는가? 하나님의 특별한 배려에 의하여 창조된 영혼을 가진 존재라는 것을 잊어서는 안 된다. 그것이 그대의 뿌리이기 때문이다. 그러기 위해서는 덕德으로 무장하는 것 말고 다른 무엇이 또 있을 수 있단 말인가.

122
내면을 거울에 비춰 보라

자왈 명경 소이찰형 왕고 소이지금
子曰 明鏡은 所以察形이요 往古는 所以知今이니라.

밝은 거울은 모습을 살필 수 있고, 지난 일로는 지금을 알아볼 수 있다.

거울 앞에 서면 가장 구석진 곳까지도 눈여겨 바라볼 수 있다. 그리하여 몸의 어느 부분이 잘못되었는지, 몸의 어느 구석이 자랑스럽지 못한지를 한눈에 파악할 수 있다. 그대의 내면을 내다볼 수 있는 거울은 그대 마음속에 있다. 어제부터 먼 과거까지가 모두 그대의 내면을 비출 수 있는 한 장의 거울이다. 어제까지의 삶이 비록 잘못 살아온 것이었다면, 또 어제까지의 삶이 참으로 훌륭한 것이었다 하더라도 '오늘'이라는 시간 위에 머무를 따름이다. 오늘이라는 시간은 그 모든 것들을 허물고 새로 지을 수가 있다. 칼리다사의 시 「여명에의 인사」를 소개한다.

보라, 오늘은 생명이다. 생명의 생명.
오늘의 짧은 행로에는 너의 존재의 모든 진실과 현실이 담겨 있다.
성장의 기쁨
행동의 영광
화려한 성공

어제는 꿈에 지나지 않고 내일은 환상일 뿐
그러나 충실하게 지낸 오늘은
어제를 행복한 꿈이게 하고 내일은 희망이 넘친 환상이게 한다.
그대여 보라, 오늘을 인식하라! 하여, 여명에의 인사를 하라.

그대는 오늘 속에 존재한다. 지금 이 순간이라는 가장 귀중한 시간을 그대 것으로 하라. 이 순간이 그대에게 기념비적인 순간이 되게 하라.

123

스스로를 믿는 자는 타인도 믿는다

자신자 인역신지 오월 개형제
自信者는 人亦信之하나니 吳越이 皆兄弟요

자의자 인역의지 신외개적국
自疑者는 人亦疑之하나니 身外皆敵國이니라.

스스로를 믿는 자는 남도 믿어 오월(吳越)도 형제가 될 수 있고,
스스로를 의심하는 자는 남도 의심하므로 자기 이외에 모두가 적(敵)이 된다.

어떤 사나이가 소중한 도끼를 잃어버렸는데 어디서 잃었는지 도무지 짐작이 가지 않았다. 그런데 문득 이웃집 소년의 태도가 수상하게 느껴졌다. 그는 그 소년이 훔쳐간 것이 아닐까 하여 유심히 살피기 시작했다. 그러자 소년의 동작이며 태도 어느 것 하나 수상하게 보이지 않는 것이 없었다. 그는 틀림없이 소년이 범인이라고 단정했다. 그런데 이튿날 우연히 잃어버린 도끼가 자신의 집에서 발견되었다. 그 후 이웃집 아들을 보니 어느 모로 보나 도끼를 훔칠 아이로는 보이지 않는 것이었다.

『열자列子』의 「설부편說符篇」에 나오는 이야기다. 의심하기 시작하면 끝이 없다. 의심은 꼬리의 꼬리를 물고 늘어지기 때문이다. 자기 자신을 믿는 자는 남을 의심하지 않는다. 스스로를 믿는 자는 남 또한 믿게 되어 원수 사이라도 형제가 될 수 있다는 말이다. 사람과 사람 사이에 있어 신뢰보다 신비한 것은 없다. 그것은 오직 마음으로 전달되는 비밀한 사랑이다.

124

사람의 마음은 가까이 있어도 알 수가 없다

풍간　운 수저어천변안　고가사혜저가조
諷諫에 云 水底魚天邊雁은 高可射兮低可釣어니와

유유인심지척간　지척인심불가료
惟有人心咫尺間에 咫尺人心不可料니라.

물속의 고기와 하늘을 나는 기러기는 높이 있어도 쏠 수 있고 깊이 있어도 낚을 수 있지만,
사람의 마음은 가까운 사이라도 그 마음을 미처 헤아리지 못한다.

스피노자는 인간의 마음속에는 절대적 의지 또는 자유 의지는 없다고 말했다. 오히려 마음은 무언가를 바라도록 하는 원인에 의해 결정되고, 이 원인은 또한 다른 원인에 의해 결정되고, 그것이 계속 반복된다는 것이다. 그래서 사람의 마음은 도무지 종잡을 수가 없고, 그 변화는 아무도 예측할 수 없을 뿐만 아니라, 그 마음의 주인도 어쩔 수 없다는 말이다. '이것 또는 저것을 바라도록 하는 원인'이 또 다른 원인을 부르고, 그 원인은 또 다른 원인을 계속해서 부르기 때문에 절대적 의지는 아예 기대하기가 어렵게 된다.

우리의 옛 속담들도 스피노자의 말을 잘 대변해 준다. '사람의 마음은 하루에도 열두 번'이라거나 '산속에 있는 열 놈의 도둑은 잡아도 제 마음속에 있는 한 놈의 도둑은 못 잡는다'가 그렇다. '똥 누러 갈 적 마음 다르

고 올 적 마음 다르다'나 '마음처럼 간사한 것은 없다'는 말도 마찬가지다. 이 모두가 변화하는 마음을 있는 그대로 드러내 보여 준다. 마음이란 이해관계에 따라서 잠시도 쉬지 않고 변화를 거듭하기 때문이다.

윌리엄 해즐릿도 비슷한 이야기를 했다.

"마음은 한꺼번에 여러 가지 곡을 연주하는 기계 같지만, 하나씩 하나씩 차례로 연주한다. 한 생각이 다른 생각을 부르지만 동시에 나머지 생각들을 모두 지워 버리고 만다."

그래서 마음을 가다듬으라는 것이다. 마음을 제멋대로 방치하면 제멋대로 놀아날 위험이 있다. 그대 마음을 위해서도 그렇지만 아끼는 사람을 위해서도 마음은 잘 가꾸어 가다듬는 것이 좋다. 마음이 선량해지면 모든 것이 좋아진다.

125
얼굴은 알아도 마음까지는 모른다

畵虎畵皮難畵骨이요 知人知面不知心이니라.

호랑이의 가죽은 그릴 수 있어도 뼈를 그리기는 어렵다.
사람을 아는 데는 그 얼굴은 알 수 있어도 마음까지는 알 수 없다.

"마음은 머무를 줄 알게 된 후에야 정해지고, 정해진 후에야 조용해지고, 조용해진 후에야 편안해지고, 편안해진 후에야 사고할 수 있고, 사고할 수 있게 된 후에야 터득할 수 있게 된다."

『대학大學』에 나오는 말이다. 마음속에 어떤 절대 의지가 고정되기까지의 마음의 여로를 보는 듯하다. 마음이 머무를 줄 모르면 무엇 하나도 결정을 내릴 수가 없다. 그것은 끝없는 방황을 의미하기 때문이다. 마음이 머물 줄 알게 되면 조용하고 편안한 가운데서 모든 것을 생각하고 판별할 수 있게 된다.

'마음을 비웠다'든가, '큰 결단을 내렸다'는 말은 바로 그렇게 마음이 머물 줄 알게 되어 마음을 정했다는 의사표시인 것이다.

에드워드 피츠제럴드는 이런 말을 했다.

"마음은 마치 임자 없는 남자가 여자를 잡아끌 듯이 생각나는 대로 몸을 잡아끈다."

그렇게 마음은 흐르기를 좋아한다. 어디 한군데에 쉽사리 자리를 정하지 않는다. 새로운 것을 향하여, 이로운 것을 향하여, 보다 아름다운 것을 향하여 끊임없이 나아가며 원을 그리며 맴돌기를 좋아한다. 사람을 아는데 있어 그 얼굴은 알 수 있어도 마음까지는 알 수 없다는 말은 그런 이유에서다. 그래서 마리보는 '사람은 자기 마음의 주인이 아니다'라고 말하기도 했다. 알랭은 '이 세상에 우리가 참으로 미워해야 할 사람은 바로 자기의 마음속에 있을 때가 많다'고 했다.

상대방의 마음을 알기 위해서는 그대의 부단한 사랑이 필요하다. 사랑만이 마음의 문을 열 수 있는 열쇠이기 때문이다. 끝까지 사랑하라.

126
마음의 거리를 좁히기는 참으로 어렵다

대면공화　　심격천산
對面共話하되 心隔千山이니라.

얼굴을 맞대고 서로 이야기하고 있지만, 마음은 천 개의 산이 사이에 있는 것과 같다.

심안心眼이란 마음의 눈을 말하는 것이지만 그 참뜻은 사물을 살펴 분별하는 마음의 작용을 일컫는다. 또 심이心耳라는 것도 있다. 마음으로 듣는 것을 뜻한다. 마음의 눈으로 보고 마음의 귀로 듣는다는 것은 얼마나 아름다운 인간의 속정인가.

인간은 모두 어두운 숲이라고 했다. 그것은 그 속을 알 수 없기 때문이다. 사람들마다 마음의 문을 열지 않은 채 모두가 나름의 잣대로 세상을 보기 때문일 것이다. 말이 없어도 상대방의 눈만 보아도 그 마음을 알아차릴 수 있다는 것은 커다란 행복이다. 그런데도 많은 사람들은 그 행복을 외면한다. 니체가 말했다.

"인간이란 동물과 초인 사이의 끈이다. 심연深淵 위에 쳐진 끈이다. 그 줄을 타고 가는 것도 위험하고, 중간에 멈춰 있는 것도 위험하며, 뒤를 돌아보는 것도 위험하고, 무서워서 엉거주춤하는 것도 위험하다. 인간에게 있어서 위대한 점은 그가 하나의 목적이 아니라 다리라는 점이다."

그래서 모두들 얼굴을 맞대고 서로 이야기를 하면서도 마음과 마음 사이에는 천 개의 산을 가로놓고 있는지도 모르겠다. 인생이란 위험을 감내하지 않으면 안 된다. 도처에 위험이 도사리고 있지만 어차피 그 다리는 건너야 하지 않겠는가. 타고르는 『인생의 실현』에 이렇게 썼다.

"사람은 파괴할 줄 알고 약탈할 줄 안다. 벌고 저축할 줄 알며 발명과 발견의 능력도 있다. 그러나 인간이 참으로 위대한 이유는 인간의 영혼이 전체를 이해하는 데 있다. 본질적으로 인간은 자신의 노예도 아니며, 세계의 노예도 아니다. 사람은 곧 사랑하는 자다."

마음의 눈을 뜨자. 내가 먼저 뜨면 이웃이 뜰 것이고, 보다 더 많은 사람이 함께 눈을 뜰 것이다. 그 길만이 인생의 위험을 건너뛸 수 있는 길이 될 것이다.

127

신뢰만이 의심을 없앤다

의 인 막 용　　용 인 물 의
疑人莫用하고 用人物疑니라.

의심스러운 사람은 쓰지 말고, 한번 쓴 사람은 의심하지 마라.

신뢰信賴가 의심疑心에게 말했다.

"사람을 믿는다는 건 얼마나 좋은 일인가."

의심이 대답했다.

"의심할 여지없이 좋은 일이다."

다시 신뢰가 말했다.

"사람을 믿을 수 있다는 건 얼마나 좋은 일인가."

다시 의심이 대답했다.

"의심할 여지없이 좋은 일이다. 하지만 그것은 의심할 수도 있다는 말이다."

신뢰가 물었다.

"그렇다면 어떻게 하면 의심하지 않을 수 있고, 의심받지 않을 수 있겠는가?"

그러자 의심이 대답했다.

"끝까지 의심해서 나의 껍질을 벗기면 된다. 믿음이란 그 속에 숨어 있다. 그리고 나는 언제나 그것을 감추려 애쓴다."

의심의 껍질을 벗긴다는 것은 믿는다는 것이다. 그 의심에 대한 확신 없이는 숨어 있는 믿음이라는 알맹이를 발견할 수 없기 때문이다.

오직 인간만이 의심이라는 커다란 함정을 스스로 파 놓고 허덕이며 산다. 그것은 마치 소나기처럼 어느 한 사람을 집중적으로 때리기도 하지만 대개는 가녀린 이슬비나 가랑비로 사람을 적신다.

128

바닷물이 마르면 그 바닥이 보인다

海枯終見底(해고종견저)로되 人死不知心(인사부지심)이니라.

바다가 마르면 마침내 그 바닥을 볼 수 있다. 그러나 사람은 죽어도 그 마음을 알 수가 없다.

석가가 영산靈山에서 제자를 모아 놓은 어느 날의 일이다. 그는 한마디도 하지 않고 손가락으로 연꽃을 집어 여러 사람에게 보였다. 일동은 그저 스승의 손가락 끝에 있는 꽃을 바라볼 뿐이었다. 가섭迦葉만이 혼자 빙긋이 웃은 데에서 이심전심以心傳心이 생겼다. 마음과 마음으로 통한다는 말이다.

서로가 서로의 마음을 알 수 있는 사이라면 얼마나 좋겠는가. 일체의 말도, 그에 부수되는 일체의 행위도 필요 없이 마음으로써 마음에 전할 수 있다면 얼마나 좋은 일인가. 그러나 세상 사람들은 결코 그렇지 못하다. 우선 사람마다 가지는 마음이 그 색깔부터 모양에 이르기까지 천차만별이기 때문이다. 그래서 마음은 어두운 숲 속과 같아서 그 속으로 들어갈 수 없고 마음의 밑바닥은 이 세상 끝보다도 더 깊다고들 한다. 비트겐슈타인은 인간의 심리를 이렇게 옹호했다.

"우리는 남에게 마음속을 보이고 싶어하지 않는다. 인간의 마음이란 결코 아름답지만은 않기 때문이다."

129

원수지는 것은 곧 화禍를 심는 것이다

경행록 운 결원어인 위지종화
景行錄에 云 結怨於人을 謂之種禍요

사선불위 위지자적
捨善不爲를 謂之自賊이니라.

남과 원수지는 것은 화(禍)를 심는다고 이르고,
선(善)을 두고도 행하지 않는 것을 스스로 해친다고 이른다.

"네 원수가 배고파하거든 음식을 먹이고 목말라하거든 물을 마시게 하라. 그리하는 것은 핀 숯을 그의 머리에 놓는 것과 일반이요 여호와께서 너에게 갚아 주시리라."

성경에 나오는 말이다. 성서의 가르침은 언제나 변함이 없다. 진리란 어떠한 경우에도 변하지 않는다.

독수리와 여우가 친구가 되어 서로 이웃하여 살기로 했다. 가까이서 지내는 것이 우정을 돈독히 하리라는 희망에서였다. 독수리는 아주 높은 나무 꼭대기로 날아가 거기에 알을 깠고, 여우는 아래 덤불에서 새끼를 낳았다. 어느 날 여우가 새끼들을 두고 먹을 것을 찾아 나가자, 배가 고팠던 독수리는 덤불 속에 있던 새끼 여우들을 나꿔챘다. 그러고는 제 새끼들과 함께 맛있게 먹어 치웠다. 돌아온 여우는 새끼들이 없어진 것을 보고는 깜짝 놀랐다. 그리고 곧 독수리가 새끼들을 먹어 치웠다는 것을 알아차렸다. 새끼들을 잃은 것은 고통스러웠지만 독수리에게 복수하기는 쉬운 일이 아니었다. 땅 아래서만 맴돌고 있는 처지에 어떻게 하늘을 나는 새를 잡을 수 있겠는가? 여우가 할 수 있는 일이란 먼발치에 서서 새끼를 죽인 원수를 저주하는 것이 고작이었다. 그러나 오래지 않아 독수리는 벌을 받게 되었다. 한 무리의 사람들이 들판에서 염소를 제물로 바치자 독수리가 제단으로 내려와 불타고 있는 염소를 물어 새끼들에게 주려고 했다. 그러나 그때, 돌풍이 일어 둥우리의 마른 줄기에 불이 붙어 타들기 시작했다. 채 깃털이 자라지 않은 독수리 새끼들이 불에 타 땅바닥으로 하나둘씩 떨어졌다. 이를 지켜보던 여우는 새끼 독수리들이 떨어진 곳으로 달려가 어미가 보는 앞에서 새끼들을 모두 맛있게 먹어 치웠다.

우정의 약속을 깨뜨린 사람들은 하늘의 보복을 피할 수 없다는 것이 이 우화의 요점이다. 남과 원수진다는 사실 자체가 이미 자신에게 화禍를 심는 것과 같으며, 선善을 두고도 행하지 않는 것 역시 자기 자신을 해치는 것과 다름없다.

130

한쪽 말만 듣는 것은 큰 어리석음이다

若聽一面說이면 便見相離別이니라.

한쪽 말만 듣게 되면 친한 사이가 멀어진다.

진실한 말은 아름답지 않고, 아름다운 말은 미덥지 않다. 또 아는 자는 오히려 말이 없고, 말하는 자는 아무것도 모르는 자라고 노자가 말했다. 그래서 궤변詭辯이라는 말이 생겨났다. 억지로 꾸며 대는 말을 일컫는 것으로, 다시 말하면 논리의 내용을 무시하고 오직 형식적인 논리 위에서 거짓을 참으로 꾸미는 말을 지칭하는 것이다. 아이러니하게도 궤변일수록 아름답다. 거짓을 참된 것으로 포장하기 위해서는 유혹적인 언어로 동원하지 않을 수 없기 때문이다. 진실한 말은 아름답지는 않지만 믿음이 간다. 그것은 오로지 진실만을 말하기 때문이다. 마찬가지로 말 없는 자의 침묵 속에는 진실이 가득 차 있는 것을 보게 된다.

세종世宗때 영의정을 지낸 황희黃喜는 너그럽기로 소문난 사람이었다. 어느 날 한가한 시간을 즐기고 있는데, 한 여종이 달려와 눈물로 하소연을 했다. 그녀의 말을 다 들은 후 황희가 말했다.

"그래, 네 말이 옳다."

여종이 금세 웃음꽃을 피우며 물러가자 또 다른 여종이 달려와 울고불고하며 자신의 사정을 얘기했다. 그녀의 말을 다 듣고 난 후 황희가 말했다.

"그래, 네 말도 옳다."

그 모습을 지켜보던 조카가 황희에게 따지듯이 말했다.

"삼촌, 시비는 분명하게 가려 주셔야지 그렇게 어물어물 넘기시면 어떡합니까?"

그러자 황희는 너털웃음을 지으며 대답했다.

"그래, 듣고 보니 네 말도 옳다."

이것은 우유부단이 아니다. 바로 황희의 그릇일 뿐이다. 한쪽 말만 들을 것이 아니라 양쪽 모두의 말을 들어야 한다. 그러나 양쪽 모두의 말이 말 같지 않은 때는 그냥 넉넉히 가라앉혀 버리면 그만이다. 슈텐베르크가 말했다.

"그대가 생각하는 일을 잘 검토하라. 별다른 생각 없이 한 말이 눈사태처럼 부피를 더하고, 일생의 행복을 파괴해 버리는 일이 빈번하다."

131
안일은 방탕을 불러온다

포난 사음욕 기한 발도심
飽暖에 思淫慾하고 飢寒에 發道心이니라.

배부르고 따뜻하면 음욕(淫慾)을 생각하게 되고, 굶주리고 추위에 떨면 도(道)의 마음이 싹튼다.

배부르고 따뜻하여 음욕淫慾을 생각한다면 그것은 이미 방종放縱이거나 방탕放蕩이다. 방종은 제멋대로 놀아나는 것을 의미하고, 방탕은 술과 여자에 빠져 난봉 피우는 것을 의미한다. 이 모든 것들은 안일함에서 비롯되는 것이 대개의 경우다. 그래서 크리소스토무스는 안일과 무직無職은 이 세상에서 바보를 파멸시킬 수 있는 최상의 것이라고 했고, 테오도르 파커는 진리와 안일은 항상 대적하는 상태라고 말했다. 도를 너무 어렵게 생각하지 마라. 도道란 하나의 도리道理에 불과한 것이다. 그것을 어렵게 생각하면 끝이 없다. 그러나 쉽게 생각하면 또 그것처럼 쉬운것도 없다.

굶주리고 추위에 떨면 도의 마음이 싹튼다고 했지만, 그것은 지나친 말이다. 신일철 교수의 말을 빌면 구두 수선공이 한 바늘로 새 구두처럼 고치는 능숙한 기예를 닦으면 그것도 도道요, 청소부가 고약한 냄새를 조금도 피우지 않고 화장실을 말끔히 치우는 기술도 도이다. 안일에서 이만큼 물러서서 도를 가까이하라. 아침에 도를 들어 깨달으면 저녁에 죽어도 좋다라는 말을 들어 본 적이 있는가?

132

너무 많은 재물은 정신을 흐린다

소광 왈 현이다재즉손기지 우이다재즉익기과

疏廣이 曰 賢而多財則損其志하고 愚而多財則益其過니라.

어진 사람에게 재물이 많으면 지조를 손상하게 되고, 어리석은 사람에게 재물이 많으면 허물을 더하게 된다.

"재물을 땅에 쌓아 두지 마라. 땅은 좀먹고 녹이 슬어 못 쓰게 되며, 도둑이 뚫고 들어와 훔쳐 갈 것이다. 그러므로 재물은 하늘에 쌓아라. 하늘에서는 좀먹거나 녹슬어 못 쓰게 되는 일도 없고, 도둑이 뚫고 들어와 훔쳐 가지도 못한다."

성경에 나오는 말이다. 재물을 하늘에 쌓아 두라는 것은 넉넉히 남을 도우라는 뜻이다. 그것이 바로 적선積善이다. 적선이란 착한 일을 많이 하는 것을 이르는 말이 아닌가. 그렇게만 된다면 재물이 많고 어진 사람은 지조를 손상하는 일이 없을 것이며, 재물이 많고 어리석은 사람도 허물을 더하게 될 일은 없을 것이다.

소광疏廣은 한선제漢宣帝 때의 사람이다. 그는 조카 소수疏受와 함께 각각 태자의 태부太傅와 소부少傅를 맡고 있었다. 임금 역시 그를 극진히 대우하는 처지였다. 어느 날 소광이 조카를 불러 이렇게 말했다.

"만족할 줄 알면 욕을 먹지 않고, 그칠 곳을 알면 위태롭지 않다고 들었다. 또 공을 이루었으면 물러가는 것이 하늘의 도리이다. 우리들의 벼슬이 높아지고 명성 또한 대단하다. 이때 물러가지 않으면 후회하는 일이 생길까 두렵다. 고향으로 돌아가 한가로이 지내면서 천명을 누리는 것이 어떻겠는가?"

마침내 소광은 그의 뜻대로 조카와 더불어 고향으로 돌아가게 되었다. 임금은 황금 20근을, 태자는 50근을 그들에게 하사했다. 또 조정의 대신들은 동문 밖까지 따라나와 전송하기를 아끼지 않았다. 고향으로 돌아온 소광은 매일같이 일가친척과 친구들을 모아 잔치를 베풀면서 즐거워했다. 그러자 주위에 사람들이 소광에게 말했다.

"어찌 자손을 위한 계책은 삼지 않고, 연일 이토록 귀한 금을 잔치 비용으로 탕진하고 마는가?"

이에 소광이 대답했다.

"어찌 자손을 위한 계책을 세우지 않겠는가? 집과 전답은 원래 있던 것이니, 부지런히 일하면 먹고살기에 충분할 것이오. 그런데 거기에다 더 많이 보태 주면 이는 자손에게 게으름을 가르치는 것과 무엇이 다르겠소. 어진 사람에게 재물이 많으면 지조를 손상하게 되고, 어리석은 사람에게 재물이 많으면 허물을 더하게 될 뿐이오."

재물이란 유익한 머슴인가 하면, 무서운 주인이기도 하다는 칼라일의 일침은 곱씹어 볼 만한 일이다.

133
가난은 지혜마저 좀먹는다

人貧智短(인빈지단)하고 福至心靈(복지심령)이니라.

사람이 가난하면 지혜가 줄어들고, 복이 다다르면 마음이 밝아진다.

테오그니스가 말했다.

"가난은 다른 무엇보다도 용감한 사나이를 꺾어 놓는다. 가난을 벗어나기 위해서는 깊은 바다에라도 몸을 던져야 한다. 설령 깎아지른 것 같은 낭떠러지에서라도, 가난에 쪼들린 인간의 말은 아무 힘이 없고, 무슨 일이든 이루어지지 않으며, 그의 혀는 묶여 있다."

그뿐만이 아니다. 가난은 친구를 멀어지게 한다. 좋은 천성도 부끄러워질 만큼 비굴해진다. 한걸음 더 나아가서는 남의 물건을 훔치고 거짓말을 하게 된다. 이 이상의 무서운 재해가 또 있을 수 있을 것인가?

네덜란드에서 눈물겨운 도둑의 부정父情이 소개된 적이 있다. 아기에게 입힐 기저귀를 구하기 위해 아기의 아빠는 도둑질을 시도했다. 그러나 기저귀를 훔치는 데는 성공했으나, 정신없이 도망치느라고 아기를 가게에 두고 나와 버렸다. 한참을 도망치다 뒤늦게야 아기를 가게에 두고 나온 것을 깨달은 아빠는 가게로 되돌아갔다가 경찰에 붙잡혔다는 이야기다. 그러니 지혜가 줄어들 수밖에 없다. 가까웠던 친구들도 멀어지고, 한없이 비굴해지며 거짓말까지 하는 지경에 이르렀는데 도대체 무슨 지혜가 남아날 수 있겠는가?

요한 바오르 2세는 로마의 토루토 교회에서의 강론 중 이런 말을 했다.

"사람이 가난한 것은 소유하고 있지 않기 때문이 아니라 속박당하고 있기 때문입니다. 소유물에 완전히 매달려 있을 때 우리는 가난합니다. 다른 사람에게 마음을 열지 못하고 자기 자신을 내줄 수 없을 때 가난한 것입니다."

곰곰이 생각해 보라. 가난의 원인이 거기 있었다면 비켜날 수도 있는 일이 아닌가. 이웃에게, 친구에게 그대 마음의 문을 열어 주라. 그리고 자기 자신을 한껏 내어 주라. 복福이란 것은, 어쩌다 만들어지는 행운이 결코 아니다. 그것은 하루하루 일어나는 아주 작은 기쁜 일에서부터 얻어진다는 사실을 가슴 깊이 새겨야 한다.

134
모든 지혜는 경험에서 비롯된다

불경일사 부장일지
不經一事면 不長一智니라.

한 가지 일을 경험하지 않으면 한 가지 지혜가 자라지 못한다.

어느 거지가 마을로 구걸을 나섰다. 집을 기웃거리며 구걸을 하던 거지는 저만치서 다가오는 한 대의 황금 마차를 발견했다. 화려한 황금 마차를 바라보며 그는 골똘히 생각에 잠겼다. 왕이 아니라면 저런 마차를 탈 수 없을 것이라는 생각이 미치자, 그는 갑자기 희망이 풍선처럼 부풀어 올랐다. 그는 이제 구걸도 끝이라고 단정했다. 틀림없이 저 마차 속의 왕은 인자하신 분일 테니 자신에게 많은 보물을 줄 것이라고 믿었다. 이윽고 마차가 멈추면서 왕이 마차에서 내렸다. 왕은 거지에게 인자한 눈길을 주며 미소를 지었다. 거지는 마침내 행운이 찾아왔다고 감격했다. 그때 갑자기 왕이 그에게 오른손을 내밀면서 말했다.

"그대는 나에게 무엇을 줄 수 있는가?"

거지는 이해할 수 없다는 듯 멍청한 표정으로 왕에게 말했다.

"구걸하는 거지에게 무엇을 달라는 말씀입니까? 임금님께서는 설마 농담을 하는 건 아니시겠지요?"

거지는 쭈뼛거리며 자기의 호주머니를 뒤졌다. 마을에서 구걸한 얼마의 돈과 갖가지 물건이 들어 있었지만 그는 일부러 호주머니에서 아주 작은 곡식의 낟알 한 개를 꺼내 왕의 손바닥에 올려놓았다. 왕은 부드러운 미소를 띄우며 그 곡식 낟알을 소중히 집어들고 돌아섰다. 늦게야 집으로 돌아온 거지는 종일 구걸한 물건이 가득한 자루를 방바닥에 쏟았다. 그런데 초라한 무더기 가운데 무언가 반짝거리는 것이 보였다. 자세히 들여다보니 그것은 낮에 만났던 왕에게 주었던 곡식의 낟알이었다. 그런데 그 낟알은 무슨 영문인지 반짝반짝 빛을 내는 황금 낟알로 변해 있는 것이 아닌가. 거지는 너무나 놀란 나머지 방바닥에 주저앉았다. 그러고는 곧장 울음을 터뜨렸다.

"아! 임금님께 나의 전부를 바칠 마음을 지녔더라면 얼마나 좋았을까?"

그로서는 받는 것만 경험했지 한 번도 남에게 무엇을 준 적이 없었던 것이다. 나에게 무언가를 줄 수 있는 마음조차 가져 본 적이 없었던 것이다. 푸른 초원을 알고 싶으면 단 하루라도 그 속에서 지내보지 않으면 안 된다. 지옥에만 있는 자가 천국이 어떤 곳인지를 전혀 모르듯 말이다.

135

시비의 말은 차라리 듣지 마라

시비종일유 불청자연무

是非終日有라도 不聽自然無니라.

하루 종일 시비가 있다 해도 듣지 않으면 자연히 없어진다.

사람과 사람 사이에서 일어나는 시시비비는 대부분이 하잘것없는 비방誹謗에서 비롯된다. 남을 헐뜯어서 욕하는 것이 비방이다. 또 남의 잘못이나 흠을 나무라는 것을 비난非難이라 한다. 이 비난과 비방이 함께 어우러지면 그것은 폭군의 모습이 되어 우리 앞에 나타난다. 읍견군폐邑犬群吠라는 말이 있다. 고을의 개가 무리지어 짖는다는 뜻으로, 많은 소인배들이 남을 비방함을 일컫는 말이다. 적훼소골積毁銷骨이라는 말도 있다. 헐뜯는 말이 쌓이고 쌓이면 뼈도 녹일 만큼 무서운 힘이 된다는 것을 뜻하는 말이다. 한용운의 시 「비방誹謗」을 읽어 보자.

세상은 비방도 많고 시기도 많습니다.

당신에게 비방과 시기가 있을지라도 관심치 마셔요.

비방을 좋아하는 사람들은 태양에 흑점이 있는 것도 다행으로 생각합니다.

당신에게 대하여는 비방할 것이 없는 그것을 비방할는지 모르겠습니다.

조는 사자를 죽은 양이라고 할지언정, 당신이 시련을 받기 위하여 도적의 포로가 되었다고 그것을 비겁이라고 할 수는 없습니다.

달빛을 갈꽃으로 알고 흰 모래 위에서 갈매기를 이웃하며 잠자는 기러기를 음란하다고 할지언정, 정직한 당신이 교활한 유혹에 속아서 청루靑樓에 들어갔다고 당신을 지조가 없다고 할 수는 없습니다.

당신에게 비방과 시기가 있을지라도 관심치 마셔요.

시비是非의 말 속에는 한결같이 비방과 시기가 함께한다. 한용운의 시 「비방」은 그런 시비의 틈에서 의연하라고 일러 준다.

하루 종일 시비가 있다 해도 듣지 않으면 자연히 없어진다. 어떤 비방과 시기가 있을지라도 관심을 두지 않으면 그만이다.

136
시비를 말하는 사람이 바로 시비다

내설시비자 변시시비인
來說是非者가 便是是非人이니라.

찾아와서 시비(是非)를 이야기하는 사람이 곧 시비하는 사람이다.

중국 춘추전국시대 때는 각 나라 사이의 각축전이 몹시 심했다. 그래서 서로가 신의를 지키겠다는 뜻으로 태자를 상대방의 나라에 보내어 인질로 삼게 하는 풍습이 있었다. 위魏나라의 대신 방총龐葱은 조趙나라에 인질이 되기 위해 떠나는 태자를 수행하게 되었다. 그는 출발을 앞두고 위왕에게 간절히 물었다.

"왕께서는 만약 어떤 사람이 와서 시장 바닥에 호랑이가 나타났다고 하면 믿으시겠습니까?"

위왕은 믿지 않겠다고 대답했다. 그러자 방총이 다시 물었다.

"만약 다른 사람이 와서 같은 얘기를 하면 왕께서는 믿으시겠습니까?"

위왕이 대답했다.

"아마 반신반의하게 될 것이다."

"그럼 만약 세 번째 사람이 와서 시장 바닥에 호랑이가 나타났다고 하면 대왕은 어찌하실 겁니까?"

"그렇다면 그들이 하는 말을 믿겠네."

그러자 방총이 말했다.

"시장 바닥에 호랑이가 있을 리 없다는 것은 명백한 일입니다. 그러나 세 사람을 거치면 진짜 호랑이가 있는 것처럼 여겨지기 마련입니다. 지금 조나라의 수도 한단과 우리 위나라의 수도 대량大梁의 거리는 여기에서 시장까지의 거리보다 훨씬 멀고, 저에 대해 말하는 사람 또한 세 사람뿐이 아닐 것입니다. 바라옵건대 왕께서는 부디 밝게 헤아려 주시옵소서."

위왕은 그제서야 방총의 뜻을 알아듣고 대답했다.

"모든 것은 내가 알아서 할 테니 자네는 염려 말고 태자를 잘 보필하게."

이것이 삼인성호三人成虎의 고사성어다. 세 사람의 말이 없는 호랑이도 만든다는 것이다. 그래서 세 치의 혓바닥으로 다섯 자의 몸을 살리기도 하고 죽이기도 한다는 말이 생겨났다. 톨스토이가 말했다.

"정면으로 타인을 비난하는 것은 좋지 않다. 그에게 창피를 주는 일이 되기 때문이다. 또 안 보이는 곳에서 비난하는 것 역시 불성실하다. 덕德을 기만하는 것이기 때문이다. 제일 좋은 방법은 타인의 결점을 찾지 않는 일이다. 타인의 결점을 잊어버리고, 자신의 결점을 찾아내서 깊이 명심하라."

137

좋은 일은 좋은 이름을 남긴다

격양시 운 평생 부작추미사 세상 응무절치인
擊壤詩에 云 平生에 不作皺眉事면 世上에 應無切齒人이라.

대명 기유전완석 노상행인이구승비
大名이 豈有鐫頑石가 路上行人以口勝碑니라.

평생토록 눈썹 찌푸릴 일을 하지 않으면 세상에 이를 갈 사람은 없다.
큰 이름을 어찌 무딘 돌에 새길 것인가? 길 가는 사람의 입이 비석보다 낫다.

성경을 읽다 보면, 좋은 일을 하는 사람에 대한 많은 이야기를 찾을 수 있다. 대개의 경우 선인善人과 선행善行에 대한 칭송들이 주류를 이루고 있는데 말씀마다의 표현들이 독특한 어감을 풍긴다.

"착한 사람은 칭송을 받으며 기억되지만 나쁜 사람은 더러운 이름을 남긴다."

"착한 사람은 생명 나무 열매를 맺지만 남을 괴롭히는 사람은 생명을 잃는다."

"착한 사람의 등불은 빛을 내지만 나쁜 사람의 등불은 꺼진다."

"악한 사람은 제 악행으로 망하지만 착한 사람은 그 정직으로 피난처를 얻는다."

착한 사람을 이야기할 때면 상대적으로 악한 사람이 등장한다. 착한 사람을 이야기하기 위해서는 악한 사람이 필요하기 때문이다. 악한 사람을 이야기하기 위해서는 상대적으로 착한 사람이 필요한 것과 같은 이치이다. 그것은 곧 이 세상에 선악善惡이 함께 공존하고 있음을 증명한다. 착한 사람은 칭송받고, 생명 나무 열매를 맺고, 등불이 빛을 낼 뿐만 아니라 그 정직으로 피난처까지 얻게 된다. 악한 사람은 오명을 남기게 되고, 생명을 잃고, 그의 등불을 꺼지며 스스로의 악행으로 망하게 된다.

에픽테토스가 말했다.

"당신이 만약 선인이 되고 싶으면, 우선 자신이 악인이라는 것을 믿지 않으면 안 된다."

남들이 눈썹 찌푸릴 일을 하지 않으면 된다. 그렇다면 누가 무엇 때문에 그대에게 이를 갈겠는가.

138
사람의 장래는 누구도 알 수 없다

太公(태공)이 曰(왈) 凡人(범인)은 不可逆相(불가역상)이요, 海水(해수)는 不可斗量(불가두량)이니라.

사람은 그 앞일을 헤아릴 수 없고 바닷물은 말[斗]로 그 양(量)을 헤아릴 수 없다.

미래라는 단어처럼 기대감을 불러일으키는 것은 없다. 그 말 속에 행복과 이상이 가득할 것만 같은 환상이 생기기 때문이다. 그래서 셰익스피어는 역경에 처한 사람들에게는 오직 기대만이 약이라고 했다.

재클린은 세계에서 가장 강력한 미국 대통령의 아내였다. 그뿐이 아니다. 그녀는 케네디 대통령이 죽자, 억만장자인 오나시스의 아내가 되어 그녀가 누리고 싶어 했던 모든 영화를 누렸다. 그처럼 다채로운 삶을 살았던 재클린이었지만, 그녀는 자신의 자서전에 다음과 같이 실토했다.

"인생에 너무 많은 것을 기대해서는 안 돼요."

그녀는 인생에서 만족보다는 실망을 느껴 왔음을 고백한 것이다. 인생에서 부귀영화나 명예만이 전부일 수는 없다. 사람의 앞일을 헤아리기란 쉬운 일이 아니다. 하지만 반드시 그렇지도 않다. 계단을 생각해 보라. 일단 계단을 밟기 시작하면 맨 꼭대기의 것은 바로 눈앞에 다가온 미래이다. 거기에서 벌어질 일들을 왜 예측할 수 없겠는가? 순서대로 하나씩 계단을 오른다면 그대의 미래를 확실하게 바라볼 수 있다.

139
인격은 몸에 배어 있다

유사자연향 하필당풍립
有麝自然香이니, 何必當風立가.

사향(麝香)을 지니고 있으면 자연히 향기를 풍기기 마련이다. 어찌 반드시 바람을 맞이하여서이겠는가.

사람에게선 사람 냄새가 나기 마련이다. 사과를 지니고 있으면 사과 냄새가 나고, 모과를 지니고 있으면 모과 냄새가 난다. 마찬가지로 그대가 만약 악덕을 지닌 사람이라면 추한 냄새가 날 것이고, 훌륭한 학덕을 지닌 사람이라면 고상하고 품위 있는 냄새가 날 수밖에 없다. 『탈무드』는 말한다.

"훌륭한 사상은 훌륭한 인격에 담긴다. 작은 그릇에는 작은 음식밖에 담기지 않듯이, 인격이 작고서는 큰 사상에 담길 도리가 없다."

스스로 배워서 갈고닦으면 누구나 훌륭한 인격자가 될 수 있다. 내 그릇이 작다고 탓할 것이 아니라 내 그릇을 키워 나가면 된다. '개천에 나도 제 날 탓이라'라는 말이 있다. 아무리 미천한 집안에서라도 제 자신만 잘나면 얼마든지 훌륭한 인격자가 될 수 있다는 말이다.

그대 몸에서 좋은 향이 나게 하라. 시와 음악의 향이 나게 하고, 학문의 향이 나게 하고, 평화와 사랑의 향이 나게 하라. 그것들이 그대의 향으로 굳어지게 하라.

140

교만과 사치는 끝이 없다

有福莫享盡(유복막향진)하라 福盡身貧窮(복진신빈궁)이요

有勢莫使盡(유세막사진)하라 勢盡寃相逢(세진원상봉)이니라.

福兮常自惜(복혜상자석)하고 勢兮常自恭(세혜상자공)하라. 人生驕與侈(인생교여치)는 有始多無終(유시다무종)이니라.

복(福)이 있을 때 전부 누리지 마라. 그 복이 다하면 몸이 가난해진다.
권력이 있을 때 마구 쓰지 마라. 권력이 다하면 원수와 만나게 된다.
복은 항상 스스로 아끼며, 권력은 항상 겸손하게 쓰라. 인생에 있어서 교만과 사치는 시작은 있지만 끝은 없다.

행복은 기운이 세지 못했다. 그러나 불행은 튼튼한 몸을 가졌을 뿐만 아니라 힘도 무척 세었다. 힘센 불행은 틈만 있으면 행복에게 달려들어 못살게 굴었다. 행복은 불행의 짓궂은 심술에 견딜 수가 없었다. 이곳저곳으로 피해 다니다가 마침내 피할 곳이 없게 되자 하늘로 높이 날아 올라갔다. 하늘에 도착한 행복은 제우스를 찾아갔다. 그러자 제우스는 깊은 생각에 잠겼다가 이렇게 대답했다.

"행복들이 모두 이곳에 와 있으면 너희들은 고약한 불행에게 고통을 당하지 않게 되어 좋기는 하겠지만, 세상 사람들이 기다리고 있지 않느냐. 사람들은 너희들이 오기를 손꼽아 기다리고 있다. 그러니 너희들은 이곳에서 갈 곳을 보아 두었다가 하나씩 하나씩 행복을 얻을 수 있는 사람에게로 곧바로 뛰어가도록 해라. 그러면 여럿이서 한꺼번에 내려갔다가 불행에게 잡힐 염려도 없으니 얼마나 좋은 일이냐."

그리하여 이 세상에서 행복은 좀처럼 만나기가 어렵고 불행은 이곳저곳에 숱하게 나뒹굴게 되었다고 한다.

이솝우화가 주는 감동은 그 우화의 사실성에 있다. 우리는 이 우화에서 행복과 불행의 겉모습과 속모습을 재미있게 그려 볼 수 있을 뿐만 아니라 행복과 불행의 원인과 결과까지도 바라볼 수 있다. 또 권력의 속성에서만 볼 수 있는 지배자와 피지배자 간의 모습마저도 발견할 수 있다. 행복이란 그만큼 귀한 것이다. 그렇기 때문에 아껴 써야 한다. 언제 또다시 하늘로 올라가 버릴지 아무도 모르기 때문이다. 권력 역시 그렇다. 권력이 있을 때 겸손하게 아끼지 않으면 그 역시 어느 틈에 사라져 버릴지 아무도 알 수 없다. 그래서 교만하고 사치하는 것은 시작은 있지만 끝이 없다. 행복이 사라진 다음에 아쉬워하지 마라. 아끼지 않았기 때문이다. 권력이 사라진 다음에 아쉬워하지 마라. 겸손하지 않았기 때문이다. 레오나르도 다 빈치가 말했다.

"잘 지낸 하루가 행복한 잠을 이루게 하는 것처럼 잘 보낸 인생은 행복한 죽음을 가져온다."

141
넘칠수록 나누어라

王參政四留銘에 曰 留有餘不盡之巧하여 以還造物하고
留有餘不盡之祿하여 以還朝廷하고 留有餘不盡之財하여
以還百姓하고 留有餘不盡之福하여 以還子孫이니라.

재주를 다 쓰지 말고 남겼다가 조물주에게 돌려주고, 봉록을 다 쓰지 말고 남겼다가 조정에 돌려주라.
재물을 다 쓰지 말고 남겼다가 백성들에게 돌려주고, 복을 다 누리지 말고 남겼다가 자손에게 돌려주라.

파스칼은 무엇이든지 풍부하다고 반드시 좋은 것은 아니라고 말했다. 더 바랄 것 없이 풍족하다 해서 그만큼 기쁨이 큰 것은 아니라는 말로, 모자라는 듯한 여백이야말로 기쁨의 샘이라는 것이다. 남겨 둔다는 것은 넉넉함을 의미한다. 그리고 그 넉넉함은 또 아끼고 간수한다는 것을 내포한다. 남김의 미학이야말로 이 세상에서 가장 필요한 정서일 수 있다. 얼마 전 미국의 언론들이 '자비慈悲의 자살'이라고 불렀던 사건이 있었다. 알츠하이머와 관절염을 앓던 70대 노부부가 수십억 원의 재산을 자선 사업에 사용하기 위해 동반 자살을 선택한 것이다. 노부부는 미네소타주 미니애폴리스에 사는 리처드 브라운 씨와 부인 헬렌 여사로, 두 사람은 차고에 주차해 있는 캐딜락에서 죽은 채로 발견됐다. 이들의 자살 사실은 두 사람이 죽기 전 친구들에게 보낸 유서에 의해 알려졌다. 사인은 일산화탄소

중독이었고, 세상에 남긴 유산은 1천만 달러, 우리 돈으로 약 120억 원의 거액이었다. 노부부는 유서에서 이렇게 밝혔다.

"우리는 죽을 때까지 최고의 의사와 훌륭한 병원, 하루 종일 돌봐 주는 가정 간호의 혜택을 받을 수 있는 재산이 있지만 그런 여생을 원치 않습니다. 또한 치료에 집착하며 재산의 대부분을 써 버리게 될 것이 염려됩니다. 우리가 남긴 재산이 전 세계 젊은이와 어린아이를 돕는데 쓰이기를 바라며, 그러면 그들도 언젠가는 많은 사람을 도울 수 있을 것입니다."

죽음으로써 오히려 세계의 많은 젊은이들에게 희망의 불씨를 심은 셈이다. 남김의 미학은 아름답다. 또한 신선하다. 그것은 죽어서도 사는 길이며, 살아 있으면서 거듭 태어나는 것과 다를 바 없다.

142

말 한마디가 평생을 좌우한다

황금천량 미위귀 득인일어 승천금
黃金千兩이 未爲貴요 得人一語가 勝千金이니라.

천 냥의 황금보다, 한 사람의 훌륭한 말 한마디를 듣는 것이 귀하다.

『순자荀子』의 「영욕편榮辱扁」에 '선언난어포백善言煖於布帛'이라는 말이 나온다. 남에게 좋은 말을 베푸는 것은 비단옷보다 더 따뜻하다는 뜻이다. 그래서 한 사람의 훌륭한 말 한마디를 듣는 것은 천금보다 귀하다고 한 것이다. '온정이 깃든 말은 삼동 추위도 녹인다', '냉수 한 모금보다 부드러운 말 한마디가 마음을 진정시킨다'는 것도 있다. 말이란 그만큼 중요한 것이다. 경우에 따라서는 말 한마디가 한 사람의 평생을 좌우하기도 한다. 소설가 김동리는 말을 이렇게 정의했다.

"사람의 말은 곧 사람의 혼이요 정신이요 신이다. 사람의 말 속에 무한無限이 있어 애용됨은 혼과 정신 속에 그것이 살아 있기 때문이요, 그 마음과 혈맥 속에 하늘이 깃들어 있기 때문이다."

말은 살아 있다. 언제 어디서 어떤 경우에라도 죽지 않는다. 어떤 사람의 말은 칼을 품었는가 하면 또 어떤 사람의 말은 맹수를 품고 있기도 하다. 더러는 말 속에 사랑을 담았는가 하면 원한과 복수를 깊숙이 담고 있는 말도 있다. 말은 각기 그 말 속에 품고 있는 의미가 다를 뿐이지 죽은 말은 한마디도 없다. 그 의미만 다를 뿐 언제까지나 생생히 살아 있다. 말은 입으로부터 뱉어지면서 생명력을 얻는다. 메난드로스가 말했다.

"인간에게 말은 고뇌를 고치는 의사이다. 오직 말만이 영혼을 고치는 불가사의한 힘을 갖는다. 선인들은 말을 '묘약妙藥'이라 불렀다."

그대의 입을 통하여 나가는 모든 말에 꼬리표를 달라. 얼마나 신중한 일인가. 그렇게만 된다면 그대가 말하는 한마디는 한결같이 천금보다 귀할 수밖에 없다.

참으로 사람들도 태양처럼 꽃처럼 대기大氣처럼 그렇게 말할 수만 있다면 얼마나 좋을 것인가. 폴랭의 시에서 그 말법을 배우자.

태양은 우리들에게 빛으로 말을 하고
향기와 빛깔로 꽃은 이야기한다.
구름과 비와 눈은 대기의 언어
지금 자연은 온갖 몸짓으로 가을을 이야기한다.
벌레들이 좀먹은 옛 탁자 앞에서
사람들은 가짜 사랑을 말하고 있을 뿐.

143

괴로움은 즐거움의 어머니다

교자 졸자지노 고자 낙지모
巧者는 拙者之奴요 苦者는 樂之母니라.

재능 있는 사람은 재능 없는 사람의 종이며, 괴로움은 즐거움의 어머니다.

감정선갈甘井先竭이라는 말을 보라. 물맛이 좋은 우물이 먼저 마른다는 뜻으로 재능 있는 자는 일찍 쇠퇴하게 된다는 뜻이다. 또 '지조불격필면기수鷙鳥不擊必俛其首'라는 말이 있다. 사나운 새는 먹이를 잡으려 할 때가 아니면 언제나 머리를 숙인다는 뜻으로 유능한 사람은 재능을 남용하지 않는다는 말이다.

이처럼 재능을 아끼듯이 괴로움도 아끼고 섣불리 낭비하지 마라. 삶의 한가운데에서 괴로움과 즐거움은 언제나 뒤섞여 있다. 악惡이 우리에게 선善을 인식시키듯 괴로움은 우리에게 즐거움을 알게 한다. 괴로움이 없었더라면 즐거움은 영원히 그 모습을 찾을 수 없었을 것이다.

자, 괴로워하라. 그리고 그 괴로움을 감사하며 아끼라. 그대가 탈 수 있는 즐거움의 열차는 시시각각 다가온다. 어느 역쯤에서 그대는 그 열차에 오를 수 있을 것인가?

144

작은 배는 무거운 짐을 견디지 못한다

소선　난감중재　심경　불의독행
小船은 難堪重載요 深逕은 不宜獨行이니라.

작은 배는 무거운 짐을 견디지 못하고, 으슥한 길은 혼자 다니지 않는 것이 좋다.

"장황하게 지혜를 설교해 보라. 도대체 누가 그 옳은 길을 갈 수 있을 것인가? 스스로 실패해 보아야 비로소 분별이 선다."

개구리 한 마리가 풀밭에 누워 쉬고 있는 황소의 모습을 보고는, 황소의 그 큰 덩치에 놀라며 부러워했다. 황소만큼 커지고 싶었던 개구리는 몸에 있는 주름이 없어질 때까지 몸을 불려 나갔다. 한껏 몸을 부풀린 다음 자식들에게 내 몸이 황소보다 더 크냐고 물었다. 자식들은 고개를 저었다. 개구리는 다시 몸을 부풀리기 시작했다. 이번에는 더욱 힘을 들여 살갗을 팽팽하게 뻗쳤다. 그러고는 누가 더 크냐고 다시 물었다. 자식들은 황소가 더 크다고 대답했다. 개구리는 더욱 몸을 불리기 위해 있는 힘을 다하여 부풀리다가 결국 몸이 터져 죽고 말았다.

분별할 줄 아는 것도 지혜다. 모든 일은 시작하기 전에 분별해야 한다. 공자가 말했다.

"낚싯대로 고기를 낚더라도 그물질은 하지 말고 하늘을 나는 새를 쏘더라도 잠든 새는 쏘지 마라."

145

편안한 마음보다 더 값진 것은 없다

黃金(황금)이 未是貴(미시귀)요 安樂(안락)이 値錢多(치전다)니라.

황금 귀하기보다 안락함이 더 값지다.

아마란트는 시들거나 지는 법이 없다고 알려진 전설의 꽃이지만 아름답지도 않으며 향기도 없었다. 아마란트 바로 옆에는 화사한 장미가 자라고 있었는데, 장미의 아름다움을 부러운 듯 지켜보던 아마란트가 장미에게 말했다.

"참 곱기도 하구나. 하느님이 보시기에도, 또 사람들이 보기에도 얼마나 탐이 날까?"

그러자 장미가 시무룩한 표정으로 말했다.

"하지만 내 목숨은 너무나 짧은걸요. 누군가가 나를 꺾지 않더라도 나는 저절로 시들고 말아요. 그렇지만 당신은 언제까지나 꽃을 피우고 또 언제나 지금처럼 싱싱하게 살아 있지 않나요?"

아마란트는 자신이 갖고 있지 않은 장미의 향기와 아름다움이 부러웠다. 하지만 장미는 시들지 않으면서 언제까지나 꽃을 피우고 싱싱하기만 한 아마란트의 생명력이 부러웠던 것이다.

사람도 마찬가지다. 부러움의 대상이 있으면 어떻게 해서라도 갖고 싶은 것이 인간의 속성이다. 그것이 욕심이다. 욕심이 생기면 마음이 편안해질 수가 없다. 모든 불만은 결핍보다 욕망에서 비롯되기 때문이다. 러셀이 말했다.

"행복의 원리는 간단하다. 불만에 속지 않으면 된다. 불만으로 자신을 학대하지만 않는다면 인생은 즐거운 것이다."

146
손님을 접대하는 것은 큰 기쁨이다.

재가 불회요빈객 출외 방지소주인
在家에 不會邀賓客이면 出外라야 方知少主人이니라.

집에서 손님을 맞아 접대할 줄 모르면, 밖에 나가서 찾아갈 집이 적다.

'벌거벗은 손님이 더 어렵다'는 말이 있다. 가난한 사람을 접대하기가 더 어렵다는 뜻이다. 자기 집을 찾아오는 사람이라면 어떤 경우에도 그 사람은 손님이다. 손님이란 주인을 찾아온 사람이다. 손님을 따뜻이 접대하는 건 당연한 일이다.

황새가 어는 날 여우로부터 초대를 받았다. 여우는 매끄러운 대리석 그릇에 건더기 없는 국물을 대접했다. 황새는 무척이나 배가 고팠지만 한 방울의 국물도 맛볼 수 없었다. 이번에는 초청에 대한 답례로 황새가 여우를 초대했다. 황새는 죽이 들어 있는 호리병 그릇을 내놓았다. 황새는 거기다가 부리를 집어넣고 맛있게 저녁 식사를 끝냈다. 여우는 몹시 화가 나고 시장했지만 어쩔 수 없었다.

손님을 큰 기쁨과 정성으로 맞아들이면 그대 또한 어디서건 보답을 받는다. 『채근담』은 이런 가르침을 준다.

"소인을 대접함에는 엄하기보다 미워하지 않기가 어렵고, 군자를 대접함에는 공손하기보다 예를 지키기가 어렵다."

147
사람의 의리는 가난 때문에 끊어진다

인의 진종빈처단 세정 변향유전가
人義는 盡從貧處斷이요 世情은 便向有錢家니라.

사람의 의리는 가난 때문에 끊어지고, 세상의 인정은 돈이 있는 집으로 쏠린다.

『달과 6펜스』의 작가 서머싯 몸은 돈은 육감과 같다고 했다. 그것이 없으면 다른 다섯 가지의 감각을 완전히 잃게 된다는 것이다. 오감五感이란 시각, 청각, 후각, 미각, 촉각의 다섯 가지를 말한다. 만약 돈이 없다면 이 다섯 가지의 감각을 완전히 잃게 된다는 몸의 말은 우리를 섬뜩하게 한다. 생각해 보라. 돈이 없다면 볼 수도 없게 되고, 들을 수도 없게 되고, 냄새를 맡을 수도 없으며, 맛을 볼 수 없을 뿐만 아니라 피부로 느낄 수 있는 감각마저 잃게 된다는 말이 아닌가.

당연한 말이다. 돈이 없으면 우선 굶주리게 된다. 굶주림은 또 모든 기운을 앗아가 버린다. 그처럼 탈진한 상태가 되어서야 무엇을 볼 수 있을 것이며 무엇을 들을 수 있을 것인가. 먹을 것이 없으니 냄새는 물론 맛도 볼 수가 없다. 그것은 죽음을 의미한다. 오감五感을 상실하고서도 어떻게 살아남을 수 있는가. 가난해지면 친척도 멀어지고, 친구도 멀어지며 모든 것에서부터 소외당하게 된다. 이런 현실이야말로 죽음과 크게 다를 것이 없을런지도 모른다.

돈만 있으면 귀신도 부릴 수 있다고 했다. 돈은 모든 일에서 가능성을 내포한다. 희망을 안겨 주며, 죽어 가는 사람도 살린다. 그러나 명심해야 할 것은, 돈이란 다만 만들어진 자유일 뿐이라는 것이다. 그것은 어떤 깊이의 바깥에 존재하는 것이지 그 어떤 깊이 속에 내재해 있는 것은 아니다. 그렇게 때문에 돈은 항상 돌아다닌다. 언젠가는 그대의 속주머니로 떼를 지어 몰려들지 누가 알겠는가.

148

쉬지 않는 그 입을 어찌 막을 것인가?

寧塞無底缸(영색무저항)이언정 難塞鼻下橫(난색비하횡)이니라.

밑 빠지는 항아리는 막을 수 있어도, 코밑의 입을 막기는 어렵다.

입의 역할은 대개 두 가지로 나눌 수 있다. 하나는 그 입을 통하여 들어가는 것이고 다른 하나는 그 입을 통하여 밖으로 나오는 것이다. 안으로 들어가는 것과 밖으로 나오는 것은 확실하게 구분되지만, 쉬지 않고 움직이는 것은 같다. 들어가는 것은 음식이고 나오는 것은 말이다. 들어가는 것은 한결같이 형체가 있지만 나오는 것은 형체가 없다. 그래서 들어가는 것은 눈으로 보이지만 나오는 것은 귀로 들릴 뿐이다.

입이 활동을 멈추는 경우, 그것은 곧 죽음과 직결된다. 먹고 마시며 호흡해야 살아 있는 것이다. 말하고 떠들고 노래해야 살아 있는 것이다. 그래서 입은 말馬과도 같다고 했다. 양쪽 다 재갈을 필요로 하기 때문이다. 디오게네스가 말했다.

"너희가 부자라면 기쁠 때 먹도록 하라. 너희가 가난한 자라면 먹을 수 있을 때에 먹어 두라."

기쁨은 식욕을 더한다. 하지만 가난한 사람에게는 기쁨과 슬픔 그 어느 것도 가릴 여유가 없다. 가난이야말로 가장 왕성하게 식욕을 돋구기 때문이다. 키케로는 살기 위해서 먹지, 먹기 위해서 살지 말라고 했다. 하지만 생각처럼 쉬운 일은 아니다. '입이 서울'이라는 말이 있다. 먹는 것이 제일이라는 뜻이다. 또 '새남터를 나가도 먹어야 한다'는 말도 있다. 곧 죽더라도 먹어야 한다는 뜻이다. 그만큼 먹는 것은 중요한 일이다. 가난할수록 그것은 더하다. '가난한 집 신주 굶듯'이라는 속담은 너무나 가난하여 줄곧 굶고 있다는 뜻이다.

입을 통하여 나오는 것도 마찬가지이다. 중요하기로 치면 먹는 것과 맞먹는다. 한마디의 말이 삶과 죽음의 갈림길 역할을 하는 경우가 있기 때문이다. 셰익스피어의 『햄릿』 중에 이런 말이 나온다.

"사람은 비수를 손에 들지 않고서도 가시 돋친 말 속에 그것을 숨길 수 있다."

말처럼 무서운 것이 없다. 말로 없는 죄를 만들기도 하고, 말로 죽은 사람을 영웅으로 만들기도 한다. 그래서 말은 언제나 바르게 하란 뜻으로 '입은 삐뚤어져도 말은 바로 하라'고 윽박지른다. 변명할 여지 없이 말을 잘못했을 때는 '입이 광주리만 하다'고 표현하기도 한다.

참으로 쉬지 않는 그 입을 어찌 막을 것인가? 들어나며 쉬지 않고 먹고 마시며, 떠들고 짓까부는 그 입을 어찌할 것인가?

149

가난하게 살면 아는 사람이 없다

빈거요시무상식 부주심산유원친
貧居鬧市無相識이요 富住深山有遠親이니라.

가난하면 복잡한 시장 한복판에 살아도 아는 사람이 없다.
부유하게 살면 깊은 산속일지라도 찾아오는 친구가 있다.

도스토예프스키의 『가난한 사람들』을 읽으면 이런 글을 만나게 된다.

"가난뱅이란 호주머니 속을 뒤집어 보이듯이, 자기 자신에 관한 모든 것을 숨김없이 남에게 보이게 되어 있다. 절대로 자신의 비밀을 가져서는 안 되게 되어 있다."

그것은 가난뱅이가 구차한 삶을 살아가기 위한 방법이다. 가난해지면 다정했던 친구마저 발길을 돌린다. 가까운 친척들도 마찬가지다. 입으로는 동정의 말을 흘리지만 마음은 어느새 벽을 대하듯 돌아서 버린다. 복잡한 시장 한복판에 살아도 찾아오는 사람이 없다. 그러나 부유하게 살면 깊은 산속에 숨어도 찾아오는 친구가 있다. 뤼케르트는 이렇게 말했다.

"부자는 도처에 집이 있지만, 가난뱅이는 집에 있어도 낯설다."

이처럼 부와 빈은 함께 있다. 그대의 근면함이 게으름을 한 걸음만 앞지르면 그대는 어느새 부유한 쪽에 서서 가난을 거느릴 수 있게 된다.

150
가난하면 인정은 메마르기 마련이다

인정 개위군중소
人情은 皆爲窘中疎니라.

인정은 모두 어려운 가운데서 멀어진다.

가난은 죄가 아니라고 많은 사람들이 말했다. 톨스토이도, 허버트도, 도스토예프스키도 그랬다. 어쩌면 가난한 사람들을 위로하기 위해서, 아니면 가난하지 않은 자신을 위로하기 위해서, 아니면 또 가난하지 않은 자신을 얼버무리기 위해서 그렇게 말한 것인지도 모른다.

성경에도 '가난하기 때문에 아무도 그의 말에 귀를 기울이지 않으니 그의 지혜가 빛을 못 보는구나'라며 한탄한다. 가난이야말로 있는 것마저도 없게 하고, 없는 것은 더욱 없게 한다. 도스토예프스키가 말했다.

"가난은 죄가 아니라 진리이다. 그러나 동전 한 푼 없는 빈곤은 죄악이다. 가난할 때만 해도 아직 점잔을 빼고 있을 수 있지만, 빈털터리가 되면 스스로 자신을 모욕할 각오 없이 도저히 살아갈 수 없다."

가난한 사람들은 자신의 삶을 더한 구렁텅이로 내몰며 자학한다. 그들이 자유 의지로 할 수 있는 것은 오로지 자학밖에 없기 때문이다. 하지만 반전反轉할 수 있는 기회는 있다. 가난하기 때문에 참고 견뎌 온 온갖 것을 무기로 내세우라. 그것이 그대가 사용할 마지막 무기이자 용기다.

151
술에는 성취와 실패가 있다

사기　　왈 교천예묘　　비주불향
史記에 曰 郊天禮廟에 非酒不享이요
군신붕우　　비주불의　　투쟁상화　　비주불권
君臣朋友에 非酒不義요 鬪爭相和에 非酒不勸이라.
고　　주유성패이불가범음지
故로 酒有成敗而不可泛飮之니라.

하늘에 제사 지내고 사당에 제례 올리는 것도 술이 아니면 흠향하지 않고,
임금과 신하, 친구와 친구 사이에도 술 없이는 의리가 두터워지지 않는다.
또 다툰 후에서 서로 화해하는 것도 술이 아니면 권할 수가 없다.
그러므로 술에는 성취와 실패가 있어 결코 함부로 마셔서는 안 된다.

중국 삼국시대 때 강동江東에 정천鄭泉이란 사람이 있었다. 그는 술을 무척이나 좋아했다. 단 하루도 술에 젖어 있지 않은 날이 없었다. 그가 죽음을 앞두고 가까운 친구들에게 유언을 남겼다.

"내가 죽거든, 부디 내 시체를 질그릇 만드는 굴 옆에 묻어 주게. 백 년 후에 내 백골이 삭아서 흙이 된다면, 누가 알겠는가? 그 흙을 파다가 술병을 만든다면 내 소원은 그것으로 성취된 셈일세."

얼마나 술을 좋아했으면 죽어서라도 그 술을 담을 수 있는 술병이 되고자 했을까? 그 술의 힘 때문이었을까? 그 술의 달콤함 때문이었을까? 에우리피데스는 술 없는 곳에 사람은 있을 수 없다고 했다. 술의 효용 가치는 엄청나다. 제사를 지내는 데도, 의리를 두텁게 하는 데도, 그리고 또 사

랑을 나누는 데도 술의 힘은 필요하다.

어느 날 술이 술꾼에게 말했다.

"오늘도 나를 죽일 셈인가?"

술꾼이 대답했다.

"내가 자네를 죽이다니 될 법이나 한 소린가? 난 다만 자네를 끔찍이도 사랑할 뿐일세."

다시 술이 술꾼에게 말했다.

"제발 날 버려 두게. 정말이지 혼자 있고 싶다네."

그러자 술꾼은 단숨에 한 잔을 들이키고 나서 술에게 말했다.

"오늘은 죽기로 작정하고 마시는 참일세. 나도 피곤하다네. 혼자 있고 싶기도 하고. 우리 서로 역할을 바꿔 보는게 어떤가? 난 자네와 꼭 닮은 술이 되고 싶다네."

"내가 자네의 역할을 맡은 것이 어디 한두 번인가? 오늘도 나는 어쩔수 없이 죽게 된다는 걸 이미 알고 있었다네!"

사람이 술을 마시고, 술이 술을 마시고, 술이 사람을 마신다고 『법화경法華經』은 일러 준다. 그래서 술에는 성취와 실패가 있다는 것이다. 술이 들어가면서 지혜가 나올 수도 있지만 또 술이 들어가서 어리석음이 나올 수도 있기 때문이다. 우리는 그 사실을 기억해야 한다. 입술과 술잔 사이에는 악마의 손길이 넘나든다는 사실을.

152

질투처럼 무서운 병은 없다

순 자 왈 사 유 투 우 즉 현 교 불 친
荀子曰 士有妬友則賢交不親하고

군 유 투 신 즉 현 인 부 지
君有妬友則賢人不至니라.

선비가 친구를 질투하는 일이 있으면 어진 사람과 친할 수가 없고,
임금이 신하를 질투하는 일이 있으면 어진 사람이 찾아들지 않는다.

질투는 백지 위에 쏟아진 잉크처럼 삽시간에 번져 나간다. 한번 쏟아진 잉크는 결코 백지를 온전하게 내버려 두지 않는다. 헤로도토스는 인간이 나면서부터 갖추게 되는 것이 질투라고 말했지만 질투처럼 인간의 심성에 불필요한 것은 없다. 질투는 사람의 마음을 파먹는 독살스런 벌레와 같다. 그 벌레는 마음의 구석구석을 마치 물 흐르듯 스며들어서는 갈갈이 찢어 놓는다. 굴드는 다음과 같은 말로 질투를 경계했다.

"질투심이 많은 사람은 적어도 행복의 조건에서 이탈한 사람이다. 질투는 자기가 가진 것에 대해서 즐거움을 찾지 않고, 남의 소유물에 대해서 괴로워하는 감정이다. 행복은 자기 소유권 내에 물건을 사랑할 수 있는 사람의 것이다. 남의 주머니에 든 물건을 탐내지 않는 것은 행복의 중요한 조건이다."

두 사람이 함께 길을 걷고 있었다. 그중 한 사람이 땅 위에 떨어져 있는

금덩이를 보았다. 그러자 같이 가던 다른 한 사람이 말했다.

"우리는 큰 횡재를 했소."

첫 번째 사람이 그 말을 되받아 말했다.

"우리라는 말은 하지 마시오. '나는 횡재를 했소'라고 말하시오."

곧 금덩이를 잃어버린 사람이 두 사람을 뒤쫓아 왔다. 다가오는 금덩이의 주인을 힐끗 돌아보며, 금덩이를 가진 사람이 말했다.

"우리는 이제 다 틀렸소."

그러자 다른 한 사람이 말했다.

"우리라는 말은 하지 마시오. '나는 이제 틀렸소'라고 말하시오."

탐나는 물건을 남이 소유하는 것은 마음이 편치 못한 일이다. 또 나누어 가질 수 있는 것도 혼자 가지려고 하는 마음이 괴로움의 대상이다. 힙피아스가 말했다.

"질투하는 자는 이중으로 불행하다. 그들은 자기의 불운에 분노할 뿐 아니라, 다른 사람의 행복에도 감정을 해친다."

그대는 질투와 사랑의 어디쯤에 있는가? 그 어디에라도 좋다. 그대에게 열등감이 없는 한 질투는 결코 그대 몸에 침범하지 못한다.

153

일상의 작은 일에 마음을 두지 마라

자왈 사지어도이치악의악식자 미족여의야

子曰 士志於道而恥惡衣惡食者는 未足與議也니라.

선비가 도에 뜻을 두면서 나쁜 옷과 나쁜 음식을 부끄러워한다면 함께 도를 말할 수 없다.

"나보다 먼저 태어나서, 그 도道를 듣기를 진실로 나보다 먼저라면 그를 스승으로 좇을 것이다. 나보다 뒤에 태어나서 그 도를 듣기를 나보다 앞이라면 역시 스승으로 좇을 것이다. 나는 도를 스승으로 하는 것이다. 어찌 나보다 선후에 난 것을 가릴 것인가. 이런 까닭으로 오직 도가 있는 곳이 스승이 있는 곳이다."

나보다 늦게 태어났더라도 나보다 먼저 도를 알았다면 그를 스승으로 좇겠다는 장자의 넉넉함이 잘 드러난다. 그렇다고 해서 도가 우리들의 일상생활과 동떨어진 고상한 것이라는 생각은 잘못된 생각이다. 그것은 일상생활 속에 어우러져 있는 것이다. 박종화는 소설 『다정불심多情佛心』에서 이렇게 말한다.

"도라는 것은 우리로부터 뚝 떨어진 곳에 있는 것이 아니라, 우리가 넉넉히 걸어갈 수 있는 하나의 길이라 합니다. 인생 한 시절에 버젓한 길은 하나밖에 없을 겁니다."

154

사람마다 모두 자신의 몫이 있다

천불생무록지인 지부장무명지초
天不生無祿之人이요 地不長無名之草니라.

하늘은 녹(綠)이 없는 사람을 내지 않고, 땅은 이름 없는 풀을 기르지 않는다.

"인간은 자기가 무엇을 가지고 있는지는 잘 알지만 자기가 누구인지는 잘 알지 못한다. 어떤 일의 위대함이나 왜소함은 그 일을 한 인간이 어디에 서 있는가에 의해 좌우된다. 또 자기 자신을 오해하는 사람이나, 스스로를 속이는 사람은 결코 위대하지 못하다."

비트겐슈타인의 『반철학적 단장』에서 뽑은 글이다. 사람은 이 세상에 태어날 때 각자의 몫을 지니고 태어난다고 한다. 각자가 지닌 재능으로 삶을 꾸려 가는 것이다. 어떤 사람은 흙을 만지면서, 또 어떤 사람은 쇠를 만지면서 나름대로의 길을 개척하여 살아간다.

석가모니는 사람들에게 자기 자신을 등불로 하여 의지할 곳으로 삼아야 한다고 했다. 그것이야말로 '나는 누구인가'라는 질문에 대한 답을 할 때 큰 힘이 될 수 있다. 사람은 누구나 가능성이라는 힘을 지니고 있다. 그 힘을 어떻게 활용하느냐에 따라 맡겨진 자기 몫의 삶이 빛을 내거나 그렇지 못하거나로 갈라질 것이다. 하늘은 쓸모없는 사람을 세상에 내보내지 않는다. 명심하라. 인간은 자기 자신에 의해서만 빛을 발할 수 있다.

155

근면함이 부富의 첫걸음이다

大富(대부)는 由天(유천)하고 小富(소부)는 由勤(유근)이니라.

큰 부자는 하늘에 달려 있고 작은 부자는 부지런함에 달려 있다.

사람들은 대개 부자를 경원시하는 경향이 있다. 겉으로는 존경하는 체하면서 실제로는 그렇지 않다. 필요할 경우에는 최대한의 아첨을 하면서도 돌아서서는 딴소리하기가 예사다. 또 사람들은 가급적이면 부자들을 비하시키기 위해 애를 쓴다. 자기들만 착하고 정의롭게 세상을 살아가는 척하며 부자들을 매도하기에 여념이 없다. 조너선 스위프트의 『걸리버 여행기』에 이런 말이 나온다.

"부자는 가난한 자의 노동이 맺은 열매를 향락한다."

천만의 말씀이다. 가난한 자는 부자의 일을 하면서 그 노동의 대가로 살아간다. 부자는 다만 가난한 자의 노동에 돈을 지불한 것이다. 괴테의 『사생의 딸』에서는 '하고 싶은 대로 하는 것이 부자의 행동이다'라고 말한다. 그것도 천만의 말씀이다. 가난한 사람도 제멋대로 즐기며 살아간다. 부자는 다만 해야 할 필요에 따라 하고 싶은 대로 할 뿐이다. 로렌스의 『날개 돋친 뱀』에서는 더욱 지독하게 부자를 매도한다.

"부자란 머리가 두 개 달린 개나, 다섯 개의 발을 가진 송아지 같은 엉뚱

한 계급이다. 부러운 눈으로가 아니라 정상적인 자가 엉뚱한 자에 대해서 품는, 저 느리고도 뿌리 깊은 적개심과 호기심을 가지고 보아야 할 대상인 것이다."

가난한 자의 의식 속에는 부자에 대한 지독한 열등감에서 비롯된 시기와 질투가 공공연히 떠돌고 있다. 그것은 바람직스러운 일이 아니다. 부자들은 부자가 되기까지 그만큼 노력하고 애쓰고 열심히 살아왔기 때문이다. 부지런한 부자는 하늘도 막지 못한다고 하지 않았는가? '부자는 많은 사람의 밥상'이라는 속담이 있다. 부자는 많은 사람에게 많건 적건 덕을 끼치게 된다는 뜻이다.

게으른 사람들이 부자를 탓한다. 자신이 가난하기 때문에 부자를 경원시하고 매도한다. 부지런한 사람에게서는 그런 말을 들어 볼 수 없다. 자신의 일에 전념하는 시간도 아까운데 남의 일에 왈가왈부하려들지 않기 때문이다. 쥘 르나르가 말했다.

"우리들의 게으름을 벌주기 위하여, 자기 자신의 실패 이외에도 타인의 성공이 만들어졌다."

156

아낄 줄 아는 사람은 반드시 이루어 낸다

成家之兒(성가지아)는 惜糞如金(석분여금)하고 敗家之兒(패가지아)는 用金如糞(용금여분)이니라.

집안을 이룰 아들은 거름을 금처럼 아끼고, 집안을 망칠 아들은 돈 쓰기를 거름 쓰듯 한다.

'단단한 땅에 물이 괸다'는 말은 옛 어른들이 곧잘 하시던 말씀이다. 아끼는 사람에게 재물이 모인다는 뜻이다. 또 '개미 금탑 모으듯'이라는 말도 있다. 부지런히 일하고 아껴서 알뜰히 모아 큰 재산을 이룬다는 말이다. 절약은 불필요한 비용을 피하는 과학이자 신중하게 우리의 재산을 관리하는 기술이라고 세네카는 말했다.

절약을 과학의 시각으로 보는 것은 대단히 신선하게 느껴진다. 절약하고 저축하며 가급적이며 돈을 쓰지 않으려는 사람을 세상은 수전노라든가 구두쇠, 또는 노랭이 따위의 비속어로 몰아세운다. 그러나 세네카의 말처럼, 아니 그의 의도처럼 절약이 과학이며 기술일 때 절약의 의미는 달라진다. 새로운 의미의 절약 영역이 마련될 수 있기 때문이다. 존 스타인벡의 『불만의 겨울』에 이런 대목이 나온다.

"인간성이 아니라 자연을 말한다니까 그래. 다람쥐는 자기들이 쓸 수 있는 것보다 열 곱절이나 많은 호두 열매를 저축하지. 땅쥐는 배가 불러서 터질 지경인데도 여전히 주머니처럼 앞에 처넣거든. 또 약삭빠른 꿀벌들은 모아들인 꿀을 얼마만큼이나 먹지?"

이는 사람이 아니라 자연을 말한 것이다. 우리들이야말로 다람쥐가 될 것인지, 아니면 땅쥐가 될 것인지, 또 그것도 아니면 그 약삭바른 꿀벌이 될 것인지 한 번쯤은 깊이 생각해 볼 일이 아닌가 싶다.

"근면은 행운의 오른손이요, 절약은 그의 왼손이다."

영국의 속담이다. 부지런하면서 절약하는 것, 이제는 그대 차례다. 파스칼이 말했다.

"일을 물질 수확의 들판을 가는 쟁기로만 알아서는 안 된다. 그것은 동시에 우리들의 삶을 개척하는 귀중한 쟁기이다. 노동을 통해 우리들의 심신은 강화되며, 마음에 번식한 여러 가지 사악한 잡초 뿌리가 뽑힌다. 그리고 그곳에 행복과 기쁨의 씨앗이 뿌려져서, 춘하추동을 두고 무성하며 꽃이 피게 된다."

157

가장 편안하고 한가로운 때를 조심하라

강 절 소 선 생 왈 한 거 신 물 설 무 방
康節邵先生이 曰 閑居에 愼勿說無妨하라.

재 설 무 방 변 유 방
纔說無妨便有妨이니라.

상 구 물 다 능 작 질 쾌 심 사 과 필 유 앙
爽口物多能作疾이요 快心事過必有殃이라.

여 기 병 후 능 복 약 불 약 병 전 능 자 방
與其病後能服藥으론 不若病前能自防이니라.

편안하고 한가로울 때 삼가 걱정할 것이 없다는 말을 하지 마라.
걱정할 것이 없다는 말이 나오기 바쁘게 걱정할 일이 생긴다.
입에 맞는 음식이라 해서 많이 먹으면 병을 만들고, 마음에 기쁨이 있다 해서 지나치면 반드시 환난이 있다.
병이 난 후에 약을 먹기보다는 병이 나기 전에 스스로 예방하라.

한 나그네가 벌판을 걷고 있을 때 갑자기 등 뒤에서 무서운 소리를 내며 코끼리 한 마리가 미친 듯이 달려왔다. 겁에 질린 나그네는 정신없이 도망치다가 허름한 우물을 발견했다. 그는 부리나케 거기 걸려 있는 등나무 덩굴을 타고 우물 속으로 몸을 숨겼다. '이제 살았구나' 하며 한숨을 돌리고 있는데, 갑자기 이상한 느낌이 들어 가만히 우물 밑을 내려다보았다. 그런데 커다란 구렁이 한 마리가 도사리고 있는게 아닌가. 그는 다시 주위를 살폈다. 그러자 거기에는 네 마리의 독사가 혀를 날름거리고 있는 게 보였다. 그는 질겁을 하고 다시 우물 위로 올라가기 위해 위를 살폈다.

그러나 거기에는 흰 쥐와 검은 쥐 두 마리가 차례로 그가 매달린 등나무 덩굴을 갉아 먹는 중이었다. 눈앞이 캄캄해진 나그네가 한숨을 내쉬고 있는데, 어디선가 달디단 꿀이 한 방울씩 나그네의 입에 떨어지는 것이었다. 그는 무의식중에 입을 벌리고 그것을 받아 먹는 데 열중했다.

이 나그네는 바로 우리들의 모습이다. 코끼리는 무상無常의 태풍이고 우물 속은 인간 세계를 뜻한다. 등나무 덩굴은 인간의 생명이고, 우물 바닥의 구렁이는 죽음을 상징한다. 그리고 네 마리의 독사는 우리의 몸을 구성하고 있는 네 가지의 원소를 가리킨다. 흰 쥐와 검은 쥐는 낮과 밤을 뜻하고 꿀물은 쾌락을 상징한다.

이번에는 꿀의 향기를 따라 날아온 벌들이 나그네의 온몸을 쏘아 대기 시작했다. 지독한 고통을 참고 있는데 이번에는 어디선가 갑자기 일어난 들불이 등나무 덩굴에 옮겨 붙어 태우기 시작했다.

여기서 나그네를 쏘아 대는 벌은 사람들의 잘못된 생각을 뜻하며, 들불은 병과 노쇠를 상징한다. 결국 인간이란 아무리 버둥거려도 무상無常의 바람에 쫓기고 온갖 번뇌에 시달릴 뿐만 아니라 병과 노쇠 때문에 결국은 죽음의 구렁이에게 먹히게 된다는 이야기다. 불전佛典에 나오는 석가우화의 한 토막이다.

세상에 편안하고 한가롭기만 한 때는 없다. 어떻게 걱정할 것이 없겠는가? 삶이란 살아 있어도 죽음과 함께 있는 것이며 번뇌와 함께 있다. 참으로 편안하고 한가로울 때가 있다면 그때를 조심하라.

158

천지간의 모든 일은 다 응보가 있다

재 동 제 군 수 훈 　 왈 묘 약 　 난 의 원 채 병
梓東帝君垂訓에 曰 妙藥도 難醫冤債病이요

횡 재 　 불 부 명 궁 인
橫材도 不富命窮人이라

생 사 사 생 　 군 막 원 　 해 인 인 해 　 여 휴 진
生事事生을 君莫怨하고 害人人害를 汝休嗔하라

천 지 자 연 　 개 유 보 　 원 재 아 손 근 재 신
天地自然이 皆有報하니 遠在兒孫近在身이니라.

뛰어난 묘약도 원한에 사무친 병은 고치기가 어렵고, 뜻밖에 생기는 재물도 운이 닿지 않으면 부자가 될 수 없다.
일을 생기게 하고 나서 일이 만들어지는 것을 그대는 탓하지 말 것이며,
남을 해치고 나서 남이 나를 해치는 것을 그대는 화내지 마라.
하늘과 땅 사이의 모든 일은 다 응보가 있다. 멀리는 자손에게 있고 가까이는 자기 자신에게 있다.

니체가 말했다.

"지금 나는 죽는다. 그리고 사라진다. 이렇게 당신은 말하리라. 그리하여 단숨에 무無로 돌아간다. 영혼도 육체와 똑같이 죽어 없어진다. 그러나 인과의 결합점은 되살아난다. 나 자신이 그 결합점에 얽혀 있다. 그러므로 그 결합점이 나를 창조해 줄 것이다. 나 자신이 영원히 되돌아오는 인간의 일부다."

인과율因果律은 원인과 결과의 관계에 대한 자연법칙을 말한다. 원인이 있으면 결과가 있다. 불이 있는 곳에 연기가 나고, 뿌리 없는 나무가 없는

것처럼 그렇게 모든 일에는 원인과 결과가 있다. 니체의 말처럼 나는 죽어 사라진다 해도 그 인과의 접합점은 되살아나나 자신이 영원히 되돌아오는 인과의 일부가 되는 것이다.

어떤 뛰어난 묘약이 원한에 사무친 병을 고칠 수 있단 말인가? 내가 애써 벌지 않았는데 어디서 뜻밖의 재물이 생길수 있다는 말인가? 일을 만들지 않으면 일은 만들어지지 않는다. 남을 해치지 않으면 남이 나를 해치지 않는다. 콩 심은데 콩 나고 팥 심은 데 팥 나듯이 그렇게 모든 일에는 원인과 결과가 있다.

성경의 잠언을 보면 '웅덩이를 파는 자는 제가 그 속에 빠지고, 돌을 굴리는 자는 제가 그 밑에 깔린다'고 했다. 또 '악을 심으면 재난을 거두고 홧김에 남을 때리면 그 몽치에 제가 맞는다'고 했다. 그것이 인과응보이며 원인과 결과이다.

신의 응보는 더디지만 반드시 찾아온다. 부모의 인과가 자식에게까지 되돌아온다지 않던가. 두려워할 것은 없다. 활용하기 나름이다. 인과율의 법칙을 자신의 일상에 적극 활용하라. 프랭클린이 말했다.

"지식은 애써 공부하는 자에게, 부유함은 조심성 있는 자에게, 권력은 용감한 자에게, 하늘나라는 덕행이 있는 자에게 있다."

159
모든 일에 하늘을 원망하지 마라

화락화개개우락 금의포의경환착
花落花開開又落하고 錦衣布衣更換着이라.

호가미필상부귀 빈가미필상적막
豪家未必常富貴요 貧家未必常寂寞이라.

부인미필상청소 추인미필전구학
扶人未必上青霄요 推人未必塡溝壑이라.

권군범사막원천 천의어인무후박
勸君凡事莫怨天하라. 天意於人無厚薄이니라.

꽃은 졌다가 피고 피었다가 다시 진다. 비단옷을 입었지만 다시 베옷으로 갈아입게 된다. 호화로운 집이라 해서 언제까지나 부귀할 것도 아니며, 가난한 집이라 해서 언제까지나 적막하지는 않다. 사람을 부추겨 올린다 해도 하늘까지 오르는 것은 아니며, 사람을 밀어뜨린다 해도 깊은 구렁텅이까지 떨어지지는 않는다. 그대에게 이르노니 모든 일에 하늘을 원망하지 마라. 하늘의 뜻은 사람에게 후하거나 박함의 차별을 두지 않는다.

인생이란 어느 한곳에 가만히 머무르지 않는다. 인생은 각자가 짊어진 삶이라는 커다란 봇짐을 오늘은 이곳에 내려놓는가 하면, 내일은 또 다른 곳을 향해 끊임없이 나아간다. 가다가 어디쯤에서 또 한차례 내려놓았다가 다시 둘러멘다. 그럴 때마다 인생의 모습은 바뀌어 있다. 꽃이 졌다가 피고, 피었다가 지듯이 인생의 모습도 끊임없이 변모한다. 비단옷을 입었는가 하면 어느새 베옷으로 갈아입고, 호화로운 집에서 삶을 한껏 뽐내다가도 또 어느날 갑자기 가난한 사람이 되어 삶의 적막을 맛보기도 한다.

누가 그대를 부추겨 올린다 해도 하늘까지 오를 수는 없다. 또 누가 그대를 밀어 떨어뜨린다 해도 죽음의 깊은 구렁텅이까지 떨어지지는 않는다. 그대는 다만 그대 자신의 것이기 때문이다. 그대를 질책하거나 칭찬하고 그대를 바로 세우거나 비스듬히 세우는 것도 그대 자신에게 달려 있다. 칼라일의 말을 들어 보라.

"인생이란 단지 기쁨도 아니고 슬픔도 아니며, 그 두 가지를 지양하고 종합해 나아가는 과정에서 파악되어야 한다. 커다란 기쁨도 커다란 슬픔을 불러올 것이며, 또 깊은 슬픔은 깊은 기쁨으로 통한다. 자기의 할 일을 발견하고 자기가 하는 일에 신념을 가진 자는 행복하다. 사람의 가치는 물론 진리를 척도로 하지만, 그가 가지고 있는 진리보다도 그 진리를 찾기 위해서 맛본 고난에 의하여 개량되어야 한다."

어떤가? 역시 그대의 인생은 그대에게 달려 있을 뿐이다. 그대가 맛볼 수 있는 고난을 사랑하라. 그대의 고난에 입 맞추라. 그대가 지금까지 내려놓지 않고 있는 삶의 봇짐을 그 고난과 함께하라.

160

교활한 삶은 저녁에 지는 꽃과 같다

감탄인심독사사 수지천안전여거
堪歎人心毒似蛇니 誰知天眼轉如車요

거년망취동린물 금일환귀북사가
去年妄取東鄰物터니 今日還歸北舍家라.

무의전재탕발설 당래전지수퇴사
無義錢財湯潑雪이요 儻來田地水堆沙라.

약장교휼위생계 흡사조운모락화
若將狡譎爲生計면 恰似朝雲暮落花라.

사람의 마음이 독하기가 뱀 같아 탄식하노니, 누가 하늘의 눈이 수레바퀴처럼 돌아가고 있음을 알겠는가.
지난해에 망녕되게도 동쪽 이웃의 물건을 차지하더니 오늘에는 다시 북쪽 집으로 가 버렸구나.
의롭지 못한 재물은 끓는 물에 뿌려진 눈이며, 뜻밖에 얻어진 밭뙈기는 물에 밀려온 모래일 뿐이다.
만약 교활하게 생계를 꾸려 가려 한다면 그것은 마치 아침에 피어오르는 구름이나 저녁에 지는 꽃과 같다.

'배추밭에 바람이 들었다'는 말을 들어 본 적이 있는가? 무에 바람이 드는 수는 있어도 배추 밑동에는 좀처럼 바람이 들지 않는다. 남보기에 절대로 그럴 것 같지 않은 사람이 불미한 짓을 저질렀을 때 옛 사람들은 흔히 배추밭에 바람이 들었다고 이야기한다. 또 '머리카락 뒤에서 숨바꼭질한다'는 말도 있다. 얕은 꾀로 남을 속이려 한다는 말이다.

석가모니가 말했다.

"너의 눈동자를 기만의 세계로부터 돌리라. 그리하여 자기의 감정에 믿음을 두지 마라. 그들은 거짓말쟁이다. 너 자신 속에, 개인을 떠난 자신의 내부에서 영원한 사랑을 찾으라."

감정이란 물 위에 떠서 흘러가는 풀잎과도 같다. 자기 감정에 휩쓸리지 마라. 개인을 떠난 그대 자신의 내부에 그대를 심으라.

호가호위狐假虎威라는 말이 있다. 강한 자를 등에 업고 위세를 부린다는 말이다.

호랑이가 여우를 한 마리 잡았다. 그러자 여우는 호랑이를 바라보며 이렇게 말했다.

"저를 잡아먹으면 안 됩니다. 하느님께서 저를 짐승의 우두머리로 삼으셨습니다. 저를 잡아먹으면 신의 뜻을 거역하는 것입니다. 의심스럽다면 저를 따라와 보세요. 어떤 짐승이건 저만 보면 반드시 놀라 달아날 테니까요."

호랑이는 여우의 말이 의심스럽긴 했지만 따라가 보기로 했다. 과연 여우가 말한 그대로였다. 호랑이는 동물들이 여우가 아닌 자기를 겁내서 달아나는 것이라고는 끝끝내 생각하지 못한 것이다.

『전국책戰國策』에 나오는 이야기다. 호가호위는 그렇게 생겼다. 만약 교활하게 살아가려 한다면 그것은 마치 아침에 피었다가 저녁에 지는 꽃과 조금도 다를 것이 없다.

161

지혜는 돈으로도 살 수 없다

무 약 가 의 경 상 수 유 전 난 매 자 손 현
無藥可醫卿相壽요 有錢難買子孫賢이니라.

재상(宰相)의 목숨을 살릴 만한 약은 없고 돈이 있어도 자손의 현명함은 살 수 없다.

죽음은 고칠 수 없다. 제아무리 높은 지위에 있는 사람이라 해도 죽음이라는 병에 걸리면 되살아날 수 없다. 죽음은 순리이며 자연이기 때문이다. 그와 마찬가지다. 현명함이라는 지혜는 그냥 얻어지는 것이 아니다. 아무리 가진 돈이 많다 해도 어떤 지혜를 돈으로 사서 그 사람의 머릿속에 집어넣을 수는 없기 때문이다. 호라티우스는 이 세상의 부나 권력이 끝내 이겨 내지 못하는 한계, 그것이 죽음이라고 했다. 현명함도 마찬가지다. 이 세상의 부나 권력이 끝내 이겨 내지 못하는 한계, 그것이 지혜이다.

현명한 삶은 현명한 죽음을 맞이하게 한다. 현명한 죽음이 아닐수록 사람들은 죽음으로부터 도피하려 하고 죽음에 항거하며 죽음을 증오한다. 몽테뉴는 『수상록隨想錄』에서 이렇게 말한다.

"죽음이 어디서 우리를 기다리고 있는지 모른다. 아마도 곳곳에서 기다리고 있을 것이다. 죽음을 예측하는 것은 자유를 예측하는 일이다. 죽음을 배운 자는 굴종을 잊고 죽음의 깨달음은 온갖 예속과 구속에서 우리들을 해방한다."

162

한가한 마음이 가장 큰 즐거움이다

一日清閑(일일청한)이면 一日仙(일일선)이니라.

하루라도 마음이 맑고 한가롭다면 그 하루는 신선이 된다.

사람들은 한결같이 삶이란 고달프고 벅차고 어려운 것이라며 입을 모은다. 오늘 하루의 삶을 고단하고 고통스럽고 참기 힘든 것이라고 주저없이 말한다. 돌이켜 생각해 보라. 인생이 어두운 밤과 같지 않았다면 그대는 무엇을 하며 살았을 것인가?

어두운 밤을 뚫으며 인생의 의미를 찾아나서는 길은 얼마나 빛나는 일인가. 부딪치며 다투며 사랑하며 삶의 한복판을 가로지른다는 것은 또 얼마나 아름답고 힘차며 신선한 일인가. 마음이 맑고 한가로움의 즐거움을 원한다면 그 고해 속으로 투신하라. 진실로 그러기를 원한다면 어두운 밤과 같은 인생의 한복판으로 그대의 몸을 내던지라. 파스칼이 말했다.

"만약 평화와 행복만 계속된다면 우리의 정신은 당장 지치고 말 것이다. 고통은 정신의 양식이다. 사람에게 괴로움이 없다면 극히 무능력한 상태가 되고 말 것이다."

제4장

완전한 소유란 어디에도 없다

성심편省心篇 · 하

구차하게 탐내고 시기하여 남에게 손해를 끼친다면 마침내 10년의 편안함과 없게 되고, 선善을 쌓고 인仁을 보존하면 반드시 후손들에게 영화가 있다.

163

덕德을 앞지를 수 있는 것은 아무것도 없다

진종황제어제 왈 지위식험 종무나망지문
眞宗皇帝御製에 曰 知危識險이면 終無羅網之門이요

거선천현 자유안신지로 시인포덕 내세대지영창
擧善薦賢이면 自有安身之路라. 施仁布德은 乃世代之榮昌이요,

회투보원 여자손지위환
懷妬報寃은 與子孫之爲患이라.

손인이기 종무현달운잉 해중성가 기유구장부귀
損人利己면 終無顯達雲仍이요 害衆成家면 豈有久長富貴리요.

개명이체 개인교어이생 화기상신 개시불인지소
改名異體는 皆因巧語而生이요. 禍起傷身은 皆是不仁之召니라.

위태롭고 험한 것을 알면 법망에 걸리는 일이 없고, 선하고 어진 사람을 천거하면 몸을 편안히 할 수 있다. 어진 일과 덕을 베풀면 대대로 번영을 가져오게 되고, 시기하고 복수할 마음을 품으면 자손에게 화난이 닥친다. 남에게 손해를 끼치고 자기를 이롭게 하면 자손이 뛰어나지 못하고, 많은 사람을 해쳐 자기 집안을 이룬다면 그 부귀는 오래갈 수 없다. 나쁜 이름을 얻고 참혹한 형벌을 받게 되는 것은 모두 교묘한 말 때문이며, 화를 당해서 몸을 다치게 되는 것은 모두 어질지 못함이 불러들인 것이다.

밝고, 옳고, 크고, 착하고, 빛나고, 아름답고, 부드러운 마음씨와 행실을 통틀어 덕德이라고 한다. 사람은 누구나 덕을 지니고 태어났다. 그러나 살아가면서 이 덕성의 품목들을 하나씩 잊어버리거나 아니면 영혼에서 분리시켜 쓰레기 더미에 던져 버렸다.

어떤 사람들은 이러한 덕성을 송두리째 들어내 폐기시켜 버림으로써 스스로 악명을 높이는가 하면, 또 어떤 사람들은 이 모든 덕성을 자기 자

신을 위장시키는 도구로 삼는 것도 서슴지 않는다.

두 소년이 고기를 사기 위해 푸줏간으로 들어갔다. 푸줏간 주인이 등을 돌렸을 때, 한 소년이 고기의 내장을 슬쩍해서 옆에 서 있는 친구의 호주머니에 집어넣었다. 몸을 돌린 푸줏간 주인은 내장이 없어진 것을 보고 두 소년을 크게 나무랐다. 그러자 도둑질한 소년은 자신은 절대로 그것을 가지고 있지 않다고 주인에게 맹세했고, 그 내장을 가지고 있는 소년은 자기는 절대 훔친 일이 없다고 맹세했다. 그들의 속임수를 꿰뚫어본 푸줏간 주인이 말했다.

"좋다. 거짓 맹세로 나를 속일 수는 있다. 그러나 하느님만은 결코 속일 수 없다는 것을 깨달을 날이 올 거다."

그 소년들은 얼마나 교묘한 말로 주인을 속이고 있는가? 도둑질한 소년이 내장을 가지고 있지 않은 것은 진실이다. 내장을 가지고 있는 소년은 결코 훔친 적이 없다고 한 맹세 역시 진실이다. 그러나 아무데도 진실은 없다. 그 진실은 어디로 갔는가? 소년들의 어리석음 속으로 숨어 버렸는가? 아니면 그들의 영악함 속으로 숨어 버렸는가? 그것도 아니면 푸줏간 주인의 억울함 속으로 숨어 버렸는가? 아리스토텔레스가 말했다.

"덕을 아는 것만으론 충분하지 않다. 우리들은 그것을 가지려고, 또는 그것을 이용하려고, 혹은 우리들을 선하게 만들어 줄 어떤 방도를 강구하려고 애쓰지 않으면 안 된다."

164

어제의 잘못을 생각하고 내일의 과오를 근심하라

신 종 황 제 어 제 　 왈 원 비 도 지 재 　 계 과 도 지 주
神宗皇帝御製에 曰 遠非道之財하고 戒過度之酒하며

거 필 택 린 　 교 필 택 우 　 질 투 　 물 기 어 심
居必擇隣하고 交必擇友하며 嫉妬를 勿起於心하고

참 언 　 물 선 어 구 　 골 육 빈 자 　 막 소 　 타 인 부 자 　 막 후
讒言을 勿宣於口하며 骨肉貧者를 莫疎하고 他人富者를 莫厚하며

극 기 　 이 근 검 위 선 　 애 중 　 이 겸 화 위 수
克己는 以勤儉爲先하고 愛衆은 以謙和爲首하며

상 사 이 왕 지 비 　 매 념 미 래 지 구
常思已往之非하고 每念未來之咎하라.

약 의 짐 지 사 언 　 치 가 국 이 가 구
若依朕之斯言이면 治家國而可咎리라.

신종 황제가 이르기를 도리(道理)가 아닌 재물을 멀리하고, 정도에 지나친 술을 경계하며,
반드시 이웃을 가려 사귈 것이며 또한 벗을 가려 사귀도록 하라.
남을 시기하는 마음을 갖지 말며, 참소하는 말을 입에 담지 말며 동기간 중에서 가난한 이를 소홀히 말며,
부자인 타인에게 후하게 하지 마라. 자신을 극복하는 데 있어 근검(勤儉)을 먼저 할 것이며
사람을 사랑하는 데는 겸손과 화평을 첫째로 하라.
언제나 지난날의 잘못을 생각하고 또 앞날의 과오를 근심하라.
참으로 나의 이 말을 따라 준다면 나라와 집안을 다스림이 장구할 것이다.

마크 트웨인은 생명체 중에서 가장 혐오스러운 것으로 인간을 꼽았다. 비열한 악의惡意를 품는 것도 인간뿐이며, 심술궂은 마음을 갖는 것도 오직 인간밖에 없다고 했다. 토인비 역시 인간이야말로 무한히 잔악할 수 있는 힘을 가지고 있다고 했다.

인간을 부정적인 시각으로만 본다면 끝이 없다. 서로가 서로를 배반하고 시기하고 질투하고, 또 죽음으로까지 내모는 인간의 비정함은 끝 간 데 없다. 그러나 다시 한 번 생각해 보면 인간이기 때문에 그렇게 행동할 수 있는 것이다. 인간이 아니면 그런 행위를 할 수 없을 뿐만 아니라 행위 자체를 생각해 낼 수도 없을 것이다.

인간이야말로 혐오스럽지 않기 때문에 혐오스러울 수 있는 것이며, 보다 선의적善意的인 본질을 갖고 있기 때문에 비열한 악의도 품을 수 있는 것이다. 참으로 심술궂지 않기 때문에 심술궂을 수 있는 것이며 잔악하지 못하기 때문에 무한히 잔악할 수 있는 것이다. 니체가 말했다.

"인간에게 비친 원숭이는 무엇인가? 그것은 하나의 웃음거리, 고통으로 가득 찬 하나의 치욕이다. 초인超人에게 비친 인간의 모습이 바로 그것이다. 하나의 웃음거리, 고통으로 가득 찬 하나의 치욕이 아닐 수 없다."

그러나 어쩔 수 없다. 우리는 인간이기 때문이다. 생명체 중에서 가장 자랑스러운 인간일 수 있기 위하여, 가장 훌륭한 선의善意를 품은 인간이기 위하여, 우리는 우리의 삶을 아름답게 가꾸어 나가지 않으면 안 된다.

자, '나'라고 말할 수 있는 동물을 인간이 아니라면 어디서 찾을 수 있겠는가? '나'라고 외칠 수 있는 용기를 위하여, 지금으로부터 우리는 무엇을 어떻게 하면서 살아갈 것인지를 곰곰이 생각해 보지 않으면 안 된다. 어제의 잘못을 깊이 생각하고 내일의 과오를 깊이 근심하라.

165

진실을 바탕으로 한 삶은 외롭지 않다

고종황제어제 왈 일성지화 능소만경지신
高宗皇帝御製에 曰, 一星之火가 能燒萬頃之薪하고

반구비언 오손평생지덕 신피일루 상사직녀지로
半句非言도 誤損平生之德이라. 身被一縷나 常思織女之勞하고

일식삼손 매념농부지고 구탐투손 종무십재안강
日食三飧이나 每念農夫之苦하라. 苟貪妬損은 終無十載安康하고

적선존인 필유영화후예
積善存仁이면 必有榮華後裔니라.

복연선경 다인적행이생 입성초범 진시진실이득
福緣善慶은 多因積行而生이요 入聖超凡은 盡是眞實而得이니라.

고종 황제가 이르기를
한 점의 불티도 많은 섶 더미를 태울 수 있고 반마디의 잘못된 말이 평생의 덕(德)을 손상시킨다.
몸에 한 가닥의 실오라기를 걸쳐도 항상 베 짜는 여자의 노고를 생각하고
하루 세 끼의 밥을 먹거든 농부의 노고를 생각하라.
구차하게 탐내고 시기해서 남에게 손해를 끼친다면 10년의 편안함도 없게 되고,
선(善)을 쌓고 인(仁)을 보존하면 반드시 후손들에게 영화가 있다.
행복과 경사는 대부분이 선행을 쌓는 데 생기고,
범용(凡庸)을 초월해서 성인의 경지에 들어가는 것은 모두 진실함에서 얻어진다.

진실眞實에는 모든 미덕美德이 담겨 있어 악덕이 비집고 들어설 자리가 없다. 진실 속에서 일체의 덕행은 마치 잘 닦은 길처럼 펼쳐져 있다. 진실을 바탕으로 한 삶은 결코 외롭지 않다. 때로는 외로운 것처럼 보여도 그것은 외로움이 아니다. 진실 속에는 언제나 우정과 평화가 그 괴로움을 함께하고 있기 때문이다. 노동처럼 진실한 것은 다시 없다. 베 짜는 여자

의 노고를 생각해 본 적이 있는가? 노동이야말로 얼마나 성스러운 것이며 얼마나 아름다운 것인가.

배고픈 갈까마귀가 무화과나무 위에 걸터 앉아 아직 딴딴한 무화과 열매가 익기를 기다렸다. 갈까마귀가 무화과나무의 붙박이가 된 것을 본 여우가 그 까닭을 물었다. 사연을 듣고 난 여우가 큰 소리로 말했다.

"희망에 온통 정신을 빼앗기는 것은 잘못이네. 희망은 자네를 속일 수 있을 뿐, 배를 채워 주지는 않을 것이네."

페스탈로치가 말했다.

"그대가 맑고 결백한 마음을 간직했다면 열 개의 진주 목걸이보다도 더 한 빛이 될 것이다. 비록 그대가 지금 불행한 환경에 처해 있더라도 마음이 진실하다면, 아직 힘찬 행복을 간직하고 있는 것이다. 진실한 마음에서만 인생을 헤어날 힘찬 지혜가 우러나오기 때문이다. 아무리 그대가 지위 있고 지식이 많아도 인간의 진실을 잃는다면 지위도 지식도 그대의 몸에 남아 있지 못할 것이다."

모든 진실은 항상 아주 작은 것에서부터 비롯한다. 한 점의 불티, 한 마디의 말, 한 올의 실오라기, 한 톨의 쌀알 같은 데서 진실은 비롯되고 끝을 맺는다. 노동이야말로 행복의 법칙이며 진실이다. 무엇 하나도 함부로 다룰 것이 없고, 함부로 버릴 것이 없다.

그대의 몸을 옭아매고 있는 구두끈에서부터 시계, 각종 액세서리에 이르기까지 그것들이 그대의 진실을 옭아매고 있지는 않은지 점검해 보라.

166

그 사람을 알고 싶으면 그의 친구를 보라

왕량 왈 욕지기군 선시기신
王良이 曰 欲知其君인댄 先視其臣하고

욕식기인 선시기우 욕지기부 선시기자
欲識其人인댄 先視其友하고 欲知其父인댄 先視其子하라.

군성신충 부자자효
君聖臣忠하고 父慈子孝니라.

그 임금을 알고 싶으면 먼저 신하를 보고, 그 사람을 알고 싶으면 먼저 친구를 볼 것이며, 그 아버지를 알고 싶으면 먼저 자식을 보라. 임금이 거룩하면 신하가 충성스럽고 아버지가 인자하면 자식이 효성스럽다.

나귀를 사려는 사람이 사고 싶은 나귀 한 마리를 시험해 보겠다며 자기 집 구유 앞에 다른 나귀들과 함께 세워 놓았다. 데려온 나귀는 다른 나귀들에게 등을 돌렸지만 딱 한 마리, 가장 게으르고 욕심 많은 나귀 옆에 가서 가만히 서 있었다. 그러자 그 사람은 두말없이 나귀에게 고삐를 얹더니 주인에게 돌려 주었다. 주인이 잘 시험해 보았느냐고 묻자 그가 대답했다.

"더 이상 시험해 볼 필요가 없소. 이 나귀가 자기 짝패라고 골라낸 나귀와 똑같다고 확신하니까요."

사람의 인품이란 그가 즐겨 사귀는 친구의 인품으로 판단된다. 참된 친구란 또 다른 자기일 수 있기 때문이다. 훌륭한 지도자 주위엔 틀림없이 훌륭한 사람이 있다. 또 인자한 아버지에겐 틀림없이 효성스러운 자식이 있기 마련이다. 유태인의 격언 중에 이런 것이 있다.

"친구에는 세 가지 종류가 있다. 첫째는 음식과 같은 친구로, 매일같이 빠져서는 안 된다. 둘째는 약藥과 같은 친구로, 이따금만 있어야 한다. 셋째는 병病과 같은 친구로, 이런 이는 피하지 않으면 안 된다."

그래서 친구도 골라서 사귀게 된다. 무턱대고 내 속을 한꺼번에 던져 줄 수는 없는 일이 아니겠는가. 친구 찾기에 게을리하지 말라. 세상을 살아가는 일에 누구보다 필요한 존재다.

167

물이 너무 맑으면 고기가 없다

가어　운 수지청즉무어　인지찰즉무도
家語에 云 水至清則無魚하고 人知察則無徒니라.

물이 너무 맑으면 고기가 없고, 사람이 너무 따지면 친구가 없다.

굴원屈原은 초楚나라의 귀족으로, 풍부한 상상력과 뛰어난 창작력을 가진 천재 작가였다. 그의 생애에 관한 기록으로 『사기史記』의 「굴원전屈原傳」이 있다. 그는 나라의 장래를 걱정하여 왕에게 무수한 간언을 했지만 조금도 받아들여지지 않았을 뿐만 아니라 오히려 귀양 가는 신세가 되고 말았다. 그는 성품이 너무 고결하여 세속 사람들과 쉽게 어울리지 못했다. 귀양살이를 하고 있는 굴원에게 한 어부가 말을 걸어 왔다.

"당신은 그 유명한 삼려대부三閭大夫가 아니십니까? 어쩌다 이 지경까지 이르시게 되셨습니까?"

그러자 굴원이 대답했다.

"온 세상이 혼탁한데 나 혼자만 맑았기 때문이오. 많은 사람들이 술에 취해 있는데 나 혼자만 깨어 있었기 때문이오."

그러자 어부가 혀를 차며 말했다.

"성인도 시속을 따른다고 했습니다. 세상이 혼탁하면 그 흐름에 휩쓸리는 척해야 하고, 모두 취해 있다면 나도 취한 척하고 지내야 한답니다."

다시 굴원이 그 말에 대답했다.

"누가 깨끗한 몸에 더러운 것을 묻히려 하겠소. 그럴 바엔 차라리 저 강물에 뛰어들어 물고기의 배 속에 내 몸을 장사 지내리!"

그러고는 「회사부懷沙賦」를 짓고 강물에 뛰어들어 자살했다.

세상은 많은 사람이 함께 어우러져 산다. 너무 두드러져도 안 되고 나 혼자 깨끗해서도 안 된다. 물은 깊을수록 소리가 없다. 장 콕토가 말했다.

"진실로 속이 깊은 사람은 아래로 파고들며 올라가는 일이 없다. 그가 죽은 뒤 사람들은 묻혀 버린 그 기둥을 한꺼번에 모두, 혹은 조금씩 발견하게 되는 것이다."

물이 너무 맑으면 고기가 없다. 사람들은 사람이 많은 곳에 모인다. 사람이 많이 모이는 곳일수록 인정이 있고 의리가 있고 진리가 있다. 스스로 그대를 외톨이로 만들지 마라. 그것은 삶을 거부하는 몸짓이다. 성큼 그대의 삶 속으로 들어가라. 그리하여 그대 주위에 보다 많은 사람들이 모이도록 만들어 나가라. 사람들이 언제나 그대 편이라고 의식하라.

168
아무리 어진 사람도 미워하는 무리가 있다

허경종 왈 춘우여고 행인 오기니녕
許敬宗이 曰 春雨如膏나 行人은 惡其泥濘하고

추월양휘 도자 증기조감
秋月楊輝나 盜者는 憎其照鑑이니라.

봄비가 기름 같지만 행인은 그 진창길을 싫어하고,
가을 달은 밝고 아름답지만 도둑은 그 밝음을 싫어한다.

봄비처럼 귀한 것은 없다. 그것은 모든 곡식의 싹을 트게 할 뿐만 아니라 꽃과 나무의 성장에 없어서는 안 될 귀중한 자양분이 된다. 그러나 그것을 싫어하는 사람이 있다. 질척거리는 흙탕길이 싫고 우산을 들고 다니기가 귀찮은 행인들이다.

가을밤 달빛은 밝기도 유난하지만 아름다움은 더욱 유난스럽다. 그래서 가을밤에는 시가 있고 음악이 있다. 그러나 밝은 달밤을 싫어하는 사람이 있다. 남의 집을 밤중에 드나드는 도둑들이다. 그들이 제일 싫어하는 것은 자신의 모습을 비추는 밝음이기 때문이다.

이기심은 자기에게 이익은 되지 않는 것은 모두 거부한다. 거부할 뿐만 아니라 미워하고 시기하고 질투한다. 사람과 사람 사이에서도 그렇다. 봄비처럼 사회에 꼭 필요한 존재일지라도 자기에게 조금만 해가 미치거나,

자기와 별 상관이 없다 싶으면 무조건 부정적이다. 누군가가 이런 말을 했다.

"남이 어떤 일을 하는데 시간이 걸리면 게을러서이고, 내가 시간이 걸리면 철두철미하기 때문이다. 남이 일을 하지 않으면 게을러서이고, 나는 바빠서이다. 누가 하라지 않는데 하면 그는 월권이고 나는 진취의 기상이 있어서이다. 남이 강력한 주장을 하면 그 사람은 고집스러운 것이고, 내가 하면 단호한 의견이다. 남이 예절에서 벗어나면 배우지 못한 탓이고, 내가 그러면 내 할 일 내가 하고 있기 때문이다."

169

선善을 분명하게 보고 마음을 맑게 쓰라

경 행 록 　 운 대 장 부 견 선 명 고 　 중 명 절 어 태 산
景行錄에 云 大丈夫見善明故로 重名節於泰山하고
용 심 　 정 교 　 경 사 생 어 홍 모
用心이 精故로 輕死生於鴻毛니라.

대장부는 선(善)을 분명하게 보기 때문에 명분과 절의를 태산보다 중히 여기고,
마음 씀이 또한 맑기 때문에 죽고 사는 것을 기러기의 털보다도 가볍게 여긴다.

사람들은 훌륭한 명분을 살리기 위하여, 절의節義를 위하여 죽음 앞으로 자신을 과감히 밀어 보낸다. 죽음으로써 살아남기 위해서다. 죽음이라는 무無를 통하여 되살아나기 위해서다. 그래서 성경에서는 이런 말로 우리에게 교훈을 준다.

"정말 잘 들어 두어라. 밀알 하나가 땅에 떨어져 죽지 않으면 한 알 그대로 남아 있고 죽으면 많은 열매를 맺는다. 누구든지 자기 목숨을 아끼는 사람은 잃을 것이며, 자기 목숨을 미워하는 사람은 생을 보존하며 영원히 살게 될 것이다."

한 알의 밀알, 그것이 선善이다. 그 밀알은 성서 속에만 존재하는 것이 아니다. 우리들의 삶 속에서 공기처럼 떠돌고 있다. 사람들이 선택하지 않을 뿐이다. 사람들마다 그 밀알을 자기 것으로 하지 않고 있을 뿐이다.

삶 구석구석에서 그 밀알들은 사람들의 손길을, 아니 그 마음을 기다린다. 어떠한 것도 자연이라는 조물주의 손에서 나올 때는 선善이었다고 루소가 말하지 않았던가. 우리들은 처음부터 그 한 알의 밀알이었다. 에우리피데스가 말했다.

"누가 아느냐? 이 세상의 삶은 죽음과 다름없고 죽음이야말로 진정한 삶일지."

170

남을 도울 줄 아는 사람이 되라

민인지흉　　낙인지선　　제인지급　　구인지위
悶人之凶하고 樂人之善하며 濟人之急하고 救人之危니라.

남의 흉함을 민망하게 여기고, 남의 선함을 즐겁게 여기며, 남의 급함을 도와주고, 남의 위태로움을 구하여 주라.

타인他人의 타他는 사람 인人에 이끼 야也를 합쳐 이루어진 글자이다. 그리고 이끼 야也는 벌레 충虫과 같이 뱀의 모양을 본뜬 글자이다. 그래서 타인 그대로 직역하면 '뱀같이 쌀쌀스러운 사람'을 뜻한다.

타인이란 내가 아니라 남이다. 남이란 말은 항상 거리감이 있다. 어딘가 낯설고 불편하다. '남의 염병이 내 고뿔만 못하다'는 속담이 있다. 자기의 어려움은 작은 것이라도 중대하게 생각하고 남의 큰 위험은 조금도 동정하지 않는다는 뜻이다. 라즈니쉬는 이렇게 말한다.

"낯선 사람은 아무도 없다. 아니, 모두가 낯선 사람들일지도 모른다. 마음을 나눈다면 아무도 낯선 사람이 아니지만, 마음을 나누지 않는다면 모두가 낯선 사람들이다."

나와 타인 사이에는 마음이라는 훌륭한 다리가 있다. 선善과 덕德으로 튼튼하게 무장된 그런 다리가 마음이다. 마음을 터놓을 수만 있다면 서로가 서로에게 낯설지 않다. 그대 속에 있는 타인을 감싸라. 그것이 그대를 감싸는 울타리가 된다.

171
뒤에서 하는 말은 믿을 수가 없다

경목지사　공미개진　배후지언　기족심신
經目之事도 恐未皆眞이어늘 背後之言을 豈足深信이리오.

눈으로 직접 본 일도 참된 일일까 하고 두려워하는데 등 뒤에서 하는 말을 어찌 믿을 수 있겠는가?

남을 비난하거나 중상하는 말은 흔히 그 모습을 잘 드러내지 않는다. 그런 말들은 대개 뒷골목의 시궁창을 드나들며 그와 유사한 사람들에게 속삭이듯 전한다. 남을 비방하는 말들을 마치 사실인 것처럼 떠벌린다.

한漢나라 때 성품이 곧고 너그럽기로 소문난 직불의直不疑란 사람이 있었다. 그의 명성이 점점 높아지자 이를 시기한 사람이 그를 모함했다.

"직불의는 성품이 뛰어나지만 한 가지 흠이 있습니다. 그가 그의 형수와 간통했다는 사실은 모르고 계시겠지요."

그러자 직불의는 소문의 근원지를 찾아가 이렇게 말했다.

"내게는 형이 없습니다. 계시지 않는 형수와 정을 통할 수도 있습니까?"

모함하거나 중상하기를 좋아하는 사람의 입에는 대개 눈에 보이지 않는 덫이 하나쯤 놓여 있다. 그들은 스스로 덫을 놓아 둔 걸 잊고 지낸다. 그러다가 그 덫에 제 자신이 걸려들기 일쑤다. 중상과 모략을 이겨 내는 길은 그것을 경멸하는 길밖에 없다. 말하는 사람을 경멸하고, 중상과 모략 그 자체를 경멸하라. 끝없이 경멸하라.

172

어리석은 자가 남을 탓하려 든다

불한자가급승단　지한타가고정심
不恨自家汲繩短이요 只恨他家苦井深이로다.

자기 집 두레박 줄이 짧은 것은 탓하지 않고 남의 집 우물 깊은 것만 탓한다.

"어찌하여 너는 형제의 눈 속에 있는 티는 보면서, 제 눈 속에 있는 들보는 보지 못하느냐."

마태복음에 나오는 구절이다. 사람들은 누구나 자기 눈 속에 있는 들보는 깨닫지 못하면서 남의 눈 속에 있는 티끌 한 점은 어떻게 해서라도 찾아내고야 만다.

취모멱자吹毛覓疵란 말이 있다. 털을 헤치며 흉터를 찾는다는 뜻으로, 남의 잘못을 꼬치꼬치 캐어서 찾아내는 것을 비유하는 말이다. '그슬린 돼지가 달아맨 돼지 타령한다'는 것은 자기 흉은 모르고 남의 흉만 탈을 잡고 나무란다는 뜻이다. '가랑잎이 솔잎더러 바스락거린다고 한다'는 말도 같은 뜻으로 쓰인다. 참으로 사람들은 남의 흉이 한 가지면 제 흉이 열 가지라는 사실을 까마득히 잊고 있는 것만 같다. 『탈무드』에 이런 말이 적혀 있다.

"자기의 잘못을 의식하는 것처럼 마음이 가벼워지는 일은 없다. 또한 자기가 옳다는 것을 인정하는 것처럼 마음이 무거운 것은 없다."

모든 잘못과 고습도치는 바늘 없이 태어난다고 하지 않던가. 모든 과오에는 뚜렷한 의도가 없을 뿐만 아니라 적의敵意도 없다. 무엇이 두려우며 무엇이 쑥스러운가? 『법구경法句經』의 가르침에 귀를 기울이라.

"사람이 먼저는 잘못이 있더라도, 뒤에 다시 저지르지 않으면 그는 달이 구름에서 나온 것처럼 능히 이 세상을 비추리라."

173

죄를 짓는 사람은 그 죄를 먹지 않을 수 없다

장람 만천하 죄구박복인
贓濫이 滿天下하되 罪狗薄福人이니라.

뇌물을 받고 부정을 저지르는 자가 세상에 가득하지만 죄는 박복한 사람에게 걸린다.

죄罪가 강변을 산책하고 있으면 벌罰은 저만치서 나룻배를 갖다 대려 한다. 죄가 술잔에 입술을 갖다 대려 하면 벌은 저만치서 노래를 부르며 춤을 춘다. 죄는 벌에게서 아주 멀리 떨어지려고 애쓰지만 벌은 죄의 그림자가 되어 뒤쫓는다. 죄와 벌은 동시同時가 아니지만 언제나 함께 있다. 에머슨이 말했다.

"죄와 벌은 같은 줄기에서 자란다. 벌이란 향락의 꽃이 그 속에 숨기고 있었던 것을 모르는 사이에 익혀 버린 과일이다. 넓은 세상에 죄인이 숨을 자리는 없다. 죄를 지으면 이 세상은 유리로 만들어져 있음을 알게 될 것이다."

세상에는 부정을 저지르는 자가 수없이 많다. 뇌물을 받는다든가, 남의 것을 훔친다든가, 혹은 교묘한 말로 남을 속여 자기의 이익을 챙기기도 한다. 그러면서도 어떤 사람은 벌을 받게 되고 또 어떤 사람은 교묘하게 법망을 빠져나가는 경우도 있다.

‘등겨 먹던 개는 들키고 쌀 먹던 개는 안 들킨다’는 속담이 있다. 또 ‘큰 고기는 다 빠져나가고 송사리만 걸려들었다’는 말도 있다. 크게 나쁜 일을 한 자는 교묘히 빠져나가고, 그보다 경미한 죄를 지은 사람은 남의 죄까지 뒤집어쓰고 의심받게 되는 것을 일컫는다. 세상에는 그런 경우가 가끔 있다. 그래서 많은 사람들의 지탄에 대상이 되기도 하지만, 잠시 빠져나갈 수 있었던 사람도 언젠가는 법의 심판을 받는다. 역시 죄는 지은 대로 가고 덕德은 닦은 대로 간다.

174

나쁜 아내는 남편이 탄 배를 난파시킨다

장원시 운 국정천심순 관청민자안

壯元詩에 云 國正天心順이요 官淸民自安이라.

처현부화소 자효부심관

妻賢夫禍少요 子孝父心寬이니라.

나라가 바르면 하늘도 순하고, 관리가 청백하면 백성은 저절로 편안해진다.
아내가 어질면 남편이 화가 적고, 자식이 효성스러우면 아버지의 마음이 너그럽다.

하루는 어떤 부인이 성 빈첸시오 신부를 찾아와 수심에 가득 찬 얼굴로 말했다.

"빈첸시오님, 저는 더 이상 남편과 같이 살지 못하겠습니다. 남편의 신경질은 지나침을 넘었습니다. 어떻게 하면 우리 가정이 다시 화목해질 수 있겠습니까?"

빈첸시오는 조용히 생각에 잠겼다가 입을 열었다.

"우리 수도원 앞뜰에 작은 우물이 하나 있답니다. 수위에게 가서 그 우물물을 좀 얻어 가십시오. 그리고 남편이 집에 돌아오시면 그 물을 얼른 한 모금 입에 머금으십시오. 삼켜서는 안 됩니다. 그러면 놀라운 일이 일어날 것입니다."

부인은 수도원의 물을 얻어서 집으로 돌아갔다. 그날 밤 늦게서야 귀가

한 남편은 또 여느 때처럼 부인에게 불평을 늘어놓기 시작했다. 전날 같았으면 부인도 마구 달려들었겠지만 그녀는 빈첸시오의 가르침대로 성수를 얼른 입에 가득 물었다. 그리고 물이 새지 않도록 입을 꼭 다물었다. 그러자 남편의 떠드는 소리가 점차 잠잠해졌다. 그날 밤 부부는 다투지 않고 무사히 밤을 보낼 수 있었다. 그날부터 부인은 남편이 신경질을 부릴 때마다 성수를 입 안 가득 물곤 했다. 그것을 여러 차례 반복하는 동안 남편의 행동은 눈에 띄게 변했다. 신경질은 줄어들었고, 오히려 부인에게 친절하게 대해 주었다. 부인은 남편의 달라진 태도에 무척이나 기뻐하며 빈첸시오를 찾아가 감사 인사를 드렸다. 그러자 빈첸시오는 부드러운 미소를 머금으며 말했다.

"기적을 일으킨 것은 수도원 앞뜰의 우물물이 아닙니다. 당신의 침묵이죠. 당신의 침묵이 남편을 부드럽게 한 것뿐입니다."

존 밀턴이 말했다.

"너희는 혼자 가는 것이 아니고 남편과 함께 간다. 너희는 그에게 따르게 되어 있다. 그가 멈추는 곳을 고향이라 생각하라."

나쁜 아내는 남편이 탄 배를 난파시킨다. 그러나 좋은 아내는 남편이 탄 배의 돛이 되어 남편을 항해시킨다.

175

정상正常이 아닌 삶은 삶이 아니다

천약개상 불풍즉우 인약개상 불병즉사
天若改常이면 不風卽雨요 人若改常이면 不病卽死니라.

하늘이 만약 정상(正常)을 잃으면 바람 없이 비가 오고,
사람이 만약 정상이 아니면 병(病) 없이 죽음을 당한다.

정상적인 삶이란 바르고 떳떳한 삶이다. 많은 사람들이 정상적인 삶에 의존하여 평탄하고 안정된 나름대로의 행복을 인식하며 살아간다.

하늘은 가끔 급격한 기상의 변화로, 그야말로 정상이 아닌 모습들을 보여 준다. 마른하늘에 벼락이 친다거나 쨍쨍한 햇볕이 비치는 중에 비가 내리기도 한다. 그러나 대개의 하늘은 언제나 평온하다. 구름이 하늘을 흐르고 햇볕은 빛나며, 밤이면 달과 별들이 번갈아 하늘을 수놓는다.

마찬가지로 사람에게도 정상이 아닐 때가 있다. 평탄하고 안정된 삶을 살아가는 가운데서 돌발 사태를 만나는 경우가 있다. 그런 경우까지를 일컬어 정상이 아니란 표현은 적절치 못하다. 하지만 평생을 비정상적으로 살아가는 사람들이 있는데 그들이 예상보다 많다는 사실은 우리를 비감하게 만든다. 그대는 어떤가? 하늘이 정상을 잃으면 바람 없이 비가 오고, 사람이 정상을 잃으면 병 없이 죽음을 당한다. 정상이 아닌 삶은 삶이 아님을 잊지 마라.

176
좋은 충고는 등대와 같다

자왈 목종승즉직 인수간즉성
子曰 木縱繩則直하고 人受諫則聖이니라.

나무가 먹줄을 좇으면 곧고, 사람이 간언(諫言)을 들으면 거룩하게 된다.

남의 충고를 들을 줄 아는 사람이라면 이미 그 사람은 충고가 필요 없는지도 모른다. 상대의 잘못을 낱낱이 파헤치며 꾸밈없이 말해 주는 사람은 많지 않다. 대개 감사는커녕 봉변을 당하기가 십중팔구이기 때문이다.

정문일침頂門一針이라는 말이 있다. '정수리에 침 한 대를 놓는다'는 뜻으로, 아주 적절한 충고를 일컫는 말이다. 그러나 사람들은 그러한 정문일침에 낯을 붉힌다. 부끄러워서 붉히는 것이 아니라 오히려 화를 낸다. 꿀도 약이라면 쓰다고 했다. 충고는 현명한 사람일수록 마음속 깊이 스며들지만 악인들의 귀에는 스치고 지나갈 뿐이다. 알랭은 이렇게 말했다.

"상대방의 나쁜 상태를 일부러 지적하지 마라. 나쁜 상태보다 좋은 상태, 희망적인 상태를 말해 주어라. 충고를 듣고 애써 고치는 수도 있지만 대부분은 그 나쁜 상태가 폭발적으로 확대되는 경우가 많다."

충고는 좋은 상태에서 희망적인 상태를 얘기해 주는 것이 좋다. 그러나 충고를 듣는 사람은 어느 경우라도 들을 줄 아는 귀를 가져야 한다. 그대의 귀를 열어 두라. 그것이 용기이며 지혜이다.

177

완전한 소유란 어디에도 없다

일파청산경색유　　　전인전토후인수
一派靑山景色幽러니 前人田土後人收라.

후인수득막환희　　　갱유수인재후두
後人收得莫歡喜하라 更有收人在後頭니라.

한 줄기 청산(靑山)의 경치가 그윽한데 문득 앞사람의 전답을 뒷사람이 차지하네.
뒷사람은 차지했다 해서 기뻐하지 마라. 다시 차지할 사람이 바로 뒤에 있다.

"우리는 좀처럼 이미 가진 것에 대해서는 생각하지 않고 언제나 없는 것만 생각한다."

쇼펜하우어가 한 말이다. 자기에게 없는 것은 계속 이어진다. 그것은 끝이 없다. 이미 가진 것은 소유욕이라는 포대기로 덮어 두고 계속해서 없는 것만 눈을 밝히며 찾아나서는 행렬, 그것이 탐욕이다. 내가 가진 것만으로 만족할 수 없는 마음은 내 것이 아닌 것들을 향해 손을 뻗는다. 그 욕심이야말로 어디까지 갈 수 있을 것인가? 소유함으로 욕망을 채우려는 사람은 지푸라기를 가지고 불을 끄려는 것과 같다. 얼마나 허황한 것이며 얼마나 허망된 것인가.

사자와 곰이 새끼 사슴을 사이에 놓고 싸웠다. 얼마나 지독하게 서로를 물고 뜯었던지 모두가 의식을 잃고 반송장이 되어 드러누웠다. 그때 그곳을 지나가던 여우가 새끼 사슴을 가운데 두고 쓰러져 있는 그들을 힐끗 쳐다본 다음, 새끼 사슴을 통째로 물고 서둘러 사라졌다. 일어날 기력마저 상실한 사자와 곰은 서로 마주 보며 합창하듯 말했다.

"여우 좋은 일 시키려고 이 고생을 하다니……."

앞사람의 전답을 뒷사람이 차지했지만, 다시 차지할 사람은 바로 뒤에서 있는 법이다.

소로가 말했다.

"그대 마음속에서 얻은 것이 진정 그대의 소유물이다."

178
까닭 없이 얻은 것은 잃은 것과 같다

蘇東坡曰(소동파왈) 無故而得千金(무고이득천금)이면 不有大福(불유대복)이요 必有大禍(필유대화)니라.

까닭 없이 천금을 얻은 것은, 큰 복을 얻은 것이 아니라 큰 화(禍)를 얻은 것이다.

중국 전국시대의 연릉계자延陵季子라는 사람이 있었다. 어느 날 길을 가다가 황금 덩어리를 발견했다. 주위를 둘러보니 어떤 사람이 한여름인데도 가죽옷을 입은 채 나무를 하는 모습이 눈에 띄었다. 그 사람에게 황금 덩어리를 가리키며 가지라고 했다. 그러자 그가 눈을 부릅뜨며 말했다.

"당신은 줍지 않으면서 왜 내게 치사한 일을 시키는가? 비록 가난하여 아직도 겨울옷을 입고 있지만 그 화근 덩어리를 좋아할 줄 알았는가?"

그는 이미 알고 있었던 것이다. 까닭 없이 얻은 천금은 복이 아닌 화근이라는 것을. 벌어 오는 재물은 바닥 없는 바다이지만 주워 오는 재물은 보이지 않는 늪이란 걸 알고 있었던 것이다. 소로가 말했다.

"인간의 대부분은 흙 속으로 들어가 비료가 된다. 그런데도 사람들은 별의별 재물들을 모으기에 급급하다. 그러한 생활을 미리는 모르더라도 끝장에는 알게 되듯이 어리석은 모든 사람의 생활도 이와 같은 것이다."

그대 힘의 저울을 거치지 않고 얻어진 것을 조심하라. 그대 양심의 샘물에 발을 닦지 않은 모든 재물을 조심하라.

179
조금이라도 남을 해치지 마라

강절소선생 왈 유인 내문복 여하시화복
康節邵先生이 曰 有人이 來問卜하되 如何是禍福고,

아휴인시화 인휴아시복
我虧人是禍요 人虧我是福이니라.

어떤 사람이 찾아와서 앞날의 일을 물었다. "어떻게 하는 것이 화(禍)가 되고 어떻게 하는 것이 복(福)이 됩니까?"
내가 남을 해롭게 하는 것이 화가 되고 남이 나를 해롭게 하는 것은 복이라고 답했다.

소크라테스는 행복을 자기 자신 이외의 것에서 발견하려는 사람은 그릇된 사람이라고 했다. 그는 또한 다음과 같이 말했다.

"잘 되겠다고 노력하는 그 이상으로 잘 사는 방법은 없으며, 실제로 잘 되어 간다고 느끼는 그 이상으로 큰 만족은 없다. 이것은 내가 오늘까지 살아오며 경험하는 행복이며, 그것이 행복인 것은 내 양심이 증명해 준다."

행복과 불행은 모두 그대 마음속에 있을 뿐이다. 그대에게 맡겨진 삶을 순리대로 살아가면 그것이 곧 행복을 만나는 지름길이 될 것이며 그와 정반대로 살아가는 삶은 불행을 만나는 첩경이 될 뿐이다.

복福을 좇아갈 생각만 하지 말고 그 복을 만들기에 주력하라. 화禍를 피하려고만 들지 말고 복을 만들려고 노력하라. 남을 해치지 마라. 그러면 행복의 씨앗은 그대 내부로부터 서서히 싹을 틔운다. 그대 자신만이 그대의 행복을 창조할 수 있다는 사실에 명심하라. 그리고 나아가라.

180

지금 소유한 것에서 만족할 줄 알라

大廈千間(대하천간)이라도 夜臥八尺(야와팔척)이요
良田萬頃(양전만경)이라도 日食二升(일식이승)이니라.

큰 집이 천 칸이라도 밤에 잠들 곳은 여덟 자뿐이다.
좋은 농토가 만 경이라도 하루에 먹는 것은 두 되뿐이다.

재산이란 개인이나 가정, 단체가 소유하는 모든 재물을 말한다. 그것을 법률적인 것으로 바꾸어 말하면, 금전상의 가치가 있는 유형, 무형의 것 일체를 통칭한다. 사람들은 '금전상의 가치가 있는'것이라면 행복의 조건과는 관계없이 그것들을 모아들이기에만 급급해 한다. 몽테뉴의 『수상록』에 나오는 이야기가 있다.

소디오니시우스에게 그의 부하 한 명이 많은 보물을 땅속에 감춰 두었다고 누군가가 일러 주었다. 그 말을 들은 소디오니시우스는 그 부하에게 보물들을 모조리 가져오라고 명령했다. 그러나 부하는 보물의 절반은 따로 떼어 숨겨 두고 나머지만을 가져왔다.

그 뒤, 그 부하는 다른 도시로 옮겨 숨겨 두었던 보물로 부유한 생활을 영위했다. 더러는 사회의 자선단체에 기부도 하고 어려운 이웃을 돕는 일에 앞장서기도 했다. 이 말을 전해들은 소디오니시우스는 그가 보관하고 있던 보물을 되돌려 주면서 말했다.

"이제는 그자도 재물을 사용할 줄 알게 되었으니 되돌려 주는 것이다."

모든 재물은 고정되어 있으면 녹이 슨다. 그것은 가장 무서운 해악의 녹이다. 재물은 돌아다녀야 그 가치를 발휘한다. 톨스토이가 말했다.

"모든 재물은 똥오줌과 같이 그것이 쌓여 있을 때에는 냄새를 피우고 뿌려졌을 때에는 땅을 기름지게 한다."

181

취한 후에 재차 술 마시지 마라

갈시일적 여감로 취후첨배 불여무

渴時一適은 如甘露요 醉後添盃는 不如無니라.

목마를 때 마시는 한 방울은 달디단 이슬 같고, 취한 후에 술을 더 마시는 것은 마시지 않는 것만 못하다.

술을 예찬하는 사람들도 많지만 술을 경계하고 술의 해악을 얘기하는 사람들도 많다. 그것은 그만큼 술이 인간과 사회의 미치는 영향이 크기 때문이다. 칸트는 『인간학』에서 술을 이렇게 예찬했다.

"술은 입을 경쾌하게 하고 마음을 털어놓게 한다. 술은 하나의 도덕적 성질, 마음의 솔직함을 운반하는 물질이다."

그래서 사람과 사람 사이에는 술이 필요한 것이다. 키케로는 술을 마시지 않는 인간으로부터는 아예 사리 분별을 기대하지 말라고 했고 허버트는 술이 들어가면 지혜가 나온다고 극찬했다. 그 반대의 경우도 많다. '술은 범죄의 아비이며 더러운 것들의 어미'라고 말한 사람은 잉거솔이다. 또 러셀은 음주는 일시적인 자살이라고까지 표현했다.

술이란 인간에게 있어 필요악必要惡인지도 모른다. 술을 마셔서 좋은 점도 많지만 술을 마셔서 나쁜 점들도 이루 헤아릴 수 없을 정도로 많기 때문이다. 적당히 마시면 아무런 문제가 없다. 카뮈가 말했다.

"알코올은 인간의 불을 끄고 그 동물에 불을 붙인다."

182

술이 사람을 취하게 하는 것이 아니다

주 불 취 인 인 자 취 색 불 미 인 인 자 미
酒不醉人人自醉요 色不迷人人自迷니라.

술이 사람을 취하게 하는 것이 아니라 사람이 스스로 취하는 것이다.
여색(女色)이 사람을 미혹시키는 것이 아니라 사람이 스스로 미혹되는 것이다.

유리잔 가득히
호박 빛 액체를 따르라.
진주같이 붉은 것 술통에서 철철철 넘쳐흐르고
용을 삶고 봉황을 구우면 기름이 우는데
병풍 치고 장막 드리우니 우리들 마실 자리.
용龍울음처럼 피리를 불고
악어가죽 북을 치자. 둥둥 두둥둥
계집은 흰 이빨 드러내어 노래하고
계집은 가는 허리 하늘하늘 춤을 추라.
봄도 어느덧 기울려 하느니
보라, 붉은 비처럼 붉은 빗방울처럼 지는 복사꽃.
종일토록 마시고 마시고 취하자.
유령劉伶에겐들 죽은 다음에야 누가 술을 권하리.

중국의 시인 이하李賀의 「장진주將進酒」라는 시다. 이 시의 맨 끝에 나오는 유령은 진나라의 문인으로 죽림칠현竹林七賢의 한 사람이기도 하다. 어떤가? 이 한 편의 시를 읽으면서 그대 역시 취하고 싶은 생각은 없는가? 불현듯 술 생각이 난다거나 여자가 그리워지는 듯한 마음은 들지 않는가? 술과 여자는 그만큼 유혹적이다. 그러니 술과 여자와 아름다운 술자리를 그림 그리듯 그려 놓은 이 한 편의 시를 읽으면서 혹시 그대도 그런 유혹에 이끌리지 않았는지 궁금하다.

술이 사람을 취하게 하는 것이 아니고 사람이 스스로 취하는 것이다. 여색이 사람을 미혹시키는 것이 아니라 사람이 스스로 미혹되는 것이다. 존 스타인벡은 이렇게 고백했다.

"첫맛은 피를 빨아들이는 박쥐처럼 콱 쏘는 것이 마취제 같았으나, 마실수록 차차 단맛이 들고 나중에는 아주 맛이 좋았다."

사람들은 술에 취하면 취할수록 계속해서 술을 찾는다. 마냥 취한 다음 자기를 잃어버린다. 섹스도 마찬가지다. 사람들은 여자에 미치면 미칠수록 계속해서 여자를 좇는다. 깊에 빠진 다음 자기를 잃어버린다. 술과 여자가 주는 쾌락은 언제나 그 밑을 들여다볼 수 없다. 그 속에는 분명한 악의 덫이 놓여 있는 걸 알지만 결코 그 쾌락의 늪에서 빠져나오기란 쉬운 일이 아니다. 주베르는 『팡세』에 이렇게 썼다.

"쾌락은 육체의 어느 한 점의 행복에 불과하다. 참된 행복, 유일한 행복, 완전한 행복은 전체의 평온 속에 있음을 깨달으라."

183

공적公的인 일을 먼저 처리하라

공심　약비사심　하사불판
公心을 若比私心이면 何事不辦이며

도념　약동정념　성불다시
道念을 若同情念이면 成佛多時니라.

공적(公的)인 것을 위하는 마음이 만약 사적(私的)인 것을 위하는 마음에 비할 수 있다면
무슨 일이라도 옳고 그름을 가려낼 수 있다.
도(道)를 향하는 마음이 만약 남녀의 애정과 같다면 얼마든지 부처가 될 수 있다.

신라 성덕왕聖德王 때 노힐부득努肹夫得과 달달박박怛怛朴朴이란 사람이 살았다. 두 사람은 부처가 되기 위한 수행을 하느라 각기 작은 암자에게 수도에만 전념하고 있었다. 어느 해 질 무렵이었다. 스무 살쯤 되어 보이는 예쁜 처녀가 달달박박의 암자를 찾아와 하룻밤만 재워 주기를 간청했다. 그러나 달달박박은 깜짝 놀라면서 말했다.

“암자는 청정을 지키는 곳이오. 결코 젊은 아가씨를 재울 곳이 못 되오. 더 어둡기 전에 다른 곳을 찾아보시오.”

그러고는 소리 나게 문을 닫아 버렸다. 어쩔 수 없이 달달박박의 집을 나온 처녀는 노힐부득의 암자를 찾아가서 애원했다. 노힐부득은 날도 이미 저물었을 뿐만 아니라 이 깊은 산속에서 되돌려 보낼 수도 없는 일이라 생각하고 처녀를 안으로 맞아들였다. 그녀에게 잠자리를 마련해 주고 나서 밤늦게까지 염불만 외고 있었는데 문득 처녀가 가까이 다가와 말했

다.

"스님께 참으로 송구스럽습니다만, 짚자리를 좀 마련해 주실 수는 없겠습니까? 곧 아이가 나올 것 같습니다."

노힐부득은 가엾은 생각이 들어 짚자리를 마련해 주고 목욕물까지 데워 주었다. 그러자 그녀는 조금도 부끄러움을 모르는 듯 목욕을 하기 시작했으며 이윽고 등까지 밀어 달라고 떼를 쓰는 것이었다. 노힐부득은 참으로 난처한 일이었지만 그녀의 부탁을 들어 주기로 했다. 그녀의 등을 밀어 주기 위해 그녀의 알몸에 손을 대는 순간 피부가 찬란한 금빛으로 변하기 시작했다. 처녀는 노힐부득에게 말했다.

"나는 관음보살이오. 나는 그대가 부처되는 것을 도와주러 왔소."

그녀는 곧 흔적도 없이 사라졌고 노힐부득만 연대 위에 앉아 찬란한 빛을 내고 있었다.

184

손님으로 오래 머물면 실례가 된다

구주영인천 빈래친야소
久住令人賤이요 頻來親也疎라.

단간삼오일 상견불여초
但看三五日에 相見不如初라.

오래 머물면 사람이 천하게 되고, 자주 찾아가면 친한 것도 멀어진다.
어쩌면 사흘이나 닷새 만에 서로 만나는 것도 처음 같지가 않다.

어떤 사람이 말을 타고 오랜만에 친구의 집을 찾아갔다. 주인은 귀한 손님이 오셨다며 술상을 차려 내왔다. 술잔을 권하면서 주인이 말했다.

"시장이 너무 멀리 떨어져 있어 고기도 사 오지 못했네. 채소밖에 없긴 하지만 안주랍시고 좀 들어 보시게."

손님은 술잔을 쭈욱 들이킨 다음 마당을 한번 훑어보았다. 어린 햇닭 몇 마리가 모이를 먹고 있는 게 보였다. 손님이 능청스럽게 말했다.

"시장이 그렇게 멀다니…… 그렇다면 내가 타고 온 말을 잡아서 안주를 하는 게 어떻겠나?"

그러자 주인은 당황한 기색을 감추지 못하며 대답했다.

"그럼 돌아가실 땐 무얼 타고 가시겠는가?"

손님이 대답했다.

"자네 집 햇닭을 빌어 타고 가지 뭘."

반갑고 좋은 손님을 가빈嘉賓이라 한다. 또 아주 가깝고 반가운 손님을 입막지빈入幕之賓이라 부르기도 한다. 침실에 친 장막 속까지 들어오는 손님이라는 뜻이다. 그러나 웬만해서는 '가빈'이나 '입막지빈'의 대접을 받기는 쉽지 않다. 그것이 인심이지만, 소홀한 대접을 받게 되는 것은 바로 그 당사자에게도 문제가 있기 때문이다.

손님으로 가서 푸대접을 받는다는 것은 작지 않은 상처일 수 있다. 손님이란 환영받을 수 있는 손님이라야 아름답다. 손님과 비는 삼 일만 지나도 짜증스럽다는 프랑스의 속담을 기억하라.

185

지혜가 없으면 큰일을 꾀하지 마라

역 왈 덕미이위존 지소이모대 무화자선의
易에 曰 德薇而位尊하고 智小而謨大면 無禍者鮮矣니라.

덕(德)이 적으면서 지위가 높고, 지혜가 없으면서 꾀하는 것이 크다면 화(禍)를 당하지 않는 자가 드물다.

어쩌다가 꿀단지가 엎질러져 창틀에 달디단 꿀이 흐르다가 고였다. 파리 한 마리가 그 냄새를 맡고 멀리서 날아왔다. 파리는 창틀에 엎질러진 꿀을 다 먹고 싶었다. 처음에는 달콤함에 끌려서 꿀을 먹기 시작했지만, 차츰 그 꿀 자체에 빨려들기 시작했다. 어느덧 날개와 발이 꿀로 범벅이 되었다. 파리는 웬만큼 배를 채운 후 자리를 옮겨서 다시 먹어야겠다고 생각했다. 발을 움직였지만 꼼짝하지 않았다. 날개를 파닥여 보았지만 역시 꼼짝하지 않았다. 여러 번 시도했지만 헛수고였다. 파리는 그 달콤한 꿀 향기 속에서 죽어 가야만 했다.

회남자淮南子의 말처럼 지위란 높은 나무를 타고 사방을 바라보는 것과 같다. 나무에 올라 사방을 내려다보는 것은 좋지만 바람이 불면 위험하다. 덕이 적으면서 높은 지위를 바라는 것은 욕심이다. 파리는 창틀에 떨어진 한 방울의 꿀이면 족하다. 단테가 말했다.

"너희는 짐승처럼 살기 위해서 만들어진 것이 아니라 덕과 지식을 구하기 위해서 만들어진 존재이다."

186

그릇이 가득 차면 넘친다

기만즉일 인만즉상
器滿則溢하고 人滿則喪이니라.

그릇은 차면 넘치게 되고, 사람이 가득 차면 잃게 된다.

알렉산더는 임종을 맞이하며 디오게네스를 떠올렸다. 그의 웃음과 평화와 기쁨을 생각했다. 그는 죽음을 초월한 무엇인가를 지니고 있었다.

"나는 아무것도 가진 것이 없구나."

알렉산더는 눈물을 흘렸다. 그는 도열해 있는 대신들에게 말했다.

"나를 장례식장으로 옮길 때에는 관 바깥으로 두 팔이 나오도록 하라!"

대신들이 깜짝 놀라면서 물었다.

"그게 무슨 말씀이십니까? 그것은 예절에 어긋나는 것입니다. 결코 그렇게 할 수는 없습니다. 왜 그런 말씀을 하십니까?"

알렉산더가 대답했다.

"내가 빈손으로 간다는 사실을 사람들이 보기를 원한다. 나는 평생을 낭비했을 뿐이다. 나의 손을 관 바깥으로 내놓아 모든 사람이 보게 하라. 천하의 알렉산더 대왕마저 빈손으로 간다는 사실을……."

라즈니쉬가 강의한 『법구경法句經』에 나오는 이야기다.

무엇을 넘치도록 가득 채우려 애쓰는가? 그대 입속에 가득히 음식을,

아니면 그대 두 손 가득히 다른 먹을 것을 채우려 애쓴다면 그만두는 것이 좋다. 참으로 무엇을 넘치도록 가득 채우려 애쓰는가? 그대 창고에 돈이 넘쳐나기를 바라는가? 아니면 그대의 욕정에 쾌락이라도 가득 넘쳐나기를 바라는가?

천하의 알렉산더 대왕도 빈손으로 가지 않았는가. 그릇도 가득 차면 넘치게 되고 사람도 가득 차면 넘칠 뿐이다. 넘치는 것은 낭비며 소멸이다. 그것은 곧 잃는 것이다. 무엇을 더 잃기 위해 채우려 애쓴단 말인가? 디오게네스가 말했다.

"사람은 물욕에 집착할수록 약해진다. 그리고 스스로 결박한다. 언제든지 죽을 준비가 되어 있는 사람만이 참된 자유인이다. 이미 죽음의 유혹에서 벗어난 사람은 아무도 그를 노예로 할 수 없고, 그 무엇도 그를 결박하지 못한다."

그대를 넘치게 하지 마라. 조금은 비워 두라. 비워 둔 그 빈자리에 수시로 자기 자신을 되돌아보기 위해 드나들 수 있다. 그곳이야말로 그대가 자유자재로 드나들 수 있는 영원한 부富의 창고다.

187

시간이 보물이다

척벽 비보 촌음 시경
尺璧이 非寶요 寸陰을 是競이니라.

큰 구슬은 보배가 아니다. 촌음(寸陰)을 다투라.

시간은 언제나 혼자 달리지만 많은 것들이 그 뒤를 좇는다. 어떤 것들은 제나름대로 시간을 앞지르려 하고 또 어떤 것들은 시간과 어깨를 나란히 하며 달린다. 그러나 뒤처지는 것들이 너무나 많다. 뒤처지는 것들은 더러 숨을 헐떡이는 것들도 있지만, 아예 나자빠져서 노래를 부르거나 잠들어 버리는 것도 있다.

그러나 시간은 그런 것들에 개의하지 않는다. 언제나 혼자였으며 혼자이기를 원했기 때문이다. 사람들만이 시간을 짝사랑하며 원했지 시간이 결코 사람들을 사랑한 적은 한 번도 없었다. 나자빠져서 노래를 부르거나 잠들어 버렸던 것들이 시간에게 말했다.

"우리가 노래를 부르는 동안, 혹은 잠든 사이에 당신의 모습이 보이지 않았소. 당신을 얼마나 찾았는지 모르오."

시간이 말했다.

"나는 무언가를 기다리거나 하는 일이 없소. 계속 노래 부르거나 잠을 자는 것은 당신들의 자유요."

뒤처지면서 숨을 헐떡이던 것들이 말했다.

"조금만 기다려 주었다면 이처럼 숨 가쁘지는 않을 텐데. 조금만 천천히 갑시다."

"미리 준비하시오. 준비할 줄만 알면 누군가 당신에게 나의 문을 열어줄 것이오."

시간은 우리를 기다려 주지 않지만 우리가 준비하고 기다리면 시간을 만날 수 있다. 우리가 그를 앞지르려 하면 그는 더 빨리 달아나지만, 우리가 그에게 보조를 맞추면 그는 함께해 준다. 그와 함께하면 결코 그를 잃어버리지 않는다. 롱펠로가 말했다.

"시간이란 무엇인가? 해시계의 그림자, 벽시계의 괘종 소리, 모래시계 모래의 흐름, 밤낮이 없고, 여름이나 겨울이나 몇 달, 몇 해, 몇 세기가 지나도 그들은 다름이 없다. 그러나 이것들은 임의적이며, 겉보기의 신호이고, 시간의 척도이지 시간 그 자체는 아니다. 시간이란 영혼의 생명이다."

시간이란 영혼의 생명이다. 시간이란 단순한 신호가 아니라 사람들의, 그 영혼의 생명인 것이다. 그래서 사람들은 시간은 돈이라고 했고, 시간은 일이라고 했으며, 시간은 또한 사랑이며 우정이며 고향이며 진리이며 모든 것이라고 했다.

지금이라도 늦지 않다. 그대의 시간을 타라. 그대일 수 있는 시간과 함께하라. 그리고 생산하라.

188
마지막을 처음과 같이 하라

說苑에 曰 官怠於宦成하고 病家於小癒하며 禍生於懈怠하고
孝衰於妻子니 察此四者하여 愼終如始니라.

관직에 있으면 지위가 높아질수록 게을러지고, 병(病)은 조금 낫는 듯싶으면 더해진다.
화(禍)는 게으름에서 비롯되고, 효도하는 마음은 처자식 때문에 줄어든다.
이 네 가지를 잘 살펴서 마지막을 처음과 같이 하라.

용두사미龍頭蛇尾라는 말을 모르는 사람은 없을 것이다. 직장에서 어떤 직책을 맡았을 때, 처음엔 성심껏 일을 처리하지만 지위가 높아질수록 게으름을 피운다. 질병도 그렇다. 초기에는 열성으로 몸을 조심하다가도 나을 듯싶어지면 방심한다. 부모에게 효도하는 마음도 마찬가지다. 아내와 자식이 생기면 효도하는 정은 줄어든다. 아내와 자식에게로 정이 쏠리기 때문이다. 라 로슈푸코가 말했다.

“사람들은 게으름이 가장 큰 악덕 중의 하나인 것을 모르고 있다. 더러운 곳에 병균이 들끓듯이 게으른 마음에 죄악이 스며든다.”

게으르지만 않다면 자신의 지위를 얼마든지 지킬 수 있다. 게으르지만 않다면 질병은 보다 일찍 고칠 수 있고 모든 사고는 미연에 방지할 수 있다. 게으르지만 않으면 얼마든지 효자가 될 수 있다. 참으로 게으르지만 않다면 누구라도 마지막을 처음과 같이 해낼 수 있다.

189
쓸데없는 여론에는 귀를 막아라

羊羹이 雖美나 衆口는 難調니라.

양고기 국이 맛있다지만 많은 사람의 입맛에 다 맞기는 어렵다.

도모시용道謨是用이라는 말이 있다. 길옆에 집을 짓는데, 길 가는 사람에게 의견을 물으면 생각이 서로 달라 집을 지을 수 없다는 뜻으로 일정한 주견 없이 타인의 말만 좇아서는 일을 성공시킬 수 없다는 것을 비유하는 말이다. 사람의 일념은 하늘로 통한다고 했다. 또 신념은 산도 움직인다고 했다. 굳게 먹은 한마음으로 일에 매진하라는 뜻이다.

양고기 국이 맛은 있지만, 어떻게 많은 사람의 입맛에 다 맞을 수 있겠는가. 경우에 따라서는 임의로 만들어진 여론은 무시해도 좋다. 여론이란 뒤집어 보면 허름한 고성古城에 사는 유령과도 같다. 실제로 그것을 본 사람은 아무도 없는데 사람들은 그것을 무서워하며 겁을 낸다.

확실한 자기 위치에 서라. 그대의 신념이 그것을 보장해 준다. 양고기 국물이 입에 맞지 않은 사람들에겐 그 입맛을 뜯어 고쳐서라도 맞게 하라. 그것이 그대의 용기이며 그대가 할 수 있는 말이다.

190

밝은 지혜만이 난관을 돌파할 수 있다

익지서 운 백옥 투어니도 불능오예기색
益智書에 云 하되 白玉은 投於泥塗라도 不能汚穢其色이요

군자 행어탁지 불능염란기심
君子는 行於濁地라도 不能染亂其心하나니

고 송백 가이내설상 명지 가이섭위난
故로 松柏은 可以耐雪霜이요 明智는 可以涉危難이니라.

흰 옥(玉)은 진흙탕에 던져져도 그 빛을 더럽힐 수 없고,
군자(君子)는 혼탁한 곳에 가더라도 그 마음을 어지럽히지 않는다.
그러므로 송백(松柏)은 서리와 찬 눈을 견딜수 있고, 밝은 지혜는 위태롭고 어려운 일을 건널 수 있다.

지조志操는 꿋꿋한 뜻과 바른 조행操行을 말한다. 정조貞操는 여자의 깨끗한 절개를 뜻한다. 이성 관계에서 순결을 지키는 것을 의미하는 말이다. 시인 조지훈은 『지조론志操論』에서 이렇게 말한다.

"지조와 정조는 다 같이 절개에 속한다. 지조는 정신적인 것이고, 정조는 육체적인 것이라고들 하지만 알고 보면 지조의 변절도 육체 생활의 이욕利慾에 매수된 것이요, 정조의 부정도 정신의 쾌락에 대한 방종에서 비롯된다."

정신과 육체를 분리해서 바라볼 필요는 없다. 정신과 육체는 태어날 때부터 한몸이기 때문이다. 정신이 웃고 있을 때 울고 있는 육체란 있을 수 없다. 육체가 아파하고 있을 때 즐거워하는 정신이란 있을 수 없는 것과

마찬가지다. 그렇기 때문에 흰 옥玉은 진흙탕에 던져져도 그 빛을 더럽히지 않으면 군자君子는 혼탁한 곳에 가더라도 그 마음을 어지럽히지 않을 수 있다.

춘추전국시대 때 노魯나라의 유하혜柳下惠는 고결한 성품으로 이름나 있었다. 맑고 흐린 것을 마음에 두지 않고 자기의 일에는 언제나 최선을 다하는 사람이었다. 맹자는 그의 인품을 이렇게 말하고 있다.

"유하혜는 어질지 못한 임금을 섬기는 데도 부끄러워하지 않았고 낮은 지위도 사양하지 않았다. 맡은 일에 임해서는 그의 현명한 재능을 감추지 않고 맡은 바 도리를 다했다. 관직에서 버림을 받아도 원망하지 않았으며, 곤궁함을 당해도 전전긍긍하지 않았다. 가난한 시골 사람들과 함께 있으면서도 차마 버리고 떠나지 못해 이렇게 말했다. '너는 너이며 나는 나이니, 네가 비록 내 곁에서 옷을 걷고 벗는다 해도 어찌 나를 더럽힐 수 있겠는가?' 그래서 유하혜의 풍도風度를 들은 사람들은 비루한 지아비가 너그러워지고 야박한 지아비의 인심이 후하게 된다."

모든 지조와 정조는 밝은 지혜를 바탕으로 한다. 밝은 지혜가 없는 지조는 육체적인 고통에서 헤어날 수 없고 밝은 지혜가 없는 정조는 정신적인 고통에서 벗어날 수 없다. 먼저 지혜를 찾으라. 부富는 그쪽에서 먼저 찾아오는 수도 있지만, 지혜는 그대가 스스로 다가가지 않으면 찾을 수 없다.

191

말은 쉽지만 말하기는 어렵다

入山擒虎(입산금호)는 易(이)어니와 開口告人(개구고인)은 難(난)이니라.

산에 들어가 호랑이를 잡기는 쉬워도 입을 열어 남에게 말하기는 어렵다.

말처럼 내뱉기 쉬운 것은 없다. 그것은 힘을 들이지 않아도 된다. 호흡만 적당히 조절하면 금세 말은 만들어진다. 말에는 여러 종류가 있다. 슬픈 말이 있고 기쁜 말이 있고, 착한 말이 있고 악한 말이 있다. 지혜로운 말이 있고 어리석은 말이 있으며, 생각하는 말이 있고 미처 생각지 못한 말이 있다.

말은 쉽지만 말하기는 참으로 어렵다. 산에 들어가 호랑이를 잡기는 쉬워도 입을 열어 남에게 말하기는 어렵다고 했다. 강원룡은 『5분간의 사색』에서 이렇게 말한다.

"말은 돈에 비유될 수 있다. 과장된 말은 인플레이션과 같고, 실천하지 못하는 말은 부도수표와 같고, 의식적인 거짓말은 위조지폐와 같다."

그래서 말하기가 어렵다는 것이다. 말이란 경우에 따라서 사랑이나 우정을 실어 나르기도 하지만 어떤 경우에는 시기와 질투, 음해와 모략, 고통과 죽음까지도 함께 나른다. 말을 돈으로 알고 돈처럼 사용하라. 그러면 그 지갑은 쉽게 열리지 않을 것이다.

192
먼 곳에 있는 물로는 불을 끄지 못한다

遠水는 不救近火요 遠親은 不如近隣이니라.

먼 곳에 있는 물로는 불을 끄지 못하고, 멀리 있는 친척은 가까운 이웃보다 못하다.

말레이시아 속담 중에 이런 것이 있다.

"친구는 불행이라는 바람이 불면 떨어지는 나뭇잎과 같고 친척은 떨어지는 열매와 같다."

속담俗談이란 옛날부터 전해 내려오는 민간의 격언으로 그만큼 연륜이 오래되고, 세상에 부대끼며 살아온 내용을 담고 있다. 그래서 속담에는 그만한 진실과 진리가 내포되어 있다. 프랑스에는 '일가친척보다 더 나쁜 적은 없다'는 말이 있다. 친척을 적으로까지 치부하는 데는 놀라지 않을 수 없다. 또 어느 나라의 속담에는 '친척은 무화과 열매와 같다. 껍질을 벗기면 개미가 들끓고 있다'며, 친척이란 존재를 형편없이 매도한다. 이웃은 어떤가? 우리 속담에는 '세 닢 주고 집 사고 천 냥 주고 이웃 산다'는 말이 있다. 그만큼 가까이 있는 이웃이 중요하다는 말이다.

무엇보다 중요한 것은 자기 자신을 지키는 일이다. 친척도 친구도 이웃도 결국은 자기 자신이 아니기 때문이다. 그대만이 신뢰할 수 있는 유일한 벗이란 걸 기억하라.

193

재능이 재물보다 낫다

태공 왈 양전만경 불여박예수신

大公이 曰 良田萬頃이 不如薄藝隨身이니라.

기름진 밭 만(萬) 이랑이 하찮은 재능을 지닌 것만 못하다.

정도전의 『삼봉집三峰集』을 읽다 보면 이런 대목이 나온다.

"암석이 여기 있다 하더라도 만약 돌을 다스리는 석공이 없으면 어떻게 비갈碑碣을 세우고, 어떻게 섬돌과 주춧돌을 쌓겠으며, 나무가 저기에 있다 하더라도 목공이 없다면 어떻게 택사를 짓고, 어떻게 선박이나 수레를 제작하겠는가?"

재능才能이란 어떤 일을 해내는 힘을 일컫는다. 그 힘은 사람의 정신과 육체 속에 무한정으로 숨어 있다. 그것은 개발하기에 달려 있으며, 경우에 따라서는 선천적이라고 할 만큼 뛰어난 사람도 있다.

베이컨은 나면서부터 타고난 재능은 마치 자연수自然水와 같은 것이라고 했다. 그것은 아무리 사용해도 그 수맥이 끊어지지 않는 것과 같은 이치다. 그 이상의 재산이란 따로 있을 턱이 없다. 그것은 마모되지 않으며 유실되지 않고, 날이 갈수록 빛을 더해 가는 무궁한 재산이 되기 때문이다.

재능이란 곧 자기의 힘이다. 그렇기 때문에 그것은 완전한 자기 영역이다. 누구의 간섭도 침해도 받을 이유가 없다. 한 사람의 완전한 삶은 그러한 자기의 힘에 바탕을 두지 않으면 결코 견고한 것이 될 수 없다. 그러나 재능은 끊임없이 연마해야 한다. 그것을 게을리하거나 우쭐해하는 경우, 재능은 서서히, 때로는 급격히 저하될 수밖에 없다.

소설가 토머스 울프는『거미줄과 바위』에서 이렇게 말한다.

"사람이 재능을 갖고서도 그것을 발휘하지 못하면 그의 인생은 실패한 것이다. 있는 재능을 절반밖에 발휘하지 못하면 부분적인 실패이다. 만일 모든 재능을 완전히 발휘하는 것을 터득하였다면 그는 성공한 것이지만, 거기에서 얻은 만족과 승리감을 맛볼 수 있는 사람은 그리 많지 않다."

그대의 재능을 끊임없이 연마하라. 그리고 능력껏 발휘하라. 한 톨의 씨앗들이 흙을 헤집고 생명체를 지상으로 드러내 놓는 것처럼 그렇게 강인하게 밀고 나가라. 그러면 만족이라는 꽃과 승리라는 열매는 그대의 재능을 한껏 빛내 줄 것이다.

194

불행은 조심하는 집의 문턱을 넘지 못한다

태공 왈 일월 수명 불조복분지하
太公이 曰 日月이 雖明이나 不照覆盆之下하고
도인 수쾌 불참무죄지인
刀刃이 雖快나 不斬無罪之人하고
비재횡화 불입신가지문
非災橫禍는 不入愼家之門이니라.

해와 달이 아무리 밝아도 엎어진 동이의 밑바닥은 비추지 못한다.
칼날이 아무리 잘 들어도 죄 없는 사람은 베지 못한다.
불의(不意)의 재난이라 하더라도 조심하는 집에는 들어가지 못한다.

라 로슈푸코가 말했다.

"어떠한 것이 큰 불행이고 어떤 것이 커다란 행복인가? 원래 행복과 불행은 그 크기가 미리 정해져 있는 것이 아니다. 그것을 받아들이는 사람의 마음에 따라서 작은 것도 커지고 큰 것도 작아 질 수 있다. 현명한 사람은 큰 불행도 작게 처리하며, 어리석은 사람은 조그마한 불행을 현미경적으로 확대해서 스스로 큰 고민에 빠진다."

모든 것이 그렇다. 크고 작은 것은 생각하는 마음에 달려 있다. 어떤 것에 대해 그것이 불행이며 나에게 돌이킬 수 없는 재난이라고 생각한다면 그것은 그렇게 된다. 그러나 이것은 내 실수이며 이런 것쯤이야 충분히 되돌려 놓을 수 있다고 생각하면 그것은 또 그렇게 된다. 엎어진 물동이의 밑바닥에는 빛이 들어갈 수 없다. 죄 없는 사람에게는 칼날을 들이댈 수 없다. 그것은 견고한 성城과 같은 것이다. 그대가 어떤 일을 그렇게만 해 나간다면, 또 그렇게만 마무리 짓는다면 어떤 불행도 비집고 들어올 수 없을 것이다.

어쩌다 불행이 그대의 시간 위에 검은 날개를 퍼덕이며 다가왔다고 하더라도 놀랄 건 없다. 그것은 누구에게나 쉽게 찾아드는 기회가 아님을 명심하라. 불행이야말로 원천적인 행복의 씨앗이다. 그 씨앗을 어떻게 갈고 다듬느냐가 문제다. 행복의 조각은 그때부터 시작이다.

195

내가 싫은 것은 남도 싫다

성리서 운 접물지요 기소불욕 물시어인
性理書에 云 接物之要는 己所不欲을 勿施於人하고

행유부득 반구제기
行有不得이어든 反求諸己니라.

남을 대하는 요령은 자기가 하고 싶지 않은 것을 남에게 맡기지 않는 것이며,
그렇게 했는데도 잘되지 않으면 돌이켜 자신에게서 원인을 찾으라.

그대는 결코 칼날을 손에 잡으려 하지 않고 손잡이를 잡으려 할 것이다. 그대는 누군가를 배신하려고 하지 않을 것이며 불필요한 폭행은 더더구나 하려 들지 않을 것이다. 그대는 사랑하는 편에 서려 할 것이며 도와주는 편에 서려 할 것이다. 마찬가지로 그대와 함께 살아가는 어느 누구도 그 반대편에 서고 싶지 않을 것이다.

구스타프 슈바브가 말했다.

"그대의 몸, 그대가 하는 일을 소중히 생각하라. 그대의 것으로 생각하지 말고 하늘이 주신 것으로 알라."

그대가 하는 일을 소중히 생각할 줄 안다면 그런 과오는 범하지 않을 것이다. 아주 간단한 진리다. 내가 싫은 것은 남도 싫은 것이다.

196

만약 그곳을 벗어날 수 있다면

주색재기사도장 다소현우재내상
酒色財氣四堵墻에 多少賢友在內廂이라.

약유세인도득출 변시신선불사방
若有世人跳得出이면 便是神仙不死方이니라.

현명한 자도 어리석은 자도 술과 여자, 재물과 기운 네 가지 테두리 안에서 자유롭지 못하다.
만약 그곳을 벗어날 수 있다면, 그것은 곧 신선의 죽지 않는 방법이다.

골트슈타인과 와인버그는 앙숙이었다. 어느 날 골트슈타인이 숲길을 산책하는데 갑자기 신이 나타나 그에게 말했다.

"너의 세 가지 소원을 들어주겠다. 하지만 네가 무엇을 원하든 와인버그는 항상 그 두 배를 갖게 될 것이다. 그것을 잊지 말아라."

골드스타인은 돌아오면서 곰곰이 생각했다.

"넓은 집이 있으면 좋겠는데……."

그가 집으로 돌아오자 호화로운 집이 서 있었다. 그런데 길 건너편에 있는 와인버그의 집을 보니 두 채의 집이 서 있는 것이 아닌가? 골트슈타인은 질투심을 억누르며 새집을 구경하기 위해 안으로 들어갔다. 그는 욕실을 구경하다가 문득 두 번째 욕망이 고개를 들었다.

"아름다운 여자가 있으면 더 좋을 텐데."

그러자 이번에는 근사한 여자가 나타났다. 그는 기뻐서 어쩔 줄 몰랐다. 그러나 욕실 창문으로 밖을 내다보았을 때, 와인버그가 발코니에서 두 명의 근사한 여자와 술을 마시며 즐기고 있는 것이 보였다.

골트슈타인은 씁쓸하게 입맛을 다시며 말했다.

"신이여, 이제는 저의 불알 한쪽을 잘라 주십시오!"

『법구경』에 나오는 이야기다. 쾌락과 탐욕과 질투는 항상 어울려 다닌다. 그들은 세상에 둘도 없는 친구처럼 어깨동무를 풀지 않는다. 그들은 서로 사랑하며 흐느끼며 또 서로를 갉아먹는다. 사람들은 모두가 그 속에 갇혀 있다. 현명한 자나 어리석은 자나 대부분이 그 안에 갇혀 있다. 만약 누군가가 그곳을 벗어날 수 있다면, 참으로 벗어날 수 있다며 그는 대단히 뛰어난 사람이다. 헤겔이 말했다.

"유능하고 덕德이 있는 사람이 고통 많은 생애를 보내며, 무능하고 고약한 사람이 유흥과 오락에 날을 보내는 실례가 세상에는 적지 않다. 이것을 보면 세상에서의 쾌락의 가치를 알 수 있다."

제5장

옷은 젖지 않아도 배어드는 것이 있다

입교편立教篇

치정편治政篇

치가편治家篇

안의편安義篇

준례편遵禮篇

언어편言語篇

교우편交友篇

부행편婦行篇

착한 사람과 함께 있으면 마치 지란芝蘭의 방에 든 것과 같아서, 오래 있으면 그 향기를 맡지 않아도 그와 같게 된다.

197
모든 일에는 그 근본이 있다

자왈 입신유의이효위본 상기유례이애위본
子曰 立身有義而孝爲本이요 喪紀有禮而哀爲本이요
전진유렬이용위본 치정유리이농위본
戰陣有列而勇爲本이요 治政有理而農爲本이요
거국유도이사위본 생재유시이역위본
居國有道而嗣爲本이요 生財有時而力爲本이니라.

입신함에는 의로워야 하니 효(孝)가 그 근본이고, 상사(喪祀)에는 예의로워야 하니
슬퍼함이 근본이며, 싸움터에서는 앞뒤가 있어 용기가 근본이 된다.
나라를 다스림에는 도리가 있어 농사가 근본이 되고, 나라를 지키는 것에는 도(道)가 있어 후사(後嗣)가 근본이 되며,
재물을 얻는 데는 시기가 있어 노력이 그 근본이 된다.

근본根本이라는 말은 사물이 발생하는 근원을 말한다. 나무에 뿌리가 있고 물이 깊은 샘에서 비롯되듯이 모든 일에는 원인이 있기 마련이다.

그것이 근본이다. 입신立身하는 일에는 효도가 근본이 되고 사람의 죽음에 다다라서는 슬퍼하는 것이 근본이 된다는 것은 너무나 당연한 일이다. 전장에서는 용기가, 나라를 다스리는 일에서는 농사가, 재물을 얻기 위해서는 확실한 시기가 근본이 된다는 것도 너무나 당연한 일이다.

근본을 부정하는 사람에게서는 아무것도 기대할 것이 없다. 효孝를 거부하는 사람은 어느 누구도 그를 친구로 맞이하지 않는다. 사람의 죽음 앞에서 슬퍼하지 않는 사람을 누가 사람으로 보겠는가? 전장에 나가서 꽁무니나 빼는 사람이라면 사회생활에서도 마찬가지일 것이 뻔하다. 정

치인이 만약 농민을 배척한다면 그는 처음부터 길을 잘못 들어선 것이다. 그 모든 것들은 곧 자기 자신을 내던진 것과 다름없다. 자기를 지킬 줄 아는 사람은 바로 그 근본을, 깊이 내린 자기의 뿌리를 아는 사람이기 때문이다.

어느 날 제우스는 새들의 왕을 뽑기 위해 모든 새들이 자기 앞에 나타나도록 명령했다. 가장 잘생긴 새를 새들의 왕으로 뽑을 생각이었다. 새들은 다투어 강둑으로 가서 몸단장을 했다. 갈까마귀는 자신이 너무나 못생겼다는 것을 잘 알고 있었기 때문에 다른 새들이 털갈이한 털을 모아 자기 몸에 붙였다. 나름대로 제일 화려하게 보이도록 애쓴 것이었다.

새들이 모두 모인 날, 새들은 제우스 앞에서 행진을 했다. 그중에는 가지각색 깃털을 꽂은 갈까마귀도 있었다. 그의 화려한 외모 때문에 제우스는 갈까마귀를 새들의 왕으로 뽑으려고 했다. 그러자 웅성거리던 다른 새들이 갈까마귀의 몸에 꽂혀 있는 자신의 털을 뽑기 시작했고 그토록 화려했던 갈까마귀의 모습은 흔적도 없이 사라졌다.

자기를 지키는 것은 모든 일의 근본에 충실하는 것이다. 맑은 샘에서 맑은 물이 솟고, 뿌리 깊은 나무는 바람에 쓰러지지 않는다.

198

일이 즐거움이면 인생은 낙원이다

경행록　　운 위정지요　　왈공여청　　　성가지도　　왈 검여근
景行錄에 云 爲政之要는 曰公與淸이요 成家之道는 曰 儉與勤이니라.

정치의 요점은 공정과 청렴이고, 가정을 이루는 방법은 절약과 근면이다.

모든 일에는 목표가 있다. 일을 해 나갈수록 목표의 덩치는 커진다. 커질 뿐만 아니라 아주 단단해지면서 서서히 그 형체를 갖추어 나간다. 그뿐만이 아니다. 그 목표물에는 생동감이 일기 시작한다. 완전한 무無에서 얻어지는 새로운 생명이다. 칼 힐티가 말했다.

"진정한 일거리를 발견했을 때처럼 유쾌한 기분이 들 때도 없다. 그대가 행복하기를 바라거든 먼저 일을 시작하라. 실패한 생애는 대개 그 사람이 전혀 일을 가지지 않았거나, 일이 너무 적었거나, 혹은 정당한 일을 가지지 못한 것에 그 원인이 있다."

근면한 사람은 일을 유쾌한 것으로 변하게 한다. 그리하여 결국 그 일의 목표에 도달한다. 그가 목표했던 일이 가정을 이루는 것이든, 자기 일의 완성이든 아무래도 좋다. 모든 일에서 절약할 줄 알고, 청렴할 줄 알고, 공정할 줄 아는 것은 일의 기쁨을 알고 일에 매진하는 사람에게서 발견할 수 있다. 막심 고리키가 말했다.

"일이 즐거움이면 인생은 낙원이다. 일이 의무이면 인생은 지옥이다."

199

가정을 이루는 것은 나를 이루는 것이다

讀書(독서)는 起家之本(기가지본)이요 循理(순리)는 保家之本(보가지본)이요
勤儉(근검)은 治家之本(치가지본)이요 和順(화순)은 齊家之本(제가지본)이니라.

공부하는 것은 가정을 일으키는 근본이고, 도리에 따르는 것은 가정을 보존하는 근본이다.
근검절약은 가정을 다스리는 근본이고, 화목하고 순종하는 것은 가정을 정제하는 근본이다.

한 청년이 가정의 출발점이 무엇이냐고 묻자 처칠이 대답했다.

"그야 한 청년이 한 소녀를 사랑하기 시작할 때부터이지. 이 신의 섭리를 뒤바꿀 수 있는 논리는 아직 발견되지 않았네."

뿌리가 다른 남자와 여자가 만나 하나의 가정이 만들어진다. 가정을 이룬다는 것은 쉬운 일이 아니다. 가정을 하나의 작은 사회로 볼 때 그 안에서는 엄청나게 많은 일들이 일어난다. 가족들 간의 불화와 반목, 시기, 모든 경제적인 문제, 도덕적인 문제에 이르기까지 풀어야 할 문제점이 있기 마련이다. 괴테는 임금이든 백성이든 자기 가정에서 평화를 찾을 수 있는 자가 가장 행복하다고 했다.

가정을 이루는 일은 그래서 쉬운 일이 아니다. 그대 늘 깨어 있어서 도리에 따를 것이며 근검절약하여 화목하라. 그것이 그대의 가정이다. 그대의 행복을 저축하는 곳이다.

200

봄에 밭 갈지 않으면 가을에 거둘 것이 없다

공 자 삼 계 도 운 일 생 지 계 재 어 유
孔子三計圖에 云 一生之計는 在於幼하고

일 년 지 계 재 어 춘 일 일 지 계 재 어 인
一年之計는 在於春하고 一日之計는 在於寅이니

유 이 불 학 노 무 소 지
幼而不學이면 老無所知요

춘 약 불 경 추 무 소 망 인 약 불 기 일 무 소 판
春若不耕이면 秋無所望이요 寅若不起면 日無所辦이니라.

일생의 계획은 어릴 때에 있고, 일 년의 계획은 봄에 있으며 하루에 계획은 새벽에 있다.
어려서 배우지 않으면 늙어서 아는 것이 없고, 봄에 밭 갈지 않으면 가을에 거둘 것이 없으며
새벽에 일어나지 않으면 그날 할 일이 없어진다.

계획은 언제나 앞서가기를 좋아한다. 그리고 실천은 언제나 허둥지둥 그 뒤를 좇는다. 물론 계획이 있어야 실천이 뒤따르는 법이지만, 계획은 항상 앞장선 채 실천의 무딘 시간을 기다려 주지 않는다. 그러다가 계획은 어느새 실종되어 그 모습을 찾을 길이 없어지고 실천은 그만 나침반을 잃은 여행자처럼 우왕좌왕하다가 흐지부지되고 만다. 그래서 영국에는 '말하는 것과 행하는 것 사이에 대단히 많은 구두가 닳아 떨어진다'는 속담이 있다. 말하는 것과 실제로 그것을 행하는 것과의 사이에는 구두가 닳아 떨어질 만큼 거리가 멀다는 뜻이다.

그것은 '실천'이라는 몸속에 '부지런'이라는 묘약을 투입하지 않았기 때문이다. 속이 텅 빈 '실천'은 힘이 없다. 앞으로 나아갈 기력이 없다는 말이다. '부지런' 이라는 묘약을 섭취하지 않은 '실천'은 계획의 변두리만 맴돌다가 제풀에 주저앉고 말 것이다. 로망 롤랑은 이렇게 충고한다.

"잘난 사람은 자기가 할 수 있는 일을 한 사람이다. 그런데 많은 사람들은 할 수 있는 일은 하지 않고 할 수 없는 일만 바란다. 내가 할 수 있는 일은 때를 놓치지 말고 하라. 그것으로 사람은 충분한 것이다. 인생의 불행은 자기가 할 수 있는 일을 하지 않는 데 그 원인이 있다."

봄에 밭 갈지 않으면 가을에 거둘 것이 없다. 늘 계획과 함께하라. 실천은 바로 그 속에 있어야 한다.

201

알아야 할 오륜伍倫의 가르침

성 리 서 운 오 교 지 목 부 자 유 친
性理書에 云 五教之目은 父子有親이며
군 신 유 의 부 부 유 별 장 유 유 서 붕 우 유 신
君臣有義이며 夫婦有別이며 長幼有序며 朋友有信이니라.

가르침의 다섯 가지 덕목으로 어버이와 자식 사이에는 친함이 있어야 하고,
임금과 신하 사이에는 의리가 있어야 하며, 남편과 아내 사이에는 분별이 있어야 하고,
어른과 어린이 사이에는 차례가 있어야 하며, 친구와 친구 사이에는 믿음이 있어야 한다.

오륜五倫이란 유교儒教에서 강조하는 다섯 가지의 인륜人倫을 가리키는 말이다. 인륜이란 사람이 지켜야 할 떳떳한 도리이다. 다른 말로 하면 가장 자연스럽게 정해진 인류의 질서 관계인 것이다.

대개의 경우, 부모와 자식 사이는 아주 화목하다. 또 나라를 사랑하는 마음은 모든 사람의 가슴속에 의리 이상의 것으로 맺어져 있다. 아무리 시대의 흐름이 빠르고 변화의 물결이 거세다 해도 부부 사이의 분별은 변함이 없다. 어른을 존경하지 않는 어린이를 보기 어렵듯이 모든 어른들은 어린이를 사랑한다. 또한 친구와 친구 사이는 믿음으로 얽혀 있기 마련이다. 그러나 가끔 안타까운 경우가 있다. 자식이 부모를 구타하고 살인에 이르는가 하면, 부부 사이의 분별이 약해져 결국 부부의 연을 끊는 일도 있다. 친구가 친구를 배신하고 모함하는 경우도 흔하다. 그러나 이들은 전체를 두고 볼 때, 극히 소수에 불과하다. 슈바이처는 윤리 의식에 대하

여 다음과 같은 말로 우리를 안내한다.

"생명의 경건하고 절대적인 윤리는 인간 사이에서 현실과 대결한다. 이 윤리는 인간을 위하여 갈등을 정리해 주지 않고, 인간이 윤리적으로 계속될 수 있는 정도까지, 즉 그가 생명의 파괴와 손상의 필연성에 굴하여 죄를 몸에 받아들이지 않을 때까지 모든 경우에 스스로가 결단을 내리도록 한다."

202

충신은 두 임금을 섬기지 않고 열녀는 두 남편을 맞지 않는다

왕촉 왈 충신 불사이군 열녀 불경이부
王蠋이 曰 忠臣은 不事二君이요 烈女는 不更二夫니라.

충신은 두 임금을 섬기지 않고, 열녀(烈女)는 두 남편을 맞지 않는다.

열녀烈女를 사전에서는 '남편에 대한 절개와 정조가 굳은 여자'라고 풀이한다. 이 말에 사람들은 심한 거부감을 드러내고 반발까지 서슴지 않는다. 오늘날까지 이어 온 우리 한국의 아내들은 열녀 아닌 여자가 없다. 물론 그렇지 못한 사람도 있다. 그것은 벼와 함께 끼어 자라는 피와 같아서 그저 솎아 내기만 하면 그만이다. 이는 아내를 대하는 남편의 경우도 마찬가지다. 칼 힐티는 이렇게 고백했다.

"만일 내세가 있다면 내 아내 이외에는 그 누구도 만나고 싶지 않습니다. 그것은 그녀가 나의 가장 중요한 본질의 일부를 이루고 있다는 것, 그리고 그녀와 헤어진다면 절대 완전할 수 없다는 것이 증거입니다."

한 여자가 남자의 가장 중요한 본질의 일부를 이루고 있다는 것, 그것보다 중요한 것은 없다. 모든 여자는 열녀가 될 수 있다. 다만 그녀의 삶이 얼마나 아름다울 수 있는가와, 그녀 역시 남편과 헤어지면 결코 완전할 수 없다는 것이 증거가 되어야 할 것이다.

203
재물에 대하여 청렴하라

충자왈 치관 막약평 임재 막약렴
忠子曰 治官에 莫若平이요 臨財에 莫若廉이니라.

관직의 다스림은 공평함보다 나은 것이 없고, 재물에 대해서는 청렴함보다 나은 것이 없다.

"하늘이 칠보七寶를 비처럼 내려도 욕심은 오히려 배부를 줄 모르니, 즐거움은 잠깐이요 괴로움이 많음을 어진 이는 깨달아 안다."

『법구경法句經』의 가르침이다. 욕심은 끝없이 이어져서 그 꼬리를 스스로 밟는 일이 없다. 가득 차면 찰수록 텅 빈 것처럼 보이는 그 마음이 문제다. 그러나 청렴은 꼬리가 짧아 스스로 밟음으로써 또한 깨우친다. 밟히는 것마다 가난이며, 밟히는 것마다 아픔이더라도 꽉 찬 것처럼 보이는 그 마음이 재산이다.

고려高麗 명종 때 현덕수玄德秀라는 사람이 있었다. 그는 시골살이를 마치고 개성으로 돌아와 집을 한 채 장만하기 위해 애쓰던 중, 마침 마땅한 집이 있어 계약을 하고 돌아왔다. 그런데 바로 그날 저녁 노극청盧克淸이란 사람이 찾아와서 말했다.

"당신이 우리 집을 사기로 계약을 한 모양인데 없는 일로 하십시다."

현덕수는 의아해하며 되물었다.

"그게 무슨 말이오? 계약은 분명한 약속이오. 도대체 그 이유가 뭐요?"

그러나 노극청이 담담하게 대답했다.

"그 집은 제가 몇 해 전에 은銀 아홉 근을 주고 산 것입니다. 그동안 몇 년을 살면서 수리 한 번 한 적도 없는데, 제가 없는 사이 아내가 무려 은 열두 근을 받고 팔았습니다. 그것은 나의 청렴을 더럽히는 일이라 계약을 파기하는 것 외엔 어쩔 도리가 없습니다."

현덕수가 다시 정중히 말했다.

"그것은 지금 시세를 받은 걸로 압니다. 얼마 더 받는 것이야 해로울 게 없는 일 아닙니까?"

노극청은 답답한 듯 짜증스럽게 말했다.

"그렇다면 제 아내가 더 받은 세 근을 되돌려 받아 주십시오. 그것이 안 된다면 집은 팔 수가 없습니다."

현덕수가 말했다.

"당신만 청렴함을 고집하지 마시오. 나도 평생 의롭지 않은 일은 해 본 적이 없소. 남의 집을 제값보다 싸게 샀다는 말은 듣고 싶지 않단 말이오."

결국 두 사람은 은 세 근을 부처님께 시주하는 것으로 결말을 지었다.

이 이야기는 실화지만 오히려 우화처럼 들린다. 실화라고 믿지 못하는 우리의 마음이 부끄럽다. 우리들이야말로 얼마나 잘못된 시대를 살고 있는가? 청렴의 의미를 까마득히 잊고 살아가는 우리야말로 얼마나 탐욕스러운 사람들인가? 에피쿠로스가 말했다.

"충분한데도 적다고 말하는 사람은 어떤 것에도 만족할 줄 모른다."

204

장사숙張思叔의 열네 가지 좌우명

장사숙좌우명 왈 범어 필충신
張思叔座右銘에 曰 凡語를 必忠信하며

범행 필독경 음식 필신절 자획 필해정
凡行을 必篤敬하며 飮食을 必愼節하며 字畫을 必楷正하며

용모 필단장 의관 필숙정 보리 필안상
容貌를 必端莊하며 衣冠을 必肅整하며 步履를 必安詳하며

거처 필정정 작사 필모시 출언 필고행
居處를 必正靜하며 作事를 必謀始하며 出言을 必顧行하며

상덕 필고지 연락 필중응 견선여기출
常德을 必固持하며 然諾을 必重應하며 見善如己出하며

견악여기병 범차십사자 아개미심성
見惡如己病이니 凡此十四者를 我皆未深省이라.

서차당좌우 조석시위경
書此當座隅하여 朝夕視爲警하노라.

말에는 반드시 성실하고 믿음이 있어야 하고, 행실은 돈독하고 공경해야 한다.
음식은 항상 삼가 알맞게 할 것이며, 글씨는 정확하고 바르게 써야 한다.
용모는 언제나 단정하고 엄숙하게 할 것이며, 의복은 반드시 깨끗해야 한다.
걸음걸이는 언제나 안정되게 걸을 것이며, 거처하는 곳은 반드시 정숙해야 한다.
일에는 꼭 계획을 세워서 시작하고, 말을 할 때는 반드시 그 실행 여부를 돌아보아야 한다.
평상시의 덕을 언제나 굳게 가질 것이며, 일을 허락할 때는 신중을 기해야 한다.
선(善)을 보거든 내게서 나간 것같이 하며 악(惡)을 보거든 내가 병든 것과 같이 하라.
무릇 이 열네 가지는 나도 아직 깊이 깨닫지 못한 것이다.
이것을 자리의 오른편에 써 놓고 아침저녁으로 보며 경계하라.

"자기 발로 서 있다고 생각하는 자는 넘어지지 않도록 조심해야 한다."

성경에 나오는 말이다. 이 한마디에 '장사숙張思叔의 열네 가지 좌우명'이 다 들어 있다. 모든 사람은 한결같이 자기 발로 서 있다. 말하자면 홀로서기란 뜻이다. 누군가에게 기대거나 의지해서 사는 삶은 홀로서기가 아니다. 그 경우는 보호받아야 할 어린아이뿐이다.

세상을 산다는 것은 결국 혼자 사는 것을 의미한다. 자기의 세계를 굳히지 못하고 자기의 능력이 없이는 이 세상을 살아갈 수가 없다. 이 세상을 살아가기 위해서는 홀로서기를 위한 조건들을 습득하지 않으면 안 된다. 사르트르는 이렇게 말한다.

"자기는 행위 속에서만 발견되는 것이며 행위와 한몸을 이룬다. 그것은 가장 절박한 상황에서 떨어져 나가는 허가를 주는 내적 힘이 아니라, 현재의 행위에 자기를 구속하고 미래를 쌓아 올리는 힘이다."

그대는 행위 속에서만 발견되며, 행위와 한몸을 이루고 있다. 그대는 어떻게 서 있을 것인가? 확실한 자기 발견 없이는 자기 발로 세상에 서 있을 수 없다. 영국의 속담을 소개한다.

"모든 사람들에게 자기의 꼬리로 파리를 쫓게 하라."

홀로서기를 강조한 말이다. 그대에게 날아든 파리를 그대의 꼬리로 쫓을 수 있을 때까지 아마도 '장사숙의 좌우명'은 계속 필요할지도 모른다. 오로지 자기의 힘으로 빛나는 사람만이 진정으로 빛나는 사람이라고 할 수 있다.

205

범익겸范益謙의 열네 가지 좌우명

范益謙座右銘에 曰 一은 不言朝廷利害와 邊報差除요

二는 不言州縣官員長短得失이요 三은 不言衆人所作過惡이요

四는 不言仕進官職趨時附勢요 五는 不言財利多少厭貧求富요

六은 不言淫媟戲慢評論女色이요 七은 不言求覓人物干索酒食이라.

又曰 一은 人付書信이어든 不可開坼沈滯며

二는 與人幷坐에 不可窺人私書며 三은 凡入人家에 不可看人文字하며

四는 凡借人物에 不可損壞不還이며 五는 凡喫飮食에 不可揀擇去取이며

六은 與人同處에 不可自擇便利며 七은 見人富貴하고 不可歎羨詆毁니라.

凡此數事를 有犯之者면 足以見用意之不肖니

於存心修身에 大有所害라 因書以自警하노라.

첫째, 조정에서의 이해와 변경의 보고나 관직의 임명에 대하여 말하지 마라. 둘째, 고을 관원의 장단점과 이해득실에 대하여 말하지 마라. 셋째, 여러 사람이 저지른 과오나 악행에 대해서 말하지 마라.
넷째, 관직에 나가는 것과 권세에 아부하는 일에 대하여 말하지 마라.
다섯째, 재산의 많고 적음과 가난을 싫어하고 부유함을 구하는 것에 대하여 말하지 마라.
여섯째, 음탕하고 난잡한 농담과 여색에 대하여 말하지 마라.
일곱째, 남의 물건을 탐내거나 술과 음식을 청하여 달라고 하지 마라.
다시 첫째로 남의 편지를 뜯어보거나 지체시켜서는 안 되고, 둘째로 남들과 함께 모여서 남의 사신을 엿보아서는 안 되며, 셋째로 남의 집에 가서 남이 지은 글을 훔쳐보아서는 안 된다.
넷째로 남의 물건을 빌렸다가 이를 손상시키거나 돌려주지 않으면 안 되고,
다섯째로 음식을 먹으면서 골라먹거나 버려서는 안 된다.
여섯째로 남들과 함께 있으면서 스스로 편리한 것만 가려 해서는 안 되며,
일곱째로 남의 부귀함을 보고 부러워하거나 헐뜯어서도 안 된다.

사람의 종류는 너무나 많다. 생각하는 것이 다르고 행동하는 것이 다르고 살아가는 것이 다르다. 사람들 중에는 자갈 같은 인간도 있고 보석 같은 인간도 있다. 또 개미 같은 인간도 있고 거미나 꿀벌 같은 인간도 있다. 칸트는 이런 말을 남겼다.

"사람은 누구나 착한 일을 향하여 자기 자신을 발전시키지 않으면 안 된다. 신이 우리에게 충분한 선善을 주지 않았기 때문이다. 그것은 다만 우리가 올바르게 살 수 있는 가능성을 보증할 뿐이다. 그렇기 때문에 누구나 자기의 힘으로 자기를 이끌어 가기에 노력하지 않으면 안 된다. 그 목적을 달성하는 것이 인생이다."

바로 그 가능성을 향하여 '범익겸范益謙의 좌우명'은 쓰여졌는지도 모른다. 사실 그런 내용들은 인간의 다양한 자유를 속박하기에 가장 알맞은 것들이다. 그러나 좋지 못한 인간의 어떤 행위들이 자유라는 이름으로 방치되어서도 안 된다. '범익겸의 좌우명'은 그런 의미에서 가장 일상적인 처세의 틀을 제시해 주고 있는 셈이다.

그대가 개미 같은 인간이 되어 스스로 만족하며 사는 것도 괜찮은 일이다. 그러나 혹시 거미 같은 인간이 되어서는 큰일이다. 많은 사람에게 이로움을 줄 수 있는 꿀벌 같은 인간이 되기 위해서는 '범익겸의 좌우명'을 가슴속에 묻어 두는 것도 좋다.

206

부자는 쓰는 일에 절도節度가 있다

무왕 문태공왈 인거세상 하득귀천빈부부등
武王이 問太公曰 人居世上에 何得貴賤貧富不等고

원문설지 욕지시의
願聞說之하여 欲知是矣로이다

태공 왈 부귀 여성인지덕
太公이 曰 富貴는 如聖人之德하여

개유천명 부자 용지유절 불부자 가유십도
皆由天命이어니와 富者는 用之有節하고 不富者는 家有十盜니라.

무왕이 태공에게 물었다. "사람이 세상을 사는데 어찌하여 귀천과 빈부가 고르지 않습니까? 원컨대 말씀을 들어 이를 알고자 합니다." 태공이 대답했다. "부귀는 성인의 덕과 같아서 모두 천명에서 비롯되거니와, 부자는 쓰는 일에 절도가 있고 가난한 집에는 열 가지 도둑이 있습니다."

범여范蠡는 20여 년 동안 월나라 왕 구천句踐을 섬기면서 온갖 고생을 다해 마침내 수적인 오吳나라를 멸망시킬 수 있었다. 그러나 범여는 구천이 역경에서는 협력할 수 있는 인물이지만, 일단 태평세월을 만나면 도저히 함께할 수 없는 사람이라고 생각했다. 그래서 그만 갈라지는 것이 좋겠다고 생각하고 월나라를 떠나 멀리 제나라고 갔다. 그곳에서 그는 바닷가의 평야를 경작하여, 얼마 되지 않아 수천 평의 옥답을 지닌 부호가 되었다. 제나라 사람들은 그의 총명함을 듣고 대신이 되어 줄 것을 간청했으나 그는 단호히 거절하며 말했다.

"나는 매우 다복한 사람이오. 내가 관리를 하면 대신격이요, 집 안에 틀어박혀 있으면 수만의 재물이 쌓이게 되오. 빈주먹뿐인 사내로서 그 이상 바랄 것이 또 무엇이 있겠소?"

그 후 범여는 가지고 있던 재산을 친구와 이웃 사람들에게 나누어 준 후 아무도 모르게 도陶라는 곳으로 숨어 버렸다. 그가 그곳으로 간 것은 이유가 있었다. 그곳이 천하의 요로要路로서 새로운 교역 시장으로 발전할 것을 알았던 것이다. 과연 그의 생각은 적중했다. 그는 또다시 얼마 지나지 않아 큰 부호가 되어 도주공陶朱公이라는 지위도 얻었다.

범여는 쓰는 일에 절도가 있었다. 그는 가난한 이웃과 친구들에게 부富를 적절히 나눌 줄 알았다.

부자는 현명하다. 그리고 부지런하다. 부지런한 부자는 하늘도 못 막는다지 않던가. 프랭클린이 말했다.

"가졌다고 해서 무조건 부자는 아니다. 부富는 즐길 줄 알아야 한다."

207

열 가지 도둑을 알면 가난을 물리칠 수 있다

武王이 曰, 何謂十盜오. 太公이 曰, 時熟不收 爲一盜요
收積不了가 爲二盜요 無事燃燈寢睡가 爲三盜요
傭懶不耕이 爲四盜요 不施功力이 爲五盜요
專行巧害가 爲六盜요 養女太多가 爲七盜요 晝眠懶起가 爲八盜요
貪酒嗜慾이 爲九盜요 强行嫉妬가 爲十盜니이다.

무왕이 물었다. "무엇을 열 가지 도둑이라 합니까?" 태공이 대답했다.
"제때에 익은 곡식을 거두어들이지 않는 것이 첫 번째의 도둑이고,
거두고서도 쌓기를 마치지 않는 것이 두 번째의 도둑이다. 일없이 등불을 켜 놓고 잠자는 것이 세 번째 도둑이며,
게을러서 밭을 갈지 않는 것이 네 번째 도둑이다. 공력(功力)을 들이지 않는 것이 다섯 번째 도둑이고,
교활하고 해로운 일만 하는 것이 여섯 번째의 도둑이다. 딸 기르기를 지나치게 하는 것이 일곱 번째 도둑이고,
낮잠을 자고 아침에 일어나기를 게을리하는 것이 여덟 번째 도둑이다.
술을 탐내고 환락을 즐기는 것이 아홉 번째의 도둑이고, 남을 심하게 시기하는 것이 열 번째의 도둑이다."

조지 오웰의 솔직한 고백은 듣는 이로 하여금 전율을 일으키게 한다. 그는 『파리와 런던의 따라지 인생』에서 이렇게 회고했다.

"가난과의 첫 접촉은 아주 묘했다. 가난에 대해서 그토록 많이 생각했고, 가난을 항상 두려워했으며, 머지않아 언젠가 닥쳐오리라 예측하고 있었지만, 막상 닥치고 보니 너무나 철저하고 뚜렷하게 달랐다. 상당히 단

순하다는 생각이 들지만, 사실은 놀랄 만큼 복잡했다. 끔찍하리라고 생각했지만, 사실은 추하고 권태로울 따름이었다. 환경의 변화, 복잡해진 야비함, 바닥까지 박박 긁어먹기 위해 가난의 독특한 비천함을 제일 먼저 깨닫게 된다."

가난은 이렇게 무서운 것이다. 가난은 이처럼 복잡하고 추하고 권태로우며 야비하기까지 한 것이다. 무왕의 질문에 답한 태공의 말에는 가난의 열 가지 원인이 적나라하게 기술되어 있다. 대개 태만과 낭비, 유흥, 무위의 나날을 꼬집고 있는데 그것들은 모두 외부에서 비롯되는 것이 아니고 자기 내부에서 비롯된다.

자기 자신을 다스리지 못하는 것이 가난의 주된 원인이다. 그 누구도 자기 자신을 사랑하지 않는 자를 거들떠보지 않는다. 그런 행위는 인생을 낭비하고, 자기 자신을 쇠퇴시키는 지름길로 접어드는 것을 의미한다.

가난은 절대 친구가 될 수 없다. 그것은 완벽한 적이며 그대에게 적일 수 있는 모든 것들과 한편이다. 가깝게는 질병에서부터 시작하여 죽음과도 은밀히 내통하고 있음을 명심해야 한다. 결코 그대 곁에 가까이 둘 수 있는 존재가 아니다. 태공의 말에 귀를 기울여라. 진작부터 그대가 알고 있었지만 깨닫지 못했던 내용들이 있다. 한 번으로 안 되면 두 번, 세 번 음미하라. 아무것도 아닌 듯한 말 속에 숨어 있던 씨앗들이 눈튼다는 사실을 되새기라.

208
간수하지 않는 것은 버리는 것과 같다

무왕 왈 가무십도이불부자 하여
武王이 曰 家無十盜而不富者는 何如닛고.

태공 왈 인가 필유삼모 무왕 왈 하명삼모
太公이 曰 人家에 必有三耗이니다. 武王이 曰 何名三耗오

태공 왈 창고누람불개 서작난식 위일모
太公이 曰 倉庫漏濫不蓋하여 鼠雀亂食이 爲一耗요

수종실시 위이모 포살미곡예천 위삼모
收種失時가 爲二耗요 抛撒米穀穢賤이 爲三耗니이다.

무왕이 물었다. "집에 열 가지 도둑이 없어도 부유하지 못한 것은 무슨 이유입니까?"
태공이 대답했다. "그런 사람의 집에는 반드시 삼모(三耗)가 있을 것입니다." "무엇을 삼모라고 합니까?"
"창고가 뚫려 있는데도 가리지 않아 쥐와 새들이 어지럽게 먹어 대는 것이 한 가지 소모이고,
거두고 씨 뿌리는 일에 때를 놓치는 것이 두 번째의 소모이며,
곡식을 퍼서 마구 흐트려 더럽고 천하게 다루는 것이 세 번째 소모입니다."

'호박씨 까서 한입에 털어 넣는다'는 속담을 들어 보았을 것이다. 고생해서 푼푼이 모은 것을 단박에 털어 없애는 것을 비유한 말이다. 또 '여편네 활수滑手하면 벌여들여도 시루에 물 붓기'란 말이 있다. 아무리 많이 벌어도 그 집안의 주부가 헤프면 저축할 수 없다는 뜻이다. 비슷한 것으로 '밑 빠진 독에 물 붓기'나 '굴우물에 돌 넣기'라는 말도 있다. 아무리 하여도 한이 없다는 뜻이다.

그런 것들은 낭비 혹은 적절치 못한 소모 행위다. 소모란 써서 없애거

나 닳아 없어지는 것을 말한다. 그렇게 흘러 없어지는 구멍을 버려둔 채 부자가 되기를 바란다면 그것이야말로 하늘의 별 따기보다 더 어려운 일이다.

가정에 있어서 씀씀이가 헤픈 부인은 태공이 말한 삼모三耗의 세 가지를 다 갖춘 것이나 다름없다. 그것이야말로 밑 빠진 독에 물 붓기이며 굴우물에 돌 넣기나 다름없다. 부자는 돈을 사려 깊게 쓸 줄 안다. 사려 깊게 쓸 줄 알기 때문에 부자가 될 수 있다. 부자란 하늘에서 특별히 선택된 인간이 아니다. 그들도 우리와 똑같이 만들어졌고 똑같이 살아가는 사람들이다.

누군가는 낭비하는 사람이 수전노보다 더 골치 아픈 사람이라고 했다. 자기 재산뿐 아니라 남의 몫까지도 탕진하기 때문이다. 집에 열 가지 도둑이 없어도 부유하지 못하는 것은 바로 그런 까닭이다. 간디는 이렇게 말했다.

"우리의 부富는 물질은 물론 지식도 포함되는 것으로, 그 자체를 얻는 데 있는 것이 아니라 우리 자신이 그것을 얻을 수 있는 독립적인 수단을 갖추는 데 있습니다."

209

태공太公의 열 가지 가정 교육

무왕 왈 가무삼모이불부자 하여 태공 왈
武王이 曰 家無三耗而不富者는 何如닛고 太公이 曰

인가 필유일착이오삼치사실오역육불상칠노팔천구우십강
人家에 必有一錯二誤三痴四失五逆六不祥七奴八賤九愚十强하여

자초기화 비천강앙 무왕 왈 원실문지
自招其禍요 非天降殃니이다. 武王이 曰, 願悉聞之하노이다.

태공 왈 양남불교훈 위일착 영해불훈 위이오
太公이 曰 養男不教訓이 爲一錯이요 嬰孩不訓이 爲二誤요

초영신부불행엄훈 위삼치 미어선소 위사실
初迎新婦不行嚴訓이 爲三痴요 未語先笑가 爲四失이요

불양부모 위오역 야기적신 위육불상
不養父母가 爲五逆이요 夜起赤身이 爲六不祥이요.

호만타궁 위칠노 애기타마 위팔천
好挽他弓이 爲七奴요 愛騎他馬가 爲八賤이요

끽타주권타인 위구우 끽타반명붕우 위십강
喫他酒勸他人이 爲九愚요 喫他飯命朋友가 爲十强니이다.

무왕 왈 심미성재 시언야
武王이 曰 甚美誠哉라 是言也여.

무왕이 물었다. "집안에 삼모(三耗)가 없는데도 부자가 되지 못한 것은 왜 그렇습니까?"

태공이 대답했다. "집안에 반드시 다음의 열 가지가 있습니다. 일착(一錯), 이오(二誤), 삼치(三痴), 사실(四失), 오역(五逆), 육불상(六不祥), 칠노(七奴), 팔천(八賤), 구우(九愚), 십강(十强)이 그러합니다. 이는 스스로 화(禍)를 부른 것이지 하늘이 재앙을 내려서 그런 것은 아닙니다."

무왕이 말했다. "원하건대 자세히 듣고 싶습니다."

태공이 말했다. "아들을 기르면서 가르치지 않는 것이 첫째의 어긋남이고, 어린아이를 훈계하지 않는 것이 둘째의 잘못됨이며, 처음 신부를 맞아들여 엄하게 가르치지 않는 것이 셋째의 어리석음입니다. 말하기 전에 웃기부터 하는 것이 넷째의 잘못함이고, 부모를 봉양하지 않는 것이 다섯째의 거슬림이며, 밤에 알몸으로 일어나는 것이 여섯째의 좋지 않은 행실입니다. 남의 활을 당기기를 좋아하기는 것이 일곱째의 나쁜 것이고, 남의 말을 타기 좋아하는 것은 여덟째의 천박함이며, 남의 술을 마시면서 다른 사람에게 권하는 것이 아홉째의 어리석음이며, 남의 밥을 먹으면서 벗에게 주는 것은 열 번째의 뻔뻔함이 되는 것입니다."

무왕이 말했다. "참으로 아름답고 좋은 말씀이십니다."

태공의 열 가지 교육은 위험 지대로부터 안전지대로 건너가기 위해 가설한 다리와 같다. 이제 후손들이 다리를 건너려 한다.

한 어린이가 친구의 노트를 훔쳐 어머니에게 가져왔다. 어머니는 꾸짖는 대신 칭찬을 해 주었다. 또 한번은 훔친 외투를 가져왔고 어머니는 더욱 그 아이를 칭찬했다. 아이가 자라서 청년이 되었을 때 그는 더 큰 도둑질을 했다. 하지만 꼬리가 길면 잡히는 법이며 나쁜 짓은 결코 하늘이 간과하지 않는 법이다. 어느 날 그는 범죄 현장에서 붙잡혀 사형대로 끌려갔다. 그의 어머니는 통곡을 하며 그를 따라갔다. 아들은 어머니에게 귓속말을 하고 싶다고 했다. 어머니가 아들 가까이 다가가자 아들은 어머니의 귓밥을 물어뜯었다. 사람들이 아들에게 불효막심하다며 손가락질하자 아들이 말했다.

"내가 처음으로 노트를 훔쳤을 때 어머니는 나를 꾸짖어야 했습니다. 그랬다면 사형 집행인의 손에서 내 인생을 끝내진 않았을 겁니다."

그래서 이 지혜의 다리가 필요한 것이다. 이 다리를 건너기 전에 깊이 생각에 잠겨 주기를 간청한다. 어디선가 들어 본 말 같기도 하지만 그대는 어디서도 이런 말을 들어 보지 못했을지도 모른다. 배워서 안다는 것은, 그리고 깨닫는 것은 그대가 가지고 있는 지혜에 윤기를 더해 준다. 얼마나 아름다운 일인가? 그대야 말로 얼마나 아름다운 사람인가?

210
삼강三綱을 알면 세상이 평화롭다

三綱(삼강)은 君爲臣綱(군위신강)이요 父爲子綱(부위자강)이요 夫爲婦綱(부위부강)이니라.

삼강(三綱)은 이렇다. 임금은 신하의 본이 되어야 하고, 어버이는 자식이 본이 되어야 하며, 남편은 아내의 본이 되어야 한다.

삼강三綱은 임금과 신하, 아버지와 자식, 남편과 아내 사이에 지켜야 할 떳떳한 도리를 말한다. 아무리 시대가 바뀌어도 사람은 변하지 않는다. 태초의 모습 그대로이다. 임금은 없어졌지만 그와 비슷한 지위는 있다. 시대가 바뀌었다고 해서 어버이나 남편이 바뀌지는 않는다.

오늘에 있어서의 '삼강'과 '오륜'은 하나의 도덕률로 사람들이 살아가는 데 필요한 하나의 틀과 같다. 그래서 칸트는 이런 말을 했다.

"오래도록 생각에 잠길수록 더욱 새롭고 감탄과 숭앙하는 마음으로 가득 차게 되는 것 두 가지가 있다. 그것은 내 머리 위에서 반짝이고 있는 하늘의 별과, 내 마음속에 자리 잡은 도덕률道德律이다."

시대가 바뀌어 세상이 혼미해질수록 가슴에 삼강오륜三綱五倫과 같은 사상의 꽃을 피워라. 바람에 날리는 갈대처럼 많은 사람들 속에서 그대는 그것을 지닌 것만으로도 향기가 달라진다.

211

사랑하는 마음이 곧 양심이다

명도선생 왈 일명지사 구존심어애물 어인 필유소제

明道先生이 曰 一命之士도 苟存心於愛物이면 於人에 必有所濟니라.

처음으로 관직에 나간 사람이라도 진실로 일을 사랑하는 마음만 갖는다면 반드시 사람에게 도움되는 바가 있다.

사람은 태어나 일과 함께 살아간다. 자기의 일을 버려두는 사람은 자기 자신을 버려두는 것과 마찬가지다. 사람은 일과 함께 꽃을 피우고 일과 함께 열매를 맺는다. 일은 그 사람이 살아 있음을 보여 주는 유일한 증거다. 사람들은 일을 사랑하기도 하고 미워하기도 한다. 또 어떤 사람들은 일을 기피하고 거부한다. 자기 일인데도 그 일을 혐오하는 사람이 있는가 하면, 남의 일인데도 자기 것처럼 사랑하며 매만져 주는 사람도 있다.

사람이 일을 깨트리면 일은 깨어진다. 그러나 사람이 일을 만들어 나가면 일은 성취된 만큼의 모습을 보여 준다. 일은 사람을 기다릴 뿐만 아니라 사람에게 엄청난 역할을 부여해 준다. 무슨 일이든지 처음 시작할 때는 서툴 수밖에 없다. 아직 그 일을 잘 모르는 탓도 있지만, 아직 그 일과 친해지지 않았기 때문이다. 그대가 맡은 일에 사랑을 쏟아붓기 시작하면 그 일은 아름답게 다가온다. 일을 사랑할 줄만 알면 된다. 그러면 일도 그대를 사랑하게 된다.

212
청렴하고 신중하며 근면하라

동몽훈 왈 당관지법 유유삼사
童蒙訓에 曰 當官之法이 唯有三事하니
왈청왈신왈근 지차삼자 즉지소이지신의
曰淸曰愼曰勤이니 知此三者면 則知所以持身矣니라.

공직에 임하는 세 가지 법칙은 청렴과 신중과 근면이다. 이것을 알면 그 몸가짐을 알 수 있다.

윤석보尹石輔라는 사람이 있었다. 군수가 된 그는 가족을 고향에 남겨 둔 채 혼자 임지로 부임했다. 그러자 아내는 가난한 살림살이를 견디기 어려워, 가보 몇 가지를 팔아 밭 한 뙈기를 장만했다. 채소라도 가꾸어 먹기 위해서였다. 이를 들은 윤석보는 아내게게 편지를 보냈다.

"옛 사람이 촌척의 땅이라도 넓혀 임금을 저버리지 않는다고 한 것은 국록 이외에는 탐내지 말라는 뜻이오. 내가 관직에 올라 임금의 녹을 받으면서 전에 없던 밭을 장만했다 하면 세상 사람들이 나를 어떻게 생각하겠소? 빨리 그 밭을 되돌려 주도록 하시오."

옛사람들은 관직의 중요성을 대단하게 생각했다. 나랏일을 한다는 긍지와 나라로부터 보수를 받는다는 것은 굉장한 명예였기 때문이다. 청렴한 사람에게서는 신중함과 근면함이 뒤따른다. 그것이 공직에 임하는 가장 대표적인 몸가짐이다. 쇼펜하우어가 말했다.

"명예는 밖에 나타난 양심이며, 양심은 안에 잠기는 명예이다."

213
화내기를 앞세우면 일을 그르친다

當官者는 必以暴怒爲戒하여 事有不可어든

當詳處之면 必無不中이어니와 若先暴怒면 只能自害라 豈能害人이리오.

공직을 맡은 자는 반드시 성내는 것을 경계하라. 일에 옳고 그른 것이 있으면 차근히 처리하라.
화내기를 먼저 한다면 자신만을 해칠 뿐 남을 해칠 수는 없다.

성서는 우리들에게 화내지 말라고 거듭 깨우친다. '화를 잘 내면 말썽을 일으키고 골을 잘 내면 실수가 많다'거나 '함부로 화를 내지 않는 사람은 용사보다 낫다. 제 마음을 다스리는 사람은 성城을 탈취하는 것보다 낫다'고 가르친다.

화는 굴러다니는 불덩어리와 같다. 부딪치는 곳마다 불꽃을 튀기거나 아예 불을 질러 버린다. 그 불덩어리와 부딪친 것들은 절반쯤 타다 만 것도 있지만 완전히 잿더미만 남는 경우도 있다. 베이컨은 이렇게 말한다.

"화는 감정에 지배당한 경우에 잘 나타난다. 우리는 분노를 무서운 것이 아니라 경멸하는 마음으로 취급해야 한다. 그렇게 하면 그 해害에 희생되지 않고 초연할 수 있다. 화의 원인과 동기는 피해에 대한 감수성의 예민함이 있다."

214

모든 사람에게 정성으로 대하라

童蒙에 曰 事君을 如事親하며 事官長을 如事兄하며
與同僚를 如家人하며 待羣吏를 如奴僕하며 愛百姓을 如妻子하며
處官事를 如家事然後에야 能盡吾之心이니 如有毫末不至면
皆吾心에 有所未盡也니라.

임금 섬기기를 아버지 섬기듯 하고, 윗사람 모시기를 형처럼 하라.
동료 대하기를 집안 사람처럼 할 것이며, 여러 아전 대접하기를 자기 집 노복같이 하라.
또 백성을 처자식같이 사랑할 것이며, 나라 일을 내 집안 일같이 한 후에야 능히 내 마음을 다했다고 할 수 있다.
만약 털끝만치라도 지극히 하지 않으면 모두가 내 마음을 다하지 않은 것이다.

참되어 거짓 없는 마음이 정성精誠이다. 그래서 옛사람들은 그 정성을 미화하고 그 의미를 보다 깊게 하기 위해 다양한 표현들을 즐겨 썼다. 분신미골粉身糜骨이라는 말을 보자. 몸이 가루가 되게 하고 뼈를 부러뜨린다는 뜻으로, 모든 정성과 힘을 다한다는 말이다. 쇄수회진碎首灰塵은 머리를 부러뜨려 재와 티끌을 만든다는 뜻으로 온갖 정성과 노력을 다한다는 말이다. 얼마나 섬뜩한 표현인가. 그러나 그 말 속에는 진실이 가득 담겨 있음을 깨달을 수 있다.

조선 영조 때 우의정을 지낸 조태채趙泰采는 인정이 많기로 소문난 사람이었다. 특히 그는 직위가 낮은 관원들을 집안 식구처럼 보살피며 도왔

다. 그가 부인 심씨를 잃고 상심해 있던 어느 날이었다. 출근을 했는데 이미 나와 있어야 할 아전의 모습이 보이지 않았다. 그는 무슨 일이 있나 보다 하고 지나쳤는데 한낮이 거의 다 되어서야 나온 아전은 눈물을 글썽이며 그에게 어려움을 털어놓았다.

"아내를 잃은 지 얼마 되지 않습니다. 오늘 아침 준비를 서두르고 있는데 태어난 지 여섯 달된 막내가 배가 고파 칭얼거려, 이웃집의 젖을 얻어 먹이느라고 이렇게 늦고 말았습니다."

그 말을 들은 조태채의 눈시울도 뜨거워졌다.

"그런 줄은 몰랐구나. 자네 사정이 내 사정과 조금도 다르지 않구나. 이 얼마 안되는 돈이지만 이것으로라도 그 아이를 잘 거누도록 하거라."

그러나 이것은 거짓말이었다. 밤늦게까지 노름판에서 지새운 아전은 조태채의 입장을 빌어 어려운 순간을 모면하기 위해 계략을 쓴 것이다.

사악한 인간들은 타인의 정성을 역으로 이용한다. 그런 일들은 비교적 드러나지 않고 덮여 있어서 모를 뿐, 사람이 사는 곳에는 비일비재하다. 그들이야말로 '분신미골'을 하거나, '쇄수회진'해야 할 인간들이다. 토마스 만이 말했다.

"자기에게 성의가 있으면 상대방에 허위가 있을 리 없고, 자기에게 허위가 있으면 상대방에 성의가 있을 리 없다."

215

사람을 움직일 수 있는 지성은 아름답다

혹 문 부 좌영자야 부소욕위 영혹부종 내하
或이 問, 簿는 佐令者也이니 簿所欲爲를 令或不從이면 奈何닛고.

이천선생 왈 당이성의 동지 금영여부불화 지시쟁사의
伊川先生이 曰, 當以誠意로 動之니 今令與簿不和는 只是爭私意니라.

영 시읍지장 약능이사부형지도 사지 과즉귀기
令은 是邑之長이니 若能以事父兄之道로 事之하여 過則歸己하고

선즉유공불귀어영 적차성의 기유부동득인
善則唯恐不歸於令하여 積此誠意면 豈有不動得人이리오.

어떤 사람이 물었다. "부(簿)는 영(令)을 보좌하는 자입니다.
부가 하고자 하는 것을 영이 혹시 따르지 않는다면 어찌합니까?"
이천 선생(伊川先生)이 답했다. "마땅히 성의로써 마음을 움직이게 해야 한다.
지금 영과 부가 화목하지 못한 것은 사사로운 생각으로 다투기 때문이다.
영은 고을의 어른이니, 부는 어버이를 섬기는 마음으로 섬겨야 한다.
이와 같은 정성을 쌓는다면 어찌 사람의 마음을 움직이지 못하겠는가?"

어차피 인생이란 주고받는 관계다. 주는 쪽에서 정성이 담긴 마음을 통째로 준다면 그냥 받아들일 수는 없다. 그대 역시 정성을 통째로 담은 채, 그 마음을 받아야 할 것이다. 주고받는다는 것은 함께한다는 것이다. 주고받는 일에 차별을 둔다면 거기에는 정성이 담긴 마음은 있을 수 없다. 모두가 마음에서 일어나며 마음에서 끊어지는 일이다.

어느 날 두 사람의 사내가 랍비를 찾아와 의논을 했다. 한 사람은 그 고을에서 제일가는 부자이고 또 한 사람은 가난하기 이를 데 없는 사내였

다. 두 사람은 대기실에서 함께 차례를 기다렸다. 부자인 사내가 일찍 와 있었기 때문에 그가 먼저 랍비의 방으로 안내되었다. 그리고 한 시간쯤 지나자 부자는 방에서 나왔다. 다음 차례였던 가난한 사내가 뒤이어 들어갔다. 그의 면담은 단 5분 만에 끝났다. 가난한 사내가 항의하듯 말했다.

"부자가 찾아왔을 때는 한 시간이나 함께하며 응대해 주시더니 저는 단 5분이라니요? 이러시고서도 공평한 처사라고 할 수 있으십니까?"

랍비는 묵묵히 생각에 잠겼다가 대답했다.

"자, 나의 아들이여, 나는 그대가 가난하다는 걸 금세 알아차릴 수 있었지만 그 부자의 경우, 그의 마음이 가난하다는 것을 알아차리기까지 한 시간이나 걸렸다네."

사람이 사람을 대할 때는 그 어떤 환경에서라도 서로가 지성至誠으로 대하는 것이 가장 아름답다. 그것은 지위의 높낮이나, 나이가 많고 적음에 구애될 성질의 것이 아니다. 지성이야말로 사람의 마음을 움직이게 하는 가장 아름다운 심성이다.

216

자신을 바르게 함으로써 남을 바르게 대하라

劉安禮가 問臨民한대 明道先生이 曰 使民으로 各得輸其情이니라.

問御吏한대 曰 正己以格物이니라.

유안례(劉安禮)가 백성을 다스리는 도리를 묻자 명도(明道) 선생이 말했다.
"백성들로 하여금 각각 그들의 뜻을 펴게 하라." 이번에는 아전을 거느리는 도리를 물었다.
"자신을 바르게 함으로써 남을 바르게 대하라."

헤겔이 말했다.

"사람은 자기 자신을 의탁할 자기의 세계를 가져야 한다. 마음속에 있는 자기의 세계에 충실하였느냐, 충실치 못했느냐가 문제이다. 사람에게 가장 슬픈 일은 자기가 마음속에 의지하고 있는 세계를 잃어버렸을 때이다. 나비에게는 나비의 세계가 있고 까마귀에는 까마귀의 세계가 있듯이, 사람도 각자 자기가 믿는 바에서 정신의 기둥이 될 세계를 가지고 있지 않으면 안 된다."

유안례劉安禮의 질문처럼 백성을 다스리는 도리가 아니더라도, 또 아전을 거느리는 도리만이 아니더라도, 사람은 누구나 자기가 가르침을 줄 입장에 있다면 그 대답은 똑같은 것이다. 사람들로 하여금 각각 그들의 뜻을 펴게 해야 할 것이며, 자신을 바르게 함으로써 남을 바른 길로 인도해야 할 것이다. 자신만의 확고한 세계 없이는 뜻을 펼 수 없다. 화살 없이는 활을 쏠 수 없는 것과 마찬가지다. 또한 자신의 행실이 바르지 못하면서 남에게 바르게 살라고 말할 수 없다. 그래서 자기의 세계가 필요하다는 말이다.

소심한 노인이 목초지에서 나귀에게 풀을 뜯기고 있었다. 갑자기 적군의 고함 소리가 들려왔다. 노인은 깜짝 놀라 나귀에게 빨리 도망치라고 외쳤다. 그러나 나귀는 조금도 서두르지 않으며 노인에게 물었다.

"만약 내가 저들의 손에 들어간다면 내게 짐을 두 곱으로 지울까요?"

노인이 대답했다.

"그러진 않겠지."

그러자 나귀는 다시 시큰둥하게 말했다.

"지금과 똑같은 짐을 지기만 한다면 누가 주인이 되건 내게 무슨 상관이 있습니까?"

서민들은 정부의 변화가 그저 주인을 바꾼 것에 지나지 않다는 것을 알고 있다. 백성을 다스리는 도리에 있어서나, 아전을 거느리는 도리에 있어 그들에게 신뢰를 주지 못했기 때문이다. 정부에 있는 어느 누구도 자신을 바르게 함으로써 남을 바르게 하려는 모범을 보여 주지 않기 때문이다. 그대는 어떤가? 자기와는 아무런 상관이 없다는 그 나귀에게 무엇을 보여 줄 수 있는가? 그 소심한 노인에게는 무슨 말을 할 수 있겠는가?

217

죽음 앞에서도 바른 말은 다하라

포박자 왈 영부월이정간
抱朴子에 曰, 迎斧鉞而正諫하며

거정확이진언 차위충신야
據鼎鑊而盡言이면 此謂忠臣也니라.

도끼로 맞더라도 바른 길을 말할 것이며,
뜨거운 솥에 삶아 죽이려 하더라도 바른 말을 다하라. 그것이 바로 충신이다.

피타고라스는 말을 정신의 호흡이라고 했고, 알키다마스는 말할 줄 알면 말해야 할 때도 알게 된다고 했다. 말은 정신의 빛이며 그 빛의 반짝임이다. 흐려진 말은 이미 그 빛을 잃은 것이며 왜곡된 말은 호흡을 멈춘 정신과 같다. 다시 말하면 그것은 이미 죽은 말이며 죽은 정신이며 죽은 사람이란 뜻이다.

중추부사中樞府事 홍일동洪逸童은 일찍이 세조 앞에서 불사佛事를 강론한 사람이다. 세조는 자신의 죄를 씻기 위해 부처의 힘을 빌고자 불교를 숭상했다. 그런데 홍일동은 그 앞에서 불사의 그릇됨을 공격했던 것이다. 세조는 홍일동을 지극히 아꼈다. 그래서 일부러 성난 얼굴을 하고 명령을 내렸다.

"저런 무엄한 놈이 있느냐? 당장에 저놈의 목을 베어 부처님 앞에 사죄를 드려야 겠다."

그러면서 세조는 좌우에 서 있던 무사들에게 칼을 가져오게 했다. 그러나 홍일동은 얼굴빛도 변하지 않은 채 그대로 앉아서 공격의 말을 늦추지 않았다. 신하들도 홍일동의 목에 두 차례나 칼을 겨누었지만 그는 돌아보지도 않고 할 말을 계속했다. 이윽고 듣고 있던 세조가 말했다.

"너는 죽음이 두렵지 않느냐?"

홍일동이 대답했다.

"죽게 되면 죽고, 살게 되면 사는 것이지 어찌 생사로써 마음을 바꿀 수 있겠습니까?"

세조는 오히려 입고 있던 법의를 벗어 그에게 상으로 내리며, 매우 곧은 신하라고 기뻐했다.

충忠이란 자기가 할 수 있는 바를 다하는 것이고 성誠이란 있는 힘을 다한다는 뜻이다. 나라에 충성을 다하는 것은 당연한 일이다. 그러나 그 전에 자기 자신에게 먼저 충성을 다하라. 자기 양심에게 충성을 다하는 사람이라면, 도끼로 맞더라도 바른 길을 말할 것이며 뜨거운 솥에 삶아 죽이려 하더라도 할 말을 다할 것이다. 나라보다도 그대의 양심이 먼저다. 자기의 양심을 버려 두고 어떻게 나라에 충성할 수 있겠는가? 한마디 말이야말로 실행의 그림자임을 명심하라. 한마디의 말이 그대의 얼굴이며 이름이며 그대의 사상임을 명심하라.

218

모든 일은 항상 어른과 의논하라

사마온공　왈 범제비유　사무대소　무득전행
司馬溫公이 曰 凡諸卑幼는 事無大小히 毋得專行하고

필자품어가장
必咨稟於家長이니라.

무릇 손아랫사람들은 일의 크고 작은 것을 가릴 것없이 제멋대로 행동해서는 안 된다.
반드시 집안 어른께 여쭈어 보아야 한다.

어린 소년이 식탁 위에서 우연히 땅콩 단지를 발견했다. 먹고 싶은 마음에 소년은 단지에 손을 밀어 넣었다. 그리고 땅콩을 한 주먹 가득 집었다. 그러나 다시 손을 꺼내려고 했을 때, 그는 단지 입구가 너무 좁다는 것을 알았다. 주먹을 쥔 채로는 손이 빠지지 않았다. 한 알의 땅콩도 놓치고 싶지 않았던 소년은 주먹을 빼려고 애썼지만, 땅콩을 그대로 거머쥔 채로는 손을 뺄 수 없었다. 결국 소년은 울음을 터뜨렸고 엄마가 방으로 들어왔다. 무슨 일이냐는 물음에 소년은 흐느끼면서 대답했다.

"땅콩을 꺼낼 수가 없어요."

엄마가 말했다.

"자, 너무 욕심을 내지 말고 여러 번 나누어서 꺼내면 되지 않겠니? 그러면 네 손을 꺼내는 데 어렵지 않을 게다."

톨스토이는 이렇게 말한다.

"빵을 굽는 데도 우선 밀가루를 반죽하고, 다음에 아궁이에 불을 지피고 솥을 올려놓는 등 순서가 있다. 이 순서를 틀리거나 속이면 결코 좋은 빵을 구울 수 없다. 마찬가지로 인생의 일을 수행하는 데도 일정한 질서를 유지함으로써 비로소 참되고 좋은 생애를 보낼 수 있다."

집안에는 위계질서가 있다. 그것은 아주 자연스럽게 자연이 만들어 준 질서이다. 손아랫사람은 모든 일에서 윗사람과 의논하는 것이 자신에게도 보탬이 된다. 그리고 가정이라는 울타리 속의 화목을 위해서도 아주 보기 좋은 그림이 될 수 있다.

219
어리석은 사람은 아내를 두려워한다

태공　왈 치인　외부　현녀　경부
太公이 曰 痴人은 畏婦하고 賢女는 敬夫니라.

어리석은 사람은 아내를 두려워하고, 어진 여자는 남편을 공경한다.

어느 가난한 사나이가 랍비를 찾아와 눈물을 글썽이며 하소연했다.

"저희 집은 좁은 데 아이들은 많고, 여편네가 그렇게 악처일 수 없습니다. 이 고을에서 가장 지독한 악처일 것입니다. 아, 저는 정말 어떻게 해야 할지 모르겠습니다."

유태교에서는 그리스도교와는 달리 이혼이 허용된다. 결혼 생활을 더 이상 계속할 수 없을 때는 랍비의 허가만 받으면 된다. 랍비가 말했다.

"그대는 산양山羊을 가지고 있소?"

가난하고 불운한 유태인 사나이가 대답했다.

"물론입니다. 유태인 중에 산양을 갖지 않은 사람이 어디 있겠습니까?"

"그렇다면 산양을 집 안에 들여와 기르도록 하시오."

사나이는 의아한 낯빛을 하고 집으로 돌아갔다. 그러고는 다음 날 또다시 찾아왔다.

"이젠 더 이상 참을 수가 없습니다. 집 안에 악처에 산양까지……. 이젠 틀렸습니다."

랍비가 말했다.

"그대는 닭을 기르고 있소?"

"물론입니다. 도대체 닭을 기르지 않는 유태인도 있습니까?"

"그렇다면 이제부터 닭을 전부 집 안에서 기르도록 하시오."

사나이는 다음 날 또다시 찾아왔다.

"이제 정말 세상의 종말입니다."

"그렇게 심각한가요?"

"아내에 산양에다가, 닭이 열 마리입니다!"

이윽고 랍비가 음성을 바꾸어 말했다.

"그렇다면 산양과 닭을 밖에 내다 기르도록 하고 내일 다시 한 번 찾아오시오."

다음 날 사나이가 다시 찾아왔다. 혈색도 좋아졌고 마치 황금의 산에서 나오기라도 한 듯 두 눈이 충족의 기쁨으로 빛나고 있었다.

"산양과 닭을 내보냈습니다. 천 번의 축복이 내리시옵기를! 우리 집은 이제 궁전과 같습니다."

어떤가? 그대도 아내를 두려워하는 쪽인가? 아니면 그대의 아내가 어질지 못한가? 두려워하는 것도 그대 마음속에 있고 아내의 어질지 못함도 그대 마음속에 있다. 그대마저도 참으로 산양과 닭들이 필요한 사람인가? 그렇다면 나는 지금 그대에게 성경의 시편을 읽어 주는 수밖에 없다.

"너의 집 안방의 네 아내는 포도알 푸짐한 포도나무 같고, 밥상에 둘러앉은 네 자식들은 올리브 나무의 햇순과 같구나."

220

가난한 사람에게 필요한 것을 먼저 생각하라

범사노복 선념기한
凡使奴僕에 先念飢寒이니라.

노복을 부릴 때에는 먼저 그들의 춥고 배고픈 것을 생각하라.

노복奴僕이란 남자 종, 즉 머슴을 일컫는 말로 지금은 없어진 오래된 말이다. 사람들은 지금 이 시대에 종 따위가 어디 있느냐고 말하지만 부자라는 계급이 존재하는 한 그것은 어쩔 수 없이 존재할 수밖에 없다. '부자는 기도로 저녁 식사를 숭상하고 가난한 자는 저녁밥을 찾아 헤맨다'는 말이 있다. 부자와 가난한 자의 차이이다. 부자는 그것을 즐기고 가난한 자는 그것에 아파한다. 부자와 가난한 자의 살아가는 방법의 차이이다. 도스토예프스키의 『가난한 사람들』에 이런 대목이 나온다.

"돈을 가진 인간은 가난한 사람들이 박복한 운명을 호소하는 소리를 제일 싫어한다."

부자들은 그들의 사치와 허영, 권위를 보장받기 위해서 노예를 부린다. 소크라테스가 말했다.

"아무리 부를 자랑하더라도 그가 어떻게 쓰는지를 알기 전에는 결코 그를 부러워해서는 안 된다."

221

검소한 생활을 익혀라

대객 부득불풍 치가 부득불검
待客엔 不得不豊이요 治家엔 不得不儉이니라.

손님 접대는 풍성하게 해야 하며, 살림은 검소하게 해야 한다.

검소한 생활은 그 동반자를 진실로 택한다. 반면에 사치한 생활은 그 동반자를 허영으로 삼는 데 주저하지 않는다. 검소함은 진실로 짠 옷을 입지만 사치함은 허영으로 엮은 옷을 입는다. 박옥혼금璞玉渾金이란 말이 있다. 박옥은 갈고 닦지 않은 옥이고, 혼금은 아직 재련하지 않은 금이다. 그만큼 검소하고 소박한 사람을 칭찬하여 쓰는 말이다. 또 일상적으로 먹는 밥에 반찬을 두 가지 이상 놓지 않는다는 뜻으로 식불이미食不二味라는 말을 쓴다. 반대로 일식만전一食萬錢이라는 말도 있다. 한 번의 식사에 많은 돈을 들인다는 뜻으로, 극히 사치스러움을 일컫는 말이다.

검소함이 지나치면 인색이 된다. 모든 일에 한계를 설정해야 하는 이유가 거기에 있다. 풍성한 손님 접대도 지나치면 허영이 되고, 검소한 집안 살림도 지나치면 인색이 된다. 『채근담』은 이런 가르침을 준다.

"검소하며 절약하는 것은 아름다운 미덕이지만, 지나치면 모진 인색이 되어 오히려 정도正道를 상하게 된다. 겸손하고 양보하는 것은 아름다운 행실이지만, 지나치면 비굴함이 되어 본마음을 의심하게 한다."

222

집안이 화목하면 모든 일이 이루어진다

子孝雙親樂(자효쌍친락)이요 家和萬事成(가화만사성)이니라.

아들이 효성스러우면 어버이가 즐겁고, 집안이 화목하면 모든 일이 이루어진다.

당나라 고종이 큰 잔치를 베풀었다. 식탁 위엔 음식과 먹음직한 포도송이가 가득 놓였다. 사람들은 싱싱한 포도를 다투어 먹었지만, 시중만은 포도에 손을 대지 않았다. 고종이 이상하게 생각되어 물었다.

"왜 그대는 포도를 먹으려 하지 않는가?"

그러자 시중이 대답했다.

"지금 병중에 계신 어머님께서 포도를 매우 드시고 싶어 하십니다. 사방으로 포도를 구하기 위해 애썼지만 구하지 못했습니다. 그런 제가 어찌 그 포도를 먹을 수 있겠습니까?"

효도하는 마음은 숨겨도 드러나기 마련이다. 그것은 마음속 깊은 곳에 씨앗을 뿌려 놓았기 때문이다. 싹트고 가지를 키우고 꽃을 피우면 그것은 눈에 보이지 않아도 그 향기로 알아낼 수 있다.

숙수지공菽水之供이란 말이 있다. 콩과 물로 드리는 공양이라는 뜻으로, 가난한 중에도 검소한 음식으로 효도한다는 말이다. 눈에 보이지 않지만 그 향기야말로 뜨락을 맴돌고도 남음이 있다. 그것이 효도이며 화목이다.

223

화재와 도둑은 갑자기 만난다

時時防火發하고 夜夜備賊來니라.

시시방화발 야야비적래

항상 불을 염려하고 밤이면 도적을 방비하라.

방심이란 마음을 다잡지 않고 놓아 버린 상태이다. 다른 일에 정신이 팔려 마음이 본체를 잃어버린 상태인 것이다. 메추리에 눈이 팔린 사냥꾼은 우물에 빠지고, 천 길 둑도 땅강아지나 개미구멍으로 무너진다는 말은 그런 경우를 두고 한 말이다. 그대 마음의 불을 염려해 본 적이 있는가? 그대 마음으로 들어오는 도둑을 막아 본 적이 있는가? 마음속에서 일어나는 화재는 한결 더 무섭다. 탐욕이라는 화재, 야망이라는 화재, 정욕이라는 화재는 처음에는 마음 한구석을 태우는 듯하지만 날이 갈수록 그대의 심장까지도 태워 버리고 만다.

마음으로 드는 도둑도 마찬가지다. 시기, 질투라는 도둑, 교만이라는 도둑을 물리칠 방법을 생각해 본 적이 있는가?

화재는 예고하지 않는다. 어디선가 갑자기 나타난다. 도둑도 마찬가지다. 그러니 항상 불을 염려하고 밤이면 도적을 방비해야 한다. 참으로 그대는 어디쯤에 서서 불길을 잡으려 하는가? 어느 도둑을 잡으려 하는가?

224

혼인하는 일에 재물을 이야기하지 마라

문중자왈 혼취이론재 이로지도야
文仲子曰 婚娶而論財는 夷虜之道也니라.

혼인하는 일에 재물을 이야기하는 것은 오랑캐가 하는 짓이다.

"돈을 위하여 결혼하는 것보다 나쁜 것이 없고, 사랑만을 위하여 결혼하는 것보다 어리석은 일은 없다."

영국 시인 벤 존슨의 경고다. 돈만을 위하여 결혼하는 것은 극히 드문 경우지만 돈을 의식하고 결혼하는 사람들은 의외로 많다. 그것은 고액의 예식 비용에서부터 갖가지 명목으로 점철된 초고액의 혼수 비용에서도 잘 알 수 있다. 그런 조건들이 맞지 않으면 그 즉시 갈라선다. 그것을 단순하게 오늘날의 풍속도로만 여겨서는 안 된다. 잘못된 인식은 파국을 가져올 수밖에 없다. '지참금은 가시 침대'라는 말은 그래서 생겨난 것인지도 모른다.

존 드라이든은 결혼이 일곱 성사聖事의 하나인지, 일곱 대죄大罪의 하나인지는 확실치 않다고 했다. 또 도스토예프스키는 결혼이란 모든 자랑스러운 혼魂과 독립적인 모든 것의 정신적 죽음이라고까지 얘기했다. 그래도 사람들은 결혼을 한다. 아라비아의 속담처럼 '결혼은 아흔아홉 마리의 뱀과 한 마리의 뱀장어가 들어 있는 주머니와 같다'고 해도 결혼을 한다. 그 주머니에 일부러 손을 넣는 것이다.

누가 뭐라고 하든 결혼은 인간의 대사大事이며 가장 아름다운 일이라고 말하자. 결혼하는 일에서 재물을 이야기하는 것은 오랑캐가 하는 짓이라고 말하자. 다만 그대가 현명하다면 상대를 고르기 위해서 그대의 눈이 아닌 이성理性과 의논하라. 괴테가 말했다.

"결혼 생활은 모든 문화의 시작이며 정상頂上이다. 그것은 난폭한 자를 온화하게 하고, 교양이 높은 사람에게는 그 온정을 증명하는 최상의 기회이다."

225

일찍 일어나는 새가 모이를 많이 먹는다

경행록 운 관조석지조안 가이복인가지흥체
景行錄에 云 觀朝夕之早晏하여 可以卜人家之興替니라.

아침에 일찍 일어나고 저녁에 늦게 자는 것을 보고 그 사람의 집이 흥할 것인지 망할 것인지를 알 수 있다.

하루를 시작하는 아침은 참으로 중요한 시간이다. 간밤의 잠을 훌훌 털고 일어나는 시간, 그것은 어제를 과감히 떨쳐 버리는 시간이기도 하다. 쇼펜하우어는 늦게 일어남으로써 아침을 줄이지 말라고 충고했다. 아침을 생명의 본질로서, 신성한 것으로 여기라고 말했다. 밤이 육체라면 아침은 정신이다. 살아서 숨 쉬지 않는 정신은 정신이 아니다. 키케로가 말했다.

"그대는 그대의 육체가 나타내는 모습의 인간이 아니다. 그대의 본질은 정신이다. 그러므로 그대는 신에게 속하는 존재임을 알라. 그대 속에 깃들어 있는 정신이 움직이고, 느끼고, 기억하고, 예견하고, 지배하여 육체를 이끌어 나감을 알라. 정신은 신이 이 세계 위에 군림하고 있듯이, 육체 위에 군림한다."

정신은 항상 꼿꼿하게 서서 바라볼 줄 알아야 한다. 정신은 드러눕거나 기어가거나 엎드려서도 안 된다. 언제나 확실하게 서 있어야 정신이다. 아침을 그대의 시간으로 하라. 아름다운 것은 온통 그 아침 속에 모인다.

226

형제는 손발과 같고 부부는 의복과 같다

장자왈 형제 위수족 부부 위의복
莊子曰 兄弟는 爲手足하고 夫婦는 爲衣服이니

의복파시 갱득신 수족단처 난가속
衣服破時엔 更得新이어니와 手足斷處엔 難可續이니라.

형제는 손발과 같고 부부는 의복과 같다.
의복이 해어지면 새것으로 갈아입을 수 있지만, 손발이 끊어지면 다시 잇기 어렵다.

위나라의 조조는 세상을 떠들썩하게 했던 일세의 무장이지만 그의 아들 조비曹丕와 조식曹植은 형제가 나란히 문장가로서 이름을 떨쳤다. 형 조비와 동생 조식은 무척이나 사이가 나빴다. 조비가 왕위에 올라 위문제魏文帝가 되자 그는 틈만 나면 동생을 괴롭혔다. 하루는 조식에게 무리한 요구를 했다. 일곱 걸음을 걷는 동안에 한 편의 시를 짓지 못하면 중죄로 다스리겠다는 것이었다. 그래서 지은 시가 지금까지 전해지는 칠보시七步詩다. 조식은 이 시에서 '콩깍지는 솥 밑바닥에서 불타고 같은 뿌리에서 생긴 콩은 솥 안에서 운다'고 노래했다. 포악한 형의 처사를 원망하는 마음을 시로 표현한 것이다. 이때부터 한집안 식구끼리 싸우는 일이나 형제가 서로 해치는 것을 일컬어 '콩을 볶는데 콩깍지를 태운다'고 말하게 되었다.

형제란 서로에게 손발과 같이 없어서는 안 될 자연이 지어 준 법法이다. 서로 헐뜯고 물어뜯어 봐야 자기 자신인데 그것을 모르고 다투기를 잘한다. 모든 사람에게 있어 최초의 타인은 형제인지도 모를 일이다. 성경의 구절을 인용한다.

"조심하여라. 네 형제가 잘못을 저지르거든 꾸짖고, 뉘우치거든 용서해 주어라."

227
한집에 가까운 세 가지

안씨가훈 왈 부유인민이후 유부부
顔氏家訓에 曰 夫有人民而後에 有夫婦하고
유부부이후 유부자 유부자이후 유형제
有夫婦而後에 有夫子하고 有父子而後에 有兄弟하니
일가지친 차삼자이이의
一家之親은 此三者而已矣라.
자자이왕 지우구족 개본어삼친언
自玆以往으로 至于九族이 皆本於三親焉하니
고 어인륜 위중야 불가불독
故로 於人倫에 爲重也이니 不可不篤이니라.

사람이 있은 후에 부부가 있고, 부부가 있은 후에 부자(父子)가 있으며, 부자가 있은 후에 형제가 있다. 한집에서 가까운 것은 바로 이 세 가지다. 여기서부터 나아가 구족(九族)에 이르기까지 모두가 다 이 세 가지에 바탕을 둔다. 이것은 인륜에 있어 가장 중요한 것이니 삼가 돈독하게 생각하라.

성경에 이런 말이 나온다.

"야훼 하느님께서 아담을 깊이 잠들게 하신 다음, 아담의 갈빗대를 하나 뽑아 그 자리를 살로 메우시고는 그 갈빗대로 여자를 만드신 다음 아담에게 데려오시자 아담은 이렇게 외쳤다. '드디어 나타났구나! 내 뼈에서 나온 뼈요, 내 살에서 나온 살이로구나. 지아비에게서 나왔으니 지어미라고 부르리라!' 이리하여 남자는 어버이를 떠나 아내와 어울려 한몸이 되었다. 아담 내외는 알몸이면서도 서로 부끄러운 줄을 몰랐다."

부부란 이렇게 만들어졌다. 부부는 세상을 만들어 냈고, 그 세상 속에서 사람들은 계속해서 부부를 만들어 냈을 뿐 아니라 오늘까지 이어지고 있다.

장 파울은 아내가 없는 남자는 몸체가 없는 머리이고, 남편이 없는 여자는 머리가 없는 몸이라고 했다. 그것은 한몸이라는 뜻이다. 둘이지만 하나라는 뜻이다. 그런 다음에 부자父子가 생기고 형제兄弟가 생겼다. 그 모두 한몸과 같다. 그래서 사람들은 가정이란 조직체를 만들고 한곳에서 어우러져 살아간다. 그렇게 한집에 모여 사는 사람을 식구食口라고 부른다. 한 솥에서 만들어진 음식을 함께 먹는 사이라는 뜻이다. 『채근담菜根談』은 이렇게 말한다.

"아버지가 자식을 사랑하고 자식이 어버이께 효도하며, 형이 아우를 아끼고 아우가 형을 공경하여 비록 지극한 곳에 이르렀다 할지라도 이 모두가 당연할 따름이며, 조금도 감격해 할 것은 아니니다."

가정은 그 모든 것들을 끌어안은 곳이다. 온 가족의 마음이 머물러 있는 곳이다. 끝없이 방황하다가도 되돌아올 수 있는 유일한 곳이다. 인륜에 있어 이 이상으로 중요한 것이 또 어디 있겠는가.

228

부유하고 가난함을 가리지 마라

소동파운 부불친혜빈불소 차시인간대장부
蘇東坡云 富不親兮貧不疎는 此是人間大丈夫요

부즉진혜빈즉퇴 차시인간진소배
富則進兮貧則退는 此是人間眞小輩니라.

부유하다 해서 친하지 않고, 가난하다고 해서 멀리하지 않으면 이 사람이야말로 사람 중의 대장부다.
부유하면 가까이하고, 가난하면 멀리하는 사람이야말로 사람중의 소인배다.

초라한 복장을 한 두 젊은 학자가 여행을 하고 있었다. 로디밀이라는 고을에 닿았을 때, 그들은 우선 부잣집 문을 두드리고 잠자리를 청했다. 그러나 부자는 두 사람의 옷차림을 흘낏 쳐다보더니 한마디로 거절했다. 그리하여 두 사람은 그 고을의 랍비 집에서 하룻밤을 머물게 되었다. 10년의 세월이 흐른 후, 두 사람은 고명한 학자가 되었고 또다시 함께 여행을 떠나 로디밀의 고을에 닿게 되었다. 10년 전에 신세를 졌던 랍비를 찾아가 하룻밤을 머물려다가 우연히 그 부자를 만나게 되었다. 부자는 두 사람의 말이 훌륭한 것에 놀랐고, 두 사람이 고명한 학자라는 것을 알고는 자기 집에 머물러 주기를 청했다.

그러나 이번에는 이들이 부자의 제안을 거절했다. 그러자 부자는 자기 집은 이 고을에서 제일 훌륭하며, 고을을 대표하여 많은 손님들이 묵고 간다고 덧붙였다. 그러자 두 사람이 말했다.

"그러시다면 저희 말들을 댁에서 묵도록 부탁드리죠."

부자가 되물었다.

"말이라고요? 선생들께서는 묵지 않겠다는 말씀이신지요?"

두 사람이 말했다.

"10년 전 우리들이 초라한 행색으로 이 고을을 지나다가 댁에서 하룻밤 묵고 가려고 청했으나 거절당한 적이 있습니다. 지금은 우리들의 훌륭한 옷차림과 말 때문에 재워 주시려는 것이 아닙니까? 그러니 이 두 마리의 말을 하룻밤 묵게 해주십사고 말씀을 드리는 것입니다."

부유하고 가난한 것은 저 하늘에서 빛을 내며 명멸하는 별과 같다. 어느 순간 반짝이다가 또 어느 순간 그 빛을 잃어버린다. 그리고 그것을 끝없이 반복한다. 세상은 하늘과 같다. 비구름은 언제나 한곳에만 머무르지 않는다. 하늘의 구석구석 어디든 가지 않는 데가 없다. 무엇을 구분지으려 하며 무엇 때문에 차이를 둘 것인가? 가브리엘 마르셀이 말했다.

"무엇을 꾸미고자 하는가. 우리들은 먼저 허위의 탈을 벗어던지지 않으면 안 된다. 진실은 허위를 벗어던지면 저절로 나타난다. 봄에서 여름에 걸쳐 입던 의복을 하나하나 벗어던지듯이 그대의 허위의 탈을 벗어던지라. 진실을 이야기하는 자리에 장식은 필요 없다."

229
예의는 모든 일의 근본이다

자 왈 거 가 유 례 고 장 유 변 규 문 유 례 고 삼 족 화
子曰 居家有禮故로 長幼辯하고 閨門有禮故로 三族和하고

조 정 유 례 고 관 작 서 전 렵 유 례 고 융 사 한
朝廷有禮故로 官爵序하고 田獵有禮故로 戎事閑하고

군 려 유 례 고 무 공 성
軍旅有禮故로 武功成이니라.

집안에 예(禮)가 있어 어른과 어린이가 분별이 되고, 삼족(三族)이 화목하다.
조정에 예가 있어 지위에 순서가 있고, 사냥에 예가 있어 무예가 숙달되며,
군대에 예가 있어 무공이 이루어진다.

예禮란 사람이 마땅히 지켜야 할 의칙儀則을 말한다. 즉 예의禮儀와 예절禮節이다. 괴테는 '예의는 자기 자신을 비추는 거울'이라고 했다. 예의가 모든 일의 근본임에는 틀림없다. 세상을 살아가는 일에 있어 예의가 꽃향기와 비유되는 이유는 그 때문이다. 어른과 어린이의 분별도 예의가 있기 때문이며, 친척끼리 화목할 수 있는 것도 예의가 있기 때문이다. 예의가 없으면 조직의 지위도, 공로도 있을 수 없다. 에머슨은 이렇게 말한다.

"예의범절이란 일을 즐겁게 하는 방법이다. 그것이 겉치레에 지나지 않는다면 아침 초원에 깊이를 주는 이슬도 필요 없다."

에머슨은 인생이 아무리 짧아도 예의를 지키기에는 충분하다고 충고한다. 예의 바른 생활은 선善으로 통하는 지름길이다. 예의야말로 얼마나 매력적인가? 누구나 할 수 있는 것이지만 아무나 할 수 없는 것이 예의이다.

230

예의가 없으면 세상을 어지럽힌다

자왈 군자유용이무예 위란 소인유용이무예 위도
子曰 君子有勇而無禮면 爲亂이요 小人有勇而無禮면 爲盜니라.

군자가 용맹하기만 하고 예의가 없으면 세상을 어지럽히고, 소인이 용맹하기만 하고 예의가 없으면 도둑이 된다.

임방林放이 예禮의 근본을 묻자 공자가 말했다.

"장하다 그 물음이여, 예는 사치함보다 차라리 검소함이 낫고, 상례喪禮는 형식보다 진심으로 애도해야 한다."

형식形式이란 그저 껍데기일 뿐인데도 사람들은 형식에 얽매이기를 좋아한다. 자로子路는 용기만 있고 예의가 부족하여 공자에게 자주 꾸중을 들었다. 그가 위衛나라에서 공직을 맡고 있을 때, 궁중에서 반란이 일어났다. 자로는 반란으로 왕위에 오른 궤외에게 따져 들었다.

"어찌 공회의 말만 듣고 난을 일으켜, 아들을 내쫓고 스스로 즉위하실 수 있습니까? 저 간신 공회를 즉시 죽여야 합니다."

궤외는 아들인 출공出公을 내쫓고 스스로 즉위한 장공莊公이었다. 장공이 말을 듣지 않자 결국은 싸움이 벌어졌는데 적이 내려친 칼이 자로의 갓끈을 잘랐다. 그러자 자로는 칼을 내려놓고 갓끈을 매다 죽었는데 죽으면서 이런 말을 남겼다고 한다.

"군자는 죽더라도 갓을 쓰지 않을 수 없다."

231
누가 부모를 욕되게 말하는가?

부 불 언 자 지 덕 자 불 담 부 지 과
父不言子之德하고 子不談父之過니라.

아버지는 아들의 덕(德)을 말하지 말 것이며, 아들은 아버지의 허물을 말하지 마라.

엽공葉公이 공자孔子에게 말했다.

"우리 마을에는 참으로 정직한 사람이 있습니다. 아버지가 양을 훔쳤는데, 그 아들이 증인으로 나섰습니다."

공자가 대답했다.

"나의 제자들은 아버지는 아들을 위해 숨기고, 아들은 아버지를 위해 숨깁니다. 정직함이란 바로 그 가운데 있습니다."

이는 법률 이전의 도덕률道德律을 말한다. 누가 아버지를 욕되기 말할 수 있는가. 그러나 참으로 기가 막히는 경우도 있다.

임희재任熙載는 연산군 때의 간신 임사홍任仕洪의 아들로 무오사화 때는 김종직金宗直의 제자라는 이유로 귀양살이를 하기도 했다. 임희재는 병풍에 다음과 같은 시를 썼다.

요순堯舜을 본받으면 나라가 태평할 것인데

진시황秦始皇은 왜 백성을 괴롭혔을까

환란이 집 안에서 일어날 줄 모르고

공연히 오랑캐 막으려고 만리장성 쌓았네.

어느 날 연산군이 임사홍의 집에 왔다가 병풍에 쓰여 있는 시를 보고 말했다.

"누가 쓴 시인가? 나를 진시황에다 비유하다니 살려 둘 수 없다."

항상 자기 아들을 못마땅하게 생각하던 임사홍은 행여나 그 불똥이 자기에게 튀지 않을까 염려되어 아들을 두둔하기는커녕 오히려 맞장구를 쳤다.

"못난 아들놈의 소행입니다. 그놈은 성품이 워낙 고약해서 그렇지 않아도 상감께 아뢰려던 참이었습니다."

아버지의 한마디 때문에 임희재는 그날로 죽음을 당했다. 게다가 임사홍은 아들이 처형되던 날, 많은 손님을 초대해서 춤과 노래로 질탕한 잔치를 베풀었다.

'아비만 한 자식 없다'는 속담도 있지만, 이는 천만의 말씀이다. 임사홍을 빼닮은 자식이 있었다면 나라의 꼴은 한결 더 위태로웠을 것이다. 아버지가 되기는 쉽다. 그러나 아버지답기는 어려운 일이다. 역시 아들이 되기는 쉽지만 아들답기는 또 얼마나 어려운가? 장 파울이 말했다.

"자식이 열 있더라도 자식에 대한 어버이 한 사람의 마음은 어버이에 대한 열 자식의 마음을 능가한다."

232

몸가짐과 마음가짐을 한결같이 하라

출문 여견대빈 입실 여유인

出門에 如見大賓하고 入室에 如有人이니라.

문 밖으로 나설 때는 마치 손님을 만나는 것같이 하고, 방으로 들어설 때는 사람이 있는 것처럼 하라.

『중용中庸』은 이렇게 말한다.

"군자는 남이 보지 않는 데서 삼가고, 남이 듣지 않는 데서 두려워한다."

바른 사람은 혼자 있을수록 떳떳하고 맑다. 내가 스스로에게 의혹이 없으면 다른 누구도 나에게 의심의 눈초리를 보낼 여지가 없다.

진심으로 행하는 친절은 어디에서 보든 항상 같다. 진실된 몸가짐도 마찬가지다. 앞에서 보면 장미였다가 뒤에서 보면 가시가 되는 것은 친절이 아니다. 사람은 언제나 한결같아야 그 사람만의 독특한 향기가 난다. 그것이 인품人品이다. 인품은 억지로 만들어지지 않으며, 누가 대신 만들어 줄 수 있는 것이 아니다. 인품은 자신의 내부에서 스스로 발산하기 시작해서 겉으로 드러나며 향기를 피운다.

"인간은 모두 한 줌의 흙이다. 그러나 어떤 것은 금가루이다."

233

입을 다물고 혀를 깊이 감추라

구시상인부 언시할설도 폐구심장설 안신처처뢰
口是傷人斧요 言是割舌刀니 閉口深藏舌이면 安身處處牢니라.

입은 사람을 상하게 하는 도끼이며, 말은 혀를 베는 칼이다.
입을 다물고 혀를 깊이 감추면 몸은 어디에 있어도 편안하다.

말을 돈처럼 사용하라는 말은 앞에서도 이야기한 적이 있다. 꼭 해야 할 때 하라는 뜻일 게다. 남을 비방하거나 시기하는 말 역시 말이 아니다. 그것은 남을 해치는 행위와도 같다. 말이 말의 한계를 벗어날 때, 그것은 폭력이고 협박이 된다. 그럴 바엔 차라리 침묵이 낫다. 침묵은 너절하게 늘어놓는 백 마디 말보다 뛰어난 웅변이 될 수 있다.

행인이 길을 가다가 소 두 마리를 데리고 밭갈이하는 농부를 만났다.

"두 마리 중에서 어느 놈이 일을 더 잘합니까?"

그러자 농부는 그에게 가까이 다가와 귓속말로 말했다.

"어린 놈이 조금 낫습니다."

그까짓 것을 왜 귓속말로 하느냐고 묻자 농부가 대답했다.

"아무리 하찮은 짐승이지만 제 흉을 보면 좋아할 턱이 없지요."

침묵 속에는 평화가 있고 애정이 있고 말 없는 말이 있다. 무언의 시간 속에 넘치도록 흐르는 침묵의 대화는 그래서 더욱 아름답다.

234

입과 혀는 재앙과 근심의 문이다

군평왈 구설자 화환지문 멸신지부야
君平曰 口舌者는 禍患之門이요 滅身之斧也니라.

입과 혀는 재앙과 근심의 문이며, 몸을 죽게 하는 도끼이다.

'미련한 자는 입으로 망하고 그 입술에 스스로 옭아매인다'고 성서는 충고한다. 한마디의 말이라도 때와 장소를 가려야 하고, 해야 할 말인지 아닌지를 구분해야 한다는 뜻이다.

연산군은 포악하기로 유명한 왕이었다. 성균관에 있는 공자의 위패를 치우고 그 자리를 놀이 장소로 만드는가 하면, 욕정을 채우기 위해 전국의 미인들을 모으는 채홍사採紅使라는 직책까지 만들었다. 정치가 어지러워지자 이따금 충성스런 신하들이 바른 말을 하기 시작했다. 그러자 연산군은 '입과 혀는 재앙과 근심이 문이며 몸을 죽게 하는 도끼이다'라고 새긴 패를 가슴에 차고 다니게 했다. 어느 날 연산군이 기생들과 더불어 음란한 처용 놀이를 하고 있을 때였다. 충직한 환관 김처선이 죽음을 각오하고 연산군 앞에 나서서 말했다.

"저는 지금까지 네 분의 임금을 섬겼으나 경서와 고금의 역사를 통하여 어느 임금도 전하처럼 음란한 일을 하지는 않았습니다."

그러자 연산군은 활을 가져오게 하여 김처선의 가슴을 향해 쏘았다. 김처선은 화살을 맞고 피를 흘리면서도 말하기를 그치지 않았다.

"조정의 대신들도 죽음을 두려워하지 않는데 저같이 늙고 천한 몸이 무엇이 두렵겠습니까?"

연산군은 김처선의 입에서 바른 말이 나올 때마다 다리와 팔을 하나씩 잘랐다. 그리고 마침내 숨이 끊어지자 그의 시체를 호랑이 우리에 던졌다. 그래도 분이 가시지 않은 연산군은 그 자리에서 시를 지었다.

잔학하기 이를 데 없는 나이지만
천한 내시가 임금에게 덤빌 줄을 누가 알았겠는가.
부끄럽고 통분한 마음
깨끗한 창랑수滄浪水에 씻어도 지워지지 않으리.

영국 시인 로버트 사우디는 말했다.

"언어는 속된 사람들에게는 그들의 생각이 드러나게 하고, 현명한 사람들에게는 그들이 생각이 가려지도록 하기 위해 주어졌다."

235
솜 같은 말이 있고 가시 같은 말이 있다

이인지언 난여면서 상인지어 이여형극
利人之言은 煖如綿絮하고 傷人之語는 利如荊棘하여

일언반구 중치천금 일어상인 통여도할
一言半句 重値千金이요 一語傷人에 通如刀割이니라.

사람을 이롭게 하는 말은 솜처럼 따뜻하고 사람을 해치는 말은 가시처럼 날카롭다.
한마디 말의 값어치가 천금과 같고 한마디로 남을 해치면 칼에 베이는 것처럼 아프다.

『돈키호테』의 저자 세르반테스가 말했다.

“물통의 물보다도 친절한 말을 하는 쪽이 불을 잘 끈다.”

친절한 말은 솜처럼 따뜻하다. 친절한 말은 그 말을 하는 사람의 체온이 전해지고 마음뿐만 아니라, 혈관을 통해 흐르는 피의 흐름까지도 감지할 수 있다. 그러나 사람을 해치는 말은 가시처럼 날카롭고 얼음같이 차다. 그토록 차가운 말 속에는 온갖 파충류의 비늘이 번뜩이고 얼어붙은 강바닥을 휩쓰는 듯한 돌개바람의 전율이 있다.

좁은 길을 걸어가다가 헤라클레스는 사과처럼 생긴 것이 바닥에 있는 것을 보았다. 그는 그것을 부수기 위해 발을 들어 힘껏 밟았지만 그것은 깨지지 않고 아까보다 두 배로 커졌다. 그는 다시 그것을 더욱 세게 밟고 몽둥이로 내려쳤다. 그러자 그것은 계속 커지더니 마침내 길을 온통 막아

버리고 말았다. 헤라클레스는 깜짝 놀라 몽둥이를 내던지고 그 자리에 가만히 서 있었다. 그때 아테나가 나타나서 말했다.

"이것은 싸움과 말다툼의 정신입니다. 도발하지만 않는다면 처음 모양으로 가만히 있지요. 그러나 더불어 싸우면 한없이 불어난답니다."

말이란 그런 것이다. 한마디 말의 값어치가 천금과 같은 것은 필요한 경우에는 사람의 목숨도 구할 수 있기 때문이다. 또한 싸움의 불을 끌 수 있는 것도 친절한 말 한마디면 충분하다. 다정스러운 말은 시원한 물보다도 우리들의 목마름을 축이기에 족하다.

236

착한 사람과 함께라면 지란芝蘭의 방에 든 것과 같다

자 왈 여 선 인 거 여 입 지 란 지 실
子曰 與善人居면 如入芝蘭之室하여

구 이 불 문 기 향 즉 여 지 화 의
久而不聞其香이라도 卽與之化矣요

여 불 선 인 거 여 입 포 어 지 사 구 이 불 문 기 취 역 여 지 화 의
與不善人居면 如入鮑魚之肆하여 久而不聞其臭라도 亦與之化矣니

단 지 소 장 자 적 칠 지 소 장 자 흑
丹之所藏者는 赤하고 漆之所藏者는 黑이니라.

시 이 군 자 필 신 기 소 여 처 자 언
是以로 君子는 必愼其所餘處者焉이니라.

착한 사람과 함께 있으면 마치 지란(芝蘭)의 방에 든 것과 같아서,
오래 있으면 그 향기를 맡지 않아도 그와 같게 되고,
착하지 못한 사람과 함께 있으면 마치 절인 생선 가게에 든 것과 같아서,
오래 있으면 그 냄새를 맡지 않더라도 그와 같게 된다.
단(丹)을 지닌 자는 붉게 되고, 칠(漆)을 지닌 자는 검게 된다.
그러므로 군자는 함께 지내는 자를 반드시 삼가야 한다.

선악善惡은 원래 그 모습을 드러내지 않는다. 태초에 인간이 만들어지기 전까지 선악은 존재하지 않았다. 그들의 인간을 통하여 자신의 모습을 드러내는 법을 배웠다. 선善도 악惡도 결코 독립적일 수는 없다. 인간의 육체와 정신을 빌지 않으면 그들은 자신의 모습을 형상화시킬 수 없는 것이다. 라즈니쉬의 우화를 빌어 보자.

어떤 물고기가 여왕 물고기를 찾아가서 물었다.

"저는 바다에 관한 이야기를 많이 들었습니다. 그리고 바다에 관해 누구보다도 많이 이야기했습니다. 그렇지만 아직도 바다가 어디에 있는지 모르겠습니다."

여왕 물고기가 대답했다.

"너는 바다에서 태어나 바다에서 살고 있다. 네가 이야기하는 바로 이 순간에도 너는 바닷속에 있다. 그리고 어느 때인가 너는 그 바닷속으로 사라질 것이다."

세상은 바다와 같다. 선과 악은 이 세상에서 사람들과 함께 살고 있다. 그들은 사람이 없으면 존재할 수 없다. 사람의 몸과 그 영혼을 빌어 그들은 선, 또는 악이 된다. 물고기가 바닷속에서 바다를 의식하지 못하듯 사람도 세상 속에서 세상을 의식하지 못할 뿐이다.

난초 향기로 가득한 방에서 오랫동안 지내 보라. 그대도 어느새 난초 향기에 동화되어 그 향기가 아름답다는 것을 모르게 될 것이다. 마찬가지로 착한 사람과 함께 있으면 그대도 모르는 사이에 그와 동화되어 착한 사람이 된다. 생선 가게에 오랫동안 있어 보라. 의식하지도 못한 채 그대의 몸 구석구석까지 생선 냄새가 배어들 것이다. 악한 사람과 함께 있으면 그대도 모르는 사이에 동화되어 그와 같은 사람이 될 수 있다. 라즈니쉬가 말했다.

"어떤 소리를 들을 때는 당신은 귀가 되라. 무엇인가 보려 할 때는 눈이 되라. 무엇을 만질 때는 감촉이 되라. 모든 열정과 감수성을 다 모아서 보고 듣고 만져라. 그러면 어떤 감각도 분리되지 않고 하나의 감수성으로 통합될 것이다."

237

옷은 젖지 않아도 배어드는 것이 있다

가어 운 여호학인동행 여무로중행
家語에 云 與好學人同行이면 如霧露中行하여
수불습의 시시유윤 여무식인동행 여측중좌
雖不濕衣라도 時時有潤하고 與無識人同行이면 如廁中坐하여
수불오의 시시문취
雖不汚衣라도 時時聞臭니라.

학문을 좋아하는 사람과 함께 가면 마치 안개 속을 가는 것과 같아서
비록 옷은 적시지 않더라도 때때로 배어들게 되고, 무식한 사람과 함께 가면 마치 뒷간에 앉은 것과 같아서
비록 옷은 더럽히지 않더라도 때때로 그 냄새는 나게 된다.

사람은 혼자 살아갈 수 없다. 누군가를 만나고 사귀게 된다. 그 사귐이 중요하다. 어떤 사람을 만나고 어떻게 사귀는가가 일생을 좌우할 수도 있기 때문이다. 미국 초대 대통령 조지 워싱턴은 이런 말을 남겼다.

"모든 사람에게 친절하되 몇 사람하고만 친하라. 그 몇 사람도 믿기 전에 충분히 알아보라. 진정한 우정이란 성장이 더딘 나무와 같고, 친구라는 이름을 얻기 전에 불리한 여러 가지 충격을 겪어 봐야 한다."

서두를 것이 없다. 서둘러서 될 일이 아니다. 충분히 알아보라. 소크라테스는 친구의 수효를 헤아리는 것보다 양羊의 수효를 헤아리는 것이 훨씬 쉽다고 했다. 진정한 친구를 찾아내기가 그만큼 힘들다는 말이다. 어떤 사람이라도 다른 사람과 친구가 되면 자기도 모르는 사이에 그 사람의

영향을 받게 된다. 경우에 따라 '안개 속을 가는 것과 같이 비록 옷은 젖지 않더라도 배어들게 되는' 친구도 있고 '뒷간에 앉은 것과 같이 옷은 더럽히지 않더라도 때때로 그 냄새는 나게 되는' 친구가 있기 마련이다.

마크 트웨인의 친구 중에 트웨인의 수필이나 소설을 읽을 때마다 탄복하는 사람이 있었다. 그 친구도 글을 쓰기 시작하여 드디어 수필이 신문에 실렸다. 기쁨에 넘친 그는 신문을 가지고 트웨인을 찾아갔다.

"이것이 내가 쓴 수필이네. 나는 이제 무엇이든 쓸 수 있게 되었다네!"

트웨인은 아주 진지한 얼굴로 그 친구의 귀에다 속삭이듯 말했다.

"그래. 하지만 제발 다른 사람에게는 내 친구라고 말하지 말아 주게나."

무지한 친구만큼이나 위험한 것은 없다. 그 사람에게는 위험이 없지만 그 사람을 친구로 둔 사람에게는 엄청난 위험이 따른다. 막심 고리키가 말했다.

"친구를 선택하는 데는 퍽 조심하지 않으면 안 된다. 세상에는 전염병 같은 사람이 많은 법이다. 처음에는 상대편이 어떤 사람인지 모르기 때문에 모두 다 같은 인간으로 보인다. 그러나 정신을 차렸을 때에는 이미 그의 병독病毒이 완전히 내 몸에 옮았을 경우가 많다."

238

서로 아는 사람은 많지만 마음까지 아는 사이는 드물다

상식　만천하　지심능기인
相識이 滿天下하되 知心能幾人고.

서로 아는 사람은 세상에 많지만, 마음까지 아는 사람이 몇이나 되겠는가?

서로의 마음까지 아는 사이는 드물지만 서로의 이름과 얼굴과 말씨까지 아는 친구는 참으로 많다. 그중에는 그대를 사랑하는 친구도 있고, 미워하는 친구도 있다. 그대에게 관심 있는 친구도 있지만 무관심한 친구도 있다. 그대를 시기하고 질투하는 친구가 있는 반면 그대를 믿고 감싸 주는 친구도 있다. 어떻게 이 모든 사람들이 그대의 친구가 될 수 있는가? 다만 아는 사람들일 뿐이다. 에리히 프롬이 『건전한 사회』에서 밝힌 대목은 주목할 만하다.

"현대인의 친구 관계는 어떤 것인가? 그것은 서로를 이용하는 두 개의 생명을 가진 기계의 관계와 같다. 사람들은 지금 당장은 쓸모가 없지만 훗날의 이용 가치를 위하여 항상 어떤 우정을 가지고 타인을 대한다. 그래서 만인이 만인의 상품이 된다. 오늘날 인간관계에서는 사랑이나 증오가 그리 뚜렷하게 발견되지 않는다. 오히려 피상적인 우정, 그리고 피상적인 공정公正은 있지만, 그 껍질 뒤에는 거리감과 무관심이 도사리고 있다."

239

진실된 친구는 어려운 때에 찾아온다

酒食兄弟(주식형제)는 千個有(천개유)로되 急難之朋(급난지붕)은 一個無(일개무)니라.

술과 음식을 먹을 때는 형제와 같은 사람이 많이 있지만, 위급하고 어려울 때는 한 사람의 친구도 없다.

"한 사람이 병상에 누우면 그의 친구들은 모두가 그의 죽음을 보고 싶은 남모를 욕망에 사로잡힌다. 그중 어떤 이들은 그의 건강이 그들에 비할 것이 못됨을 확인하기 위해서, 또 어떤 이들은 죽음에 허덕이는 그를 연구하고자 하는 허심탄회한 희망에서."

보들레르는 『내밀한 일기』에 이렇게 적었다. 사람의 마음이야말로 얼마나 시시각각 변하는가. 변화무쌍한 마음의 색깔이야말로 또 얼마나 다양한가.

한잔의 술을 즐길 때, 다정하게 둘러앉아 저녁 식사를 나눌 때, 얼마나 많은 친구들이 그대의 주위에 들끓었는가. 그러나 그대가 파산했을 때, 지독한 빚쟁이에게 시달림을 당하고 있을 때 단 한 번이라도 바람막이가 되어줄 친구가 몇이나 있을지 생각해 보라. 라 로슈푸코가 말했다.

"친구에게 불신감을 품는 것은 친구에게 속는 것보다도 수치스러운 일이다. 변치 않는 벗이란 모든 재산 가운데서도 가장 큰 것이지만, 그것은 사람들이 가장 등한시하는 재산이다."

240

부녀자의 네 가지 덕德

익지서운 여유사덕지예
益智書云 女有四之譽하니

일왈부덕 이왈부용 삼왈부언 사왈부공
一曰婦德이요 二曰婦容이요 三曰婦言이요 四曰婦工이니라.

부덕자 불필총명절이 부용자 불필용색미려
婦德者는 不必聰明絶異요 婦容者는 不必容色美麗요

부언자 불필변구리사 부공자 불필기교과인
婦言者는 不必辯口利辭요 婦工者는 不必技巧過人이니라.

청정염절 수분정제 행기유치 동작유법 차위부덕야
淸貞廉節하고 守分整齊하며 行己有恥하고 動作有法이 此爲婦德也요

세완진구 의복선결 목욕급시 일신무예 차위부용야
洗浣塵垢하여 倚伏鮮潔하고 沐浴及時하며 一身無穢가 此爲婦容也요.

택사이설 불설비어 시연후언 인불염기언 차위부언야
擇詞而說하고 不說非語하며 時然後言하여 人不厭其言이 此爲婦言也요

전근방직 물호훈주 공구감지 이봉빈객 차위부공야
專勤紡織하여 勿好葷酒하고 供具甘旨하여 以奉賓客이 此爲婦工也라.

차사덕자 시부인지대덕야
此四德者는 是婦人之大德也라.

위지심이 무재어정 의차이행 시위부덕야
爲之甚易호대 務在於正이니 依此而行이면 是爲婦德也니라.

여자에게는 네 가지의 아름다운 덕(德)이 있다.
첫째는 부덕(婦德), 둘째는 부용(婦容), 셋째는 부언(婦言), 넷째가 부공(婦工)이다.
부덕이란 총명함이 뛰어나야만 되는 것이 아니고, 부용이란 얼굴이 아름답기만 해서도 안 되며,
부언이란 말솜씨만 뛰어나서도 안 되는 것이며, 부공이란 재능이 남보다 뛰어난 것을 말하는 것이 아니다.
청렴하여 절개가 있고, 분수를 지켜 몸가짐에 있어서 부끄러움을 알고, 행동을 법도에 맞게 하는 것이 곧 부덕이다.
먼지나 때를 깨끗이 빨아 옷차림을 정결하게 하며, 제때에 목욕하여 몸에 더러움이 없는 것이 부용이다.
또 말은 가려서 하며, 예의에 어긋나는 말을 하지 않고, 꼭 해야 할 때에 말해서
사람들이 그 말을 싫어하지 않는 것이 부언이다. 그리고 가사에 전념하여 술 마시기를 좋아하지 않고,
맛 좋은 음식을 갖추어서 손님을 잘 접대하는 것이 부공이다.
이 네 가지 덕은 부녀자로서 하나도 빠뜨릴 수 없는 것이다.
행하기는 쉽지만 바르게 행하도록 힘써야 한다. 이것이 여자의 부덕이 되는 것이다.

여자와 어머니가 다르듯이 여자와 아내는 다르다. 여자의 수치심은 옷과 함께 벗겨진다지만 어머니와 아내는 그렇지 않다. 또 여자란 변하기 쉽고 변덕스럽다지만 어머니와 아내에게는 그렇게 이야기하지 않는다. 이유는 간단하다. 여자에게는 부덕婦德이 없지만 어머니와 아내에게는 부덕이 있기 때문이다. 셰익스피어는 이렇게 말한다.

"그녀는 아름답다. 아름답기에 남자들이 접근하는 것은 당연하다. 그녀는 여자다. 여자이기에 설복되어 떨어지지 않을 수 없다."

그러나 베이컨은 이렇게 말한다.

"아내는 젊은이에게는 연인이고, 중년에게는 반려자이며 노인에게는 간호사다. 그러니 남자는 연령에 관계없이 결혼하는 구실이 있다."

아내가 연인일 수 있고 반려자일 수 있고 간호사일 수 있는 것은 부덕이 있기 때문이다. 행실을 깨끗이 하고 분수를 지키며, 몸을 맑게 하고 옷차림을 단정히 하며, 말을 가려서 할 뿐만 아니라 차림새 있게 식단을 꾸미며 가사에 충실할 줄 아는 부덕이 있기 때문이다. 여자는 사랑하거나 싫어하면 그만이지만 아내는 그렇지 않다. 사랑스러울 때는 물론 사랑해야지만 싫어질 때도 사랑해야 할 의무가 있다.

부덕은 그냥 얻어지는 게 아니다. 그것은 매일매일을 부덕과 함께 생활하지 않으면 몸에 배어들지 않는다. 모든 덕성이란 그냥 얻어지는 법이 없다. 얼마나 마음으로 그 일을 좇느냐에 달려 있다. 쉬운 것처럼 생각되지만 그것은 쉽사리 몸에 배어들지 않는다. 『익지서益智書』가 말하는 네 가지 부덕은 아주 섬세한 곳까지 자세하게 말해 준다. 하루에 한 번씩만 그 글을 되새겨도 부덕을 쌓아 올릴 수 있다. 둥지는 새에게 달려 있고 가정은 아내에게 달려 있다.

241

아름다운 말은 사람을 더욱 아름답게 한다

태공 왈 부인지례 어필세

太公이 曰 婦人之禮는 語必細니라.

아내의 예절은 그 말이 반드시 고와야 한다.

여자에게 있어 침묵은 패물佩物이라고 말한 사람은 소포클레스다. 침묵은 금은으로 장식된 것보다도 우위이며, 산호나 수정으로 만들어진 것보다도 훨씬 훌륭한 패물이 된다. 셰익스피어는 짜증 부리는 여자는 혼탁한 샘물과 같다고 말했다. 혼탁한 샘물은 마실 수도 없고 몸을 씻을 수도 없다. 또 짜증을 부리며 하는 말을 듣는 것은, 포장되지 않은 자갈길을 달리는 달구지의 바퀴 소리를 듣는 것보다 더한 괴로움을 준다.

아름다운 말을 할 줄 아는 여자는 모든 것이 아름답다. 말을 아름답게 할 줄 아는 것은 예의를 아는 증거가 된다. 예의를 아는 여자는 말뿐만 아니라 옷차림이나 몸가짐에도 결코 허술하지 않다.

천 년 전 영국에서는 아내를 평화를 깁는 사람이라는 뜻의 '피스위버(Peace-Weaver)'라고 불렀다. 얼마나 아름다운 말인가. 평화를 깁는 사람은 그 말이 고울 수밖에 없다.

242

현명한 아내는 남편을 귀하게 만든다

賢婦(현부)는 令不貴(영부귀)요 惡婦(악부)는 令不賤(영부천)이니라.

현명한 아내는 남편을 귀하게 하고, 사나운 아내는 남편을 천하게 만든다.

마틴 루터는 결혼한 이유 중 하나로 악마에게 도전해 보고자 하는 마음이 크게 작용했다고 고백했다. 이 말을 곧이곧대로 들어야 할지, 귓등으로 흘려버려야 할지는 듣는 이의 자유다. 아에밀리우스가 집정관의 딸 파피리아와 결혼하여 오랫동안 같이 살다가 이혼을 했다. 그러자 그의 친구 한 사람이 물었다.

"왜 이혼을 했나? 그 부인이 부정하기라도 하단 말인가? 더 이상 아름답지 않단 말인가? 아니면 자식을 못 낳는단 말인가?"

그러자 이 로마인은 한 켤레의 신발을 내보이며 이렇게 대답했다.

"이것은 아름답지 않은가? 게다가 새것이라네. 그러나 이것이 내 발의 어디를 깨무는지 남이 어찌 알겠나?"

현명한 아내는 남편을 편안하게 하지만 사나운 아내는 남편을 불편하게 만든다. 참으로 현명하고 정숙한 아내는 순종함으로써 남편을 뜻대로 움직인다.

제6장

나를 되돌아보고 나를 찾으라

증보편增補篇

어버이를 대하는 데는 어둡고 자식을 대하는 데는 밝으니 그 누가 어버이의 자식 기르는 마음을 알겠는가? 그대에게 권하노니, 부질없이 아이들의 효도를 믿지 마라. 그 아이들의 어버이가 바로 그대이다.

001

주역 왈 선부적 부적이성명
周易에 曰 善不積이면 不足以成名이요

악부적 부족이멸신 소인 이소선
惡不積이면 不足以滅身이니 小人이니 以小善으로

위무익이불위야 이소악 위무상이불거야
爲无益而弗爲也하며 以小惡으로 爲无傷而弗去也니라.

고 악적이불가엄 죄대이불가해
故로 惡積而不可掩이요 罪大而不可解니라.

선善을 쌓지 않으면 이름을 이루기에 부족하고,

악惡을 쌓지 않으면 몸을 망치지 않는다.

소인은 작은 선은 이로움이 없다 하여 행하지 않고,

작은 악은 해로움이 없다 하여 버리지 않는다.

그러므로 악이 쌓여 가릴 수 없게 되고, 죄가 커져 풀지 못하게 된다.

002

이상 견빙지
履霜하면 堅氷至니라.

신시기군 자시기부 비일단일석지고 기소유래자 점의
臣弑其君하며 子弑其父 非一旦一夕之故라 其所由來者가 漸矣니라.

서리가 밟히면 단단한 얼음이 얼 때이다.

신하가 임금을 죽이고, 자식이 아버지를 죽이는 것이 하루아침에

이루어지는 것이 아니라 그 비롯됨이 오랜 것이다.

003

유아혹리아 아심각환희 부모진노아
幼兒或罹我하면 我心覺歡喜하고 父母嗔怒我하면

아심반불감 일희환일불감 대아대부심하현
我心反不甘 一喜驩一不甘 待兒待父心何懸

권군금일봉친노 야응장친작아간
勸君今日逢親怒 也應將親作兒看

어린아이가 나를 꾸짖으면 나는 마음으로 기쁨을 느끼고,

부모가 노하여 나를 꾸짖으면 내 마음은 오히려 달갑지 않게 된다.

한쪽은 기쁘고 한쪽은 그렇지 못하니 아이를 대하는 마음과

어버이를 대하는 마음이 어쩌면 그리도 다를까. 그대에게 권하노니,

오늘부터 어버이의 노하심을 보게 되면 어버이도 아이와 같이 보도록 하라.

004

아조 출천언 군청상불염
兒曹는 出千言하되 君聽常不厭하고

부모 일개구 변도다한관 비한관친괘견
父母는 一開口하면 便道多閑管이라 非閑管親掛牽하고

호수백두 다암련 권군경봉노인언 막교유구쟁장단
皓首白頭에 多諳諫이라 勸君敬奉老人言하고 莫教乳口爭長短하라.

아이들이 많은 말을 한다고 해도 그대는 듣기 싫어하지 않고,

부모가 한번 말씀하시면 잔소리가 많다고 한다.

잔소리가 아니라 염려가 되어 하는 것이며

머리가 희게 센 나이여서 아는 것이 많은 것이다.

노인의 말씀을 존경하여 받들고 어린아이로 하여금 시비하지 않게 하라.

005

유아뇨분예 군심 무염기 노친체타령 반유증혐의
幼兒尿糞穢는 君心에 無厭忌로되 老親涕唾零에 反有憎嫌意니라.

육척구래하처 부정모혈성여체
六尺軀來何處고. 父精母血成汝體라.

권군경대노래인 장시위이근골폐
勸君敬待老來人하라. 壯時爲爾筋骨敝니라.

어린아이의 똥오줌은 싫어하지 않으면서

늙은 어버이의 침과 눈물은 미워하고 싫어한다.

아버지의 정기와 어머니의 피로써 그대의 몸이 이루어졌다.

그대에게 권하노니 늙은 사람을 공경하여 모시라.

젊었을 때 그대를 위하여 뼈가 닳도록 수고했었다.

006

간군신입시 매병우매고 소문공부모 다설공아조
看君晨入市하여 買餠又買餻하니 少聞供父母하고 多說供兒曹라.

친미담아선포 자심 불비친심호
親未啖兒先飽하니 子心이 不比親心好라.

권 군 다 출 매 병 전 공 양 백 두 광 음 소
勸君多出買餠錢하여 供養白頭光陰少하라.

새벽에 시장에 나가 떡과 과자를 사는데

부모에게 드렸다는 말은 들리지 않고 자식들에게 준다는 말을 들었다.

어버이는 아직 먹지도 않았는데 자식이 먼저 배부르니,

아들의 마음은 아버지가 자식 사랑하는 마음에 비할 수 없다.

그대에게 권하노니 살날이 얼마 남지 않은 늙은 어버이께 봉양하라.

007

시 간 매 약 사 유 유 비 아 환 미 유 장 친 자 하 고 양 반 간
市間賣藥肆에 惟有肥兒丸하고 未有壯親者하니 何故兩般看고

아 역 병 친 역 병 의 아 불 비 의 친 증
兒亦病親亦病에 醫兒不比醫親症이라

할 고 환 시 친 적 육 권 군 극 보 쌍 친 명
割股라도 還是親的肉이니 勸君亟保雙親命하라.

시장 약방에는 아이들 살찌우는 약은 있어도 어버이를 건강케 하는 약은 없으니,

무엇 때문에 두 가지를 다르게 보는가. 아이도 병들고 어버이도 병들었을 때,

아이의 병 고치는 것은 어비이의 병 고치는 일에 비할 것이 못된다.

넓적다리의 살을 베어 드린다 해도 이것은 원래 어버이가 주신 살이다.

그대에게 권하노니, 어버이의 목숨을 극진히 보호하라.

008

부귀 양친이 친상유미안 빈천양아난 아부수기한
富貴엔 養親易로되 親常有未安하고 貧賤養兒難하되 兒不受饑寒이라.
일조심양조로 위아종부여위부
一條心兩條路에 爲我終不如爲父라.
권군양친 여양아 범사 막추가불부
勸君養親을 如養兒하고 凡事를 莫推家不富하라.

부귀하면 어버이 봉양하기가 쉬운데도 어버이는 항상 미안한 마음이 있고, 빈천하면 아이 기르기가 힘들지만 아이는 굶주림과 추위를 받지 않는다. 한 가지 마음에 두 갈래 길이어서 아이를 위하는 것이 어버이를 위하는 것과 같지 않다. 그대에게 권하노니, 어버이 모시기를 아이들 기르듯이 하고 모든 것을 집이 넉넉하지 못한 탓으로 돌리지 마라.

009

양친 지이인 상여형제쟁 양아 수십인
養親은 只二人이로되 常與兄弟爭하고 養兒엔 雖十人이나
군개독자임 아포난친상문 부모기한부재심
君皆獨自任이라. 兒飽煖親常問하되 父母饑寒不在心이라.
권군양친 수갈력 당초의식 피군침
勸君養親을 須竭力하라. 當初衣食이 被君侵이니라.

어버이를 봉양하는 데는 단 두 분뿐인데도 형제가 서로 다투고, 기르는 아이는 비록 열 명이라도 모두 혼자 책임을 진다. 아이에게는 배부르고 따뜻한 것을 몸소 물어보면서, 어버이의 배고프고 추운 것은 마음에 두지 않는다.

그대에게 권하노니, 어버이 섬기기에 모름지기 힘을 다하라.

애당초 입는 것과 먹는 것 모두를 그대에게 빼앗겼음을 알라.

010

친유십분자 군불염기은 아유일분효 군취양기명
親有十分慈하되 君不念其恩하고 兒有一分孝하되 君就揚其名이라.

대친암대아명 수식고당양자심 권군만신아조효
待親暗待兒明하니 誰識高堂養子心고. 勸君漫信兒曹孝하라.

아조친자재군신
兒曹親子在君身이니라.

어버이는 그대를 지극히 사랑하지만 그대는 그 은혜를 생각하지 않고,

자식이 조금이라도 효도함이 있으면 그 이름을 들어 자랑하려 한다.

어버이를 대하는 데는 어둡고 자식을 대하는 데는 밝으니 그 누가 어버이의

자식 기르던 마음을 알겠는가? 그대에게 권하노니,

부질없이 아이들의 효도를 믿지 마라. 그 아이들의 어버이가 바로 그대이다.

011

손순 가빈 여기처 용작인가이양모 유아매탈모식
孫順이 家貧하여 與其妻로 傭作人家以養母할새 有兒每奪母食이라.

순 위처왈 아탈모식 아 가득
順이 謂妻曰, 兒奪母食하니 兒는 可得이어니와

모난재구 내부아왕귀취산북교 욕매굴지
母難再求라 하고 乃負兒往歸醉山北郊하여 欲埋掘地러니

홀유심기석종 경괴시당지 춘용가애
忽有甚奇石鐘이어늘 驚怪試撞之하니 春容可愛라.

처왈 득차기물 태아지복
妻曰 得此奇物은 殆兒之福이라.

매지불가 순이위연 장아여종환가 현어양당지
埋之不可라 하니 順以爲然하여 將兒與鐘還家하여 懸於梁撞之러니

왕 문종성청원이상이핵문기실
王이 聞鐘聲淸遠異常而覈聞其實하고

왈석 곽거매자 천사금부 금손순 매아 지출석종
曰昔에 郭巨埋子엔 天賜金釜러니 今孫順이 埋兒엔 地出石鍾하니

전후부동 사가일구 세급미오십석
前後符同이라하고 賜家一區하고 歲給米五十石하니라.

손순孫順은 집이 몹시 가난했다. 그는 아내와 함께 남의 집에서

품팔이를 하며 어머니를 봉양했는데, 어린 자식이 늘 어머니 몫을 빼앗아 먹었다.

보다 못한 손순이 아내에게 말했다.

"아이가 어머님께서 드시는 것을 빼앗아 먹으니 그냥 둬서는 안 되겠소.

아이는 또 얻을 수 있지만 어머니는 다시 모시기가 어렵지 않소."

부부는 아이를 업고 취산 북쪽 기슭으로 갔다.

아이를 묻기 위해 땅을 파는데, 그 속에서 이상하게 생긴 석종이 나왔다.

너무나 놀랍고 이상한 일이라 시험 삼아 종을 두드려 보았더니

울려 퍼지는 소리가 아름답기 그지없었다. 아내가 말했다.

"이처럼 신기한 물건을 얻은 것은 바로 이 아이의 복입니다.

그러니 아이를 묻어서는 안 됩니다."

그들은 아이를 업고 그 종을 소중히 들고 산을 내려왔다.

집으로 들어서기가 바쁘게 종을 대들보에 매달고 두드렸다.

종소리를 들은 왕은 맑은 소리가 멀리까지 들리는 것을 이상하게 여겼다.

자세한 이야기를 전해 들은 왕은 기쁜 얼굴로 말했다.

“옛날 곽거郭巨가 아들을 묻었을 때는 하늘이 금으로 만든 솥을 주시더니,

이제 손순이 아이를 묻으려 하자 땅에서 석종이 나왔구나.

앞뒤의 일이 꼭 부합하는구나.”

그러고는 집 한 채를 내리고 해마다 쌀 50석을 하사했다.

012

상덕 치년황여역 부모기병빈사
尙德은 値年荒癘疫하여 父母飢病瀕死라

상덕 일야불해의 진성안위 무이위양
尙德이 日夜不解衣하고 盡誠安慰하되 無以爲養이면

즉규비육식지 모발옹 연지즉유
則刲髀肉食之하고 母發癰에 吮之卽癒라

왕 가지 사뢰심후 명정기문 입석기사
王이 嘉之하여 賜賚甚厚하고 命旌其門하고 立石紀事하니라.

흉년과 전염병이 겹친 어느 해 상덕尙德의 부모는 거의 아사지경에 이르렀다.

그는 밤낮으로 옷도 벗지 않은 채 정성을 다하여 부모를 모셨다.

봉양할 것이 없으면 넓적다리의 살을 베어 끼니를 드렸고,

어머니의 종기는 입으로 빨아서 낫게 했다. 임금이 이 말을 듣고 가상히 여겨

후한 상을 내리고, 그 집에 정문旌門을 세울 것을 명령하였다.

또한 비석을 세워 이 일을 기록하게 했다.

013

도씨가빈지효 매탄매육 무궐모찬
都氏家貧至孝라 賣炭買肉하여 無闕母饌이러라

일일 어시 만이망귀 연홀확육
一日은 於市에 晩而忙歸러니 鳶忽攫肉이어늘

도비호지가 연기투육어정
都悲號至家하니 鳶旣投肉於庭이러라

일일 모병색비시홍시 도방황시림
一日 母病索非時紅柹어늘 都彷徨柹林하여

불각일혼 유호누차전로 이시승의
不覺日昏이러니 有虎屢遮前路하고 以示承意라

도승지백여리산촌 방인가투숙 아이주인 궤제반이유홍시
都乘至百餘里山村 訪人家投宿이러니 俄而主人이 饋祭飯而有紅柹라

도 희문시지내력 차술기의
都가 喜問柹之來歷하고 且述己意한대

답왈 망부기시고 매추 택시이백개
答曰 亡父嗜柹故로 每秋 擇柹二百個하여

장저굴중 이지차오월즉완자불과칠팔
藏諸窟中 而至此五月則完者不過七八이라

금득오십개완자고 심이지 시천감군효 유이이십과
今得五十個完者故로 心異之러니 是天感君孝라고 遺以二十顆어늘

도사출문외 호상사복 승지가 효계악악
都謝出門外하니 虎尙俟伏이라 承至家하니 曉鷄喔喔이러라

후 모이천명 종 도유혈루
後에 母以天命으로 終에 都有血淚러라.

도씨都氏는 집안이 가난했지만 그 효성은 지극했다.

숯을 팔아 고기를 사서 어머니의 반찬을 거르는 일이 없었다.

하루는 시장에서 늦게야 집으로 돌아오는데 난데없는 솔개 한 마리가

고기를 낚아채 버렸다. 도씨가 몹시 슬퍼하며 집 안에 들어서는데

솔개가 그 고기를 뜨락에 던져 놓고 날아갔다.

하루는 어머니가 몸져누운 채 철 아닌 홍시를 찾았다.

도씨는 홍시를 얻기 위해 날이 저문 것도 잊고 감나무 숲 속을 헤맸다.

그때 어디선가 호랑이 한 마리가 나타나서 앞길을 가로막고 올라타라는 시늉을 했다.

호랑이 등에 올라탄 도씨는 백여 리나 됨 직한 산동네에 이르러
어느 집에서 묵게 되었다. 잠시 후 주인이 제삿밥을 차려 왔는데
거기에 홍시가 있었다. 도씨는 매우 기뻐하며 그 홍시의 내력을 물으며
자신의 사정을 있는 대로 이야기했다. 그러자 주인이 대답했다.
"돌아가신 어버님이 감을 좋아하셨기 때문에 매년 가을이면 감 2백 개를 골라서
굴속에 넣어 두지만 5월에 이르면 온전한 것이라곤 일고여덟 개에 불과합니다.
그런데 올해는 웬일인지 오십 개나 온전하기에 이상하게 여기고 있었습니다.
이것은 하늘이 그대의 효성에 감복한 것입니다."
그러면서 주인은 홍시 스무 개를 내주었다.
도씨가 감사의 인사를 전하며 문밖으로 나오자 호랑이가 그때까지 웅크리고
기다리고 있었다. 다시 호랑이를 타고 집에 다다랐을 때는 새벽닭이 울었다.
훗날 어머니가 천명天命으로 돌아가시자 도씨는 피눈물을 흘리며 슬퍼했다고 한다.

014

인관 매면어시 유서조자이곡매지이환
印觀이 賣綿於市할새 有署調者以穀買之易還이러니
유연 확기면 타인관가 인관 귀우서조왈
有鳶이 攫其綿하여 墮印觀家어늘 印觀이 歸于署調曰,
연타여면어오가 고 환여
鳶墮汝綿於吾家라 故로 還汝하노라.
서조왈 연확면여여 천야 오하수위 인관왈 연즉환여곡
署調曰, 鳶攫綿與汝는 天也라 吾何受爲오. 印觀曰, 然則還汝穀하리라.
서조왈 오여여자 시이일 곡이속여의 이인 상양
署調曰, 吾與汝者가 市二日이니 穀已屬汝矣하고 二人이 相讓이라.
병기어시 장시관 이문왕 병사작
幷棄於市하니 掌市官이 以聞王하여 並賜爵하니라.

인관印觀이 시장에서 솜을 팔고 있었다.

서조署調라는 사람이 곡식을 팔아 솜을 사서 돌아가고 있었는데

매가 그 솜을 낚아채 인관의 집에다 떨어뜨려 놓았다.

인관은 그 솜을 서조에게 돌려보내며 말했다.

"매가 그대의 솜을 우리 집에다 떨어뜨려 놓고 갔기 때문에 돌려주는 것이오."

그러자 서조가 말했다. "매가 솜을 낚아채 그대에게 준 것은 하늘이 시킨 것이오.

내가 어찌 그걸 받을 수 있겠소?"

다시 인관이 말했다. "그렇다면 그대의 곡식을 돌려주겠소."

서조가 말했다. "내가 그대에게 곡식을 준 장날은 벌써 이틀이나 지났소.

그 곡식은 이미 그대 것이오."

두 사람은 서로 사양하다가 끝내는 시장에다 버릴 수밖에 없었다.

후에 시장을 관리하는 관리가 이를 왕에게 보고하여

왕은 두 사람에게 벼슬을 내렸다.

015

홍 기 섭 소 빈 심 무 료 일 일 조 비 아 용 약 헌 칠 양 전 왈
洪耆燮이 少貧甚無聊러니 一日朝에 婢兒踊躍獻七兩錢曰,

차 재 정 중 미 가 수 석 시 가 수 태 천 사 천 사
此在鼎中하니 米可數石이요 柴可數駄니 天賜天賜니이다.

공 경 왈 시 하 금 즉 서 실 금 인 추 거 등 자
公이 驚曰, 是何金고, 卽書失金人推去等字하여

부 지 문 미 이 대 아 이 성 유 자 내 문 서 의
付之門楣而待러니 俄而姓劉者來問書意어늘

공 실 언 지 유 왈 이 무 실 금 어 인 지 정 내 과 천 사 야
公이 悉言之한대 劉가 曰, 理無失金於人之鼎內하니 果天賜也라.

합취지 공 왈 비오물 하
盍取之고, 公이 曰, 非吾物에 何오.

유 부복왈 소적 작야 위절정래
劉가 俯伏曰, 小的이 昨夜에 爲竊鼎來라가

환련가세소조이시지 금감공지염개 양심자발
還憐家勢蕭條而施之러니 今感公之廉价하고 良心自發하여

서불갱도 원욕상시 물려취지
誓不更盜하고 願欲常侍하오니 勿慮取之하소서.

공 즉환금왈 여지위량즉선의 금불가취 종불수
公이 卽還金曰, 汝之爲良則善矣나 金不可取라 하고 終不受러라.

후 공 위판서 기자재룡 위헌종국구
後에 公이 爲判書하고 其子在龍이 爲憲宗國舅하며

유역견신 신가대창
劉亦見信하여 身家大昌하니라.

홍기섭洪耆燮이 젊었을 때 그 가난하기가 이루 말할 수 없을 정도였다.

하루는 아침 일찍 어린 계집종이 뛸 듯이 기뻐하며 달려와서

돈 일곱 냥을 내어놓으며 말했다.

"주인님, 이것이 솥 안에 있었습니다. 이 돈이면 쌀이 몇 섬이나 되며

나무가 몇 바리입니다. 이것은 하늘이 내려 주신 것입니다."

그는 깜짝 놀라며 되물었다. "이게 웬 돈이냐?"

그는 곧장 '돈을 잃어버린 사람은 찾아가시오'라고

대문 기둥에 크게 써 붙여 놓고 주인을 기다렸다.

그리고 얼마 지나지 않아서 유씨라는 사람이 찾아와 연유를 물었다.

그는 사실 그대로 설명했다. 그러자 유씨가 말했다.

"남의 솥 안에서 돈을 잃을 리가 있겠습니까?

이야말로 하늘이 내려 주신 것인데 어찌하여 갖지 않으십니까?"

그는 고개를 내저으며 말했다. "내 것이 아닌데 어찌 그럴 수가 있겠소."

그러자 유씨가 갑자기 엎드리면서 말했다.

"사실은 소인이 어젯밤 솥을 훔치러 들어왔다가 집안 살림이

너무나 어려운 것을 보고 두고 갔던 것입니다. 선생의 청렴하심에 감격하여 양심이 저절로 일어납니다. 맹세컨대 다시는 도둑질을 하지 않겠습니다. 앞으로 늘 옆에서 모시도록 하겠습니다. 염려하시지 마시고 받아 주십시오."

그러자 그는 곧장 그 돈을 되돌려 주며 말했다.

"그대가 착한 사람이 되겠다는 것은 좋지만 돈을 가질 수는 없는 일이오."

훗날 그는 판서判書가 되고 그 아들 재룡在龍은 헌종憲宗의 장인이 되었으며, 유씨 또한 신임을 얻어 집안이 크게 번창했다.

016

고구려평원왕지녀 유시 호제
高句麗平原王之女는 幼詩에 好啼러니

왕 희왈 이여 장귀우온달
王이 戱曰, 以汝로 將歸于溫達하리라.

급장 욕하가우상부고씨
及長에 欲下嫁于上部高氏한대

여이왕불가식언 고사 종위온달지처
女以王不可食言으로 固辭하고 終爲溫達之妻니라.

개온달 가빈 행걸양모 시인 목위우온달야
盖溫達이家貧항 行乞養母러니 詩人이 目爲愚溫達也러라.

일일 온달 자산중 부유피이래
一日은 溫達이 自山中으로 負愉皮而來하니

왕녀방견왈 오내자지필야 내매수식이매전택기물
王女訪見曰, 吾乃子之匹也라 하고 乃賣首飾而買田宅器物하여

파부 다양마이자온달 종위현영
頗富하고 多養馬以資溫達하여 終爲顯榮하니라.

고구려 평원왕平原王의 딸이 어렸을 때 울기를 잘해서 왕은 딸이 울 때마다 장난삼아 말했다. "계속 울기만 하면 바보 온달溫達에게 시집보낼 것이다."

딸이 자라 상부上部 고씨高氏에게로 출가시키려 하자,

딸이 임금은 식언할 수 없다 하여 굳이 사양하고 바보 온달의 아내가 되었다.

온달은 집안이 가난하여 걸식을 하며 어머니를 봉양했기 때문에

사람들은 그를 바보 온달이라고 불렀다.

하루는 온달이 산속에서 느릅나무 껍질을 짊어지고 내려오는데

어디선가 왕의 딸이 나타나서 말을 했다. "저는 당신의 배필입니다."

그녀는 머리 장식을 팔아서 논밭은 물론 집과 온갖 기물을 마련하였다.

한편으로 말을 길러 온달은 도와서 마침내 그 이름이 빛나고 영달하게 되었다.

017

주자왈 물위금일불학이유내일
朱子曰 勿謂今日不學而有來日하며

물위금년불학이유내년
勿爲今年不學而有來年하라.

일월서의 세불아연 오호노의 시수지건
日月逝矣나 歲不我延이니 嗚呼老矣라 是誰之愆고.

주자朱子 왈, 오늘 배우지 않으면서 내일이 있다고 말하지 마라.

올해에 배우지 않고서 내년이 있다고 말하지 마라.

날과 달은 흐르고 세월은 나를 위해 기다리지 않는다.

아, 늙었구나. 이 누구의 허물인가.

018

소 년 이 로 학 난 성 　 일 촌 광 음 불 가 경
少年易老學難成하나니 一寸光陰不可輕하라.

미 각 지 당 춘 초 몽 　 계 전 오 엽 이 추 성
未覺池塘春草夢하여 階前梧葉已秋聲이라.

소년은 늙기 쉽고 학문은 이루기 어렵다. 짧은 시간을 소홀하게 여기지 마라.

아직 못가의 봄꿈을 깨지 못했는데 섬돌 앞의 오동나무가

벌써 가을 소리를 내는구나.

019

도 연 명 시 　 운 성 년 　 부 중 래
陶淵明時에 云 盛年은 不重來하고

일 일 　 난 재 신 　 급 시 당 면 려 　 세 월 　 부 대 인
一日은 難再辰이니 及時當勉勵하라. 歲月은 不待人이라.

도연명陶淵明의 시에 이르기를,

좋은 나이는 두 번 다시 오지 않고 하루에 새벽이 두 번 있지 않다.

때가 왔을 때 부지런히 학문에 힘쓰라. 세월은 사람을 기다리지 않는다.

020

순자왈 부적규보 무이지천리
荀子曰 不積跬步면 無以至千里요

부적소류 무이성강하
不積小流면 無以成江河니라.

순자荀子가 말했다. 반걸음이 쌓이지 않으면 천 리에 이르지 못하고,

작은 시내가 모이지 않으면 강하江河를 이루지 못한다.

에세이로 읽는 명심보감

초판 1쇄 발행	2024년 12월 20일
지은이	법립본
펴낸이	한승수
펴낸곳	문예춘추사
편 집	구본영
디자인	박소윤 페이지엔
마케팅	박건원 김홍주
등록번호	제300-1994-16
등록일자	1994년 1월 24일
주 소	서울특별시 마포구 동교로 27길 53, 309호
전 화	02 338 0084
팩 스	02 338 0087
E-mail	moonchusa@naver.com
I S B N	978-89-7604-697-0 03810